Colleen Hoover
Nur noch ein einziges Mal

Colleen Hoover

NUR NOCH EIN EINZIGES MAL

Aus dem amerikanischen Englisch
von Katarina Ganslandt

Roman

Ausführliche Informationen über
unsere Autoren und Bücher
www.dtv.de

Von Colleen Hoover sind bei dtv junior außerdem lieferbar:
Weil ich Layken liebe | Weil ich Will liebe | Weil wir uns lieben
Hope Forever | Looking for Hope | Finding Cinderella
Love and Confess
Maybe Someday | Maybe not
Zurück ins Leben geliebt
Nächstes Jahr am selben Tag
Will und Layken – Eine große Liebe

Deutsche Erstausgabe
2017 dtv Verlagsgesellschaft mbH & Co. KG, München
© Colleen Hoover 2016
Titel der amerikanischen Originalausgabe: ›It ends with us‹,
2016 erschienen bei Atria Paperback, an imprint of
Simon & Schuster, Inc., New York
All rights reserved including the right of reproduction
in whole or in part in any form.
This edition published by arrangement with the original publisher,
Atria Books, a division of Simon & Schuster, Inc., New York.
© der deutschsprachigen Ausgabe:
2017 dtv Verlagsgesellschaft mbH & Co. KG, München
Umschlaggestaltung: Laywan Kwan
Bild: Jon Shireman
Gesetzt aus der Janson 10/13˙
Satz: Druckerei C.H.Beck, Nördlingen
Druck und Bindung: CPI – Ebner & Spiegel, Ulm
Gedruckt auf säurefreiem, chlorfrei gebleichtem Papier
Printed in Germany · ISBN 978-3-423-74030-2

Für meinen Vater,
der sein Bestes getan hat,
uns nie seine schlimme Seite sehen zu lassen.
Und für meine Mutter,
die dafür gesorgt hat, dass wir ihn nie von seiner
schlimmen Seite kennenlernen mussten.

Erster Teil

1.

Ich sitze auf der gemauerten Brüstung einer Dachterrasse, blicke zwölf Stockwerke tief auf Boston hinunter und denke an Selbstmord.

Um Gottes willen, nicht an meinen eigenen – dazu mag ich mein Leben viel zu sehr und möchte keinen einzigen Moment davon verpassen.

Nein, ich denke darüber nach, was Menschen dazu bringt, sich in den Tod zu stürzen, und ob sie in den wenigen Sekunden des freien Falls einen kleinen Stich der Reue verspüren. Schießt ihnen so was wie *»Scheiße, war wohl doch keine so gute Idee«* durch den Kopf, während sie dem Ende entgegenrasen?

Hoffentlich nicht.

Ich denke viel über den Tod nach. Heute zumindest. Was vermutlich damit zu tun hat, dass ich vor knapp zwölf Stunden auf dem Friedhof von Plethora im Bundesstaat Maine die grandioseste Trauerrede gehalten habe, die dort je zu hören gewesen ist. Okay, vielleicht war sie auch nicht grandios, sondern einfach nur total daneben, das kommt ganz darauf an, wen man fragt: mich oder meine Mutter. Meine Mutter, die sich nach dem, was ich getan habe, wahrscheinlich die nächsten zwölf Monate weigern wird, mit mir zu sprechen.

Meine Rede hat niemanden zu Tränen gerührt wie die, die Brooke Shields für Michael Jackson gehalten hat, und sie war auch nicht so bewegend wie die von Steve Jobs' Schwester. Aber auf ihre Art war sie definitiv einzigartig.

Ich habe vor Nervosität gezittert, als ich nach vorn zum Rednerpult gegangen bin. Immerhin handelte es sich bei dem Toten, der betrauert wurde, um Andrew Bloom, den hoch angesehenen Bürgermeister meiner Heimatstadt Plethora. Um den Eigentümer des bezirksweit erfolgreichsten Immobilienbüros. Um den Ehemann von Jenny Bloom, der von unzähligen Schülergenerationen heiß geliebten Hilfslehrerin der Grundschule von Plethora. Und um den Vater von Lily Bloom – der rothaarigen Einzelgängerin, die sich als Fünfzehnjährige in einen obdachlosen Jungen verliebte und Schande über ihre Familie brachte.

Ach ja, Lily Bloom bin übrigens ich. Und Andrew Bloom war mein Vater.

Nach meiner Rede bin ich mit der nächsten Maschine zurück nach Boston geflogen und habe mir eine Dachterrasse gesucht. Nicht weil ich Selbstmordgedanken hätte. Ich habe *wirklich* nicht vor, mich hier runterzustürzen. Es ist nur so, dass ich dringend Ruhe und frische Luft brauche, und da ich in meiner Wohnung beides nicht bekomme, weil sie a) keinen Balkon hat und b) meine Mitbewohnerin sich furchtbar gern selbst singen hört, musste ich mich hierher zurückziehen.

Leider habe ich nicht bedacht, wie kalt es hier oben sein würde. Man kann es aushalten, aber gemütlich ist doch etwas anderes. Wenigstens sieht man die Sterne. Tote Väter, dauersingende Mitbewohnerinnen und fragwürdige Grabreden kommen einem nicht mehr ganz so schlimm vor, wenn die Nacht so sternenklar ist, dass man die Großartigkeit des Weltalls bis in die letzte Faser spürt.

Ich liebe es, zum Himmel aufzuschauen und mich bedeutungslos zu fühlen.

Es ist ein schöner Abend.

Obwohl … vielleicht sollte ich den Satz lieber in die Vergangenheitsform setzen.

Es *war* ein schöner Abend.

Gerade eben ist nämlich die Stahltür mit so viel Schwung aufgestoßen worden, dass sicher gleich jemand aus dem Treppenhaus auf die Terrasse gestürmt kommt, und dann ist es mit meiner Ruhe dahin. Bingo. Die Tür knallt zu und ich höre schnelle Schritte. Weil derjenige mich in meiner Nische an der Hauswand höchstwahrscheinlich sowieso nicht bemerken wird, mache ich mir gar nicht erst die Mühe, mich umzudrehen.

Stattdessen schließe ich seufzend die Augen, lehne den Kopf an die Mauer und verfluche das Universum dafür, mich so brutal aus diesem friedvollen Moment gerissen zu haben. Hoffentlich ist der Eindringling wenigstens eine Frau. Wenn ich schon Gesellschaft bekomme, dann lieber weibliche. Mein Bedürfnis nach Ruhe und Entspannung ist einfach zu groß, um mich so spätabends allein mit einem fremden Mann auf einer Dachterrasse aufzuhalten. Wahrscheinlich würde ich mich so unwohl fühlen, dass ich gehen würde, obwohl ich eigentlich bleiben möchte. Verdammt, ich will doch einfach nur meine Ruhe haben.

Nach einer Weile öffne ich die Augen, drehe den Kopf und lasse meinen Blick zu der Silhouette an der Brüstung gegenüber wandern. Na toll. Vielen Dank, Universum. Natürlich ist es ein Mann. Obwohl er sich vorbeugt, kann ich erkennen, dass er ziemlich groß ist. Er hat den Kopf in die Hände gestützt, was ihn verletzlich wirken lässt und in krassem Gegensatz zu seiner muskulösen Statur und den breiten Schultern steht. Trotz der Dunkelheit sehe ich, wie sein Rücken bebt, während er mehrmals tief Atem holt.

Irgendwie wirkt er ziemlich aufgewühlt. Soll ich ihn ansprechen, damit er mitbekommt, dass noch jemand hier ist? Zumindest räuspern könnte ich mich. Aber bevor ich diesen Gedanken in die Tat umsetzen kann, dreht er sich um und versetzt einem der Kunststoffstühle einen Tritt.

Ich zucke zusammen, als der Stuhl quietschend über den Boden schlittert, und da der Typ sich anscheinend immer noch nicht darüber im Klaren ist, dass er Publikum hat, kickt er noch ein paarmal mit aller Kraft dagegen. Immer und immer wieder. Statt unter der Wucht zu zersplittern, rutscht der Stuhl nur weiter über die Fliesen.

Er muss aus diesem superrobusten Kunststoff hergestellt sein, der auch beim Bau von Hochseejachten verwendet wird und praktisch unzerstörbar ist.

Ich habe mal miterlebt, wie mein Vater mit dem Wagen rückwärts gegen einen Gartentisch aus diesem Material gefahren ist. Seine Stoßstange hatte danach eine Delle, der Tisch nicht einmal einen Kratzer.

Mittlerweile scheint der Typ auch eingesehen zu haben, dass er gegen diesen Wunder-Kunststoff keine Chance hat, jedenfalls hat er aufgehört, dem Stuhl Tritte zu verpassen, und steht mit geballten Händen schwer atmend davor. Ehrlich gesagt beneide ich ihn ein bisschen darum, dass er seine Aggressionen an Terrassenmöbeln auslassen kann. Offensichtlich hatte er einen genauso beschissenen Tag wie ich, aber während ich meine Gefühle in mich hineinfresse, wo sie langsam vor sich hin gären, sucht er sich einfach einen Stuhl und lässt alles raus.

Früher hatte ich auch so ein Ventil. Wenn mich irgendetwas wütend oder traurig gemacht hat, bin ich in den Garten rausgegangen und habe Unkraut gejätet, bis kein Fitzelchen mehr zu finden war. Aber seit ich vor zwei Jahren nach Boston gezogen bin, habe ich keinen Garten mehr. Noch nicht mal einen Balkon. Tja. Nirgendwo auch nur die kleinste Chance auf ein winziges Hälmchen Unkraut.

Vielleicht sollte ich mir wenigstens so einen Stuhl aus unzerstörbarem Kunststoff zulegen.

Ob der Typ sich jemals wieder von der Stelle rühren wird? Er steht einfach nur da und starrt den Stuhl an. Allerdings hat er die Hände jetzt nicht mehr zu Fäusten geballt, sondern in die Seiten gestemmt. Mir fällt auf, wie sehr sein T-Shirt am Bizeps spannt. Er hat einen beeindruckend durchtrainierten Körper. Während ich ihn beobachte, kramt er in den Taschen seiner Jeans, holt etwas heraus und steckt es sich zwischen die Lippen. Als er ein Feuerzeug zückt, dämmert mir, dass er sich wahrscheinlich gerade einen Joint anzündet. Zur Beruhigung, nehme ich an.

Ich bin dreiundzwanzig und war auf dem College. Natürlich habe ich auch schon mal gekifft und finde es überhaupt nicht schlimm, dass dieser Typ hier oben allein einen durchziehen will. Aber genau das ist der Punkt. Er *ist nicht* allein – er weiß es nur nicht.

Nachdem er den ersten langen Zug genommen hat, dreht er sich um und will wieder zur Brüstung gehen. In dem Moment bemerkt er mich und bleibt abrupt stehen. Er wirkt nicht überrascht oder ertappt, im Gegenteil. Im Mondlicht sehe ich, wie er mich ganz gelassen mustert, ohne dass sein Gesicht verrät, was ihm dabei durch den Kopf geht. Seine Miene ist so undurchdringlich wie die der Mona Lisa.

»Wie heißt du?«, fragt er.

Oh-oh. Ich spüre seine Stimme bis tief in meinen Bauch hinein und das ist nicht gut. Stimmen sollten nur die Ohren erreichen. Allerdings gibt es manche – wenige – Menschen mit Stimmen, die in meinem ganzen Körper nachhallen. Er hat so eine Stimme. Dunkel und selbstbewusst und zugleich butterweich.

Als ich schweige, nimmt er noch einen Zug von seinem Joint.

»Lily«, antworte ich schließlich und hasse meine eigene Stimme, weil sie so dünn klingt, als wäre sie kaum in der Lage, seine Ohren zu erreichen, geschweige denn in seinem Körper nachzuhallen.

Er hebt das Kinn und nickt in meine Richtung. »Okay. Komm bitte da runter, Lily.«

Mir fällt auf, dass er jetzt sehr aufrecht steht und leicht angespannt wirkt. Falls er sich Sorgen macht, ich könnte herunterfallen, ist das komplett unbegründet. Der Sims ist mindestens dreißig Zentimeter breit, ich sitze rittlings darauf und habe ein Bein auf der Terrasse und die Hauswand im Rücken. Außerdem bläst der Wind in Richtung der Dachterrasse.

Ich sehe an mir herunter und dann wieder zu ihm hinüber. »Warum? Ich sitze hier ganz gut.«

Er dreht sich leicht weg, als könnte er nicht mit ansehen, wie ich auf der Brüstung hocke. »Bitte, Lily. Komm runter.« Sein Tonfall lässt keinen Zweifel daran, dass es sich weniger um eine Bitte als einen Befehl handelt. »Hier stehen sieben Stühle herum, auf die du dich setzen kannst.«

»Fast wären es ja nur noch sechs«, sage ich lachend, was er aber anscheinend nicht witzig findet. Er kommt ein paar Schritte auf mich zu.

»Zehn Zentimeter neben dir geht es senkrecht in die Tiefe«, sagt er ernst. »Wenn du das Gleichgewicht verlierst, bist du tot, und ich habe für heute genug Tote gesehen.« Er fordert mich mit einem Nicken erneut auf, herunterzusteigen. »Bitte. Du machst mich nervös, und eigentlich bin ich hier raufgekommen, um mich zu entspannen.«

Ich verdrehe die Augen und schwinge das rechte Bein über die Brüstung. »Wäre ja auch zu schade, wenn du deinen netten kleinen Entspannungs-Joint ganz umsonst rauchen würdest.« Seufzend rutsche ich vom Sims und wische mir die Hände an der Jeans ab. »Besser so?«

Er atmet hörbar aus, als hätte er die ganze Zeit über die Luft angehalten. Als ich an ihm vorbei zur anderen Seite der Dachterrasse schlendere, von wo aus man einen mindestens genauso sensationellen Blick auf die nächtliche Stadt hat, stelle ich bedauernd fest, dass er verdammt süß aussieht.

Obwohl … »Süß« ist in seinem Fall eine Beleidigung.

Er ist *schön*. Sehr gepflegt. Männlich. Angezogen wie in einer Burberry-Werbung. Ein paar Jahre älter als ich. In seinen Augenwinkeln bilden sich kleine Lachfältchen, als ich an ihm vorbeigehe. Ich stütze mich auf die Brüstung, beuge mich vor und schaue auf die Autos hinunter, ohne mir anmerken zu lassen, wie gut er mir gefällt. Ein Mann, der so aussieht, ist natürlich daran gewöhnt, dass Frauen von ihm beeindruckt sind, und ich habe keine Lust, sein Ego noch zu füttern. Wobei ich zugeben muss, dass er bisher nichts gesagt oder getan hat, was darauf hindeuten würde, dass sein Ego besonders aufgebläht wäre. Trotzdem.

Von hinten nähern sich Schritte und im nächsten Moment lehnt er neben mir. Aus dem Augenwinkel sehe ich, wie er noch einen Zug von seinem Joint nimmt. Er bietet ihn mir an, aber ich winke ab. Berauschende Substanzen sind das Letzte, was ich jetzt brauche. Die Stimme dieses Typen allein ist schon Droge genug. Ich würde sie gern noch mal hören.

»Was hat dir der Stuhl eigentlich getan, dass du ihn so treten musstest?«, frage ich betont beiläufig.

Er sieht mich an. Sieht mich *richtig* an. Als sein Blick meinen trifft, kommt es mir vor, als würde er meine tiefsten Geheimnisse offen vor sich sehen. Ich glaube nicht, dass ich schon mal jemandem begegnet bin, der einen so dunklen, eindringlichen Blick hatte. Und dann auch noch in Kombination mit einem derart einschüchternd selbstbewussten Auftreten. Er reagiert nicht auf meine Frage, aber so schnell lasse ich nicht locker. Wenn er mich schon gezwungen hat, meinen gemütlichen Sitzplatz aufzugeben, soll er wenigstens meine Neugier befriedigen.

»War es wegen einer Frau?«, hake ich nach. »Hat sie dir das Herz gebrochen?«

»Ich wünschte, meine Probleme wären so banal«, antwortet er mit leisem Lachen. Dann dreht er sich mit dem Rücken zur Brüstung und mustert mich ungeniert. »In welchem Stock wohnst du?« Er befeuchtet Zeigefinger und Daumen mit der Zunge, zwickt die Spitze seines Joints ab und schiebt den Rest wieder in die Hosentasche. »Ich glaube nicht, dass wir uns hier schon mal begegnet sind.«

»Das liegt daran, dass ich nicht hier wohne.« Ich deute in die Ferne. »Siehst du das Versicherungsgebäude dahinten?«

Er schaut mit zusammengekniffenen Augen über die Schulter. »Ja.«

»Direkt daneben wohne ich. Aber das Haus ist so niedrig, dass man es von hier aus nicht sieht. Es hat nur drei Stockwerke.«

Er stützt sich mit einem Ellbogen auf die Brüstung und wendet sich mir zu. »Was machst du dann hier? Wohnt dein Freund bei uns im Haus?«

Die Frage passt nicht zu ihm, sie klingt viel zu sehr nach billiger Anmache. Eigentlich hätte ich gedacht, ein Typ wie er hätte bessere Sprüche drauf.

»Nein, aber ihr habt das schönere Dach«, antworte ich. Er zieht fragend eine Augenbraue hoch. »Ich habe frische Luft gebraucht und einen Ort, an dem ich in Ruhe nachdenken kann. Also habe ich mit Google Earth in der Umgebung nach einem Haus mit schicker Dachterrasse gesucht.«

Er grinst. »Wenigstens bist du praktisch veranlagt«, sagt er. »Eine gute Eigenschaft.«

Wenigstens?

Ich nicke, weil ich tatsächlich praktisch veranlagt bin. Und weil das wirklich eine gute Eigenschaft ist.

»Warum hast du frische Luft gebraucht?«, erkundigt er sich.

*Weil ich heute meinen Vater beerdigt und eine groteske Trauerrede
gehalten habe und danach das Gefühl hatte, ich müsste ersticken.*

Ich drehe mich um und atme langsam aus. »Könnten wir
vielleicht eine Weile einfach gar nicht reden?«

Er macht fast den Eindruck, als wäre er erleichtert, beugt sich
vor und lässt einen Arm über die Brüstung baumeln, während er
auf die Straße hinunterstarrt. Ich mustere ihn. Bestimmt spürt
er meinen Blick, aber das scheint ihm nichts auszumachen.

»Letzten Monat ist ein Mann von diesem Dach gestürzt«,
sagt er plötzlich.

Ich hatte ihn zwar gebeten, nicht zu reden, aber meine Neugier ist dann doch größer als mein Bedürfnis nach Stille.

»Oh. Ein Unfall?«

Er zuckt mit den Schultern. »Tja, das weiß keiner. Seine Frau
hat erzählt, dass er vor dem Abendessen noch mal schnell nach
oben gehen wollte, um ein paar Fotos vom Sonnenuntergang
zu machen. Er war Fotograf. Die Polizei vermutet, dass er sich
zu weit vorgebeugt hat, um ein Foto von der Skyline zu schießen, und dabei hat er wohl das Gleichgewicht verloren.«

Ich spähe über die Brüstung und frage mich schaudernd,
warum der Mann so ein Risiko eingegangen ist. Dann fällt mir
ein, wie ich selbst eben auf der Brüstung saß und dass das auch
nicht ganz ungefährlich gewesen ist.

»Als meine Schwester mir davon erzählt hat, war mein erster
Gedanke, ob er es wohl noch geschafft hat, auf den Auslöser
zu drücken. Ich hoffe, die Speicherkarte mit seinem letzten
Foto hat den Sturz überstanden. Wäre schade, wenn er völlig
umsonst gestorben wäre, oder?«

Ich muss lachen, obwohl ich nicht weiß, ob man darüber
lachen sollte. »Sagst du immer so offen, was du denkst?«

Er zuckt wieder mit den Schultern. »Den meisten Menschen
nicht.«

Jetzt lächle ich. Es schmeichelt mir, dass er mich nicht zu den

»meisten Menschen« zählt, obwohl er wir uns gar nicht kennen.

Wieder stellt er sich mit dem Rücken zur Brüstung und verschränkt die Arme vor der Brust. »Kommst du aus Boston?«

Ich schüttle den Kopf. »Nein. Ich bin erst nach dem College hergezogen. Ursprünglich komme ich aus Maine.«

Er zieht die Nase kraus, was irgendwie total sexy aussieht.

»Dann befindest du dich also quasi noch in der Fegefeuerphase. Das ist hart.«

»Wie meinst du das?«, frage ich.

Er grinst. »Die Touristen behandeln dich wie eine Einheimische und die Einheimischen behandeln dich wie eine Touristin.«

»Das beschreibt es ziemlich gut«, sage ich lachend.

»Mir steht das alles noch bevor, ich wohne nämlich erst seit zwei Monaten hier. Insofern hast du einen Vorsprung.«

»Und was hat dich nach Boston verschlagen?«

»Meine Facharztausbildung. Außerdem wohnt meine Schwester hier.« Er tippt mit dem Fuß auf den Boden. »Direkt unter uns, um genau zu sein. Ihr Mann ist gebürtiger Bostoner. Er entwickelt Apps und ist supererfolgreich damit. Die beiden haben das gesamte oberste Stockwerk gekauft.«

Ich sehe ihn mit offenem Mund an. »Das *ganze* Stockwerk?«

Er nickt. »Der alte Mistkerl hat das große Los gezogen. Er arbeitet von zu Hause aus, muss also nicht mal seinen Schlafanzug ausziehen, um Millionen zu verdienen.«

Wow, das klingt echt beneidenswert.

»Aber immerhin versetzt mich das in die glückliche Lage, ebenfalls hier wohnen zu können.«

»Und was für ein Arzt bist du?«

»Neurochirurg. Wenn alles nach Plan läuft, bin ich in einem Jahr fertig.«

Er sieht umwerfend aus, ist intelligent, kultiviert, erfolgreich und kifft. Wenn das hier ein Test wäre, würde die Frage lauten: Welches Wort gehört nicht in die Reihe? »Ein angehender Neurochirurg, der kifft?«

Er grinst schief. »Das findest du wohl eher nicht so vertrauenserweckend? Aber wir stehen in unserem Job unter extremem Druck. Wenn wir uns nicht ab und zu mit irgendetwas entspannen würden, würden garantiert einige von uns von irgendwelchen Dachterrassen springen, glaub mir.« Er dreht sich wieder um, beugt sich vor, stützt das Kinn auf die Hände und schließt die Augen, als würde er den leichten Nachtwind genießen, der ihm übers Gesicht streicht. So hat er auf einmal gar nichts Einschüchterndes mehr an sich.

»Soll ich dir was verraten, was garantiert kein Tourist weiß?«

»Unbedingt.« Er sieht mich von der Seite an und zieht eine Augenbraue hoch.

Ich zeige auf die Skyline der Stadt. »Siehst du das Hochhaus mit dem grünen Dach?«

Er nickt.

»Gleich dahinter liegt die Melcher Street, und dort gibt es ein Gebäude, auf dem ein Haus steht. Ein richtiges Einfamilienhaus, das aussieht, als hätte es jemand direkt aus der Vorstadt auf dieses Dach gestellt. Man kann es von der Straße aus nicht erkennen, weil das Gebäude so hoch ist, deswegen wissen auch die wenigsten Bostoner davon.«

Er sieht beeindruckt aus. »Echt?«

Ich nicke. »Ja. Ich habe es zufällig entdeckt, als ich vorhin nach einer Dachterrasse gegoogelt habe. Danach habe ich ein bisschen im Netz recherchiert. Der Bau wurde 1982 von der Stadt genehmigt. Ist das nicht cool? Stell dir mal vor, du würdest in einem Haus wohnen, das so weit oben auf einem anderen Haus steht.«

»Man hätte das ganze Dach für sich allein«, sagt er.

Daran hatte ich noch gar nicht gedacht. Wenn ich dort wohnen würde, könnte ich mir einen Garten anlegen. Dann hätte ich wieder ein Ventil und könnte Unkraut zupfen.

»Und wer wohnt in dem Haus?«, fragt er.

»Der Eigentümer ist nicht bekannt«, sage ich. »Das ist eines der großen Geheimnisse von Boston.«

Er lacht und sieht mich dann forschend an. »Und was sind die anderen großen Geheimnisse von Boston?«

»Dein Name zum Beispiel.« Oh mein Gott. Das hört sich so sehr nach einem schlechten Anmachspruch an, dass ich über mich selbst lachen muss.

Er grinst. »Ryle«, stellt er sich vor. »Ryle Kincaid.«

»Toller Name«, seufze ich.

»Warum sagst du das so traurig?«

»Weil ich auch gern so einen tollen Namen hätte.«

»Was gefällt dir an Lily nicht?«

Ich runzle die Stirn. »Vielleicht geht es eher um die Kombination mit meinem Nachnamen … *Bloom*.«

Er sagt dazu nichts. Wahrscheinlich unterdrückt er mühsam ein Prusten.

»Ziemlich lächerlich, ich weiß. Bei Lily Bloom denkt man an ein zweijähriges Mädchen im rosa Blümchenkleid, aber doch nicht an eine ernst zu nehmende dreiundzwanzigjährige Frau!«

»Aus Namen wächst man nicht heraus, Lily Bloom.«

»Ja, leider«, sage ich. »Das Problem ist, dass ich Blumen über alles liebe. Für mich gibt es nichts Schöneres, als im Garten zu arbeiten und mich mit Pflanzen zu beschäftigen. Das ist meine ganz große Leidenschaft. Ich hab immer davon geträumt, irgendwann einen Blumenladen aufzumachen, aber dann würden die Leute bestimmt denken, ich hätte mir den Namen nur als Marketinggag ausgedacht.«

»Könnte durchaus sein«, sagt er. »Was wäre so schlimm daran?«

»Hm. Wahrscheinlich nichts. *Lily Bloom's Flower Shop* ...«
Ryle lächelt, als ich den Namen leise vor mich hinflüstere.
»Eigentlich ist das wirklich der perfekte Name«, sage ich.
»Aber ich habe BWL studiert und arbeite für eine der größten
Marketingagenturen in Boston. Wäre es nicht eine Schande,
wenn ich als Blumenverkäuferin enden würde?«

»Wie könnte es eine Schande sein, ein eigenes Geschäft zu
haben?«

Ich ziehe eine Augenbraue hoch. »Zum Beispiel wenn es
Pleite macht.«

Er nickt zustimmend. »In dem Fall schon«, sagt er. »Hast du
auch noch einen zweiten Vornamen, Lily Bloom?«

Ich stöhne gequält auf.

»Du meinst, es wird noch schlimmer?«

Ich schlage die Hände vors Gesicht und nicke.

»Etwa ... *Rose*?«

Ich schüttle den Kopf. »Übler.«

»Violet?«

»Schön wär's.« Ich ziehe eine Grimasse und murmele: »Blossom.«

Einen Moment lang ist es still. »Das ist echt gemein«, sagt er
schließlich.

»Meine Mutter hieß *Blossom* mit Mädchennamen. Für sie
und meinen Vater war es ein Wink des Schicksals, dass sie beide
Blüten-Nachnamen hatten. Deswegen stand für sie sofort fest,
dass sie ihre Tochter nach einer Blume nennen müssen.«

Er lacht. »Scheint, als wärst du ganz schön gestraft mit deinen Eltern.«

Mit einem Elternteil schon. Zumindest war ich es. »Mein
Vater ist diese Woche gestorben.«

Er sieht mich ungläubig an. »Das ist jetzt ein mieser Witz,
oder?«

»Nein, ist es nicht. Deswegen bin ich heute hierhergekom-

men. Ich habe einen Ort gebraucht, um mich ungestört auszu-
heulen.«

Ryle runzelt die Stirn, als wäre er immer noch nicht ganz
überzeugt davon, dass ich ihn nicht auf den Arm nehme.
Schließlich nickt er nachdenklich, entschuldigt sich aber nicht.
»Hattet ihr ein gutes Verhältnis?«

Das Kinn in die Hände gestützt, sehe ich wieder auf die
Straße hinunter. »Schwer zu sagen. Als Tochter habe ich meinen Vater schon irgendwie geliebt, aber als Mensch … habe ich
ihn gehasst.«

Ich spüre Ryles Blick auf mir. »Das finde ich gut«, sagt er.
»Dass du so ehrlich bist, meine ich.«

Er findet es gut, dass ich ehrlich bin. Könnte sein, dass ich gerade rot werde.

Wir schweigen eine Weile. »Wünschst du dir manchmal
auch, andere Menschen würden dich mehr in sich reinschauen
lassen?«, fragt er plötzlich.

»Wie meinst du das?«

Er bricht mit dem Daumen ein Stück gesplitterten Putz ab
und schnippt es über die Brüstung. »Die meisten Leute tun so,
als hätten sie nie irgendwelche dunklen Gedanken, obwohl wir
tief in uns doch alle gleich kaputt sind. Manche von uns können
das nur besser verbergen als andere.«

Entweder zeigt der Joint jetzt Wirkung oder Ryle ist grundsätzlich grüblerisch veranlagt. Für mich ist beides okay. Ich rede
gern über die großen Fragen des Lebens, auf die es keine ein-
fachen Antworten gibt.

»Ich finde es nicht schlimm, wenn jemand zurückhaltend ist
und nicht gleich sein ganzes Innenleben auspackt«, sage ich.
»Die nackte Wahrheit ist nicht immer unbedingt schön.«

Ryle sieht mich einen Moment lang an. »Die *nackte* Wahrheit«, wiederholt er. »Das gefällt mir.« Er dreht sich um und
geht zu den beiden Liegestühlen, die in der Mitte des Dachs

stehen. Nachdem er an einem die Rückenlehne ein Stück hochgestellt hat, legt er sich darauf und verschränkt die Hände im Nacken. Ich setze mich auf den anderen, stelle das Kopfteil so, dass es auf gleicher Höhe wie seines ist, und lehne mich zurück.

»Verrätst du mir eine nackte Wahrheit über dich, Lily?«

»An was hast du da gedacht?«

Er zuckt die Achseln. »Keine Ahnung. Irgendwas, auf das du nicht stolz bist. Irgendwas, das mir das Gefühl gibt, mit meiner Kaputtheit nicht ganz so allein zu sein.«

Während er darauf wartet, dass ich etwas sage, sieht er zum Himmel auf. Ich lasse meinen Blick über sein Gesicht wandern, folge den Konturen seiner Wangenknochen bis hinunter zu den geschwungenen Lippen und dem markanten Kinn. Zwischen seinen Augenbrauen steht eine tiefe Falte. Ich habe das Gefühl, dass das aus irgendeinem Grund ein ziemlich wichtiges Gespräch für ihn ist, und versuche, eine ehrliche Antwort auf seine Frage zu finden. Als mir etwas einfällt, was ich ihm erzählen könnte, drehe ich den Kopf wieder von ihm weg und schaue ebenfalls in den Himmel.

»Mein Vater war extrem jähzornig. Wenn er wütend war, ist er manchmal so ausgerastet, dass er ... gewalttätig wurde. Nicht mir gegenüber, aber meiner Mutter. Danach tat es ihm immer wahnsinnig leid, und er hat ein paar Wochen lang alles getan, um es wiedergutzumachen. Er hat ihr Blumen mitgebracht, ist mit uns teuer essen gegangen und hat mich mit Geschenken überhäuft, weil er so ein schlechtes Gewissen hatte. Deshalb habe ich mich als Kind irgendwann fast gefreut, wenn sie sich gestritten haben, weil ich wusste, dass er uns in den nächsten zwei Wochen jeden Wunsch erfüllen würde, falls er ... falls er sie wieder schlägt.« Ich halte einen Moment den Atem an, weil das etwas ist, das ich bis jetzt nicht einmal mir selbst eingestanden habe. »Natürlich habe ich mir noch viel mehr gewünscht, er würde sie nie wieder schlagen«, spreche ich schnell weiter.

»Aber diese Ausbrüche gehörten zu ihrer Ehe irgendwie dazu. Als ich älter wurde, habe ich mich mehr und mehr schuldig gefühlt, weil ich meine Mutter nicht beschützen konnte. Ich habe meinen Vater dafür gehasst, dass er so ein schlechter Mensch war … aber ich habe ihn nie deswegen zur Rede gestellt. Vielleicht macht mich das ja auch zu einem schlechten Menschen.«

Ryle sieht mit nachdenklichem Blick zu mir rüber. »Nein, Lily«, sagt er. »So was wie schlechte Menschen gibt es nicht. Wir sind alle bloß Menschen, die manchmal schlimme Dinge tun.«

Wir sind alle bloß Menschen, die manchmal schlimme Dinge tun. Wahrscheinlich ist es tatsächlich so. Niemand ist immer nur böse oder immer nur gut. Vielleicht müssen sich manche Menschen bloß mehr zusammenreißen als andere, um ihre schlimme Seite zu unterdrücken.

»Jetzt bist du dran«, sage ich.

Ryle reagiert, als hätte er keine große Lust, sein eigenes Spiel mitzuspielen. Er fährt sich seufzend durch die Haare, öffnet den Mund und schließt ihn dann doch wieder. »Mir ist heute ein kleiner Junge unter den Händen weggestorben«, sagt er schließlich mit einer Stimme, der die Erschütterung immer noch anzuhören ist. »Er war erst fünf. Er und sein kleiner Bruder haben im Schlafzimmer ihrer Eltern eine Pistole gefunden. Der Jüngere hat danach gegriffen und sie ist losgegangen.«

Mir wird übel.

»Als er bei uns auf dem OP-Tisch lag, war es zu spät. Wir konnten nichts mehr für ihn tun. Alle meine Kollegen hatten Mitleid mit den Eltern. *Wie entsetzlich. Die armen Leute.* Aber weißt du was? Als ich den beiden gesagt habe, dass ihr Sohn nicht überlebt hat, taten sie mir nicht leid. Im Gegenteil. Es ist nur gerecht, dass sie leiden. Vielleicht erkennen sie dann, wie unfassbar fahrlässig es von ihnen war, eine geladene Waffe so aufzubewahren, dass ihre Kinder sie finden konnten. Sie sind nicht nur daran schuld, dass ihr älterer Sohn jetzt tot ist, sondern auch daran, dass ihr anderer Sohn nie wieder unbelastet glücklich werden kann.«

Ich muss schlucken. Gott, ist das hart. Auf so etwas war ich nicht vorbereitet.

Wie soll eine Familie mit so einer Tragödie jemals fertigwerden? »Der arme Junge«, sage ich. »Ich kann mir gar nicht vorstellen, was so etwas aus einem Menschen macht.«

Ryle schnippt eine Fluse von seiner Jeans. »Das kann ich dir sagen.« Seine Stimme ist trocken. »Es macht ihn kaputt. Und zwar für immer.«

Ich drehe mich auf die Seite, stütze den Kopf in die Hand und sehe ihn an. »Ist das nicht total schwer für dich, tagtäglich solche Schicksale mitzubekommen?«

Er schüttelt den Kopf. »Dadurch, dass ich mich ständig mit dem Tod auseinandersetzen muss, ist er für mich zu einem Teil des Lebens geworden. Ob das jetzt gut ist oder schlecht, weiß ich allerdings auch nicht.« Er sieht mir in die Augen. »Lass mich noch eine nackte Wahrheit von dir hören. Ich habe das Gefühl, meine war ein bisschen kaputter als deine.«

Obwohl ich anderer Meinung bin, beschließe ich, ihm zu erzählen, was ich vor ungefähr zwölf Stunden getan habe, weil ich glaube, dass das ziemlich kaputt war.

»Meine Mutter hat mich gebeten, auf der Beerdigung meines Vaters eine Trauerrede zu halten. Ich habe ihr gesagt, dass ich das lieber nicht machen würde, weil ich Angst hätte, vor all den Leuten in Tränen auszubrechen. Aber das war gelogen. Ich wollte es nicht tun, weil Trauerreden von Menschen gehalten werden sollten, die Achtung vor dem Verstorbenen hatten. Und ich hatte nicht besonders viel Achtung vor meinem Vater.«

»Hast du es trotzdem gemacht?«

Ich nicke. »Ja. Heute Vormittag.« Ich setze mich auf und ziehe die Beine an. »Willst du sie hören?«

Er lächelt. »Na klar.«

Ich verschränke die Hände im Schoß und hole tief Luft. »Als ich mich hingesetzt habe, um die Rede zu schreiben, war mein Kopf wie leer gefegt. Eine Stunde vor der Beerdigung habe ich meiner Mutter noch mal gesagt, dass ich lieber doch nichts sagen wollte, aber sie meinte, mein Vater hätte sich gewünscht, dass ich ein paar Worte spreche. Es müsse auch keine lange Rede sein. Sie hat mir vorgeschlagen, einfach ein paar Eigenschaften aufzuzählen, für die ich ihn bewundert hätte. Tja ... Genau das hab ich getan.«

Ryle stützt sich auf den Ellbogen. »Und ... was hast du gesagt?«

»Wenn du möchtest, kann ich meine Rede für dich gern noch mal nachspielen.« Ich stehe auf, straffe die Schultern und stelle mir die Trauergemeinde vor, der ich heute Vormittag gegenüberstand. »Hallo.« Ich räuspere mich. »Ich heiße Lily Bloom und bin die Tochter des verstorbenen Andrew Bloom. Vielen Dank, dass Sie heute alle gekommen sind, um unseren Verlust gemeinsam mit uns zu betrauern. Ich möchte die Gelegenheit nutzen, an ein paar der Eigenschaften zu erinnern, für die ich ihn als Mensch bewundert habe. Nämlich erstens ...« Ich sehe Ryle an und zucke mit den Schultern.

Er setzt sich auf. »Und?«

Ich lege mich wieder auf meinen Liegestuhl. »Nichts. Das war's. Mehr habe ich nicht gesagt. Ich stand noch zwei volle Minuten vor den Leuten, ohne ein einziges Wort von mir zu geben. Mir fiel einfach nichts ein, wofür ich meinen Vater als Mensch bewundert hätte, also habe ich nur stumm in die Menge gestarrt, bis meine Mutter irgendwann begriffen hat, was los ist, und meinen Onkel gebeten hat, mich vom Rednerpult wegzuholen.«

Ryle sieht mich skeptisch an. »Ist das dein Ernst? Du hast eine Anti-Trauerrede auf deinen eigenen Vater gehalten?«

Ich nicke. »Aber ich bin nicht stolz darauf. Glaube ich jedenfalls. Ich wäre verdammt froh gewesen, wenn ich einen Vater gehabt hätte, den ich hätte bewundern können. Wäre er ein besserer Mensch gewesen, hätte ich den Leuten liebend gern eine ganze Stunde lang von ihm vorgeschwärmt.«

Ryle lehnt sich wieder zurück. »Wow.« Er schüttelt den Kopf. »Du bist meine Heldin. Du hast es einem alten Ekel noch mal so richtig gegeben.«

»Das ist geschmacklos.«

»Ja, kann sein. Die nackte Wahrheit ist nicht immer unbedingt schön. Hast du selbst gesagt.«

Ich lache. »Na gut. Dann bist du jetzt wieder dran.«

»Das kann ich nicht toppen«, sagt Ryle.

»Ich bin mir sicher, du hast noch irgendwas auf Lager, was zumindest nahe rankommt.«

»Kaum.«

Ich verdrehe die Augen. »Doch, bestimmt. Bitte gib mir nicht das Gefühl, von uns beiden der kaputtere Mensch zu sein. Sag mir den letzten Gedanken, der dir durch den Kopf gegangen ist und den die meisten Leute wahrscheinlich nicht laut aussprechen würden.«

»Na gut.« Ryle dreht mir das Gesicht zu und grinst. »Ich möchte dich ficken.«

Was …?

Es hat mir die Sprache verschlagen.

Er sieht mich mit unschuldigem Augenaufschlag an. »Was denn? Du hast mich nach meinem letzten Gedanken gefragt, also habe ich ihn dir gesagt. Du bist eine schöne Frau. Ich bin ein Mann, der auf Frauen steht. Falls du nichts gegen One-Night-Stands hast, würde ich gern mit dir zu mir nach unten gehen.«

Ich bringe es nicht fertig, ihn anzusehen, weil eine Flutwelle der unterschiedlichsten Gefühle über mich hereinstürzt.

»Tja, Pech«, sage ich nach ein paar Sekunden. »Ich stehe nämlich nicht auf One-Night-Stands.«

»Hab ich mir schon gedacht«, sagt er gelassen. »Na gut. Dann bist du wieder dran.«

Wie kann er nach so einer Bemerkung nur so locker bleiben?

»Das war jetzt aber eine *splitterfasernackte* Wahrheit«, sage ich. »Davon muss ich mich erst mal erholen.« Ich bin immer noch fassungslos über das, was er gesagt hat. Dass er es *laut* gesagt hat. Vielleicht weil ich einfach nicht damit gerechnet hätte, dass jemand, der immerhin Neurochirurg ist, so schonungslos vom *Ficken* reden würde.

»Okay«, sage ich, nachdem ich mich – einigermaßen – gefangen habe. »Ich hätte da was, das sogar zum Thema passt. Mein erstes Mal hatte ich mit einem Obdachlosen.«

Ryle sieht mich an. »Im Ernst? Erzähl mir mehr.«

Ich stütze den Kopf auf meinen rechten Arm. »Ich bin in einer Kleinstadt in Maine aufgewachsen. Unser Grundstück grenzte nach hinten raus an ein anderes, auf dem ein verlassenes Haus stand. Irgendwann habe ich mitbekommen, dass sich dort ein Junge verkrochen hatte, der von zu Hause rausgeworfen worden war. Außer mir wusste niemand, dass er dort lebte. Ich habe Atlas – so hieß er – mit Essen und allem möglichen anderen versorgt und mich ein bisschen um ihn gekümmert. Bis mein Vater irgendwann dahintergekommen ist.«

»Wie hat er reagiert?«

Ich presse die Lippen aufeinander. Keine Ahnung, warum ich ihm von Atlas erzähle, obwohl ich doch so sehr versuche, ihn zu vergessen.

»Er hat ihn zusammengeschlagen.« Mehr möchte ich dazu nicht sagen. »Jetzt wieder du.«

Ryle sieht mich einen Moment lang schweigend an, als wüsste

er, dass das nur die halbe Geschichte war, aber dann wendet er den Blick ab, denkt kurz nach und holt tief Luft. »Ich will nicht heiraten. Die Ehe ist ein Konzept, das mich einfach nicht interessiert«, sagt er. »Ich werde jetzt bald dreißig und habe überhaupt kein Bedürfnis nach einer festen Beziehung. Vor allem will ich definitiv keine Kinder. Das Einzige, was mich interessiert, ist Erfolg. Und zwar jede Menge davon. Aber wenn ich das so offen zugeben würde, würden mich alle für ein arrogantes Arschloch halten.«

»Erfolg in Form von Geld oder von Anerkennung?«

»Beides«, sagt er. »Heiraten und Kinder kriegen kann jeder, aber nicht jeder kann Neurochirurg werden. Ich bin stolz auf das, was ich erreicht habe. Allerdings genügt es mir nicht, ein wirklich guter Neurochirurg zu sein, ich will der Beste auf meinem Gebiet werden.«

»Du hast recht. Das klingt arrogant.«

Er grinst. »Meine Mutter wünscht sich, dass ich weniger arbeite. Sie hat Angst, dass ich mein Leben verschwende.«

»Du verschwendest in ihren Augen dein Leben, weil du Neurochirurg bist?« Ich lache. »Das ist doch verrückt. Kann man es seinen Eltern überhaupt jemals recht machen?«

Ryle schüttelt den Kopf. »Meine Kinder könnten es wahrscheinlich nicht. Es gibt nicht viele Menschen, die so ehrgeizig sind wie ich. Gemessen an mir könnten sie nur scheitern. Deswegen will ich auch keine Kinder.«

»Ich finde es bewundernswert, dass du das so offen zugibst. Die wenigsten Menschen gestehen sich ein, dass sie vielleicht keine gute Eltern wären.«

»Mir ist mein Beruf viel zu wichtig. Ich habe nicht genug Zeit, um sie mit Kindern zu teilen«, sagt er. »Schon eine feste Beziehung wäre mir zu viel.«

»Heißt das, du triffst dich nicht mit Frauen?«

Er sieht mir in die Augen und grinst. »Sexuell unterversorgt bin ich jedenfalls nicht, falls du darauf anspielst. Es gibt Mädchen, die bereit sind, sich auf mich einzulassen, wenn ich mal Zeit habe. Aber an die große Liebe glaube ich nicht. Die Ehe ist meiner Meinung nach mehr Verpflichtung als Bereicherung.«

Wenn ich es doch nur auch so nüchtern sehen könnte wie er. Das würde alles einfacher machen. »Beneidenswert. Ich habe die Vorstellung, dass es irgendwo da draußen den perfekten Mann für mich gibt. Aber ich stelle meistens ganz schnell fest, dass die, die ich kennenlerne, meinen Ansprüchen nicht genügen. Manchmal komme ich mir vor, als würde ich nach so was wie dem Heiligen Gral suchen.«

»Du solltest es mal mit meiner Methode probieren.«

»Und wie sieht die aus?«

»One-Night-Stands.« Er grinst einladend.

Ich bin froh, dass es so dunkel ist, weil mein Gesicht garantiert in Flammen steht. »Ich könnte nie mit jemandem schlafen, den ich überhaupt nicht kenne«, sage ich, merke aber, dass meine Stimme nicht besonders überzeugend klingt.

Er seufzt und lehnt sich zurück. »Nein, die Art von Mädchen bist du nicht«, sagt er in einem Tonfall, als fände er das schade.

Und aus irgendeinem Grund finde ich es plötzlich auch schade. Vielleicht würde ich mich ja sogar auf ihn einlassen, wenn er noch einen Vorstoß machen würde, aber jetzt habe ich ihn wahrscheinlich für alle Zeiten abgeschreckt.

Ryle dreht den Kopf und mustert mich. »Du hast gesagt, dass du mit jemandem, den du nicht kennst, nicht *schlafen* würdest …«, sagt er langsam. »Heißt das, du wärst bereit, andere Dinge mit demjenigen zu machen? Und wenn ja, welche?«

Sein Blick ist so durchdringend, dass mich ein heißer Schauer durchläuft. Möglicherweise muss ich meine Einstellung zu One-Night-Stands ja noch einmal überdenken. Ich glaube nicht, dass ich grundsätzlich dagegen bin. Vielleicht habe ich mich nur deswegen noch nie darauf eingelassen, weil mir bis jetzt noch nie jemand ein solches Angebot gemacht hat, den ich auch nur im Entferntesten interessant gefunden hätte. Hat mir überhaupt schon mal jemand einen One-Night-Stand vorgeschlagen? Gott, Flirten ist noch nie meine Stärke gewesen.

Auf einmal beugt Ryle sich vor, greift nach meinem Liegestuhl und zieht ihn mühelos an seinen heran.

Ich erstarre. Er ist mir jetzt so nahe, dass ich in der kühlen Nachtluft die Wärme seines Atems auf meiner Wange spüre. Wenn ich ihm das Gesicht zuwenden würde, wären unsere Lippen nur Zentimeter voneinander entfernt. Das tue ich aber nicht, weil er mich dann vermutlich küssen würde, und das will ich nicht. Schließlich weiß ich – von ein paar nackten Wahrheiten abgesehen – nichts über ihn. Wobei das keine Rolle mehr zu spielen scheint, als er mir im nächsten Moment die Hand leicht auf die Hüfte legt.

»Wie weit würdest du gehen, Lily?« Seine Stimme ist verführerisch. Weich und tief. Ich spüre sie bis in die Zehen hinunter.

»Ich weiß es nicht«, flüstere ich heiser.

Seine Finger wandern zum Saum meines Tops. Er schiebt es ein Stück nach oben und legt einen schmalen Streifen Haut frei.

Ich atme scharf ein, als ich spüre, wie seine Finger meinen nackten Bauch hinaufgleiten. Entgegen jeder Vernunft wende ich ihm jetzt doch das Gesicht zu und der Blick seiner dunklen Augen nimmt mich vollkommen gefangen. Er sieht erwartungsvoll aus, hungrig und ungeheuer selbstsicher. Langsam bewegt er die Hand unter meinem Shirt höher. Sicher spürt er, dass sich mein Herz gegen meine Rippen wirft wie ein gefangenes Tier. Verdammt, wahrscheinlich kann er es sogar *hören*.

»Gehe ich damit schon zu weit?«, fragt er rau.

Ich kann mir selbst nicht erklären, woher diese verwegene Seite in mir plötzlich kommt, aber ich schüttle den Kopf und sage: »Noch nicht mal annähernd.«

Um seine Mundwinkel spielt ein zufriedenes Lächeln, als er zart über die Unterseite meines BHs streicht, worauf sich mein gesamter Körper mit Gänsehaut überzieht.

In dem Moment, in dem ich die Augen schließe, lässt ein schriller Klingelton mich zusammenzucken. Ryle hält in der Berührung inne, und mir wird klar, dass es ein Handy ist, das da klingelt. *Sein* Handy.

Er drückt die Stirn an meine Schulter. »Verflucht.«

Ich verspüre einen Stich des Bedauerns, als er aufsteht, das Handy aus der Jeanstasche zieht und ein paar Schritte geht, um den Anruf entgegenzunehmen.

»Dr. Kincaid«, meldet er sich und massiert sich den Nacken, während er zuhört. »Verstehe, aber was ist mit Roberts? Ich habe heute keine Bereitschaft.« Stille. Dann: »Na gut. Gib mir zehn Minuten. Ich bin schon unterwegs.«

Er beendet das Gespräch und schiebt das Handy zurück in die Jeans. Als er sich zu mir umdreht, sieht er enttäuscht aus. Er deutet auf die Tür, die ins Treppenhaus führt. »Leider muss ich sofort …«

Ich nicke. »Da kann man nichts machen.«

Ryle betrachtet mich einen Moment, dann hebt er den Zeigefinger. »Nicht bewegen. Darf ich?« Er zieht noch einmal das Handy heraus, richtet die Kamera auf mich und geht ein paar Schritte auf mich zu, um ein Foto von mir zu machen. Obwohl ich vollständig angezogen bin, fühle ich mich aus irgendeinem Grund plötzlich nackt.

Trotzdem bleibe ich, die Arme locker über dem Kopf verschränkt, liegen, als er auf den Auslöser drückt. Ich finde es schön, dass er ein Bild von mir haben will. Dass er mich in Erinnerung behalten möchte.

Er betrachtet das Display einen Moment und lächelt. Ich überlege, ob ich von ihm auch ein Foto machen soll, verwerfe den Gedanken aber sofort wieder. Ich fände es deprimierend, ein Bild von jemandem aufzuheben, den ich nie mehr wiedersehen werde.

»Es hat mich wirklich sehr gefreut, dich kennenzulernen, Lily Bloom«, sagt er. »Ich wünsche dir, dass du es schaffst, alle deine Träume zu verwirklichen.«

Ich lächle verwirrt und auch ein bisschen traurig. Ich glaube nicht, dass ich schon jemals von jemandem so fasziniert war, der so anders ist und der ein vollkommen anderes Leben führt als ich. Aber ich bin angenehm überrascht darüber, dass wir so unterschiedlich dann doch nicht sind.

Ich bin eben auch nicht frei von Vorurteilen.

Ryle bleibt einen Moment stehen, als wäre er hin- und hergerissen, ob er noch etwas sagen soll. Er hebt den Kopf und sieht mich an. Diesmal ist sein Blick ganz offen. Ich sehe das Bedauern darin, bevor er sich wortlos umdreht und zur Tür geht. Einen Moment später höre ich, wie er sie öffnet und seine Schritte im Treppenhaus verhallen. Jetzt bin ich wieder so ungestört, wie ich es mir vorhin gewünscht habe. Aber zu meiner Überraschung stelle ich fest, dass ich mich plötzlich ein bisschen einsam fühle.

2.

Meine Mitbewohnerin Lucy – ja, genau: die, die sich für eine begnadete Sängerin hält – läuft hektisch im Wohnzimmer herum und schnappt sich ihren Schlüssel, ihre Ballerinas und ihre Sonnenbrille. Ich sitze auf der Couch und bücke mich nach einem von den Schuhkartons, die ich gestern von zu Hause mitgebracht habe. Sie sind mit Erinnerungen gefüllt, in die ich heute ein bisschen eintauchen will.

»Gehst du nicht zur Arbeit?«, fragt Lucy erstaunt.

»Nein. Die haben mir Sonderurlaub bewilligt, weil mein Vater gestorben ist. Ich muss erst Montag wieder hin.«

Sie bleibt abrupt stehen. »Montag erst?«, schnaubt sie. »Hast du ein Glück.«

»Stimmt, Lucy. Ich bin auch *wahnsinnig* froh, dass mein Vater tot ist.« Natürlich trieft meine Stimme vor Sarkasmus, aber ich schäme mich dafür, weil es gleichzeitig irgendwie auch stimmt.

»Du weißt, dass ich das nicht so gemeint habe.« Lucy hängt sich ihre Tasche um, schlüpft in einen der Schuhe und balanciert auf einem Bein, während sie sich den anderen überstreift. »Übrigens komme ich heute Abend nicht nach Hause. Ich schlafe bei Alex.« Ich nicke, aber da ist sie schon weg und knallt die Tür hinter sich zu.

Abgesehen davon, dass wir die gleiche Kleidergröße tragen, gleich alt sind und unsere Vornamen beide mit L anfangen, mit Y enden und aus vier Buchstaben bestehen, haben wir nicht sonderlich viel gemeinsam, weshalb ich Lucy nicht unbedingt als *Freundin* bezeichnen würde. Trotzdem bin ich mit ihr als Mitbewohnerin ziemlich zufrieden. Okay, ihre ständigen Gesangseinlagen nerven, aber dafür ist sie ordentlich und schläft oft nicht zu Hause. Zwei der wichtigsten Eigenschaften, die Mitbewohnerinnen haben sollten.

Als ich gerade den Deckel von dem Karton genommen und neben mich gelegt habe, klingelt mein Handy, das am anderen Ende der Couch liegt. Ich beuge mich vor und werfe einen Blick darauf. Es ist meine Mutter. Bevor ich drangehe, presse ich das Gesicht ins Polster und lasse einen Schrei los.

»Hallo?«

Drei Sekunden Stille, dann: »Hallo … Lily.«

Ich setze mich auf. »Hey, Mom.« Komisch, dass sie sich meldet. Die Beerdigung war erst gestern – ihr Anruf kommt ganze 364 Tage früher als erwartet. »Wie geht es dir?«

Sie seufzt hörbar. »Ach, es geht«, sagt sie. »Deine Tante und dein Onkel sind vorhin nach Nebraska zurückgeflogen. Das wird die erste Nacht, die ich ganz allein verbringe …«

»Du schaffst das, Mom«, versuche ich ihr Mut zu machen.

In der Leitung bleibt es eine Weile still. »Ich rufe vor allem an, um dir zu sagen, dass du dich wegen dem, was gestern passiert ist, nicht schämen musst.«

Ich erwidere nichts darauf. Ich schäme mich nicht. Keine Spur.

»Es ist ganz natürlich, dass du eine Blockade hattest, als du vor all diesen Leuten standest. Schließlich ist dein Vater gerade erst gestorben. Es tut mir leid, dass ich dich so unter Druck gesetzt habe. Ich hätte stattdessen deinen Onkel bitten sollen, ein paar Worte zu sagen.«

Ich seufze lautlos. Typisch. Genau so kenne ich meine Mutter. Sie verschließt gern die Augen vor dem, was sie nicht sehen möchte, und nimmt sogar die Schuld für Dinge auf sich, die nichts mit ihr zu tun haben. Natürlich redet sie sich ein, ich hätte so etwas wie einen Blackout gehabt. Ich bin kurz davor, ihr zu gestehen, dass das ganz und gar kein Aussetzer war, sondern dass ich schlicht und einfach nichts Gutes über den Mann zu sagen hatte, den sie zu meinem Vater auserkoren hat.

Gleichzeitig komme ich mir mies vor. Sie hat gerade weiß Gott genug, womit sie fertigwerden muss, und es wäre nicht nötig gewesen, dass ich meine Verachtung für meinen Vater ausgerechnet auf seiner Beerdigung demonstriere. Statt es ihr also noch schwerer zu machen, versuche ich ihre Art, mit unangenehmen Wahrheiten umzugehen, zu akzeptieren, und spiele mit.

»Danke, Mom. Tut mir leid, dass ich es nicht hingekriegt habe.«

»Mach dir keine Gedanken deswegen, Liebes. Lass uns morgen noch mal richtig telefonieren, ja? Ich muss jetzt Schluss machen, weil ich gleich einen Termin mit dem Versicherungsberater deines Vaters habe. Rufst du mich an?«

»Mache ich«, verspreche ich. »Und, Mom …? Ich liebe dich.«

Ich lege das Handy weg, greife wieder nach dem Karton und stelle ihn mir auf den Schoß. Ganz oben liegt ein kleiner Anhänger aus Eichenholz, ein unregelmäßiges Herz mit einer Aussparung in der Mitte, dessen Bögen sich oben nicht ganz berühren. Ich streiche über die glatt geschliffene Oberfläche und denke an den Abend zurück, an dem ich es geschenkt bekommen habe. Aber sobald die Erinnerung in mir lebendig wird, lege ich es schnell beiseite. Mit der Sehnsucht nach dem, was früher einmal war, ist es eine heikle Sache.

In dem Karton liegen alte Briefe und Zeitungsausschnitte, die ich herausnehme und neben mir staple, bis ich ganz unten auf das stoße, was ich zu finden gehofft hatte … und vor dem ich mich auch ein bisschen fürchte.

Meine *Ellen-Tagebücher.*

Ich fahre mit dem Daumen nachdenklich über den Einband des obersten. In diesem Karton liegen nur drei Hefte, aber insgesamt müssen es acht oder neun gewesen sein. Seit meinem letzten Eintrag habe ich nie mehr einen Blick in eines davon geworfen.

Als ich mit dem Schreiben angefangen hatte, wollte ich mir nicht eingestehen, dass ich im Grunde genommen nichts anderes tat, als Tagebuch zu führen, weil das alle Mädchen machten. Stattdessen redete ich mir ein, es wären Briefe an Ellen DeGeneres. Von der Ausstrahlung ihrer allerersten täglichen Talkshow an saß ich jeden Tag nach der Schule vor dem Fernseher, um ja keine Folge zu verpassen. Ich bewunderte und liebte Ellen über alles und war überzeugt, dass wir dicke Freundinnen wären, wenn wir uns kennen würden. Bis ich sechzehn war, habe ich ihr regelmäßig geschrieben.

Natürlich wusste ich tief in meinem Inneren, dass Ellen DeGeneres sich kaum für die Gedanken und Erlebnisse irgendeines Kleinstadtmädchens interessieren würde, was vermutlich auch der Grund war, dass ich keinen der »Briefe« jemals abgeschickt habe. Heute bin ich froh darüber. Trotzdem habe ich jeden einzelnen Eintrag mit »Liebe Ellen« begonnen.

Nachdem ich alles wieder zurückgelegt habe, stelle ich den Karton auf den Boden und schaue in den zweiten, in dem sich die sechs übrigen Tagebücher befinden. Nach kurzem Blättern entdecke ich das Heft, das aus der Zeit stammt, als ich fünfzehn war, und suche nach dem Eintrag des Tages, an dem ich Atlas zum ersten Mal gesehen hatte. Bevor er in meinem Leben auftauchte, hatte ich eigentlich nie etwas Aufregendes erlebt, das es wert gewesen wäre, aufgeschrieben zu werden. Erstaunlich, dass ich es trotzdem geschafft habe, bis dahin ganze sechs Hefte zu füllen.

Ich hatte mir geschworen, sie nie mehr zu lesen, aber seit

dem Tod meines Vaters denke ich viel über das nach, was gewesen ist. Vielleicht können mir die Tagebücher ja irgendwie helfen, ihm zu verzeihen. Wobei ich gleichzeitig auch Angst habe, dass dadurch alles wieder hochkommt und ich ihn womöglich noch mehr hasse.

Ins Polster zurückgelehnt, beginne ich zu lesen.

Liebe Ellen,

bevor ich dir schreibe, was passiert ist, muss ich dir unbedingt noch von einer Idee erzählen, die mir für deine Show eingefallen ist: ein Element, das man »Ellen at home« nennen könnte. Ich und bestimmt auch ganz viele andere würden nämlich total gern wissen, was für ein Mensch du bist, wenn du nicht im Studio sitzt, sondern ganz normale Sachen machst wie fernsehen oder kochen oder im Garten arbeiten. Die Produzenten deiner Show könnten Portia eine Kamera geben, und sie könnte sich manchmal an dich ranschleichen und dich aufnehmen. Portia würde dich ein paar Sekunden filmen, ohne dass du es merkst, und dann laut »Ellen at home!« rufen. Du spielst anderen ja auch gern Streiche. Ich glaube, es wäre lustig, den Spieß mal umzudrehen.

Okay, jetzt aber zu gestern. Es ist etwas passiert.

Erinnerst du dich noch an unsere Nachbarin, die hinter uns gewohnt hat, die alte Mrs Burleson, die in der Nacht gestorben ist, als es hier diesen schlimmen Schneesturm gab? Sie hatte so hohe Steuerschulden, dass ihre Tochter das Erbe mitsamt dem Haus ausgeschlagen hat. Es war aber sowieso eine Bruchbude und steht jetzt seit zwei Jahren leer. Das weiß ich deswegen, weil ich von meinem Zimmer aus den perfekten Blick darauf habe und genau sehe, dass nie jemand dort ist.

Bis gestern Abend.

Ich lag im Bett und habe gerade Spielkarten gemischt (komisches Hobby, ich weiß. Kartenspiele an sich interessieren mich gar nicht, aber das Mischen macht mir Spaß, und ich habe mir inzwischen unterschiedliche Methoden beigebracht. Es ist irgendwie beruhigend, et-

was mit den Händen zu machen, und außerdem die perfekte Ablenkung, wenn meine Eltern sich mal wieder streiten), draußen war es schon dunkel, weshalb ich das Licht sofort bemerkt habe. Es war keine Lampe, sondern sah eher nach einer Kerze aus. Ich habe mir Dads Fernglas geholt, konnte aber nichts erkennen. Nach einer Weile ist das Licht dann ausgegangen.

Heute Morgen, als ich mich für die Schule fertig gemacht habe, ist mir aufgefallen, dass sich im Haus etwas bewegt. Ich habe mich ans Fenster gestellt und unauffällig hinübergespäht. Kurz darauf ist die Hintertür aufgegangen, und ein Junge ist rausgekommen, der aussah, als wäre er nur ein paar Jahre älter als ich. Er hatte einen Rucksack auf und hat immer wieder über die Schulter geschaut, während er auf dem Weg zwischen unserem Garten und dem von unseren Nachbarn ganz schnell zur Bushaltestelle gelaufen ist.

Er ist vorher ganz bestimmt noch nie mit unserem Schulbus gefahren, das wäre mir aufgefallen. Ich war kurz davor, ihn anzusprechen, aber im Bus hat sich keine Gelegenheit ergeben, und dann ist er auch vor mir ausgestiegen und gleich im Schulgebäude verschwunden. Er geht also auf meine Schule.

Ich frage mich, warum er in dem abbruchreifen Haus geschlafen hat. Soweit ich weiß, ist der Strom abgeschaltet, und fließendes Wasser gibt es dort bestimmt auch nicht. Erst dachte ich, es wäre vielleicht so was wie eine Mutprobe gewesen, aber nach der Schule ist er wieder mit dem Bus gefahren und bei uns ausgestiegen. Diesmal ist er die Straße runter, als würde er woanders hingehen, aber ich bin sofort in mein Zimmer gerannt und habe beobachtet, wie er sich ein paar Minuten später wieder in das verlassene Haus geschlichen hat.

Ob ich Mom von ihm erzählen soll? Ich will nicht neugierig sein, und es geht mich ja eigentlich auch gar nichts an, aber es könnte ja sein, dass er obdachlos ist und deswegen in dem Haus Unterschlupf gesucht hat. Meine Mutter arbeitet an einer Schule, vielleicht hätte sie ja eine Idee, wie man ihm helfen kann.

Ich habe mir überlegt, dass ich noch ein bisschen abwarte, bevor ich *mit ihr rede. Vielleicht ist er ja auch bloß für ein paar Tage von zu Hause abgehauen, um seine Ruhe zu haben. Ich hätte manchmal auch gern eine kleine Auszeit von meinen Eltern.*

Morgen schreibe ich dir, wie es weitergegangen ist.

Deine Lily

Liebe Ellen,

ich hoffe, du nimmst es mir nicht übel, dass ich den Anfang von deiner Show, wenn du durch die Zuschauerreihen tanzt, immer vorspule. Früher habe ich mir die Tanzeinlagen gern angeschaut, aber inzwischen mag ich die Interviews mit den Gästen und die Comedy-Sachen lieber.

Übrigens habe ich etwas über den Jungen herausgefunden, der heute wieder mit dem Schulbus gefahren ist. Er hat jetzt schon die zweite Nacht in dem verlassenen Haus geschlafen, aber das habe ich niemandem erzählt.

Er heißt Atlas Corrigan. Katie saß heute im Bus neben mir, und ich habe sie gefragt, ob sie ihn zufälligerweise kennt. Sie hat die Augen verdreht und mir seinen Namen gesagt. »Er ist in der Zwölften, mehr weiß ich auch nicht. Aber ist dir auch aufgefallen, dass er voll stinkt?« Sie hat die Nase gerümpft. Am liebsten hätte ich ihr gesagt, dass es fies ist, so was zu sagen, weil es in dem Haus, in dem er wohnt, kein Wasser gibt, aber ich habe es gelassen und bloß über die Schulter zu ihm rübergeschaut. Vielleicht ein bisschen zu auffällig, er hat nämlich plötzlich hochgeguckt.

Nach der Schule bin ich in den Garten raus, um die Radieschen auszugraben. Alles andere ist schon abgeerntet, und es fängt langsam an, kalt zu werden. Bald muss ich die Beete für den Winter vorbereiten. Ich hätte die Radieschen ruhig auch noch ein paar Tage länger in der Erde lassen können, aber vom Garten aus hat man einen perfekten Blick auf das Nachbarhaus, und ich hatte die Hoffnung, vielleicht etwas mehr über Atlas herauszufinden.

Ich habe sofort gemerkt, dass ein paar von den Radieschen fehlten, was merkwürdig war, weil meine Eltern nie an meine Beete gehen. Dann habe ich mir gedacht, dass es eigentlich nur Atlas gewesen sein kann. Er hat wahrscheinlich nicht nur keine Möglichkeit zum Duschen, sondern auch nichts zu essen.

Ich bin ins Haus zurück und habe ihm zwei Sandwiches gemacht. Dann habe ich zwei Dosen Cola aus dem Kühlschrank und eine Tüte Chips aus der Vorratskammer geholt, alles in eine Papiertüte gepackt und bin damit zu ihm rüber. Ich habe die Tüte vor die Hintertür gestellt, habe geklopft und bin schnell weg. Als ich wieder in meinem Zimmer war und zum Fenster rausgeschaut habe, hatte er die Tüte schon reingeholt. Das heißt, dass er ziemlich sicher gesehen hat, wer ihm die Sachen hingestellt hat.

Ich bin ein bisschen aufgeregt deswegen. Was soll ich sagen, falls er mich morgen anspricht?

Deine Lily

Liebe Ellen,
heute war Barack Obama in deiner Sendung. Falls er die Wahl im November gewinnt, wird er unser erster schwarzer Präsident. Ich stelle es mir total schwierig vor, mit einem Politiker zu reden. Warst du vorher nicht nervös? Ich kenne mich mit Politik gar nicht aus und bewundere dich dafür, wie du es schaffst, über ernsthafte Themen zu reden und gleichzeitig witzig zu sein. Das könnte ich nicht.

Wir erleben beide gerade ganz schön aufregende Sachen, oder? Du hast mit einem Mann gesprochen, der vielleicht bald unser Land regiert, und ich versorge einen obdachlosen Jungen heimlich mit Essen.

Heute Morgen war Atlas schon an der Bushaltestelle, als ich rauskam. Obwohl wir nebeneinanderstanden, hat keiner von uns etwas gesagt, was ehrlich gesagt ein bisschen unangenehm war. Als der Bus dann endlich kam, ist Atlas ein Stückchen näher an mich herangerückt und hat leise »Danke« gesagt, ohne mich anzusehen.

Ich habe es nicht geschafft, so was wie »Bitte schön« zu sagen, weil ich von seiner Stimme so eine Gänsehaut bekommen habe, dass es mir durch und durch ging.

Hast du so was schon mal erlebt, Ellen? Dass dir die Stimme von einem Jungen eine Gänsehaut macht und du sie im ganzen Körper bis zu den Zehen spürst? Oder ... ach so, stimmt. Bei dir hätten wahrscheinlich eher Frauenstimmen so eine Wirkung.

Er ist an mir vorbeigegangen und hat sich ganz hinten in den Bus gesetzt. Nachmittags auf der Rückfahrt ist er als Letzter eingestiegen. Der Bus war schon ziemlich voll, aber an der Art, wie sein Blick über die Sitzreihen gewandert ist, habe ich gemerkt, dass er nicht nach einem freien Platz gesucht hat, sondern nach mir.

Als er mich gefunden hatte und auf mich zuging, bin ich rot geworden und musste schnell weggucken. Ich finde es echt schlimm, dass ich bei Jungs immer so unsicher bin. Hoffentlich bessert sich das, wenn ich erst mal sechzehn bin.

Atlas hat sich neben mich gesetzt und seinen Rucksack zwischen seinen Beinen abgestellt, und da habe ich gemerkt, was Katie gemeint hat. Er roch wirklich ein bisschen nach Schweiß, aber das fand ich nicht schlimm, weil ich ja wusste, dass er sich nicht waschen kann.

Erst hat er nichts gesagt, sondern saß bloß neben mir und hat an dem Loch im Knie seiner Jeans rumgefummelt. Man hat gesehen, dass sie nicht zerfetzt war, weil er das cool findet, sondern weil sie schon so alt und abgewetzt war. Sie war auch ein bisschen zu kurz und hat ihm obenrum wahrscheinlich nur deswegen noch gepasst, weil er so dünn ist.

Nach einer Weile hat er dann doch etwas gesagt. Ganz leise. »Hast du mit jemandem darüber geredet?«

Ich habe ihm angemerkt, dass er sich Sorgen macht. Es war das erste Mal, dass ich ihn so richtig aus der Nähe gesehen habe. Seine Haare sind dunkelbraun, aber vielleicht sehen sie nur deswegen so dunkel aus, weil er sie schon eine Weile nicht mehr gewaschen hat.

Und er hat ganz besondere Augen. Eisblau und strahlend wie die von einem Husky. Wahrscheinlich sollte ich seine Augen nicht mit denen von einem Hund vergleichen, aber das war das Erste, woran ich denken musste.

Ich habe den Kopf geschüttelt und aus dem Fenster geschaut. Eigentlich dachte ich, er wäre jetzt vielleicht beruhigt und würde sich einen anderen Platz suchen, aber er ist sitzen geblieben. Und dann habe ich mich getraut, ihm auch eine Frage zu stellen. »Warum wohnst du nicht bei deinen Eltern?«, flüsterte ich.

Er hat kurz zu mir rübergeschaut, als würde er überlegen, ob er mir trauen kann. Dann hat er gesagt: »Weil sie mich zu Hause nicht mehr haben wollen«, und ist aufgestanden.

Erst dachte ich, er hätte meine Frage vielleicht zu aufdringlich gefunden, aber dann habe ich gemerkt, dass wir an unserer Haltestelle angekommen waren, und bin mit ihm ausgestiegen. Diesmal ist er nicht die Straße runter, um so zu tun, als würde er woanders hingehen, weil er ja wusste, dass ich sein Geheimnis kenne.

Vor unserem Grundstück sind wir stehen geblieben. Er hat ein Steinchen weggekickt und über meine Schulter geschaut.

»Wann kommen deine Eltern nach Hause?«

»Meistens so gegen fünf«, sagte ich. Es war Viertel vor vier.

Er nickte. Irgendwie sah er aus, als ob er noch etwas fragen wollte, aber dann hat er bloß noch mal genickt und ist losgegangen. In das Haus ohne Strom, ohne Wasser und ohne Essen.

Ich weiß, Ellen. Du musst mir nicht sagen, dass das, was ich als Nächstes getan habe, ganz schön dumm und leichtsinnig war. Ich habe seinen Namen gerufen. Als er sich umgedreht hat, habe ich gesagt: »Wenn du dich beeilst, kannst du bei uns duschen, bevor meine Eltern nach Hause kommen.«

Mein Herz hat richtig wild gegen meine Rippen gehämmert, weil ich wusste, dass meine Eltern ausflippen würden, wenn sie einen verwilderten obdachlosen Jungen unter unserer Dusche entdecken würden. Mein Vater würde mich wahrscheinlich totschlagen. Aber ich habe es einfach nicht übers Herz gebracht, ihn weggehen zu lassen, ohne ihm das anzubieten.

Atlas hat auf den Boden geschaut, und ich habe ihm angemerkt, wie sehr er sich schämt. Er hat nicht mal genickt, sondern ist mir nur stumm ins Haus gefolgt.

Als er geduscht hat, habe ich immer wieder panisch aus dem Fenster geschaut, weil ich dachte, ich würde Motorengeräusche hören. Ich hatte ein paar alte Klamotten von meinem Vater rausgesucht und ins Bad gelegt, aber wenn Atlas sie anzog, musste er nicht nur rechtzeitig aus dem Haus sein, sondern richtig weit weg. Ich bin mir sicher, dass Dad seine Sachen wiedererkennen würde, wenn er einen Jungen darin auf der Straße herumlaufen sehen würde.

Während ich wartete, packte ich ihm ein paar Sachen in einen alten Rucksack von mir: Kekse und andere haltbare Lebensmittel, noch ein paar alte T-Shirts von meinem Vater und eine Jeans, die Atlas wahrscheinlich zwei Nummern zu groß ist, und Unterwäsche.

Ich war gerade fertig, als er aus dem Bad kam. Mit den Haaren hatte ich übrigens recht. Er hatte sie ein bisschen trocken gerubbelt, und obwohl sie noch feucht waren, sahen sie schon heller aus als vorher. Seine Augen haben dadurch noch blauer gestrahlt.

Er hatte sich rasiert und sah auf einmal viel jünger aus. Total verändert. Ich war so verlegen, dass ich ihn gar nicht richtig anschauen konnte.

Ich habe ihm den Rucksack hingehalten und gesagt, dass er lieber hinten rausgehen soll, damit ihn niemand sieht.

Nachdem er sich zuerst meinen und dann seinen eigenen Rucksack umgehängt hatte, fragte er: »Wie heißt du eigentlich?«

»Lily.«

Als er gelächelt hat, habe ich mich gefragt, warum jemand mit einem so tollen Lächeln von seinen Eltern nur so behandelt werden kann. Aber für den Gedanken habe ich mich sofort geschämt, weil er so oberflächlich ist. Eltern sollten ihre Kinder immer lieben – egal, ob sie hübsch sind oder hässlich oder dünn oder dick oder schlau oder dumm. Aber man hat seine Gedanken nicht immer unter Kontrolle. Ich muss üben, sie in die richtige Richtung zu lenken.

Er hat mir die Hand hingestreckt und gesagt: »Ich bin Atlas.«

»Ich weiß«, habe ich gesagt, ohne ihm die Hand zu geben. Nicht, weil ich ihn nicht anfassen wollte. Oder ... na ja, vielleicht irgendwie schon. Aber nicht, weil ich mich für was Besseres gehalten hätte, sondern weil ich wieder so verlegen war.

Er hat die Hand sinken lassen. »Okay. Dann gehe ich jetzt mal. Da lang?« Er hat zur Küche gedeutet und ich habe genickt und bin ihm gefolgt. Vor meinem Zimmer ist er kurz stehen geblieben und da habe ich mich plötzlich schon wieder geschämt. Weil ich keine Freundinnen habe und nie Besuch bekomme, ist es mir nie wichtig gewesen, es neu zu streichen oder einzurichten. Deshalb sieht es immer noch genauso aus wie damals, als ich zwölf war. Alles in Pink. Und über dem Bett ein Poster von Adam Brody. Voll peinlich.

Aber ich hatte nicht das Gefühl, dass es Atlas interessiert, wie mein Zimmer aussieht. Er hat zum Fenster geschaut, von dem man direkt zu dem alten Haus rübersehen kann, hat mir einen kurzen Blick zugeworfen und ist dann weitergegangen. An der Hintertür ist er noch mal stehen geblieben. »Danke, dass du mich nicht geringschätzt, Lily.«

Und dann ist er gegangen.

Natürlich kenne ich das Wort »geringschätzen«, aber irgendwie war es komisch, es aus dem Mund von einem Jugendlichen zu hören. Es gibt überhaupt viele Dinge an ihm, die merkwürdig sind. Wie kann es sein, dass ein Junge, der so höflich ist und sich so gut ausdrücken kann, auf der Straße lebt? Wie kann es überhaupt sein, dass irgendjemand in dem Alter auf der Straße lebt?

Es gibt noch einiges, was ich herausfinden muss, Ellen. Ich melde mich wieder bei dir, sobald ich mehr weiß.

Deine Lily

*****

Ich habe gerade umgeblättert, um den nächsten Eintrag zu lesen, da klingelt mein Handy. Diesmal bin ich nicht überrascht, als ich es aus der Sofaritze fische und sehe, dass es schon wieder meine Mutter ist. Nachdem mein Vater jetzt tot ist, wird sie mich wahrscheinlich ständig anrufen.

»Ja?«

»Was hältst du davon, wenn ich auch nach Boston ziehen würde?«, fragt sie ohne jede Einleitung.

Ich greife nach dem Kissen, das neben mir liegt, presse es mir aufs Gesicht und schreie unterdrückt hinein. »Äh ... puh«, sage ich dann. »Im Ernst?«

Wie schon vorhin, als sie anrief, ist es einen Moment still in der Leitung. »Ich weiß nicht, Lily. Der Gedanke ist mir gerade spontan gekommen. Lass uns morgen darüber reden. Ich muss jetzt zu meinem Termin.«

»Alles klar. Bis morgen.«

Mich überkommt das Bedürfnis, auf der Stelle meine Sachen zu packen und aus Massachusetts zu verschwinden. Meine Mutter kann auf gar keinen Fall hierherziehen. Sie kennt hier doch auch niemanden. Wahrscheinlich würde sie erwarten, dass ich jeden Tag irgendwas mit ihr unternehme. Ich liebe Mom – ich liebe sie wirklich sehr –, aber ich bin nach Boston gegangen, um unabhängig zu sein. Wenn sie hier wohnen würde, würde ich mich nicht mehr frei fühlen.

Als bei meinem Vater vor drei Jahren Krebs diagnostiziert wurde, war ich noch mitten im Studium und bin jedes Wochenende nach Hause gefahren. Wenn Ryle Kincaid jetzt hier wäre, hätte ich eine nackte Wahrheit für ihn: Ich war erleichtert, als ich von der Krankheit meines Vaters erfuhr, weil ich wusste, dass er bald zu schwach sein würde, um meine Mutter noch zu schlagen. Und das bedeutete, dass ich nicht in Plethora oder in der Nähe bleiben musste, um sicherzustellen, dass er sie nicht eines Tages womöglich totprügelte.

Jetzt, wo mein Vater tot ist und ich diese Sorge endgültig nicht mehr haben muss, hatte ich mich darauf gefreut, endlich meine Freiheit auszukosten.

Aber wenn Mom nach Boston zieht …

Es fühlt sich an, als hätte mir gerade jemand Fesseln angelegt.

Verdammt. Wo ist mein unzerstörbarer Kunststoffstuhl, wenn ich ihn brauche?

Ich spüre, wie Panik in mir aufsteigt, weil ich keine Ahnung habe, wie ich reagieren soll, falls meine Mutter ernst macht und tatsächlich hierherzieht. Irgendwie muss ich mich ablenken, aber womit? Unkraut zum Jäten gibt es hier nirgends, nur Asphalt.

Ich beschließe, stattdessen aufzuräumen.

Als Erstes stelle ich die Schuhkartons mit den Erinnerungen in meinen begehbaren Kleiderschrank zurück. Dann sortiere ich meine Sachen. Zuerst die Kleidung, danach sind meine Schuhe dran, anschließend mein Schmuck …

Sie *darf* nicht nach Boston ziehen.

3.

Sechs Monate später

»Aha.«

Mehr sagt sie nicht.

Meine Mutter dreht sich einmal um die eigene Achse, sieht sich im Raum um, fährt mit dem Zeigefinger über das Fensterbrett und zerreibt Staub zwischen den Fingern. »Es ist …«

»Man muss noch wahnsinnig viel Arbeit reinstecken, schon klar«, unterbreche ich sie. »Aber du musst zugeben, dass der Laden Potenzial hat. Schau dir doch mal allein diese riesigen Schaufenster an.«

Sie nickt nachdenklich. Die Vorbesitzer hatten hier ein Restaurant betrieben und es stehen noch überall Tische und Stühle wild durcheinander. Wenn meine Mutter nach außen hin Zustimmung signalisiert, eigentlich aber anderer Meinung ist, macht sie manchmal so ein Geräusch tief in der Kehle, ohne dabei die Lippen zu bewegen. *Mhmmhm.* Genau dieses Geräusch höre ich jetzt. Zweimal hintereinander.

Enttäuscht lasse ich die Arme sinken. »Du denkst, ich habe einen Fehler gemacht, oder?«

»Das kommt darauf an.« Sie geht zu einem der Tische, zieht einen Stuhl hervor und setzt sich. »Falls dein Blumenladen ein Erfolg wird, werden die Leute dich für deinen Mut, deine Unerschrockenheit und deine kluge Entscheidung bewundern.

Sollte er nicht gut laufen und du hättest dein ganzes Erbe in den Sand gesetzt …«

»… werden die Leute sagen, dass es eine *dumme* Entscheidung war.«

Sie zuckt mit den Achseln. »Genau. Aber das muss ich dir nicht erzählen. Du hast schließlich BWL studiert.« Sie lässt ihren Blick noch einmal durch den Raum wandern, als würde sie versuchen, ihn so vor sich zu sehen, wie er hoffentlich in ein paar Monaten aussehen wird. »Ich finde es gut, dass du so mutig und unerschrocken bist. Jetzt musst du nur noch dafür sorgen, dass es eine kluge Entscheidung gewesen sein wird, Lily.«

Ich lache. Die Herausforderung nehme ich gern an. »Ich kann ja selbst nicht glauben, dass ich den Kaufvertrag sofort unterschrieben habe, ohne vorher mit dir darüber zu sprechen«, sage ich und setze mich neben sie.

»Du bist erwachsen. Das war dein gutes Recht.« Mom lächelt, obwohl in ihrer Stimme ein verletzter Unterton mitschwingt. Dass ich sie nicht um Rat gefragt habe, verstärkt wahrscheinlich ihr Gefühl, nicht mehr gebraucht zu werden. Es ist jetzt ein halbes Jahr her, dass mein Vater gestorben ist, und auch wenn er alles andere als ein idealer Lebenspartner war, verstehe ich, wie schwer es für sie ist, plötzlich so allein zu sein. Übrigens ist sie tatsächlich hierhergezogen. Allerdings nicht direkt nach Boston, sondern in einen der Vororte, weil sie dort eine Stelle in einer Grundschule gefunden hat. Sie wohnt in einem süßen, kleinen Häuschen mit einem Grundstück, das groß genug wäre, um einen richtig tollen Garten anzulegen. Aber sie hat keine Zeit, sich täglich darum zu kümmern, und ich komme auch nicht oft genug zu ihr raus, als dass ich das übernehmen könnte.

Mehr als einmal die Woche schaffe ich es nicht. Maximal zweimal.

»Erst mal musst du den ganzen Krempel hier entsorgen.«

Sie hat recht. Der Laden ist eine einzige Müllhalde, es wird eine Ewigkeit dauern, ihn auszuräumen. »Ich weiß. Ich werde eine ganze Weile schuften müssen, bevor ich daran denken kann, hier irgendetwas einzurichten.«

»Wann ist dein letzter Arbeitstag in der Agentur?«

Ich grinse. »Der war gestern.«

»Ach, Lily.« Meine Mutter seufzt. »Ich hoffe so sehr, dass alles gut geht.«

Wir zucken beide überrascht zusammen, als plötzlich das Glöckchen über der Ladentür bimmelt. Ich stehe auf und gehe um ein Regal herum, das den Blick auf den Eingangsbereich versperrt. In der Tür steht eine Frau, die etwa in meinem Alter ist, vielleicht etwas älter. Als sie mich sieht, winkt sie und strahlt mich an. Sie hat ein total sympathisches Lächeln. Falls sie aber vorhat, mit ihrer blütenweißen und offensichtlich teuren Designerhose in dieses Drecksloch zu kommen, wird das leider in einem Desaster enden.

»Hi!« Bevor ich sie warnen kann, klemmt sie sich ihre Tasche unter den Arm und kommt mit ausgestreckter Hand auf mich zu. »Ich bin Allysa.«

Ich schüttle etwas verwirrt ihre Hand. »Lily.«

Sie zeigt über ihre Schulter. »Draußen hängt ein Schild, auf dem steht, dass ihr Mitarbeiter sucht?«

Ich werfe einen erstaunten Blick zur Tür. Tatsächlich? »Ich hab kein Schild rausgehängt.«

Sie zuckt mit den Achseln. »Es sieht auch schon ziemlich verblichen aus«, meint sie. »Kann sein, dass es schon eine Weile da hängt. Aber als ich gerade vorbeigelaufen bin, dachte ich, ich werfe mal einen Blick hier rein. Ich war neugierig, was das für ein Laden ist.«

Ich mag sie sofort. Ihre Stimme ist angenehm und ihr Lächeln wirkt offen und aufrichtig.

Meine Mutter kommt von hinten, legt mir die Hände auf die Schultern und küsst mich auf die Wange. »Ich muss wieder los, Schatz«, sagt sie. »Wir haben heute Elternabend.« Sie nickt Allysa zu und geht zum Ausgang. »Bis bald.«

Nachdem die Tür hinter ihr zugefallen ist, sehe ich Allysa an und deute auf das Chaos um uns herum. »Im Moment kann ich noch niemanden einstellen«, sage ich. »Ich will hier einen Blumenladen eröffnen, aber bis es so weit ist, dauert es sicher noch zwei Monate.« Und da gibt es noch ein Problem: Allysa sieht nicht so aus, als würde sie sich mit dem Mindestlohn zufriedengeben. Normalerweise beurteile ich Menschen nicht nach ihrem Äußeren, aber ihre Handtasche allein hat vermutlich mehr gekostet, als ich für den ganzen Laden bezahlt habe.

»Ach, echt?« Ihre Augen leuchten auf. »Ich *liebe* Blumen!« Sie dreht sich einmal im Kreis. »Aus dem Laden lässt sich wahnsinnig viel machen«, sagt sie begeistert. »Hast du schon eine Idee fürs Farbkonzept?«

Ich verschränke die Arme und wippe auf den Absätzen. »So weit bin ich noch nicht. Ich habe die Schlüssel erst vor einer Stunde bekommen und hatte noch keine Zeit, mir irgendwas zu überlegen.«

»Okay … Wie heißt du noch mal? Lily?«

Ich nicke.

»Okay, Lily. Ich bin zwar keine Innenarchitektin, aber ich richte für mein Leben gern Räume ein und hätte wahnsinnige Lust, dir zu helfen. Du müsstest mir auch nichts dafür zahlen.«

Ich sehe sie ungläubig an. »Wie … Du würdest kostenlos arbeiten?«

Sie nickt strahlend. »Ja! Es ist nicht so, als wäre ich auf das Geld angewiesen, weißt du. Was mir fehlt, ist eine sinnvolle Beschäftigung. Ich langweile mich manchmal zu Tode. Und als ich das Schild gesehen habe, dachte ich, ich frage einfach mal nach. Es würde mir wirklich Spaß machen, dir zu helfen, Lily – egal, bei was. Ausmisten, putzen, Farben und Möbel aussuchen. Ich bin der totale Pinterest-Freak und habe Hunderte von Listen mit Einrichtungsideen. Außerdem bin ich handwerklich ziemlich begabt.« Sie deutet hinter mich. »Die alte geschnitzte Tür da zum Beispiel. Wenn man die abschleifen und neu lackieren würde, wäre sie ein echtes Prachtstück. Überhaupt gibt es hier ganz viel, was man toll aufarbeiten könnte. Dann müsstest du gar nicht so viele neue Sachen anschaffen.«

Ich sehe mich um und gestehe mir ein, dass es mir ohne Hilfe nicht so bald gelingen wird, Ordnung in dieses Chaos zu bringen. Abgesehen davon wäre ich niemals in der Lage, die schweren Tische allein zu schleppen, ich müsste also sowieso jemanden dafür anheuern und bezahlen. »Dass du umsonst für mich arbeitest, kommt natürlich überhaupt nicht infrage, Allysa«, sage ich. »Aber wenn du mir wirklich helfen willst, könnte ich dir einen Stundenlohn von zehn Dollar anbieten.«

Allysa klatscht begeistert in die Hände, und ich habe den Verdacht, dass sie wie ein kleines Mädchen auf und ab hüpfen würde, wenn ihre Schuhe nicht so hohe Absätze hätten. »Du ahnst gar nicht, wie glücklich du mich machst. Wann kann ich anfangen?«

Ich werfe einen skeptischen Blick auf ihre weiße Hose und die schicken Slingpumps. »Die Sachen, die du anhast, sind zu schade, um darin zu arbeiten. Die könntest du nachher nur noch in die Tonne werfen. Wie wäre es mit morgen?«

»Ach was.« Sie winkt ab und legt ihre Hermès-Handtasche auf die verstaubte Theke. »Die Klamotten kann ich waschen«, sagt sie. »Mein Mann schaut sich heute Abend in einer Bar hier gleich um die Ecke das Spiel von den Bruins an. Ich habe ihn hingefahren, aber Eishockey interessiert mich nicht besonders. Wenn du nichts dagegen hast, bleibe ich gleich da.«

*****

Ein paar Stunden später habe ich das starke Gefühl, völlig unvermutet eine neue beste Freundin gefunden zu haben. Und Allysa hat nicht übertrieben. Ihre Bildersammlung bei Pinterest ist wirklich gigantisch.

Wir haben aber nicht nur Ideen gesammelt, sondern auch angefangen, richtig Hand anzulegen und erst mal sämtliche Möbel mit Haftnotizen zu markieren, auf denen »Bleibt« oder »Muss weg!« steht. Dabei hat sich herausgestellt, dass Allysa ein genauso glühender Upcycling-Fan ist wie ich, sodass wir uns gegenseitig mit Vorschlägen übertrumpft haben, wie man einen Großteil des Mobiliars aufarbeiten, umfunktionieren und weiterverwenden könnte. Sie meinte außerdem, dass sie ihren Mann sicher dazu bringen könnte, die restlichen Sachen für mich zu entsorgen. Als wir fertig sind, setzen wir uns mit Notizblock und Stift bewaffnet an einen Tisch und überlegen, wie das Ladenkonzept aussehen könnte.

»Ich schlage vor, wir klären erst mal die grundsätzlichen Punkte und bauen dann darauf auf.« Allysa lehnt sich in ihrem Stuhl zurück, und ich schüttle lächelnd den Kopf, als mein Blick auf ihre Hose fällt. Sie ist mittlerweile tatsächlich total verdreckt, was ihr aber komplett egal zu sein scheint. »Okay. Welches Ziel hast du vor Augen, wenn du an deinen Laden denkst?«

»Erfolg«, sage ich spontan. »Ich will natürlich unbedingt Erfolg haben.«

Sie lacht. »Dass dein Laden ein Erfolg wird, steht sowieso fest. Aber wie soll er aussehen? Als Allererstes brauchst du eine Vision.«

Ich muss daran denken, was meine Mutter vorhin gesagt hat. Lächelnd setze ich mich auf. »Ich bin mutig genug, ins kalte Wasser zu springen«, sage ich. »Mein Laden soll etwas ganz Besonderes werden. Und ich habe keine Angst, etwas zu riskieren.«

Allysa verengt die Augen und knabbert am Ende ihres Bleistifts. »Mut und Risikobereitschaft bringst du also schon mal mit, das ist gut. Aber du verkaufst Blumen«, gibt sie zu bedenken. »Was könntest du anders machen als deine Konkurrenten?«

Ich schaue mich um und versuche das, was mir vorschwebt, zu visualisieren. Die Bilder bleiben eher vage, aber ich spüre eine prickelnde Unruhe in mir, als wäre ich kurz davor, eine brillante Idee zu haben. »Woran denkst du im Zusammenhang mit Blumen?«, frage ich Allysa. »Sag einfach, was dir spontan dazu einfällt.«

Sie zuckt mit den Schultern. »Keine Ahnung. Blumen sind schön. Sie blühen, deswegen sind sie für mich ein Symbol für Lebendigkeit. Ich denke an … rosa. Und an Frühling.«

»Schön, lebendig, rosa und Frühling«, wiederhole ich. »Allysa, du bist genial!« Ich springe auf und tigere hin und her. »Genau das ist es. Das ist unser einmaliges Konzept! Wir sammeln Begriffe, die man im Allgemeinen mit Blumen verbindet, und kehren das Ganze dann ins Gegenteil um.«

Ich sehe ihr an, dass sie mir nicht folgen kann.

»Okay, pass auf. Wie wäre es, wenn wir hier im Laden nicht wie in allen anderen Shops die Lieblichkeit von Blumen in den Mittelpunkt stellen, sondern auch ihre Vergänglichkeit? Ihre morbide Seite.«

Allysa nickt zwar, versteht aber offensichtlich immer noch nicht so richtig, worauf ich hinauswill. »Statt alles in fröhlichen, harmlosen Farben wie Rosa zu halten, benutzen wir dunklere Töne wie Violett, Anthrazit oder sogar Schwarz. Wir zelebrieren nicht den Frühling und die Lebendigkeit, sondern die Gegenpole Winter und Tod.«

Allysas Augen weiten sich. »Aber … und was ist, wenn jemand rosa Blumen kaufen will?«

»Die bekommt man bei uns natürlich auch, aber wir bieten

unseren Kunden zusätzlich etwas an, von dem sie jetzt noch gar nicht wissen, dass sie es wollen.«

Allysa kratzt sich an der Wange. »*Schwarze* Blumen?«

Sie wirkt skeptisch und ich kann es ihr nicht verdenken. Sie sieht nur die düstere Seite meiner Vision, dabei geht es mir eher um ein Gesamtkonzept. Ich setze mich wieder an den Tisch und holte tief Luft, um einen neuen Anlauf zu starten, sie von meiner Idee zu überzeugen. »Ich habe mal mit jemandem gesprochen, der gesagt hat, dass es keine guten oder schlechten Menschen gibt. Wir alle sind bloß Menschen, die manchmal schlimme Dinge tun. Den Satz habe ich nie vergessen, weil er so wahr ist. Wir alle tragen eine helle und eine dunkle Seite in uns und genau die würde ich gern zum Ausdruck bringen. Statt den Laden betont fröhlich einzurichten, streichen wir die Wände bordeauxrot und lackieren die Leisten und Türrahmen schwarz. Statt überall nur langweilige Glasvasen mit bunten Blumen aufzustellen, wagen wir uns auch in die dunklen Bereiche vor. Unser Motto ist ›Mut und Unerschrockenheit‹. Wir verkaufen hier nicht bloß Frühlingsblumen und rosa Rosen mit Schleierkraut, sondern eben auch Sträuße im Gothic-Stil, die wir mit Lederschnüren zusammenbinden oder mit … dünnen Ketten. Bei uns gibt es nicht bloß Vasen aus Kristallglas, sondern auch welche, die schwarz sind oder … keine Ahnung … mit violettem Samt bezogen … und mit Nieten dekoriert! Da fällt uns bestimmt ganz viel ein, was man machen könnte!« Ich stehe wieder auf und deute aus dem Fenster. »An jeder Ecke gibt es Blumenläden für Menschen, die Blumen lieben, aber wo findet man einen Laden für Menschen, die normale Blumensträuße schrecklich finden?«

Allysa schüttelt den Kopf. »Nirgends«, flüstert sie.

»Ganz genau. Nirgends.«

Wir sehen uns einen Moment an und plötzlich lache ich vor

Aufregung wie ein kleines Mädchen los. Allysa springt auf und umarmt mich.

»Gott, ist das schräg!«, ruft sie. »Das ist so schräg, dass es schon wieder genial ist!«

»Ja, oder?« Ich platze vor Tatendrang. »Am liebsten würde ich mich sofort an den Schreibtisch setzen und einen Businessplan ausarbeiten, aber in meinem zukünftigen Büro stapeln sich alte Gemüsekisten.«

Allysa klopft sich die Hände an der Hose ab. »Dann lass sie uns schleunigst rausschaffen und dir einen Schreibtisch besorgen!«

Gesagt, getan. Wir gehen nach hinten und machen uns daran, die Kisten in einen kleinen Nebenraum zu schleppen. Als der Platz dort irgendwann nicht mehr reicht, steige ich auf einen Stuhl, um höher stapeln zu können.

»Ich hab auch schon eine Idee, wie wir die Kisten verwenden können, um die Schaufenster zu dekorieren.« Allysa reicht mir zwei davon hoch und geht rüber, um Nachschub zu holen. Als ich mich auf die Zehenspitzen stelle, um meinen schon ziemlich hohen Turm weiter zu bestücken, gerät er plötzlich gefährlich ins Wanken, und ich verliere das Gleichgewicht. Mit den Armen rudernd suche ich hektisch nach etwas, woran ich mich festhalten kann, aber als der Kistenturm in sich zusammenstürzt, reißt er mich mit sich, und ich lande unsanft auf dem Boden. Ein scharfer Schmerz schießt vom Knöchel mein Schienbein hinauf.

Allysa kommt sofort angerannt. »Oh Gott, Lily!«, ruft sie und räumt die Kisten zur Seite, unter denen ich begraben liege. »Ist dir was passiert?«

Ich hieve mich in eine sitzende Position und nicke kläglich. »Mein Knöchel tut total weh.«

Allysa bindet mir den Sneaker auf und streift ihn ab. »Der Fuß wird gleich wahrscheinlich ziemlich anschwellen«, sagt sie.

»Das ist jetzt bestimmt eine blöde Frage, aber … hier gibt es nicht zufällig einen Kühlschrank mit Eiswürfeln?«

Ich schüttle den Kopf.

»Das hab ich mir schon gedacht.« Sie zieht ihr Handy aus der Tasche, wählt eine Nummer und legt es neben sich auf den Boden, während sie beginnt, mir vorsichtig die Jeans hochzurollen. Ich könnte heulen. Weniger vor Schmerz, sondern weil ich nicht fassen kann, dass mir das gerade wirklich passiert ist. Warum musste ich den Turm auch so hoch stapeln? Falls der Knöchel gebrochen ist, werde ich es niemals schaffen, den Laden, in dem mein gesamtes Erbe und alle meine Ersparnisse stecken, in ein paar Monaten zu eröffnen.

»Hey, Issa«, ertönt eine Männerstimme aus dem Handylautsprecher. »Wo steckst du? Das Spiel ist gerade vorbei.«

Allysa greift nach dem Handy. »Hey, Schatz. Ich bin bei der Arbeit …«

»Was redest du da, Baby?«

Allysa schüttelt den Kopf. »Marshall, hör mir einfach zu, okay? Wir haben hier einen Notfall. Sieht leider so aus, als wäre der Knöchel meiner Chefin gebrochen. Kannst du uns ganz schnell Eis zum Kühlen vorbeibringen? Der Laden ist ganz in der Nähe von der …«

»Welcher Laden, welche Chefin?«, unterbricht er sie lachend. »Süße, du hast nicht mal einen Job!«

Allysa verdreht die Augen. »Du bist betrunken.«

»Klar bin ich betrunken. Heute ist Onesie Tag«, sagt er. »Freibier bis zum Abwinken …«

Sie stöhnt. »Gib mir meinen Bruder.«

»Moment.« Ein paar Sekunden später meldet sich eine zweite Männerstimme. »Hey. Was gibt's?«

Allysa nennt ihm die Adresse meines Ladens. »Komm sofort mit Marshall her, okay?«, sagt sie leicht gereizt. »Wir haben einen medizinischen Notfall. Und bringt Eis zum Kühlen mit.«

»Dein Wunsch ist uns wie immer Befehl.« Ich höre Gelächter und wie einer der Männer sagt: »*Oh-oh, da scheint aber jemand ganz schön auf Krawall gebürstet zu sein* …« Danach wird aufgelegt.

Allysa schiebt das Handy wieder in ihre Hosentasche. »Ich gehe vor die Tür und warte auf die beiden, okay? Kann ich dich so lang allein lassen?«

Ich nicke und taste nach dem umgekippten Stuhl, um mich daran hochzuziehen. »Vielleicht sollte ich versuchen, ein paar Schritte zu gehen?«

Allysa legt mir sanft, aber bestimmt eine Hand auf die Schulter. »Auf keinen Fall. Du bleibst schön hier sitzen und wartest, bis ich mit den beiden zurückkomme.«

Ich habe zwar keine Ahnung, was zwei betrunkene Kerle für mich tun könnten, nicke aber gehorsam. Meine neue Angestellte benimmt sich, als wäre *sie* hier die Chefin, und ich habe gerade ein bisschen Angst vor ihr.

Zehn Minuten nachdem Allysa nach draußen verschwunden ist, höre ich, wie die Ladentür wieder geöffnet wird. »Was zum Teufel …?«, sagt eine Männerstimme. »Was machst du hier allein in diesem Gruselkabinett?«

»Sie ist hinten«, höre ich Allysa sagen. Kurz darauf kommt sie mit einem Typen ins Zimmer, der einen dieser Strampelanzüge für Erwachsene trägt, die gerade so in Mode sind. Einen Onesie. Er ist groß und schlaksig und hat wilde Locken, die dringend mal wieder einen Schnitt gebrauchen könnten. Sein Blick ist offen und er sieht auf eine jungenhafte Art gut aus. In der Hand hält er einen Beutel mit Eiswürfeln.

Dass dieser große, erwachsene Mann einen *Onesie* anhat, habe ich schon erwähnt, oder?

Einen Onesie mit *SpongeBob-Aufdruck* …

»Hi.« Ich mustere ihn mit hochgezogenen Brauen und versuche, nicht zu lachen. »Dein Mann?«, frage ich Allysa.

Sie seufzt. »Ich fürchte, ja.«

Aus dem Augenwinkel bekomme ich mit, dass hinter den beiden noch ein Typ (ebenfalls in einem Onesie) in den Raum kommt, der dann wohl ihr Bruder sein muss, aber ich habe keine Zeit, ihn mir genauer anzusehen.

»In der Sportbar ist heute Onesie-Abend«, erklärt Allysa und zieht meine Aufmerksamkeit wieder auf sich. »Wer zu Spielen von den Bruins im Onesie kommt, kriegt den ganzen Abend Freibier.« Sie dreht sich zu den beiden um. »Lily ist vom Stuhl gefallen und hat sich den Knöchel verstaucht oder vielleicht sogar gebrochen.«

Jetzt schiebt sich ihr Bruder an ihrem Mann vorbei und streckt mir die Hand hin.

Mir stockt der Atem.

Ich kenne diese Hand.

Das ist die Hand eines Neurochirurgen.

Was bedeutet, dass … oh mein Gott … sie ist seine *Schwester*! Allysa ist die Schwester, die sich zusammen mit ihrem Mann die gesamte obere Etage des Hauses mit der Dachterrasse gekauft hat. Zusammen mit ihrem Mann, der im Schlafanzug von zu Hause aus arbeitet und Millionen verdient.

Mein Blick wandert von der Hand über den muskulösen Arm zu seinem Gesicht hinauf, und ich halte die Luft an, als wir uns in die Augen sehen. Ryle grinst. Unsere Begegnung auf der Dachterrasse ist … *Gott, wann war das?* … sechs Monate her, und es wäre eine glatte Lüge, wenn ich behaupten würde, dass ich seitdem nicht an ihn gedacht hätte. Ich habe sogar ziemlich oft an ihn gedacht. Aber ich hätte nie im Leben damit gerechnet, ihn jemals wiederzusehen.

»Ryle, das ist Lily. Lily, mein Bruder Ryle«, stellt Allysa uns einander vor. »Und Mr SpongeBob heißt mit bürgerlichem Namen Marshall.«

Ryle kniet sich vor mich hin. »Freut mich, dich kennenzulernen … Lily.«

Er hat mich definitiv wiedererkannt, trotzdem verhält er sich so, als würden wir uns heute das erste Mal sehen. Ich weiß nicht, warum er das tut, bin aber ganz froh darüber, weil es mir im Moment viel zu kompliziert wäre, Allysa zu erklären, wie und wo wir uns kennengelernt haben.

»Dann lass mal sehen.« Ryle tastet mein Gelenk ab. »Kannst du den Fuß bewegen?«

Als ich es versuche, durchfährt mich sofort wieder ein stechender Schmerz. Ich ziehe scharf die Luft ein und schüttle den Kopf. »Es tut echt weh.«

Ryle wendet sich an Marshall. »Kannst du mir irgendein Tuch oder so was in der Art besorgen, damit wir ihr einen kalten Wickel machen können?«

»Vielleicht finden wir in der Küche was«, meint Allysa und geht mit Marshall aus dem Raum.

Sobald die beiden außer Hörweite sind, wendet sich Ryle wieder mir zu und lacht leise. »Keine Angst, ich behandle dich kostenlos, aber nur, weil ich nicht mehr ganz nüchtern bin.«

»Also wirklich.« Ich schüttle gespielt missbilligend den Kopf. »Bei unserer ersten Begegnung warst du bekifft und jetzt bist du betrunken. Langsam frage ich mich, ob du ein besonders vertrauenswürdiger Neurochirurg bist.«

Ryle lacht wieder. »Ich kann deine Bedenken verstehen«, sagt er. »Aber ich versichere dir, dass ich wahnsinnig selten mal was rauche und nur deswegen ein Bier – na ja, vielleicht waren es auch fünf – getrunken habe, weil ich heute zum ersten Mal seit vier Wochen einen Abend freihabe.«

Marshall kehrt mit einem Küchenhandtuch zurück und hält es Ryle hin, der es um den Eisbeutel wickelt und mir dann um den Knöchel schlingt. »Danke. Und jetzt bräuchte ich den Erste-Hilfe-Kasten aus deinem Wagen«, sagt er zu seiner

Schwester. Allysa nickt, greift nach Marshalls Hand und zieht ihn mit sich nach draußen.

Ryle legt seine Handfläche unter meine Ferse. »Versuch mal, dagegenzudrücken.«

Es tut zwar höllisch weh, aber es klappt. »Heißt das, er ist nicht gebrochen?«

Er bewegt mein Fußgelenk behutsam hin und her. »Sieht aus, als hättest du Glück gehabt. Lass uns ein paar Minuten abwarten, dann schauen wir mal, ob du den Knöchel belasten kannst.«

Nachdem er sich mir gegenüber auf den Boden gesetzt hat, zieht er sich meinen Fuß in den Schoß und sieht sich um. »Was ist das hier eigentlich für ein Laden?«

Ich kann nichts dagegen tun, dass sich meine Mundwinkel zu einem breiten Lächeln nach oben biegen. »In zwei Monaten eröffnet hier *Lily Bloom's Flower Shop*«, verkünde ich stolz.

»Sag bloß!« Er lächelt anerkennend. »Du machst deinen Traum also wirklich wahr? Du eröffnest tatsächlich deinen eigenen Laden?«

»Jep.« Ich nicke. »Ich hab gedacht, ich riskiere es, solange ich jung genug bin, um noch mal von vorn anzufangen, falls es schiefgehen sollte.«

Ryle, der weiterhin den Lappen mit dem Eis gegen meinen Knöchel drückt, legt seine andere Hand beiläufig auf meinen unverletzten Fuß und streicht mit dem Daumen leicht darüber, als wäre nichts dabei. Aber die Berührung seiner Finger auf meiner Haut ist so intensiv, dass sie mich allen Schmerz vergessen lässt.

»Ich sehe ganz schön albern aus, was?«, sagt er und sieht mit schiefem Lächeln an seinem knallroten Onesie herunter.

Ich zucke mit den Achseln. »Wenigstens ist deiner nicht auch noch mit irgendwas Bescheuertem bedruckt, dadurch hast du dir einen letzten Rest Reife und Seriosität bewahrt.«

Er lacht, wird aber sofort wieder ernst. »Weißt du, dass du bei Licht sogar noch hübscher bist als auf der dunklen Terrasse?«

In Momenten wie diesen hasse ich die Tatsache, dass ich rothaarig und hellhäutig bin. Wenn ich verlegen bin, läuft nicht nur mein Gesicht rot an, sondern auch mein Hals und sogar meine Arme.

Ich lehne den Kopf zurück und sehe ihn an. »Möchtest du eine nackte Wahrheit hören?«

Ryle nickt.

»Seit dem Abend damals war ich ein paarmal kurz davor, mich noch mal auf eure Dachterrasse zu setzen. Aber ich hatte zu viel Angst, dass du wieder da sein könntest. Du machst mich nämlich ein bisschen nervös.«

Seine Finger halten in der Streichelbewegung inne. »Möchtest du auch eine nackte Wahrheit von mir hören?«

Ich nicke.

Er verengt die Augen, schiebt seine Hand unter meinen Fuß und streicht ganz langsam von den Zehen über den Spann bis zur Ferse. »Ich möchte dich immer noch ficken.«

Jemand schnappt laut nach Luft und ich bin es nicht.

Allysa steht in der Tür, sieht uns mit offenem Mund an und zeigt auf Ryle. »Hast du gerade …« Sie sieht mich an. »Gott, Lily … Bitte entschuldige, das ist …« Ihr Blick funkelt vor Empörung. »Ryle! Hast du etwa allen Ernstes gerade zu meiner neuen Chefin gesagt, dass du sie *ficken* willst?«

Oje.

Ryle beißt sich auf die Unterlippe. In diesem Moment kommt Marshall ins Zimmer. »Ist irgendwas passiert?«

Allysa deutet auf Ryle. »Er … er hat Lily gerade gesagt, dass er sie ficken will.«

»Oh.« Marshall sieht zwischen Ryle und mir hin und her, und ich weiß nicht, ob ich laut lachen oder mich unter dem Tisch verstecken soll. »Das hast du wirklich gesagt?«

Ryle zuckt mit den Achseln. »Glaub schon.«

Allysa schlägt die Hände vors Gesicht. »Ohgottohgottohgott«, stöhnt sie und lässt die Hände sinken. »Er ist betrunken. Sie sind beide betrunken. Bitte schließ nicht von ihm auf mich, Lily. Mein Bruder ist ein … ein primitiver … widerlicher …«

»Das ist schon okay, Allysa«, beruhige ich sie und sehe Ryle an, der immer noch meinen Fuß streichelt. »So sind Männer eben. Dein Bruder spricht wenigstens offen aus, was er denkt. Das tun die wenigsten.«

Ryle zwinkert mir zu und setzt meinen Fuß vorsichtig auf den Boden. »Okay, dann lass uns mal ausprobieren, ob du auftreten kannst.«

Nachdem er und Marshall mir geholfen haben, aufzustehen, deutet Ryle auf einen Tisch, der an der Wand steht. »Meinst du, du schaffst es bis da drüben? Dann könntest du dich auf die Tischplatte setzen, während ich dich verbinde.«

Er fasst mich um die Taille und schlingt sich meinen Arm um seine Schulter. Marshall stützt mich von der anderen Seite. Ganz vorsichtig setze ich den verletzten Fuß auf dem Boden ab. Es tut zwar weh, wenn ich ihn belaste, aber der Schmerz ist auszuhalten, sodass ich es mit Ryles und Marshalls Hilfe tatsächlich schaffe, zum Tisch zu humpeln. Nachdem Ryle mich auf die Tischplatte gehoben hat, strecke ich das Bein aus, und er tastet den Knöchel noch einmal ab.

»Okay, die gute Nachricht ist, dass du dir garantiert nichts gebrochen hast.«

»Und die schlechte?«, frage ich.

Er klappt den Erste-Hilfe-Kasten auf. »Du musst ein paar Tage liegen und den Fuß absolut ruhig halten. Vielleicht sogar eine ganze Woche. So eine Stauchung ist eine schmerzhafte und langwierige Angelegenheit.«

Ich schließe die Augen und lehne den Kopf gegen die Wand. »Aber ich hab hier doch so viel zu tun«, ächze ich.

Ryle packt eine elastische Binde aus und beginnt, sie behutsam um meinen Fuß zu wickeln. Allysa steht hinter ihm und sieht zu.

»Allmählich bekomme ich wieder Durst«, sagt Marshall. »Will sonst noch jemand was zu trinken? Gegenüber ist ein Drugstore.«

Ryle schüttelt den Kopf. »Danke, ich brauche nichts.«

Ich lächle dankbar. »Wasser wäre toll.«

»Für mich bitte eine Sprite«, sagt Allysa.

Marshall greift nach ihrer Hand. »Die kriegst du nur, wenn du mitkommst und mir tragen hilfst.«

Sie zieht ihre Hand weg und verschränkt die Arme vor der Brust. »Ich lasse Lily auf keinen Fall mit meinem sexistischen Bruder hier allein.«

»Es ist okay, Allysa«, sage ich. »Wirklich. Er hat bloß einen Witz gemacht.«

Sie sieht mich einen Moment lang stumm an. »Na gut. Aber du darfst mich nicht feuern, bloß weil ich einen Bruder mit grenzwertigem Humor habe.«

»Ich verspreche dir, dass ich dich nicht feuern werde.«

»Okay.« Sie nimmt Marshall an der Hand und die beiden ziehen los.

Ryle sieht mich erstaunt an. »Meine Schwester arbeitet für dich?«

»Ja, seit ein paar Stunden. Sie ist meine neue Assistentin.«

Er greift in den Kasten und nimmt eine Rolle Pflaster heraus. »Ist dir klar, dass sie in ihrem ganzen Leben noch keinen richtigen Job hatte?«

»Sie hat mich schon vorgewarnt.« Ich sehe, dass er die Kiefer aufeinanderpresst, und frage mich, warum er auf einmal so angespannt wirkt. Dann dämmert es mir. Denkt er womöglich, ich hätte Allysa angestellt, um mich über sie an ihn ranzumachen? »Bis du vorhin hier reingekommen bist, hatte ich keine Ahnung, dass sie deine Schwester ist. Ich schwöre!«

»Wie kommst du darauf, dass ich so was denken könnte?«

»Ich will nur nicht, dass du glaubst, ich hätte dich irgendwie in eine Falle gelockt oder so was. Mir ist absolut bewusst, dass wir beide vollkommen unterschiedliche Ansichten über Beziehungen haben.«

Er lässt meinen fertig verbundenen Fuß vorsichtig wieder los und nickt. »Das ist richtig«, sagt er. »Ich habe mich auf One-Night-Stands spezialisiert und du suchst nach dem Heiligen Gral.«

Ich lache. »Du hast ein gutes Gedächtnis.«

»Habe ich wirklich«, sagt er lächelnd. »Aber du bist auch jemand, den man nur sehr schwer wieder vergisst.«

Mir wird heiß. Er muss *unbedingt* aufhören, solche Sachen zu sagen. »Ryle?« Ich rutsche auf der Tischplatte ein Stück vor. »Ich glaube, ich muss noch eine nackte Wahrheit loswerden.«

Er beugt sich zu mir. »Ich bin ganz Ohr.«

Ich beschließe, offen zu sein. »Du gefällst mir«, sage ich. »Sehr. Bis jetzt habe ich praktisch noch nichts an dir entdecken können, was ich nicht gut finde. Aber da wir beide – wie du eben noch mal bestätigt hast – unterschiedliche Vorstellungen haben, möchte ich dich darum bitten, keine Sachen mehr zu mir zu sagen, von denen mir schwindelig wird, falls wir in Zukunft noch öfter miteinander zu tun haben sollten. Okay? Das wäre für uns beide besser.«

Er nickt. »Dann bin ich jetzt dran.« Er legt beide Hände auf die Tischplatte und beugt sich noch weiter zu mir vor. »Du gefällst mir auch, Lily. *Sehr*. Ich habe praktisch nichts an dir entdecken können, das ich nicht gut finde – bis auf eine Sache, aber die ist der Grund dafür, dass ich hoffe, dass wir nicht noch öfter miteinander zu tun haben werden. Mir gefällt nicht, wie oft ich an dich denken muss. Das ist zwar nicht *so* furchtbar oft, aber doch viel öfter, als mir lieb ist. Wenn du dir also einen One-Night-Stand mit mir nach wie vor nicht vorstellen kannst, schlage ich vor, dass wir uns beide einen Gefallen tun und uns aus dem Weg gehen.«

Ich weiß nicht, wie es passiert ist, aber sein Gesicht ist meinem plötzlich ganz nahe, und diese Nähe macht es mir schwer, mich auf die Worte zu konzentrieren, die ihm über die Lippen kommen. Sehr schöne Lippen übrigens. Sein Blick fällt kurz auf meinen Mund, aber dann hören wir, wie die Ladentür aufgeht, und plötzlich steht er in der anderen Ecke des Raums und ist damit beschäftigt, die heruntergefallenen Kisten aufeinanderzustapeln.

»Getränkelieferung!« Allysa kommt rein und hält mir eine Flasche Wasser hin. »Und? Wie lautet die Diagnose?«

Ich schiebe die Unterlippe vor. »Der Arzt hat angeordnet, dass ich ein paar Tage liegen soll.«

»Dein Glück, dass du mich hast«, sagt Allysa. »Während du dich schonst, kann ich hier ja schon mal anfangen, klar Schiff zu machen.«

Ich trinke einen Schluck von dem Wasser und wische mir über den Mund. »Ich erkläre dich hiermit zur Mitarbeiterin des Monats, Allysa.«

»Hast du das gehört, SpongeBob?« Sie grinst und stößt Marshall in die Seite. »Ich bin ihre beste Mitarbeiterin.«

Er legt einen Arm um ihre Schulter und küsst sie auf den Scheitel. »Ich bin sehr stolz auf dich, Issa.«

Ich mag es, dass er ihren Namen zu Issa abkürzt. Das klingt total liebevoll und gar nicht kitschig. Wie mich mein Freund wohl nennen würde, wenn ich einen hätte? Illy?

Gott, das geht gar nicht.

»Sollen wir dich nach Hause bringen?«

Ich rutsche vorsichtig vom Tisch und probiere aus, wie sehr ich den Fuß belasten kann. »Nicht nötig. Es ist ja der linke Fuß, den brauche ich zum Glück nicht, weil ich Automatik fahre. Aber es wäre nett, wenn ihr mir zum Wagen helfen würdet.«

Allysa legt mir einen Arm um die Taille. »Wenn du mir den Ladenschlüssel anvertraust, schließe ich hier ab und fange gleich morgen mit dem Ausräumen an.«

Die drei begleiten mich zu meinem Wagen, wobei Marshall und Allysa mich stützen, während Ryle sich auffällig im Hintergrund hält. Hat er etwa Angst, mir noch mal zu nahe zu kommen? Als ich hinter dem Lenkrad sitze, rutscht Allysa neben mich auf den Beifahrersitz. »Gibst du mir kurz dein Handy?«

Ich halte es ihr hin und sie tippt ihre Nummer ein. Ryle steckt den Kopf durchs Wagenfenster. »Besorg dir Kühlpads und versuch, den Knöchel die nächsten Tage möglichst ruhig zu halten. Du kannst auch Fußbäder in Eiswasser machen, um die Schwellung in Schach zu halten.«

Ich nicke. »Alles klar, Doc. Danke für deinen ärztlichen Beistand.«

»Da fällt mir ein … vielleicht kannst du sie ja fahren, Ryle«, sagt Allysa plötzlich. »Nur um ganz sicherzugehen, dass sie heil nach Hause kommt.«

Ryle schüttelt den Kopf. »Keine gute Idee«, sagt er. »Ich hab zu viel getrunken und sollte mich nicht mehr hinters Steuer setzen.«

»Okay, aber du könntest mitfahren und ihr helfen, in die Wohnung zu kommen«, sagt Allysa. »Danach nimmst du ein Taxi nach Hause.«

»Lieber nicht. Gute Besserung, Lily.« Ryle klopft aufs Wagendach, dann dreht er sich um und geht zu Marshall, der vor dem Laden wartet.

»Tut mir echt leid.« Allysa reicht mir mein Handy. »Erst gräbt er dich übelst an, und dann ist er zu faul, um dich nach Hause zu begleiten.« Sie steigt aus dem Wagen, schließt die Tür und beugt sich dann noch einmal durchs offene Fenster herein.

»Genau deswegen wird er auch bis zu seinem Lebensende ein einsamer Wolf bleiben.« Sie deutet auf das Handy, das ich auf den Beifahrersitz gelegt habe. »Schick mir eine Nachricht, wenn du zu Hause bist, ja? Und ruf mich an, falls du was brauchst. Freundschaftsdienste stelle ich nicht in Rechnung.«

»Danke, Allysa. Du bist ein Engel.«

Sie lächelt. »Ach was, ich muss mich bei dir bedanken. Ich hatte einen tollen Tag heute. Seit ich letztes Jahr auf dem Paolo-Nutini-Konzert war, hatte ich nicht mehr so viel Spaß.« Sie hebt die Hand zum Abschied und läuft zu Marshall und ihrem Bruder.

Im Rückspiegel beobachte ich, wie die drei davonschlendern, und sehe, dass Ryle noch einmal ganz kurz über die Schulter zurückschaut, bevor sie um die Ecke biegen.

Ich schließe die Augen und atme aus.

Ich habe ihn jetzt erst zweimal gesehen – beides waren Tage, die ich nicht als die glücklichsten in meinem Leben bezeichnen würde. An dem einen habe ich meinen Vater beerdigt und am anderen durch meine eigene Ungeschicklichkeit womöglich dafür gesorgt, dass ich meinen neuen Laden nicht rechtzeitig eröffnen kann. Und trotzdem fühlt es sich an, als wären es gute Tage gewesen. Einfach nur, weil er da gewesen ist.

Verdammt, warum muss ausgerechnet er Allysas Bruder sein? Ich bin mir nämlich ziemlich sicher, dass das nicht unsere letzte Begegnung gewesen sein wird.

4.

Weil ich immer wieder stehen bleiben und Verschnaufpausen einlegen muss, dauert es eine halbe Stunde, bis ich es von meinem Auto in die Wohnung geschafft habe. Unterwegs versuche ich zweimal, Lucy übers Festnetz zu erreichen, damit sie mir hilft, aber sie geht nicht ans Telefon, weshalb ich annehme, dass sie mal wieder bei ihrem Freund übernachtet. Als ich die Wohnungstür aufschließe, bin ich deshalb etwas überrascht, sie mit dem Handy am Ohr gemütlich auf der Couch liegen zu sehen.

Ich werfe mit lautem Knall die Tür ins Schloss.

Sie sieht auf. »Ist irgendwas?«

Ich stütze mich an der Wand ab und hüpfe in Richtung meines Zimmers. »Hab mir den Knöchel verstaucht.«

»Sorry, dass ich nicht ans Telefon bin!«, ruft sie, während ich an ihr vorbeihumple. »Ich musste dringend was mit Alex besprechen und hätte dich gleich zurückgerufen!«

»Schon okay«, sage ich knapp und mache die Tür hinter mir zu. Im Bad schlucke ich zwei Schmerztabletten, humple zu meinem Bett, lasse mich darauffallen und starre an die Decke.

Ich kann immer noch nicht fassen, dass ich jetzt eine ganze Woche lang hier festsitze und nichts im Laden machen kann. Seufzend greife ich nach dem Handy und schicke meiner Mutter eine Nachricht.

Ich bin gestürzt und hab mir den Knöchel verstaucht.

Zum Glück ist nichts gebrochen, aber ich muss den Fuß ruhig halten. Könntest du mir ein paar Sachen besorgen und vorbeibringen?

Auf einmal bin ich richtig froh darüber, dass sie hierhergezogen ist. Allerdings hat sich unser Verhältnis auch sehr verändert, seit mein Vater nicht mehr da ist. Mir ist mittlerweile klar, dass ich es ihr wohl unterbewusst immer übel genommen habe, dass sie ihn nicht verlassen hat. Zwar spüre ich nach wie vor viel Wut in mir, aber die richtet sich jetzt hauptsächlich gegen meinen Vater. Es ist sicher nicht gesund, diese Verbitterung mit mir herumzuschleppen, aber verdammt, er hat nun mal einigen Menschen wahnsinnig wehgetan. Meiner Mutter, mir ... und Atlas.

Atlas.

In den vergangenen Monaten war ich so sehr damit beschäftigt, mit Mom ihren Umzug zu organisieren und in den Mittagspausen heimlich nach einem geeigneten Ladenlokal für *Lily Bloom's Flower Shop* zu suchen, dass ich die Tagebücher völlig vergessen habe.

Ich richte mich auf, hinke zum Schrank, hole das letzte Heft aus dem Karton und humple zum Bett zurück, wobei ich unterwegs auf die Kommode gestützt eine kleine Pause einlege. Mit einem Seufzer kuschle ich mich wieder unter die Decke und mache es mir gemütlich.

Da ich sowieso keine Möglichkeit habe, irgendetwas Sinnvolles zu tun, kann ich meine erzwungene Ruhephase auch damit verbringen, mich mit meiner Vergangenheit auseinanderzusetzen und ein bisschen in Selbstmitleid zu versinken.

Liebe Ellen,
ich habe dir noch gar nicht geschrieben, wie genial ich deine Oscar-Moderation fand. Als du im Saal gestaubsaugt hast und die ganzen Stars

in der ersten Reihe die Füße hochheben mussten, wäre ich vor Lachen fast vom Sofa gefallen.

Übrigens hast du einen neuen Fan. Atlas war heute nach der Schule wieder bei uns zu Hause und hat deine Show mit mir geschaut. Ja, ich weiß. Aber bevor du schimpfst, hör dir erst mal an, wie es dazu gekommen ist.

Nachdem er gestern bei uns geduscht hat, habe ich ihn nicht mehr gesehen, aber heute Morgen hat er sich im Bus wieder neben mich gesetzt. Er kam mir ein bisschen fröhlicher vor als an den Tagen vorher und hat mich sogar angelächelt.

Irgendwie war es ein bisschen seltsam, ihn in den Sachen von meinem Vater zu sehen, wobei ihm die Hose viel besser passt, als ich gedacht hätte.

»Ich hab was für dich«, hat er gesagt und sich zu seinem Rucksack runtergebeugt.

»Was denn?«

Er hat eine Tüte rausgezogen und sie mir hingehalten. »Hier. Die hab ich in der Garage gefunden. Sie sind leider ziemlich verdreckt, und ich konnte sie nicht richtig sauber machen, weil ich ja kein fließendes Wasser habe.«

Ich war sprachlos, weil ich ihn noch nie so viel auf einmal habe sagen hören. Dann habe ich in die Tüte geschaut und gesehen, dass Gartenwerkzeuge drin waren.

»Ich hab vor ein paar Tagen gesehen, dass du für die Gartenarbeit bloß diese unpraktische riesige Schaufel hast. Die Sachen hier benutzt ja niemand mehr und deswegen dachte ich ...«

»Äh ... danke.« Mehr habe ich nicht rausgebracht, weil ich so überrascht war. Früher hatte ich mal eine richtige Blumenkelle. Der Griff war mit Plastik verkleidet, das irgendwann abgebrochen ist. Von dem rostigen Metall habe ich Blasen an den Händen bekommen, deswegen hatte ich mir zu meinem letzten Geburtstag von Mom Gartenwerkzeug gewünscht. Als sie mir stolz eine große Schaufel und eine Hacke überreicht hat, habe ich es nicht übers Herz *gebracht, ihr zu sagen, dass ich eigentlich kleinere Werkzeuge brauche.*

Atlas räusperte sich. »*Mir ist schon klar, dass das kein richtiges Geschenk ist, weil ich nichts dafür bezahlt habe, aber … ich wollte dir gern was zurückgeben. Du weißt schon, dafür, dass du …*«

Als er nicht weitergeredet hat, habe ich genickt und ihm die Tüte hingehalten. »*Kannst du die bitte bis nach der Schule für mich einstecken? Mein Rucksack ist kleiner als deiner, da passt sie nicht rein.*«

Er hat die Tüte wieder in seinem Rucksack verstaut und mich dann angeschaut. »*Wie alt bist du eigentlich?*«

»*Fünfzehn.*«

Ich hatte das Gefühl, dass er ein bisschen enttäuscht war.

»*Und du gehst in die Zehnte?*«

Ich habe nur genickt, weil mir nichts eingefallen ist, was ich sonst dazu hätte sagen können. Ich weiß nie, was ich mit Jungs reden soll. Außerdem ist Atlas schon in der Zwölften, das verunsichert mich noch mehr. Und wenn ich unsicher bin, bringe ich gar kein Wort mehr heraus.

»*Ich weiß nicht, wie lang ich noch in dem Haus bleibe*«, *hat er leise gesagt.* »*Aber falls du mal Hilfe bei der Gartenarbeit brauchst oder bei irgendwas anderem, mache ich das gern. Ich hab ja den ganzen Tag nichts zu tun. Ohne Strom und so … Da fällt Fernsehen schon mal flach.*«

Ich habe gelacht, aber gleich danach habe ich mich geschämt, weil seine Situation echt nicht zum Lachen ist.

Den Rest der Busfahrt haben wir über dich geredet, Ellen. Als er meinte, dass er nicht fernsehen kann, habe ich ihn nämlich gefragt, ob er deine Show kennt. Er hat gesagt, dass er sie früher öfter geschaut hätte und dich echt cool findet.

Ich habe ihm erzählt, dass ich die Show immer abends aufnehme und am nächsten Tag nach der Schule ansehe, und ihn dann gefragt, ob er Lust hätte, sie nachher mit mir zu schauen.

In der Schule sind wir uns nicht begegnet, erst wieder auf der

Heimfahrt im Bus. Diesmal saß er aber nicht neben mir, weil Katie vor ihm eingestiegen ist und sich neben mich gesetzt hat. Ich war kurz davor, ihr zu sagen, dass sie sich einen anderen Platz suchen soll, aber ich wollte nicht, dass sie denkt, ich wäre in Atlas verliebt, deswegen habe ich es gelassen.

Atlas hat sich vorne hingesetzt und ist deshalb vor mir ausgestiegen, aber er hat auf mich gewartet. Ich habe ihn nicht noch mal gefragt, ob er deine Show mit mir sehen will, sondern einfach »Komm mit« gesagt und bin zum Haus gegangen.

Ich habe uns Sandwiches und etwas zu trinken aus der Küche geholt und dann haben wir uns damit ins Wohnzimmer gesetzt. Ich saß auf der Couch, er in Dads Sessel, und so haben wir uns deine Show angeschaut. Mehr ist eigentlich nicht gewesen. Wir haben nicht viel geredet, weil ich während der Werbung wie immer vorgespult habe. Aber er hat genau an den Stellen gelacht, die ich auch witzig fand. Humor ist echt eine wichtige Eigenschaft, finde ich. Immer, wenn er gelacht hat, habe ich gedacht, dass er jemand ist, mit dem ich auch ganz normal befreundet sein könnte. Irgendwie fühlt es sich dadurch richtiger an, ihn mit hierher nach Hause zu nehmen.

Als die Sendung zu Ende war, ist er gleich gegangen. Eigentlich wollte ich ihm anbieten, noch mal zu duschen, aber so war es wahrscheinlich besser. Er sollte schließlich nicht womöglich direkt aus der Dusche nackt durch den Garten rennen müssen.

Wobei das sicher lustig ausgesehen hätte.

Deine Lily

Liebe Ellen,
das ist nicht euer Ernst, oder? Die ganze Woche lang nur Wiederholungen? Ich verstehe ja, dass du auch mal Urlaub brauchst, aber so ist das echt hart für deine Fans. Warum nimmst du statt einer nicht immer gleich zwei Shows am Tag auf? Dann hättest du öfter frei und wir müssten uns keine Wiederholungen anschauen.

Mit »wir« meine ich Atlas und mich. Er kommt jetzt immer nach der Schule mit zu mir und wir schauen deine Show. Ich glaube, er findet dich genauso genial wie ich, aber ich habe ihm nicht erzählt, dass ich dir fast jeden Tag schreibe. Das würde er bestimmt merkwürdig finden.

Jetzt wohnt er schon seit zwei Wochen in dem verlassenen Haus. Er duscht regelmäßig bei uns und ich gebe ihm jedes Mal etwas zu essen mit. Ein paarmal habe ich auch seine Wäsche gewaschen. Er bedankt sich immer tausendmal für alles, als würde ich ein Riesenopfer bringen, dabei bin ich ehrlich gesagt froh darüber, etwas tun zu können. Außerdem finde ich es total schön, endlich mal jemanden zu haben, mit dem ich nach der Schule Zeit verbringen kann.

Dad ist gerade erst nach Hause gekommen, was meistens bedeutet, dass er nach der Arbeit noch trinken war. Das sind dann oft die Abende, an denen er irgendwann mit Mom streitet, was wiederum bedeutet, dass es gut sein kann, dass er wieder ausrastet und Sachen macht, die er hinterher bereut. Warum tut Mom sich das an? Warum verlässt sie ihn nicht einfach? Falls sie sich einredet, sie würde mir damit einen Gefallen tun, ist das eine billige Ausrede. Es ist nicht so, als könnte sie uns finanziell nicht über Wasser halten. Schließlich arbeitet sie und verdient ihr eigenes Geld. Ich wäre sofort bereit, mit ihr in eine kleine Wohnung zu ziehen und mich nur noch von japanischen Instant-Nudelsuppen zu ernähren, wenn wir dafür unsere Ruhe vor ihm hätten. Ich fände alles besser als die angespannte Stimmung hier, wo wir ständig damit rechnen müssen, dass er wegen irgendeiner Kleinigkeit explodiert.

Oh Gott, ich wusste es. Es geht schon wieder los. Ich kann hören, wie er sie wegen irgendwas anschreit. Manchmal setze ich mich einfach zu den beiden ins Wohnzimmer, weil er sich vor mir zusammenreißt. Okay, dann mache ich lieber mal Schluss und gehe rüber.

Deine Lily

Liebe Ellen,

wenn ich jetzt eine Pistole hätte oder ein Messer, würde ich ihn umbringen. Das meine ich ganz ernst.

Als ich in den Flur raus bin, war es schon zu spät. Die beiden standen sich im Wohnzimmer gegenüber, und ich habe gesehen, wie Mom ihn am Arm festgehalten und versucht hat, ihn zu beruhigen. Im nächsten Moment hat er ihr mit solcher Wucht eine geknallt, dass sie hingefallen ist. Ich bin mir ziemlich sicher, dass er kurz davor war, ihr auch noch einen Tritt zu verpassen, aber in dem Moment bin ich ins Zimmer gekommen, und er hat sich schnell weggedreht. Er hat dann bloß noch irgendwas in sich reingeschimpft, ist ins Schlafzimmer und hat die Tür hinter sich zugeknallt.

Ich bin sofort zu Mom, um ihr aufzuhelfen. Aber sie will nie, dass ich sie schwach sehe, und hat sich auch diesmal allein wieder aufgerappelt und so getan, als wäre nichts gewesen. »Alles gut, Lily. Bitte lass mich. Wir hatten nur eine kleine Meinungsverschiedenheit.«

Aber sie hatte Tränen in den Augen und ihre Wange war knallrot. Als ich sie zu mir hindrehen wollte, um zu sehen, ob sie wirklich okay war, hat sie sich losgerissen und mir den Rücken zugekehrt. »Ich habe dir gesagt, dass alles gut ist, Lily«, hat sie mich angefaucht. »Geh jetzt ins Bett.«

Statt in mein Zimmer zu gehen, bin ich zur Hintertür raus in den Garten. Ich hatte das Gefühl, vor Wut gleich zu platzen. Ich war wütend auf Dad, aber auch auf Mom, weil sie mich angefahren hatte und nicht ihn. Ich hätte es nicht ertragen, mit den beiden auch nur eine Sekunde länger im selben Haus zu sein, deswegen bin ich zu Atlas rüber und habe geklopft.

Ich habe Schritte gehört und dann ein lautes Krachen, als wäre irgendetwas umgefallen. »Ich bin's, Lily«, habe ich leise gerufen. Im nächsten Moment hat Atlas die Tür aufgemacht und schnell nach rechts und links geschaut, ob sonst noch jemand da ist. Erst danach hat er mitbekommen, dass ich geweint habe. »Hey, was ist los?«, hat er gefragt, als ich mir mit dem Ärmel die Tränen aus dem Gesicht gewischt habe.

Er hat mich nicht reingebeten, sondern ist rausgekommen, und wir haben uns nebeneinander auf die Verandatreppe gesetzt.

»Mit mir ist alles okay, ich bin bloß wütend«, habe ich gesagt und mir wieder die Tränen weggewischt. »Manchmal muss ich weinen, wenn ich wütend bin.«

Atlas hat sich zu mir rübergebeugt und mir die Haare hinters Ohr gestrichen und plötzlich war ich nicht mehr so wütend. Dann hat er seinen Arm um mich gelegt und mich so eng an sich gezogen, dass mein Kopf an seiner Schulter lag. Er hat kein einziges Wort gesagt, aber irgendwie hat er es geschafft, dass ich mich getröstet gefühlt habe. Manche Menschen haben einfach eine total beruhigende Wirkung und genau zu diesen Menschen gehört er. Das absolute Gegenteil von meinem Vater.

Wir saßen eine ganze Weile so da, bis in meinem Zimmer das Licht anging.

»Du solltest jetzt gehen«, hat Atlas mir ins Ohr geflüstert, als wir meine Mom am Fenster sahen. Mir wurde erst in dem Moment klar, was für einen perfekten Blick auf mein Zimmer man von der Veranda aus hat.

Als ich durch den dunklen Garten zurückgegangen bin, habe ich mich gefragt, ob ich mich in der Zeit, in der Atlas jetzt schon drüben in dem Haus wohnt, irgendwann einmal ausgezogen habe, ohne vorher die Vorhänge zuzumachen.

Weißt du, was verrückt ist, Ellen? Ich würde es gar nicht so schlimm finden, wenn er mich nackt gesehen hätte.

Deine Lily

Die Schmerztabletten fangen an zu wirken und das Pochen in meinem geschwollenen Knöchel lässt nach. Ich lege das Heft zur Seite und beschließe, morgen mit meiner Vergangenheitsbewältigung weiterzumachen … vielleicht lasse ich es auch ganz. Mal sehen. Zu lesen, wie mein Vater meine Mutter behandelt hat, lässt die alte Wut wieder aufflackern.

Und von Atlas zu lesen, macht mich traurig.

Während ich einzuschlafen versuche, denke ich an Ryle, aber der Gedanke an ihn macht mich wütend *und* traurig.

Vielleicht sollte ich einfach nur an Allysa denken und daran, wie glücklich ich darüber bin, dass sie heute einfach so in meinen Laden geschneit ist. Womöglich werden wir ja wirklich Freundinnen. Aber abgesehen davon ist es einfach ein Riesenglück, dass ich jetzt jemanden habe, der mir hilft. Mir schwant nämlich, dass es sehr viel anstrengender sein wird, ein eigenes Geschäft aufzumachen, als ich es mir vorgestellt hatte.

5.

Ryles Diagnose hat sich als richtig erwiesen. Der Knöchel war zum Glück tatsächlich nur verstaucht und der schlimmste Schmerz ließ relativ schnell nach. Obwohl ich nach drei Tagen schon wieder auftreten konnte, bin ich sicherheitshalber trotzdem die ganze Woche zu Hause geblieben, um mich zu schonen. Heute Morgen habe ich die Wohnung zum ersten Mal wieder verlassen und bin zum Laden gefahren. Allysa war schon da, und als ich zur Tür reinkam, war ich erst mal sprachlos. Nichts erinnerte mehr an die düsteren, mit Sperrmüll vollgestellten Räume, für die ich den Kaufvertrag unterschrieben hatte. Auch wenn es natürlich immer noch mehr als genug zu tun gibt, haben Allysa und Marshall in den letzten Tagen Unglaubliches geleistet. Die beiden haben alles, was wir ausgemustert hatten, zum Recyclinghof gebracht, den Rest sortiert, die Schaufenster blitzblank geputzt und die Böden gewischt. Sogar das Hinterzimmer, in dem ich mir mein Büro einrichten möchte, ist schon komplett leer.

Weil Allysa mir verboten hat, irgendetwas zu tun, bei dem ich meinen Knöchel belasten müsste, habe ich den Tag heute hauptsächlich damit verbracht, ein Einrichtungskonzept zu erarbeiten und Wandfarben auszusuchen. Nachdem Allysa Feierabend gemacht hat, bin ich noch geblieben und habe ein paar Stunden lang die Toiletten und die Küche geputzt. Mir widerstrebt es einfach, sie die ganze Drecksarbeit allein erledigen zu lassen, und es war ein wahnsinnig gutes Gefühl, endlich wieder aktiv sein können. Als ich dann allerdings nach Hause kam, bin ich todmüde auf die Couch gefallen.

Deswegen ringe ich auch sehr mit mir, ob ich mich hochhieven und zur Tür schleppen soll, an der es gerade geklingelt hat. Ich wüsste nicht, wer um diese Zeit etwas von mir wollen könnte. Lucy übernachtet heute wieder bei Alex, und bis vor fünf Minuten habe ich noch mit meiner Mutter telefoniert, die beiden scheiden also schon mal aus. Vielleicht ein Nachbar, der sich etwas leihen möchte?

Schließlich raffe ich mich doch auf und gehe zur Tür, werfe aber erst mal einen Blick durch den Spion. Im ersten Moment sehe ich nur Haare, weil derjenige, der vor der Tür steht, den Kopf gesenkt hält, doch als er sich aufrichtet, fängt mein Herz an, wie verrückt zu schlagen.

Was macht er hier?

Ryle drückt noch einmal auf die Klingel, während ich mir hektisch mit den Fingern durch die Haare kämme, um sie glatt zu streichen, obwohl ich weiß, dass es zwecklos ist. Ich sehe total zerzaust und abgekämpft aus. Aber da ich keine Zeit habe, mich noch schnell unter die Dusche zu stellen, zu schminken und mir etwas Hübsches anzuziehen, wird er wohl oder übel so mit mir vorliebnehmen müssen.

Ich öffne die Tür. »Gott sei Dank!«, keucht Ryle und lehnt zu meiner Verwirrung den Kopf an den Türrahmen. Er ist so außer Atem, als hätte er einen Marathon hinter sich, und sieht im Übrigen mindestens genauso fertig aus wie ich. Den Bartstoppeln in seinem Gesicht nach zu urteilen, hat er sich seit Tagen nicht rasiert, seine Haare sind wirr und die Augen rot gerändert. »Hast du eine Ahnung, wie viele Klingeln ich gedrückt habe, um dich zu finden?«

»Nein, woher soll ich das wissen?« Ich schüttle den Kopf,

während ich mich gleichzeitig frage, woher er weiß, dass ich in diesem Haus wohne.

»Neunundzwanzig!« Er hält mir beide Hände mit gespreizten Fingern hin und wiederholt noch einmal flüsternd: »Neun … und … zwanzig.«

Er trägt blaue OP-Kleidung und sieht darin so unfassbar heiß aus, dass ich dahinschmelze. Verdammt. So gefällt er mir tausendmal besser als in seinem roten Strampelanzug oder in den Designerklamotten, die er damals auf der Dachterrasse getragen hat.

»Und warum hast du bei neunundzwanzig Leuten geklingelt?«, frage ich, um Fassung bemüht.

»Du hattest mir zwar erzählt, dass du neben der Versicherung wohnst, aber nicht, in welchem Stockwerk«, sagt er, als wäre sein Besuch bei mir kein bisschen ungewöhnlich. »Das Verrückte ist, dass ich irgendwie so eine Ahnung hatte, dass es der dritte Stock sein könnte. Wenn ich gleich meinem Bauchgefühl gefolgt wäre, hätte ich nicht wie ein Irrer durch das ganze Haus rennen müssen, sondern wäre schon seit einer Stunde hier.«

»Warum *bist* du überhaupt hier?«

Er fährt sich mit beiden Händen durch die Haare und deutet in mein Apartment. »Darf ich …?«

Ich werfe einen Blick über die Schulter und zögere einen Moment, öffne dann aber die Tür noch ein Stückchen weiter. »Okay. Wenn du mir dann sagst, was du von mir willst.«

Er geht an mir vorbei und ich schließe die Tür. Als er mir gegenübersteht, stelle ich noch einmal fest, dass er in seinen Krankenhausklamotten wirklich geradezu absurd sexy aussieht. Wie der Hauptdarsteller einer Arztserie. Ryle stemmt die Hände in die Seiten. »Ich bin hier, weil ich dringend eine fette nackte Wahrheit loswerden muss. Darf ich?« Er wirkt ziemlich gestresst.

Ich verschränke die Arme vor der Brust und nicke, worauf er tief Luft holt.

»Okay. Also: Die nächsten paar Monate sind wahnsinnig wichtig für meine weitere berufliche Karriere. Ich muss mich jetzt wirklich konzentrieren und darf mich durch nichts – durch *gar nichts* – ablenken lassen. Meine Zeit als Assistenzarzt ist bald vorbei, danach kommt die Prüfung zum Facharzt.« Er geht in meinem Wohnzimmer auf und ab. »Da gibt es nur ein großes Problem. Egal, was ich probiert habe … Ich schaffe es einfach nicht, dich aus meinem Kopf zu bekommen. Keine Ahnung, warum das so ist. Seit dem Abend auf der Dachterrasse denke ich ununterbrochen an dich. In der Klinik. Zu Hause. Überall. Und dann begegnen wir uns auf einmal durch einen komplett irren Zufall wieder und alles wird noch viel schlimmer, verstehst du? Deshalb … musst du mir helfen, Lily.« Er bleibt stehen und sieht mich verzweifelt an. »Bitte. Mach, dass es aufhört. Schenk mir eine Nacht mit dir, das würde schon reichen. Ich schwöre.«

Ich vergrabe die Nägel in meinen Oberarmen und sehe ihn stumm an. Er wirkt fast panisch, sein Blick flackert.

»Wann hast du das letzte Mal geschlafen?«, frage ich ruhig.

»Ich bin nach einer Achtundvierzig-Stunden-Schicht direkt aus der Klinik hierhergekommen«, beantwortet er meine Frage ungeduldig. »Aber darum geht es hier nicht, Lily. Bitte versuch jetzt nicht abzulenken.«

Ich nicke. Dann lasse ich mir alles, was er gesagt hat, noch einmal durch den Kopf gehen.

»Okay.« Ich atme tief durch und bemühe mich, ruhig zu bleiben. »Willst du mir allen Ernstes erzählen, dass du bei meinen sämtlichen neunundzwanzig Nachbarn geklingelt hast, um mich zu finden und dazu zu bringen, mit dir ins Bett zu gehen, damit du mich endlich vergessen kannst, weil ich dein Leben zur Hölle mache? Sag mal, kann es sein, dass du … Willst du mich *verarschen*?«

Er presst die Lippen aufeinander, denkt kurz nach und schüttelt dann den Kopf. »Nein, will ich nicht ... Obwohl ... wenn du es so beschreibst, klingt es irgendwie ziemlich absurd.«

Ich lache laut auf. »Weil es absurd *ist*!«

Er sieht sich mit leicht gehetztem Blick um, als würde er jetzt gerne im Boden versinken. Ich zeige zur Wohnungstür. »Wenn du gehen möchtest ... bitte.«

Er bleibt stehen. Sein Blick fällt auf meine Füße. »Was macht der Knöchel? Alles wieder gut?«

Ich seufze. »Jedenfalls besser. Heute konnte ich Allysa zum ersten Mal im Laden helfen.«

Er nickt und geht zögernd Richtung Tür. Ich trete ein Stück zur Seite, um ihn vorbeizulassen, da dreht er sich unerwartet zu mir um und legt rechts und links von meinem Kopf die Hände an die Tür. Ich schnappe überrascht nach Luft, als er sich vorbeugt ...

»*Bitte*, Lily«, sagt er noch einmal.

Empört schüttle ich den Kopf und verfluche meinen Körper dafür, dass er auf Ryles Nähe genau so reagiert, wie er es nicht tun sollte. Mir wird abwechselnd heiß und kalt, und meine Knie zittern so sehr, dass ich nicht mehr klar denken kann.

»Ich bin wirklich verdammt gut im Bett, Lily«, sagt Ryle mit seiner sanften, tiefen Stimme, die mir durch und durch geht. »Du müsstest praktisch nichts tun. Nur genießen.«

Eigentlich müsste mich seine Hartnäckigkeit wütend machen, aber dieser Mann hat einfach zu viel Charme. »Gute Nacht, Ryle.«

Einen Moment lässt er enttäuscht den Kopf hängen, dann richtet er sich auf und strafft die Schultern, als würde er einsehen, dass es zwecklos ist. Er öffnet die Tür und geht in den Hausflur hinaus, dreht sich aber im nächsten Augenblick wieder um, schließt die Tür hinter sich und fällt vor mir auf die Knie. »Bitte, Lily«, fleht er theatralisch und umschlingt meine Taille.

Ich sehe ihm an, dass er sich das Grinsen verbeißen muss. »Bitte schlaf mit mir.« Er schaut mit Welpenblick zu mir auf. »Ich will dich so sehr, dass es mich wahnsinnig macht, aber ich schwöre – wenn wir erst mal miteinander geschlafen haben, wirst du nie mehr etwas von mir hören. Ehrenwort!«

Ich muss gestehen, dass es mir irgendwie schmeichelt, dass ein Neurochirurg vor mir kniet und um Sex bettelt.

Gott, Lily! Ernsthaft?

»Steh auf!« Ich schiebe ihn von mir. »Das ist erbärmlich.«

Er richtet sich langsam auf und lässt seine Hände links und rechts von mir am Türblatt aufwärtsgleiten, sodass ich nicht wegkann. »Heißt das, du bist bereit, mich zu erlösen?« Sein Oberkörper berührt beinahe meine Brüste, und ich verachte mich selbst dafür, dass es mich erregt, so begehrt zu werden. Ich sollte ihn und sein Verhalten abstoßend finden, stattdessen muss ich dagegen ankämpfen, mich nicht einfach in seine Arme sinken zu lassen. Sein selbstironisches Lächeln macht mich schwach.

Verdammt, was soll's?

»Ich fühle mich gerade zwar nicht besonders begehrenswert«, seufze ich, »weil ich stundenlang im Laden geschuftet habe und total erschöpft bin. Dazu stinke ich nach Schweiß und schmecke wahrscheinlich nach Staub und Dreck, aber … wenn du mir ein paar Minuten gibst, um mich zu duschen, fühle ich mich vielleicht sexy genug, um dich zu erlösen.«

Er nickt begeistert. »Du willst duschen? Natürlich. Dusch, so lang du willst. Ich werde warten.«

Ich schiebe ihn kopfschüttelnd von mir weg und wir gehen in die Wohnung zurück. Ryle folgt mir in mein Schlafzimmer, wo ich mich mit einem hastigen Rundumblick vergewissere, dass nichts herumliegt, das mir peinlich sein müsste.

Zum Glück hatte ich gestern einen so schlimmen Lagerkoller, dass ich wie eine Verrückte aufgeräumt habe. Normalerweise fliegen bei mir überall irgendwelche Klamotten herum, und auf meinem Nachttisch stapeln sich Bücher, benutzte Teller und Gläser, aber heute ist alles tipptopp aufgeräumt. Sogar das Bett ist gemacht, und die Patchworkkissen, die meine Großmutter sämtlichen Familienmitgliedern zu allen denkbaren Anlässen schenkt, sind ordentlich am Kopfende arrangiert.

Ryle setzt sich aufs Bett, um auf mich zu warten. In der Tür zum Bad drehe ich mich noch einmal um, weil mir plötzlich der Gedanke kommt, dass ich es ihm nicht zu einfach machen darf. Ich bin hier diejenige, die die Fäden in der Hand hält. »Du hast mir versprochen, dass du dich mit einer Nacht zufriedengibst, Ryle, aber ich warne dich …«, sage ich. »Wenn du mit mir schläfst, wird alles nur noch schlimmer. Ich bin wie eine Droge. Allerdings bekommst du nur diese eine Dosis. Ich bin nicht bereit, eines dieser Mädchen zu sein, die dich … wie hast du dich ausgedrückt, als wir uns kennengelernt haben? … sexuell *versorgen*.«

Ryle legt sich auf die Seite, stützt den Kopf in die Hand und betrachtet mich sehr lange von oben bis unten. »Nein, die Art von Mädchen bist du nicht, Lily. Aber keine Sorge, ich bin die Art von Typ, der grundsätzlich nie öfter als einmal mit einem Mädchen schläft, insofern hält sich das Risiko in Grenzen.«

Ich drücke kopfschüttelnd die Tür hinter mir zu und denke, dass ich wahnsinnig sein muss. Lasse ich mich gerade allen Ernstes auf diesen Mann ein?

Das muss an der OP-Kleidung liegen. Ihr Anblick macht mich einfach schwach. Mit ihm hat das gar nichts zu tun.

Vielleicht sollte ich ihn ja bitten, die Sachen nachher beim Sex anzulassen.

*****

Normalerweise brauche ich im Bad nie länger als eine halbe Stunde – diesmal vergeht fast eine ganze, bis ich fertig bin. Ich habe vermutlich mehr Körperregionen rasiert, als überhaupt nötig gewesen wäre, und zum Schluss noch eine Viertelstunde damit zugebracht, gegen meine aufsteigende Panik anzukämpfen und nicht dem Drang nachzugeben, die Tür aufzureißen und Ryle zu sagen, dass er bitte doch nach Hause gehen soll. Aber jetzt ist alles okay. Meine Haare sind geföhnt und ich fühle mich so sauber wie noch nie in meinem Leben. Ich habe das Gefühl, dass ich das durchziehen kann. Jep. Ich bin bereit, meinen ersten One-Night-Stand zu erleben. Gar kein Problem. Hallo? Ich bin schließlich dreiundzwanzig.

Als ich ins Zimmer komme, liegt Ryle zugedeckt im Bett. Beim Anblick des blauen OP-Kittels auf dem Boden steigt leichte Enttäuschung in mir auf. Die Hose ist allerdings nirgends zu entdecken, also hat er vielleicht wenigstens sie noch an.

Ich schließe die Tür hinter mir und warte darauf, dass er sich umdreht. Er rührt sich nicht. Als ich ein paar Schritte auf das Bett zugehe, höre ich ihn deutlich atmen. Und was ich höre, ist kein leises Ich-liege-hier-und-warte-auf-dich-Atmen, sondern tiefes, regelmäßiges Ich-befinde-mich-mitten-in-der-Tiefschlafphase-Atmen.

»Ryle?«, flüstere ich und beuge mich zu ihm herunter.

Er bewegt sich nicht einmal, als ich ihn sanft rüttle.

Das ist jetzt ein Witz, oder?

Ohne Rücksicht darauf zu nehmen, dass er schläft, lasse ich mich neben ihm ins Bett fallen. Ich habe eben trotz meiner enormen Müdigkeit eine geschlagene Stunde damit verbracht, mich für ihn zu duschen, zu enthaaren und einzucremen, und das ist der Dank?

Ich wäre ja gern sauer auf ihn, aber das bringe ich nicht übers Herz, weil er dazu viel zu unschuldig und friedlich aussieht, wenn er schläft. Und dann fällt mir ein, dass er achtundvierzig Stunden durchgearbeitet hat. Das ist verdammt viel. Ich kann mir gar nicht vorstellen, wie man es schafft, überhaupt so lange wach zu bleiben. Außerdem ist mein Bett wirklich extrem gemütlich. Sogar so gemütlich, dass man locker wieder einschlafen kann, selbst wenn man gerade eine ganze Nacht durchgeschlafen hat. Ich hätte ihn warnen sollen.

Ryles Handy liegt neben dem Kissen. Ich werfe einen Blick darauf und stelle fest, dass es gleich halb elf ist. Und dann kommt mir eine Idee. Ich öffne die Kamera-App, halte das Handy über uns, lege mich so hin, dass mein Dekolleté gut im Bildausschnitt zu sehen ist, und drücke auf den Auslöser, damit er morgen wenigstens sieht, was er verpasst hat.

Anschließend knipse ich die Nachttischlampe aus und muss mir das Lachen verbeißen: Ich werde gleich halb nackt neben einem ebenfalls halb nackten Mann einschlafen, den ich noch nicht einmal geküsst habe.

*****

Noch bevor ich die Augen öffne, spüre ich, wie seine Fingerspitzen meinen Arm hinaufwandern. Es zuckt um meine Mundwinkel, aber ich verbiete mir das Lächeln und tue so, als würde ich weiter tief schlafen. Die Finger gleiten über meine Schulter und verharren kurz über dem Schlüsselbein genau an der Stelle, an der ich mir in meinem ersten Jahr am College ein kleines Tattoo habe stechen lassen. Es ist der einfache Umriss eines Herzens, dessen Bögen oben nicht ganz geschlossen sind. Ryle fährt die Konturen nach. Im nächsten Moment beugt er sich vor und presst seine warmen Lippen darauf. Ich behalte die Augen weiterhin geschlossen.

»Lily?«, flüstert er und schlingt einen Arm um meine Taille. Ich stöhne leise, als würde ich eben erst aufwachen, dann rolle ich mich auf den Rücken, um zu ihm aufschauen zu können. Am Dämmerlicht, das durch den Vorhangspalt auf sein Gesicht fällt, erkenne ich, dass es noch sehr früh am Morgen sein muss. Wahrscheinlich ist es noch nicht mal sieben.

»Ich bin der furchtbarste Mann, den du je kennengelernt hast, stimmt's?«

Ich nicke lachend. »Du kommst jedenfalls nah ran.«

Ryle streicht mir lächelnd eine Strähne aus dem Gesicht, beugt sich vor und drückt seine Lippen auf meine Stirn. *Nein!* Warum hat er das getan? Er ist wirklich furchtbar. Jetzt werde ich nämlich diejenige sein, die nachts nicht einschlafen kann, weil mir die Erinnerung an diesen kleinen zärtlichen Kuss nicht mehr aus dem Kopf gehen wird.

»Ich muss los«, sagt er bedauernd. »Ich bin spät dran. Aber bevor ich gehe, muss ich dir noch was sagen. Erstens: Es tut mir leid. Zweitens: Das wird nie wieder vorkommen. Von jetzt an lasse ich dich in Ruhe, versprochen. Und drittens: Es tut mir wirklich wahnsinnig leid. Du hast keine Ahnung, wie sehr.«

Ich ringe mir ein Lächeln ab, obwohl mir eher nach Heulen zumute ist, weil sich Punkt zwei wie ein Schlag in den Magen angefühlt hat. Ich hätte überhaupt nichts dagegen, wenn er mich *nicht* in Ruhe lassen würde. Aber dann fällt mir wieder ein, dass wir in Sachen Sex und Beziehung vollkommen unterschiedliche Einstellungen haben, und ich bin erleichtert, dass er eingeschlafen ist, bevor es zwischen uns auch nur zu einem Kuss gekommen ist. Eins weiß ich nämlich genau: Wenn wir tatsächlich miteinander geschlafen hätten – und er dabei womöglich sogar noch seine OP-Klamotten angehabt hätte –, dann wäre danach ich diejenige gewesen, die auf Knien um mehr gebettelt hätte.

Oh ja, es ist gut so, wie es ist. Ich bin froh, dass er jetzt schnell wegmuss und ich ihn danach nie wiedersehe. Pflaster soll man ja auch mit einem Ruck abreißen, damit es weniger wehtut.

»Alles klar«, murmle ich. »Dann hab noch ein schönes Leben, Ryle. Ich wünsche dir allen Erfolg, den du nur kriegen kannst.«

Er sagt darauf nichts, sondern blickt erst mal nur stirnrunzelnd auf mich herab. »Ja. Ich dir auch, Lily.«

Dann steht er auf. Ich will nicht sehen, wie er geht, weshalb ich demonstrativ gähne und ihm den Rücken zudrehe, während er sich anzieht und sein Handy vom Nachttisch nimmt. Danach herrscht einen langen Moment erst mal Stille, bevor ich höre, wie sich seine Schritte entfernen. Ich bin mir ganz sicher, dass er mich angesehen hat. Egal. Mit zugekniffenen Augen und angehaltenem Atem warte ich ab, bis die Wohnungstür ins Schloss fällt.

Mein Gesicht wird heiß, und ich spüre ein Prickeln hinter den Lidern, aber ich weigere mich, jetzt in Selbstmitleid zu zerfließen. Stattdessen zwinge ich mich, aufzustehen. Ich habe große Pläne und verdammt viel zu tun. Auf keinen Fall lasse ich mich von einem Typen verunsichern, der mich offensichtlich für nicht begehrenswert genug hält, um mir zuliebe sein Lebenskonzept über Bord zu werfen.

Ich habe eigene Ziele, auf die ich mich konzentrieren muss und für die ich bereit bin, alles zu geben. Für Männer habe ich im Moment sowieso keine Zeit.

Überhaupt gar keine.

Oh nein.

Ich bin viel, viel zu beschäftigt.

Ich bin eine mutige und unerschrockene Geschäftsfrau, die kluge Entscheidungen trifft und sich viel zu schade ist, um sich für One-Night-Stands mit irgendwelchen eingebildeten Neurochirurgen in OP-Kleidung herzugeben.

6.

Seit dem Morgen, an dem Ryle aus meinem Apartment gegangen ist, sind dreiundfünfzig Tage vergangen. Seit genau dreiundfünfzig Tagen habe ich auch nichts mehr von ihm gehört.

Aber das ist völlig okay. Ich war in den letzten dreiundfünfzig Tagen sowieso viel zu sehr damit beschäftigt, mich auf diesen Augenblick vorzubereiten, als dass ich Zeit gehabt hätte, Gedanken an einen Typen zu verschwenden, der offensichtlich außer Sex nichts von mir will.

»Jetzt?«, fragt Allysa, die an der Ladentür steht.

Ich nicke, worauf sie das Schild im Fenster so dreht, dass von außen die Beschriftung »GEÖFFNET« zu sehen ist. Vor Freude wie kleine Mädchen quietschend, fallen wir uns in die Arme und laufen dann kichernd hinter die Ladentheke, um auf unseren ersten Kunden zu warten. Wir haben keine Werbeaktion gemacht, weil das erst mal unsere inoffizielle Eröffnung ist – ein »Soft Opening«, um testen zu können, ob alles wie geplant funktioniert.

»Der Laden ist echt so toll geworden«, sagt Allysa andächtig.

Ich sehe mich um und platze vor Stolz über das Ergebnis unserer harten Arbeit. Natürlich will ich, dass *Lily Bloom's Flower Shop* ein geschäftlicher Erfolg wird, aber jetzt gerade bin ich mir plötzlich gar nicht mehr so sicher, ob mir das das Wichtigste ist. Ich hatte einen Traum und habe mit Allysas Hilfe Tag und Nacht geschuftet, um ihn zu verwirklichen. Wenn mein

Laden jetzt auch noch läuft, wäre das natürlich das Sahnehäubchen, aber die Leistung, es überhaupt so weit geschafft zu haben, kann mir keiner mehr nehmen.

»Und es riecht hier so gut«, seufze ich glücklich. »Ich liebe diesen Duft nach Grün, nach Pflanzen und Blüten.«

Wir wissen beide nicht, ob sich heute überhaupt ein Kunde zu uns reinverirren wird, aber das macht nichts; wir strahlen jetzt schon, als hätten wir einen Preis gewonnen. Fest steht, dass Marshall irgendwann aufkreuzen wird, außerdem hat meine Mutter angekündigt, nach der Arbeit vorbeizuschauen, insofern werden wir wohl nicht ganz allein bleiben.

Allysa drückt aufgeregt meinen Arm, als die Tür aufgeht, und in mir steigt leichte Panik auf.

Und dann verwandelt sich die leichte Panik in eine ausgewachsene Panikattacke. Unser erster Kunde ist nämlich niemand Geringeres als Ryle Kincaid.

Die Tür fällt hinter ihm zu, er bleibt stehen und sieht sich staunend um. »Wow!« Er dreht sich einmal um die eigene Achse. »Wie zum ...?« Dann schaut er mich und Allysa an. »Das ist einfach unglaublich. Wenn ich daran denke, wie es hier vor ein paar Wochen noch aussah. Der Laden ist nicht wiederzuerkennen.«

Na gut, vielleicht ist es doch nicht so schlimm, dass er der erste Kunde ist.

Es dauert ein paar Minuten, bis er an der Theke ist, weil er sich jedes Detail ganz genau ansieht und anerkennend nickt. Als er schließlich vor uns steht, läuft Allysa zu ihm hin und schlingt die Arme um ihn. »Toll, oder?« Sie zeigt auf mich. »Das waren alles ihre Ideen. Ich habe bloß bei der Ausführung geholfen.«

Ryle lacht. »Echt? Deine Pinterest-Alben sollen wirklich gar nicht zum Einsatz gekommen sein?«

Ich schüttle den Kopf. »Deine Schwester untertreibt maßlos. Ohne ihre Bildersammlung wäre hier nichts so, wie es jetzt ist.«

Ryle lächelt mich an, wobei er mir genauso gut ein Messer ins Herz rammen könnte. Der Stich, den ich verspüre, tut jedenfalls verdammt weh.

Er stützt sich auf die Theke. »Bin ich euer erster Kunde?«

Allysa reicht ihm einen Flyer. »Wenn du Kunde sein willst, musst du etwas kaufen.«

Ryle wirft einen kurzen Blick darauf und steckt ihn ein. Dann dreht er sich um und wandert nachdenklich an den Reihen der fertig gebundenen Bouquets vorbei und greift schließlich entschlossen nach einer der Vasen. »Den hier hätte ich gern«, sagt er und stellt den Strauß samt Vase auf die Theke.

Ich lächle in mich hinein. Ob er weiß, dass das Lilien sind?

»Sollen wir ihn dir liefern?«, fragt Allysa.

»Ach, ihr liefert auch?« Er zwinkert mir zu.

»Wir persönlich nicht«, sage ich. »Aber wir haben einen Botenjungen auf Stand-by. Wir wussten nicht, ob wir ihn heute schon brauchen.«

»Kaufst du die Blumen für eine Frau?«, erkundigt sich Allysa, und ich kann nicht anders, als einen Schritt auf die beiden zuzugehen, um seine Antwort ja nicht zu verpassen.

»Erraten«, beantwortet er die Frage seiner Schwester, sieht dabei aber mich an. »Obwohl ich nicht oft an sie denke. Quasi gar nicht.«

Allysa nimmt einen Umschlag mit einer Karte aus der Schublade und schiebt ihn ihm hin. »Die Arme«, sagt sie. »Du bist echt so ein Arsch.« Sie zieht die Karte heraus und tippt darauf. »Hier kannst du eine Nachricht draufschreiben und auf den Umschlag bitte die Adresse, an die der Strauß geliefert werden soll.«

Ryle greift nach einem Kugelschreiber, beugt sich vor und beginnt eine Nachricht zu schreiben. Ich weiß, dass ich keinerlei Besitzansprüche habe, trotzdem lodere ich innerlich vor Eifersucht.

»Hast du sie zu meiner Geburtstagsparty am Freitag eingeladen?«, fragt Allysa.

Ich beobachte Ryle sehr genau. Er schüttelt nur den Kopf und sagt, ohne aufzusehen: »Nein. Was ist mit dir, Lily? Kommst du auch?«

Aus seinem Tonfall ist nicht herauszuhören, ob er das gut fände oder nicht, aber da er sich nach seinem denkwürdigen Besuch bei mir nie mehr gemeldet hat, nehme ich eher Letzteres an.

»Ich weiß noch nicht genau.«

»Sie wird kommen«, sagt Allysa mit fester Stimme. Sie sieht mich an und verengt die Augen. »Du kommst auf jeden Fall, ob du Lust hast oder nicht. Wenn nicht, kündige ich.«

Ryle ist fertig und steckt die Karte in den Umschlag. Allysa tippt den Preis ein. Er zahlt bar. »Du weißt, dass man den ersten Dollar, den man verdient, einrahmen und an die Wand hängen muss?«, fragt er mich grinsend.

Ich nicke. Natürlich weiß ich das. Macht er das absichtlich, um sicherzustellen, dass ich ihn auch ganz bestimmt nicht vergesse, weil jetzt für immer sein Dollar in meinem Laden hängen wird? Fast bin ich versucht, Allysa zu sagen, dass sie ihm das Geld zurückgeben soll, aber Geschäft ist Geschäft. Also lächle ich nur verkniffen.

Jetzt wird Ryles Miene wieder ernst. »Gratuliere, Lily«, sagt er aufrichtig. »Ich wünsche dir, dass dein Laden vor Kundschaft bald aus allen Nähten platzt.«

Sobald er gegangen und die Tür hinter ihm ins Schloss gefallen ist, greift Allysa nach dem Umschlag. »Sorry, ich weiß, dass man das nicht machen soll. Aber ich muss wissen, wem er die Blumen schickt«, sagt sie. »Das ist völlig untypisch für ihn. Ryle verschenkt keine Blumen.«

»›Erlöse mich‹«, liest sie laut vor.

Mir stockt der Atem.

Allysa betrachtet die Karte mit gerunzelter Stirn, dann wiederholt sie: »*Erlöse mich*. Was soll das denn heißen?«

Ich halte es keine Sekunde länger aus, nehme ihr den Umschlag aus der Hand und drehe ihn um. Sie beugt sich über meine Schulter und liest mit.

»Oh Mann«, sagt sie lachend. »Mein Bruder scheint echt ein bisschen überarbeitet zu sein, er hat die Adresse vom Laden auf den Umschlag geschrieben!«

Wow.

Ryle hat mir gerade Blumen gekauft. Und zwar nicht irgendwelche Blumen. Er hat mir einen Strauß lila Lily-Lilien geschenkt.

»Ich schreib ihm schnell, dass er sich vertan hat.« Allysa greift nach ihrem Handy. »Wie kann jemand Neurochirurg und so verpeilt sein?«

Ich bin froh, dass sie gerade ihre Nachricht tippt und nicht mich ansieht, sonst würde sie sich über mein breites Grinsen wundern und vielleicht eins und eins zusammenzählen. »Ich stelle sie bei mir ins Büro, bis wir wissen, wem er sie schicken wollte«, murmle ich, greife nach der Vase und gehe mit meinen Blumen nach hinten.

7.

»Jetzt sei doch nicht so furchtbar nervös«, schimpft Devin.

»Ich bin nicht nervös«, behaupte ich.

Er hakt sich bei mir unter und zieht mich in den Aufzug, dessen Türen sich gerade geöffnet haben. »Oh doch, du bist ein einziges Nervenbündel. Und hör um Gottes willen auf, die ganze Zeit an deinem Ausschnitt rumzufummeln. Du siehst fantastisch aus.« Er stellt sich vor mich, zupft das kleine Schwarze zurecht, das ich mir extra für die Party zugelegt habe, und greift dann beherzt in meinen Ausschnitt, um auch noch meinen BH zurechtzurücken.

»Devin!« Ich schlage seine Hand weg.

»Entspann dich, Lily«, lacht er. »Ich habe schon bombastischere Brüste als deine angefasst und bin trotzdem schwul geblieben.«

»Ja, aber ich wette, diese Brüste gehörten Frauen, die du öfter gesehen hast als nur einmal im halben Jahr.«

Devin lacht. »Stimmt. Aber das ist deine eigene Schuld. Du bist diejenige, die uns sitzen gelassen hat, um Blumenfee zu spielen.«

In der Marketingagentur, für die ich gearbeitet habe, gehörte Devin zu meinen Lieblingskollegen, trotzdem haben wir uns außerhalb des Büros kaum jemals getroffen. Als er heute Nachmittag im Laden vorbeigekommen ist, um zu gratulieren, hat Allysa sofort die Gelegenheit genutzt, ihn auch auf die Party einzuladen, weil sie genau wusste, dass ich allein nicht kommen würde.

Ich überprüfe mein Aussehen im Spiegel des Aufzugs und streiche mir die Haare glatt.

»Warum bist du eigentlich so nervös?«

»Noch mal: Ich bin nicht nervös. Ich gehe nur nicht gern auf Partys, auf denen ich niemanden kenne.«

Devin grinst. »Okay. Wie heißt er?«

Ich atme die Luft aus, die ich angehalten hatte. Bin ich so leicht zu durchschauen? »Ryle. Er ist Neurochirurg. Und er will ganz, ganz dringend mit mir ins Bett.«

»Woher weißt du das?«

»Weil er es gesagt hat. Er ist buchstäblich vor mir auf die Knie gefallen und hat ›Bitte, Lily! Bitte nur eine Nacht‹ gebettelt.«

Devin zieht eine Augenbraue hoch. »Er hat *gebettelt*?«

Ich nicke. »Es war in echt allerdings nicht ganz so erbärmlich, wie sich das jetzt anhört. Normalerweise ist er ziemlich cool.«

Der Lift hält und die Türen gehen auf. Aus einiger Entfernung ist gedämpft Musik zu hören. Devin greift nach meinen Händen. »Wie ist der Plan? Muss ich den Typen eifersüchtig machen?«

»Nein.« Ich schüttle den Kopf. »Das wäre nicht richtig.« Aber dann fällt mir ein, dass Ryle mich jedes Mal, wenn wir uns sehen, darum bittet, dafür zu sorgen, dass er nicht mehr die ganze Zeit an mich denken muss, also … »Oder vielleicht doch. Ein bisschen.« Ich denke nach. »Nur ein minibisschen.«

Devin schiebt das Kinn vor. »Das kriegen wir hin.« Er legt eine Hand auf meinen Rücken und schiebt mich aus dem Lift. »Wieso gibt es hier oben nur eine Wohnungstür?«, fragt er.

»Weil Allysa und ihrem Mann die ganze Etage gehört.«

Er lacht ungläubig. »Und sie arbeitet für dich? Dein neues Leben scheint ganz schön spannend zu sein.«

Wir klingeln und warten. Kurz darauf wird die Tür geöffnet, und ich bin sehr erleichtert, dass Allysa vor uns steht. In der einen Hand hält sie eine gefüllte Champagnerflöte und in der anderen eine Reitgerte. »Das ist eine lange Geschichte«, meint sie, als sie meinen verwirrten Blick sieht, wirft die Gerte hinter sich und greift nach meiner Hand. »Kommt rein! Schnell, schnell!«

Ich ziehe Devin hinter mir her, und wir kämpfen uns durch das Gewühl der Gäste bis zum anderen Ende des Wohnzimmers durch, wo Marshall steht.

»Schatz? Schau, wer da ist!« Allysa zupft an seinem Ärmel, worauf er sich umdreht und mich lächelnd umarmt.

»Lily! Toll, dass du gekommen bist!«

Ich sehe mich unauffällig um, kann Ryle aber nirgendwo entdecken. Vielleicht habe ich ja Glück und er wurde wegen eines dringenden Notfalls in die Klinik gerufen.

Marshall hält Devin die Hand hin. »Hallo. Freut mich, dich kennenzulernen!«

»Hi.« Devin schüttelt Marshalls Hand, dann schlingt er einen Arm um meine Taille und zieht mich an sich. »Ich bin Devin!«, ruft er Marshall über die Musik hinweg zu. »Lilys Betthäschen.«

Ich ramme ihm lachend den Ellbogen in die Seite und stelle mich auf die Zehenspitzen. »Das ist Allysas Mann, Marshall«, sage ich ihm ins Ohr. »Gut gemeint, aber falscher Typ.«

Marshall stellt Devin irgendeine Frage, worauf sich Allysa bei mir unterhakt und mich davonzieht. Ich versuche noch, mich an Devin festzuklammern, aber meine Hand greift ins Leere.

»Viel Glück. Du kommst schon klar!«, ruft er mir hinterher.

Ich folge Allysa in die Küche, wo sie mir ein Glas in die Hand drückt. »Trink!«, sagt sie. »Echter französischer Champagner. Du hast ihn dir verdient.«

Ich nippe davon, kann mich aber gar nicht darauf konzentrieren, wie gut er schmeckt, weil ich in einer Privatwohnung noch nie eine so riesige professionell eingerichtete Küche gesehen habe. In der Mitte steht eine Kochinsel mit Lavagrill und der Kühlschrank allein ist größer als meine ganze Wohnung. »Ach komm …«, flüstere ich ehrfürchtig. »*So* wohnst du?«

Sie kichert. »Ich weiß«, sagt sie. »Total verrückt. Vor allem, wenn man bedenkt, dass ich ihn nicht mal wegen seinem Geld geheiratet habe. Marshall hatte exakt sieben Dollar in der Tasche und hat einen alten Ford Pinto gefahren, als ich mich in ihn verliebt habe.«

»Fährt er nicht immer noch einen Ford Pinto?«

Allysa blickt träumerisch in die Ferne. »Ja. Wir haben viele schöne Stunden in diesem Wagen erlebt.«

»Igitt.«

Sie sieht mich mit hochgezogenen Augenbrauen an. »Devin ist aber auch sehr süß.«

»Ja. Aber wahrscheinlich würde er eher was mit Marshall anfangen als mit mir«, sage ich trocken.

»Echt?« Sie seufzt enttäuscht. »So ein Pech. Ich hatte gehofft, ich könnte euch beide verkuppeln.«

In diesem Moment klappt die Küchentür auf und der Mann, über den wir sprechen, kommt herein. »Marshall sucht dich«, informiert er Allysa. Sie strahlt, winkt uns beiden zu und schwebt davon. Devin lächelt. »Sie ist echt nett.«

»Sie ist toll, ja.«

Er lehnt sich an den Herd. »Ich glaube, ich habe gerade *den Sex-Bettler* kennengelernt.«

Mein Herz macht einen Sprung, obwohl ich zugeben muss, dass es sich weitaus besser angehört hätte, wenn er gesagt hätte, er habe *den Neurochirurgen* kennengelernt. Ich trinke einen

Schluck von meinem Champagner und atme tief durch. »Woher weißt du, dass er es war? Hat er dir gesagt, wie er heißt?«

Devin schüttelt den Kopf. »Nein, aber ich hab mitgekriegt, wie Marshall mich ihm als ›Lilys Freund‹ vorgestellt hat. Du hättest seinen Blick sehen sollen. Ein Wunder, dass ich nicht gleich tot umgefallen bin. Deswegen habe ich mich hierhergeflüchtet. Ich mag dich, Lily, aber ich bin nicht bereit, für dich zu sterben.«

Ich lache. »Keine Sorge. Ich bin mir sicher, der Todesblick war in Wirklichkeit ein Lächeln. Das kann man bei ihm manchmal nicht so richtig unterscheiden.«

Als die Tür aufgestoßen wird, zucke ich zusammen, aber es ist nur einer der Kellner, die Fingerfood reichen. Ich atme erleichtert auf.

»Ach, Lily«, seufzt Devin, als wäre er enttäuscht.

»Was?«

»Du siehst aus, als müsstet du dich vor Nervosität gleich übergeben«, sagt er anklagend. »Du stehst echt auf diesen Kerl.«

Ich verdrehe die Augen. Aber dann lasse ich den Kopf hängen und tue so, als würde ich in Tränen ausbrechen. »Du hast recht, Devin. Ich kann nichts dagegen tun. Dabei will ich es gar nicht.«

Devin nimmt mir das Glas aus der Hand, trinkt es aus und schiebt seinen Arm unter meinen. »Na komm. Ich schlage vor, wir mischen uns wieder unters Volk. Vielleicht triffst du ja dein Objekt der Begierde.« Er zieht mich gegen meinen Willen aus der Küche.

Mittlerweile ist es noch voller geworden. Es müssen weit über hundert Leute da sein. Wie kann man nur so viele Freunde haben? Ich bin mir nicht mal sicher, ob ich überhaupt so viele Menschen kenne.

Wir schlendern in der riesigen Wohnung umher, gehen von

Zimmer zu Zimmer, betrachten die an den Wänden hängenden Bilder und kommen nach und nach mit verschiedenen Grüppchen ins Gespräch, wobei ich mich eher im Hintergrund halte. Devin ist abends immer viel in Boston unterwegs, kennt Gott und die Welt, und egal, mit wem er sich unterhält, nach spätestens fünf Minuten stellt sich heraus, dass er und sein Gesprächspartner gemeinsame Bekannte haben. Ich lächle und tue so, als würde ich interessiert zuhören, obwohl ich mich in Wirklichkeit immer wieder unauffällig nach Ryle umsehe. Nachdem ich ihn nirgends entdecken kann, komme ich zu dem Schluss, dass der Typ, den Devin für ihn gehalten hat, ein anderer gewesen sein muss.

»Tja, mit Kunst ist das immer so eine Sache«, sagt plötzlich eine Frau neben mir. »Was glaubst du, was das darstellen soll?«

Als ich aufblicke, sehe ich, dass sie auf ein Bild an der Wand zeigt, das aussieht wie eine stark vergrößerte, auf Leinwand gedruckte Fotografie. »Ich finde es ziemlich schrecklich. Es ist so verschwommen, dass man gar nichts erkennen kann.« Sie schnaubt und geht dann weg, worüber ich erleichtert bin. Ich finde es immer schwierig, über den Geschmack anderer Leute zu urteilen.

»Gefällt es dir?«

Die Stimme ist dunkel und warm und leise und geht mir durch und durch. Derjenige, der spricht, steht direkt hinter mir. Ich schließe kurz die Augen und hole tief Luft, bevor ich geräuschlos wieder ausatme und hoffe, dass er nicht merkt, welche Wirkung seine Stimme auf mich hat. »Irgendwie hat es was. Man kann zwar nicht erkennen, was es sein soll, aber gerade das finde ich gut.«

Ryle stellt sich so dicht neben mich, dass sein Arm meinen streift. »Du bist mit deinem Freund hier?«

Es klingt wie eine beiläufige Frage, aber mich kann er nicht täuschen. Als ich nicht gleich antworte, sagt er noch einmal: »Du hast also deinen Freund mitgebracht.« Diesmal ist es keine Frage.

Erst jetzt drehe ich den Kopf und schaue ihn an, obwohl ich es sofort bereue, weil er wieder mal viel zu gut aussieht. Er trägt einen eng geschnittenen schwarzen Anzug, der ihm sogar noch besser steht als die OP-Kleidung, und hält ein Glas Rotwein in der Hand. Ich schlucke trocken. »Ist es ein Problem für dich, dass ich nicht allein gekommen bin?« Ich wende den Blick von ihm ab und betrachte wieder das Bild an der Wand. »Ich dachte, dadurch mache ich es dir leichter. Hast du mich nicht darum gebeten, dich zu erlösen?«

Ryle grinst und trinkt seinen Wein in einem Schluck aus. »Wie rücksichtsvoll von dir, Lily.« Und dann schleudert er das leere Glas mit Schwung in einen Papierkorb in der Ecke. Scherben klirren. Ich zucke zusammen, aber außer mir hat anscheinend niemand etwas von dieser merkwürdigen Aktion mitbekommen. Ohne mich noch einmal anzusehen, dreht Ryle sich um und verschwindet in einem der angrenzenden Zimmer. Ich bleibe vor dem Bild stehen.

Und dann stockt mir der Atem.

Weil das Foto stark vergrößert wurde, ist es so verschwommen, dass es eigentlich nur aus Farbflächen besteht. Trotzdem habe ich gerade eben erkannt, was es darstellt.

Mich. Wie ich, die Arme lässig über dem Kopf, in einem Liegestuhl liege. Es ist das Foto, das Ryle an dem Abend gemacht hat, an dem wir uns auf der Dachterrasse kennengelernt haben. Er hat es vergrößert und einen Filter darübergelegt. Ich fasse mir an den Hals, weil sich meine Kehle plötzlich wie zugeschnürt anfühlt.

»Ach, hier steckst du!« Allysa kommt angeschlendert. Sie deutet auf das Foto. »Eigenartiges Bild, oder? Na ja, Ryle kann in seinem Zimmer ja machen, was er will.«

Ich streiche mir über die Stirn. »Es ist ganz schön heiß hier drin«, sage ich.

»Findest du?«, fragt sie erstaunt. »Ist mir gar nicht aufgefallen, aber ich bin auch schon ein bisschen angetrunken. Moment. Ich sage Marshall, er soll die Klimaanlage etwas höher stellen.«

Sie lässt mich allein. Ich betrachte wieder das Bild und spüre, wie Wut in mir hochkocht. Dieser Mann hat sich ein Bild von mir in sein Zimmer gehängt. Er hat mir einen Blumenstrauß gekauft und es ganz bewusst darauf angelegt, dass er der allererste Kunde in meinem Laden war. Er reagiert aggressiv, weil ich einen Freund zur Party seiner Schwester mitgebracht habe. Er benimmt sich, als wäre irgendetwas zwischen uns, dabei haben wir uns noch nicht einmal geküsst!

Das halbe Glas Champagner, das ich in der Küche getrunken habe, befeuert meine Gereiztheit nur noch. Was soll das? Wenn er so scharf darauf ist, Sex mit mir zu haben, hätte er damals nicht einschlafen sollen! Wenn er nichts von mir will, soll er mir gefälligst keine Blumen kaufen. Wenn ich ihn nicht wirklich interessiere, soll er sich verdammt noch mal kein Bild von mir ins Zimmer hängen. Das ist doch alles komplett schizophren.

Ich brauche frische Luft. Dringend. Zum Glück weiß ich, wo es mehr als genug davon gibt.

Ein paar Minuten später reiße ich die Tür zur Dachterrasse auf. Außer mir haben sich auch noch drei andere Partygäste hierher zurückgezogen, die auf den Kunststoffstühlen sitzen und sich leise unterhalten. Ich nicke ihnen kurz zu, gehe zur Brüstung, lehne mich dagegen und atme ein paarmal tief durch, um mich zu beruhigen. Alles in mir drängt mich, wieder nach unten zu stürmen, Ryle zu suchen und ihm zu sagen, dass er sich verflucht noch mal überlegen soll, was er eigentlich von mir will. Aber ich weiß, dass es klüger ist, erst mal wieder einen klaren Kopf zu bekommen. Dieser Typ macht mich wahnsinnig.

Außerdem friere ich. Daran ist ganz allein Ryle schuld. So wie er überhaupt an allem Schlimmen schuld ist. An den Kriegen in der Welt, am Hunger, an Gewalt und Gemeinheit …

»Würde es euch etwas ausmachen, uns kurz allein zu lassen? Ich müsste mal eben in Ruhe mit ihr reden.«

Ich wirble herum und sehe Ryle bei den drei anderen Gästen stehen, die nicken und sofort bereitwillig aufstehen. »Moment!«, rufe ich. »Das ist nicht nötig. Wirklich nicht. Ihr müsst nicht gehen.«

Ryle steht, die Hände in den Taschen, da und sagt gar nichts. »Schon okay«, meint einer Typen. »Gar kein Problem. Wir wollten sowieso wieder runter …« Als kurz darauf die Stahltür hinter ihnen zugefallen ist, frage ich gereizt: »Machen alle Leute immer das, was du sagst?«, und drehe mich wieder zur Brüstung.

Er antwortet nicht, aber ich höre, wie er mit langsamen Schritten auf mich zugeht. Mein Herz schlägt schneller und mir wird wieder heiß.

»Ach, Lily«, sagt er dicht hinter mir.

Ich drehe mich um und stütze die Ellbogen auf den Sims. Sein Blick fällt auf meinen Ausschnitt, worauf ich schnell die Arme davor kreuze. Er lacht und kommt noch einen Schritt näher, so nahe, dass wir uns beinahe berühren und ich nicht mehr klar denken kann. Mein Gehirn ist geschmolzen, es ist erbärmlich. *Ich* bin erbärmlich.

»Ich hatte das Gefühl, dass es die eine oder andere nackte Wahrheit gibt, die du loswerden möchtest«, sagt er.

Ich stoße ein bitteres Lachen aus. »Glaubst du, ja?«

Er nickt. *Na gut*, denke ich plötzlich. Wenn er es nicht anders haben will, kann er gerne hören, was ich über ihn und sein sprunghaftes Verhalten denke. Ich dränge mich an ihm vorbei und baue mich mit in die Hüften gestemmten Händen vor ihm auf, sodass er jetzt an der Brüstung lehnt.

»Ich verstehe nicht, was du von mir willst, Ryle!«, stoße ich wütend hervor. »Jedes Mal, wenn wir uns begegnen, bringst du alles nur noch mehr durcheinander. Du stehst unangemeldet bei mir zu Hause vor der Tür. Du kommst als erster Kunde in meinen Laden. Du tauchst bei Partys auf …«

»Na ja, ich wohne hier«, wirft er ein, was mich nur noch wütender macht. Ich balle die Faust.

»Du treibst mich in den Wahnsinn, Ryle!« Jetzt brülle ich. »Willst du mich oder willst du mich nicht?«

Er macht einen Schritt auf mich zu. »Ich will dich, Lily, daran gibt es überhaupt keinen Zweifel. Das Problem ist, dass ich dich nicht wollen will.«

Ich sacke in mich zusammen. Teilweise aus Frustration, aber auch, weil mir dieses Geständnis einen heißen Schauer durch den Körper jagt. Es passt mir nicht, dass er solche Gefühle in mir auslöst.

Ich schüttle den Kopf. »Du begreifst es einfach nicht, stimmt's?«, frage ich mit erschöpfter Stimme. »Ich finde dich aus Gründen, die ich selbst nicht so ganz verstehe, ziemlich toll, Ryle. Irgendwie gefällst du mir. Aber ich komme nicht damit klar, dass du mich anscheinend nur für eine Nacht willst. Weißt du was? Vor ein paar Monaten wäre ich sogar bereit gewesen, mit dir ins Bett zu gehen. Wir hätten unseren Spaß gehabt und uns danach nie wiedergesehen. Alles wäre gut gewesen. Aber jetzt ist es dazu zu spät. Du hast zu lang gewartet, und unsere Leben sind inzwischen viel zu sehr miteinander verknüpft, also hör bitte auf, mit mir zu spielen. Häng keine Bilder von mir in deinem Zimmer auf und schenk mir keine Blumen. Das fühlt sich nämlich alles nicht gut an, Ryle. Im Gegenteil. Es tut weh.«

Ich fühle mich restlos ausgepowert und würde am liebsten sofort nach Hause gehen, trotzdem will ich ihm wenigstens die Möglichkeit geben, etwas zu meinen Vorwürfen zu sagen. Ryle sieht mich nur ausdruckslos an, dreht sich zur Brüstung und starrt auf die Straße hinunter, als hätte er kein Wort von dem mitbekommen, was ich gerade gesagt habe.

Ich seufze und warte noch einen kurzen Moment, bevor ich zur Tür gehe. Halb rechne ich damit, dass er meinen Namen ruft und mich aufzuhalten versucht, aber er bleibt stumm. Wenig später schiebe ich mich auf der Suche nach Devin durch das Gedränge der Partygäste, bis ich ihn irgendwann endlich in einem der Räume entdecke.

»Sollen wir gehen? Hast du genug?«, fragt er, als er meinen Blick sieht.

Ich nicke müde. »Ja, und zwar *so was* von genug.«

Ich verabschiede mich von Allysa und Marshall und behaupte, ich hätte mich in den letzten Wochen einfach so verausgabt, dass ich völlig kaputt sei. Allysa bringt uns zur Tür.

»Wir sehen uns Montag.« Sie drückt mich fest an sich und küsst mich auf die Wange.

»Nimm es mir nicht übel, dass ich so ein Schwächling bin, und lass dich noch schön feiern«, sage ich zu ihr. Devin öffnet die Tür, und wir wollen gerade raus, als jemand »Lily!« ruft. Ich erstarre und drehe mich langsam um.

Ryle taucht aus einer Gruppe tanzender Gäste auf. »Lily! Warte!« Er kämpft sich weiter zu mir durch, den Blick fest auf mich geheftet. Mein Herz hämmert gegen die Rippen, während ich zusehe, wie er sich energisch seinen Weg bahnt. Allysa muss zur Seite treten, als er mit schnellen Schritten auf mich zuläuft. Bekomme ich jetzt endlich irgendeine Erklärung oder Entschuldigung? Doch statt zu reden, tut er etwas, worauf ich absolut nicht vorbereitet bin. Er schlingt die Arme um mich und hebt mich hoch.

»Ryle!« Ich zapple mit den Füßen. »Lass mich runter!«

»Sorry, aber ich muss mir Lily heute Nacht ausleihen«, sagt er zu Devin. »Ist das okay?«

Ich sehe Devin mit weit aufgerissenen Augen an und schüttle heftig den Kopf. Aber Devin grinst nur und sagt: »Aber gerne doch.«

Verräter!

Ryle dreht sich um und geht, mich immer noch festhaltend, den Flur entlang. »Ich hasse deinen Bruder!«, rufe ich Allysa zu, die uns völlig verwirrt hinterhersieht.

Alle, an denen wir vorbeikommen, starren uns an. Gott, ist mir das peinlich! Ich drücke mein Gesicht in Ryles Schulter, während er mich den Flur entlang in sein Zimmer schleppt. Erst nachdem er mit dem Fuß die Tür hinter sich zugekickt hat, lässt er mich herunter.

»Was fällt dir ein!«, brülle ich und will sofort wieder raus, aber Ryle packt mich um die Taille und schiebt mich gegen die Tür. Er greift nach meinen Handgelenken und hält sie über meinem Kopf fest. »Lily?«

Sein Blick ist so intensiv und seine Stimme so eindringlich, dass ich aufhöre, mich zu wehren, und den Atem anhalte. Ich spüre seinen Oberkörper an meiner Brust, die Tür im Rücken und im nächsten Moment ... seine Lippen auf meinen.

Trotz der Entschlossenheit, die in seinem Kuss liegt, sind seine Lippen unfassbar weich. Ich bin geschockt über das sehnsüchtige Wimmern, das aus mir hervorbricht, und noch geschockter darüber, wie bereitwillig ich meine Lippen öffne, um ihn ganz in mich aufzunehmen. Seine warme Zunge berührt meine, er lässt meine Handgelenke los, um mein Gesicht in beide Hände zu nehmen und den Kuss zu vertiefen. Ich kralle die Finger in seine Haare, ziehe ihn noch näher an mich heran und fühle ihn in jeder Faser meines Körpers.

Innerhalb von Sekunden verschmelzen wir lustvoll stöhnend und nach Atem ringend, und schon bald wollen unsere Körper mehr, als unsere Lippen uns geben können. Ryle schiebt seine Hände unter meine Schenkel und hebt mich mit einem kraftvollen Ruck hoch, worauf ich unwillkürlich die Beine um seine Hüfte schlinge.

Mein Gott, kann dieser Mann küssen. So, als wollte er beim Küssen genauso der Beste sein wie in seinem Beruf. Er macht rückwärts ein paar Schritte in den Raum hinein, als mir plötzlich bewusst wird, dass er mir immer noch keine Antwort auf das gegeben hat, was ich auf der Dachterrasse zu ihm gesagt habe.

Aber mir scheint, ich habe aufgegeben, auf eine Antwort zu warten, und mich ihm ergeben. So wie es aussieht, bekommt er, was er die ganze Zeit gewollt hat – seinen One-Night-Stand. Dabei ist das das Letzte, was er verdient hat.

»Ryle!« Ich stemme die Hände gegen seine Brust und drücke mich von ihm weg. »Lass mich runter.«

Er reagiert nicht, sondern geht weiter Richtung Bett, also sage ich es noch einmal: »Ryle, ich meine es ernst. Du lässt mich jetzt sofort runter.«

Endlich bleibt er stehen und lässt mich vorsichtig zu Boden gleiten. Ich stolpere ein paar Schritte rückwärts und wende mich ab, um mich zu sammeln. Ihn anzusehen und gleichzeitig immer noch seinen Kuss auf meinen brennenden Lippen zu spüren, ist mehr, als ich im Moment aushalten kann.

»Hey.« Auf einmal ist er hinter mir, schlingt beide Arme um meine Taille und legt den Kopf an meinen. »Bitte entschuldige«, flüstert er mir ins Haar. Er dreht mich um, legt eine Hand an mein Gesicht und streicht mir mit dem Daumen über die Wange. »Jetzt bin ich dran mit den nackten Wahrheiten, okay?«

Ich verschränke die Arme vor der Brust und warte ab, was er zu sagen hat, bevor ich mir erlaube, auf seine Berührung zu reagieren.

»Ich habe das Foto von dir gleich am nächsten Tag auf Leinwand drucken lassen«, sagt er leise. »Das Bild hängt jetzt schon seit Monaten hier, weil du das Schönste bist, das ich je gesehen habe, und ich dich jeden Tag ansehen wollte.«

Oh.

»Okay, und jetzt zu dem Abend, an dem ich bei dir vor der Tür stand: Mir ist in meinem ganzen Leben noch nie eine Frau so unter die Haut gegangen wie du. Ich habe es einfach nicht geschafft, dich zu vergessen, und wusste nicht, wie ich damit umgehen sollte. Meine Methode war wahrscheinlich nicht die beste.« Er lacht. »Und mit dem Strauß wollte ich dir vor allem zur Ladeneröffnung gratulieren und dir zeigen, wie sehr ich dich dafür bewundere, dass du deinen Traum verwirklicht hast. Hätte ich dir jedes Mal Lilien geschickt, wenn ich an dich gedacht habe, wäre deine Wohnung ein einziges Blumenmeer. Ich denke nämlich ständig an dich. Und ja, Lily. Ich weiß, dass ich dir wehtue, weil ich den verdammten Schmerz selbst spüre und … bis heute nicht wirklich weiß, was er bedeutet.«

Ich habe keine Ahnung, wie ich die Kraft finde, zu sprechen. »Was glaubst du denn, was er bedeutet?«

Er sieht mir in die Augen, dann lässt er die Stirn auf meine sinken. »Ich verstehe nicht, was mit mir los ist. Du weckst in mir den Wunsch, ein anderer zu werden, aber was ist, wenn ich nicht der sein kann, den du brauchst? Das ist alles komplett neu für mich, und ich weiß, dass ich dich mit meinem Verhalten vor den Kopf stoße, aber … Ich wünschte, du könntest mir glauben, dass ich dich viel mehr will als nur für eine Nacht.«

Er sieht auf einmal so unglaublich verletzlich aus. Ich würde ihm ja gern glauben, aber das fällt mir schwer, nachdem er mir praktisch vom ersten Augenblick unseres Kennenlernens an mit viel Überzeugungskraft erklärt hat, dass seine Vorstellungen das genaue Gegenteil von meinen sind. Ich habe Angst, dass er mir, wenn ich jetzt schwach werde, das Herz bricht und womöglich einfach wieder aus meinem Leben verschwindet.

Ryle lässt die Arme sinken. »Wie kann ich es dir beweisen, Lily? Sag es mir und ich tue es.«

Wie er es mir beweisen soll? Ich habe keine Ahnung. Ich weiß nur jetzt schon, dass Sex allein mir mit ihm nicht genügen wird. Aber was müsste er tun, um mich davon zu überzeugen, dass Sex nicht das Einzige ist, was *er* von mir möchte?

Mit geschlossenen Augen denke ich einen Moment nach, dann öffne ich sie wieder und sehe ihn unverwandt an. »Indem du *keinen* Sex mit mir hast.«

Seine Miene ist unergründlich. »Okay ...« Er beginnt langsam zu nicken, als würde er nur allmählich begreifen. »Okay«, sagt er noch einmal, und sein Nicken wird schneller. »Okay, ich werde keinen Sex mit dir haben, Lily Bloom.«

Er geht um mich herum zur Tür und vergewissert sich, dass sie wirklich zu ist. Dann knipst er das Deckenlicht aus, sodass nur noch die Stehlampe brennt, und zieht das Jackett und das Hemd aus.

»Was wird das?«, frage ich, als er mit nacktem Oberkörper vor mir steht.

Er wirft Jackett und Hemd auf einen Stuhl und streift die Schuhe ab. »Wir gehen schlafen.«

Ich werfe einen überraschten Blick aufs Bett. »Wie ... Jetzt sofort?«

»Jep.« Er stellt sich hinter mich, öffnet den Reißverschluss am Rücken meines Kleids und streift es mir mit einer einzigen schnellen Bewegung von den Schultern, sodass ich in BH und Slip mitten im Zimmer stehe. Ich überkreuze die Arme vor der Brust, aber er sieht nicht einmal hin, sondern greift nach meiner Hand, führt mich zum Bett und hebt die Decke an, damit ich darunterkriechen kann. Während er zur anderen Seite geht, sagt er lächelnd: »Ist ja nicht so, als hätten wir noch nie eine Nacht miteinander verbracht, ohne Sex zu haben. Kinderspiel.«

Ich lache. Ryle legt sein Handy auf den Nachttisch und zieht die Hose aus, während ich mich zum ersten Mal wirklich in dem Raum umsehe, in dem ich offenbar die Nacht verbringen werde. Das ist also Allysas und Marshalls Gästezimmer? Wow. Mein eigenes Schlafzimmer würde hier ungefähr dreimal reinpassen. Eigentlich ähnelt es eher einer riesigen Hotelsuite. Gegenüber vom Bett ist ein großer Fernseher an der Wand angebracht, in einem Nebenraum sehe ich eine Sofaecke, Bücherregale und einen Schreibtisch. Ich staune immer noch, als das Licht ausgeht.

»Mir wird allmählich klar, *wie viel* Geld deine Schwester und Marshall haben«, sage ich zu Ryle, der sanft die Decke über mich breitet. »Was macht sie mit den zehn Dollar Stundenlohn, die ich ihr zahle? Zündet sie mit den Scheinen den Kamin an?«

Er greift lachend nach meiner Hand und verschränkt unsere Finger ineinander. »So wie ich Allysa kenne, löst sie den Scheck wahrscheinlich gar nicht erst ein«, sagt er. »Hast du mal auf deinem Konto nachgeschaut?«

Nein, habe ich nicht. Aber das wird mit Sicherheit das Erste sein, was ich morgen tue.

»Gute Nacht, Lily«, sagt er.

Ich kann gar nicht aufhören zu lächeln, weil das alles so verrückt ist. Und so schön.

»Gute Nacht, Ryle.«

*****

Diese Wohnung ist das reinste Labyrinth. Ich fürchte, ich habe mich rettungslos verirrt. Alles ist unglaublich weiß, perfekt aufgeräumt und so blitzsauber, dass es mich blendet. Auf der Suche nach Kaffee streife ich barfuß durch die Räume. Ich habe eins von Ryles T-Shirts angezogen, das so lang ist, dass es mir fast über die Knie hängt. Vielleicht muss er sich ja immer XXL-Shirts kaufen, weil er so breite Schultern hat.

Durch die bodentiefen Fenster fällt so strahlend die Sonne herein, dass ich mir schützend die Hand vor die Augen halten muss, während ich meinen Weg durch dieses gigantische Apartment suche.

Irgendwann finde ich mich tatsächlich in der Küche wieder, wo auf der Theke ein Vollautomat steht.

Hurra!

Ich schalte die Kaffeemaschine ein und suche gerade in den Schränken nach einem Becher, als ich hinter mir ein Geräusch höre. Erschrocken fahre ich herum, aber es ist nur Allysa, die zu meiner Erleichterung offenbar auch nicht *immer* perfekt gestylt, frisiert und geschminkt, sondern doch nur ein ganz normaler – wenn auch sehr hübscher – Mensch ist. Ihre Haare sind auf dem Hinterkopf zu einem unordentlichen Knoten geschlungen und unter ihren Augen klebt die Mascara von gestern Nacht. Sie deutet auf die Maschine, ächzt: »Genau so einen brauche ich auch«, schleppt sich zur Theke und zieht sich mit letzter Kraft auf einen der Hocker.

»Darf ich dich was fragen?«

Sie hat kaum die Energie, um zu nicken.

Ich mache eine Geste, die das ganze Apartment umfasst. »Wie hast du es geschafft, dass alles nach der Party gestern jetzt wieder so sauber ist, obwohl du doch ganz offensichtlich gerade erst aufgestanden bist? Bist du wach geblieben und hast noch aufgeräumt?«

»Ach was.« Sie lacht. »Dafür gibt es doch Leute.«

»Leute?«

Sie nickt. »Natürlich. Es gibt für alles Leute«, sagt sie. »Du würdest staunen, wenn du wüsstest, was man alles von anderen Leuten erledigen lassen kann. Denk dir was aus. Egal, was. Ich garantiere dir, dass wir höchstwahrscheinlich jemanden haben, der es für uns übernimmt.«

»Einkaufen?«

»Dafür gibt's Leute, klar«, sagt sie.

»Weihnachtsdeko?«

Sie nickt. »Dafür haben wir auch jemanden.«

»Wie ist das mit Geburtstagsgeschenken? Nicht für Geschäftspartner, sondern für eure Verwandten.«

Sie grinst. »Ja, auch dafür haben wir unsere Leute. Jeder aus der Familie bekommt zu festlichen Anlässen ein liebevoll ausgesuchtes und sehr passendes Geschenk mitsamt handgeschriebener Karte. Und ich muss keinen Finger dafür rühren.«

»Wahnsinn.« Ich schüttle den Kopf. »Wie lange seid ihr schon so reich?«

»Seit drei Jahren«, sagt sie achselzuckend. »Marshall hat ein paar Apps entwickelt und sie für sehr viel Geld an Apple verkauft. Alle sechs Monate programmiert er Updates, die selbstverständlich auch bezahlt werden.«

Mittlerweile ist ihr Kaffee fertig. »Wie trinkst du ihn?«, frage ich. »Schwarz, mit Zucker? Hast du dafür auch Leute?«

Sie lacht. »Ja, dich. Und ich hätte gern einen Löffel Zucker, bitte.«

Ich rühre Zucker in den Becher, bringe in ihr und mache mir dann selbst einen Kaffee. Es ist eine Weile still, während ich mich auf die Suche nach Milch mache und darauf warte, dass Allysa mir die unvermeidliche Frage stellt.

»Können wir vielleicht jetzt sofort darüber reden, damit es gar nicht erst irgendwie verkrampft wird?«, sagt sie.

Ich seufze erleichtert auf. »Absolut. Ja, bitte.« Wir nehmen beide einen Schluck von unserem Kaffee, dann stellt sie ihren Becher neben sich.

»Okay. Wie und wann ist das mit dir und Ryle passiert?«

Ich schüttle den Kopf und gebe mir große Mühe, nicht allzu verliebt zu grinsen. Sie soll nicht denken, dass ich mich so schnell von irgendwelchen Neurochirurgen abschleppen lasse. »Ich kenne Ryle schon länger.«

Sie legt den Kopf schräg. »Moment mal«, sagt sie. »Ich weiß, dass ihr euch kennt, aber ... was meinst du mit länger? Länger, als du und ich uns kennen, oder was?«

»Ja, genau«, antworte ich. »Ungefähr sechs Monate, bevor du damals in den Laden gekommen bist, haben Ryle und ich einen ziemlich einzigartigen Abend miteinander verbracht.«

»Warte, warte.« Sie hebt die Hand. »Du meinst, ihr hattet einen One-Night-Stand?«

»Nein.« Ich schüttle den Kopf. »Nein, absolut nicht. Da war nichts, nicht mal ein Kuss – jedenfalls bis gestern Abend. Ich bin selbst ... ich weiß auch nicht, wie ich es dir erklären soll. Ich hab von Anfang an gemerkt, dass da so ein Kribbeln zwischen uns ist, aber es ist nie irgendetwas passiert, bis zu deiner Party gestern. Tja.«

Allysa greift nach ihrem Becher, nimmt einen Schluck und starrt in die Ferne. Bilde ich es mir ein oder sieht sie ein bisschen besorgt aus?

»Allysa? Du bist jetzt aber nicht sauer, oder?«

»Nein!« Sie schüttelt sofort den Kopf. »Nein, Lily. Es ist nur ...« Sie stellt den Becher wieder ab. »Ich kenne meinen Bruder. Versteh mich nicht falsch, ich liebe ihn. Das tue ich wirklich, aber ...«

»Aber was?«

Allysa und ich drehen uns beide erschrocken zur Tür, wo Ryle steht. Er hat die Arme vor dem nackten Oberkörper verschränkt und trägt eine graue Jogginghose, die tief auf seiner Hüfte sitzt. Noch ein Outfit, das ich in mein Archiv für Sexfantasien aufnehmen muss.

Ryle geht auf mich zu und nimmt mir den Becher aus der Hand. Er beugt sich vor und küsst mich auf die Stirn, dann trinkt er einen Schluck und lehnt sich an die Theke.

»Sprich ruhig weiter«, sagt er zu Allysa. »Ich wollte dich nicht unterbrechen.«

Allysa verdreht die Augen. »Lass das.«

Er gibt mir meinen Kaffee zurück und dreht sich zum Schrank, um sich einen eigenen Becher rauszunehmen, bevor er zur Kaffeemaschine geht. »Es hat sich für mich so angehört, als wolltest du Lily vor mir warnen. Ich bin nur neugierig, was du ihr zu sagen hast.«

Allysa rutscht von ihrem Hocker und bringt ihren leeren Becher zum Spülbecken. »Sie ist meine Freundin, Ryle. Und du hast nun mal nicht gerade die besten Referenzen, was deine Beziehungsfähigkeit angeht.« Sie spült den Becher aus und wendet sich uns dann wieder zu. »Und als ihre Freundin verhalte ich mich einfach nur so, wie man es von einer Freundin erwarten würde, indem ich ihr meine ehrliche Meinung über einen Mann sage, auf den sie sich vielleicht gerade einlässt.«

Die Spannung zwischen den beiden ist beinahe mit Händen greifbar. Ich fühle mich plötzlich wahnsinnig unwohl und wünschte, ich wäre irgendwo ganz anders. Wortlos und ohne einen Schluck von seinem Kaffee getrunken zu haben, geht Ryle zur Spüle und kippt ihn ins Becken. Allysa schaut ihn nicht an, obwohl sie direkt neben ihm steht.

»Als dein Bruder hätte ich gehofft, du würdest ein bisschen mehr Vertrauen in mich haben. Das ist nämlich das, was man von seinen *Geschwistern* erwarten würde.«

Er dreht sich um und geht aus der Küche. Allysa wartet einen Moment, dann holt sie tief Luft und schüttelt den Kopf. »Tut mir leid«, sagt sie und ringt sich ein Lächeln ab. »Ich muss jetzt duschen gehen.«

»Hast du dafür keine Leute?«, versuche ich einen schwachen Scherz.

Sie lacht, als sie an mir vorbei hinausgeht. Ich spüle meinen Becher und kehre wieder in Ryles Zimmer zurück. Als ich die Tür öffne, sitzt er auf der Couch und scrollt in seinem Handy herum.

Er blickt nicht auf, als ich den Raum betrete, und ich frage mich gerade, ob er auch auf mich sauer ist, da wirft er sein Handy zur Seite und lehnt sich zurück.

»Komm her.«

Er greift nach meiner Hand, zieht mich auf seinen Schoß und küsst mich mit so viel Leidenschaft und Gefühl, dass ich mir kurz überlege, ob er mir damit vielleicht beweisen will, wie falsch seine Schwester ihn einschätzt.

Irgendwann löst er sich von mir und lässt seinen Blick über meinen Körper wandern. »Du gefällst mir in meinem T-Shirt.«

Ich lächle. »Tja, leider muss ich gleich in den Laden und kann es nicht anbehalten.«

Er streicht mir eine Strähne hinters Ohr. »Und ich habe eine wichtige OP, auf die ich mich vorbereiten muss, was bedeutet, dass wir uns wahrscheinlich ein paar Tage nicht sehen werden.«

Ich versuche, mir meine Enttäuschung nicht anmerken zu lassen, weil ich weiß, dass ich mich daran gewöhnen muss, wenn ich mir eine ernsthafte Beziehung mit ihm wünsche. Er hat mir schließlich von Anfang an gesagt, dass er viel arbeitet. »Ich hätte sowieso keine Zeit für dich gehabt. Am Freitag ist ja schon die offizielle Eröffnung.«

»Ach so?«, sagt er. »Aber vor Freitag werden wir uns auf jeden Fall noch mal sehen.«

Diesmal verkneife ich mir das Lächeln nicht. »Okay.«

Er küsst mich wieder … diesmal mindestens eine volle Minute lang. Ich lasse mich langsam zusammen mit ihm ins Polster sinken, als er sich abrupt aufrichtet und mich grinsend von sich schiebt. »Oh nein. Das geht nicht. Ich respektiere dich viel zu sehr, als dass ich dich für schnellen Sex missbrauchen würde.«

Ich lehne mich zurück und schaue lächelnd zu, wie er sich für die Klinik fertig macht.

Mein Lächeln wird noch breiter, als ich sehe, dass er einen Stapel blauer Klamotten aus dem Schrank nimmt.

8.

»Ich muss dir was erzählen«, sagt Lucy mit erstickter Stimme, als ich nach Hause komme.

Sie sitzt auf der Couch, ihr Gesicht ist gerötet und die Wimperntusche verlaufen.

Oh mein Gott.

Ich lasse meine Tasche fallen, stürze auf sie zu und setze mich neben sie, worauf sie sofort anfängt zu schluchzen.

»Was ist passiert, Lucy? Hat Alex … hat er mit dir Schluss gemacht?«

Sie schüttelt den Kopf und in mir steigt Panik auf. Um Gottes willen, bitte lass es nichts wirklich Schlimmes sein. Ich nehme ihre Hände in meine und mein Blick fällt auf ihren Ringfinger. »Lucy!«, rufe ich. »Habt ihr euch etwa verlobt?«

Sie nickt unter Tränen. »Es tut mir so leid. Ich weiß, dass mein Mietvertrag hier noch sechs Monate läuft, aber er will, dass wir sofort zusammenziehen.«

Ich sehe sie entgeistert an. Deswegen weint sie? Wegen dem bescheuerten Mietvertrag?

Sie zieht ein Taschentuch aus der Schachtel neben sich und betupft sich die Augen. »Ich fühle mich so mies, Lily. Wenn ich ausziehe, hast du niemanden, der die Miete bezahlt, und bist ganz allein.«

Einen Moment lang bin ich sprachlos.

»Äh, Lucy? Mach dir um mich keine Sorgen, okay? Ich verspreche dir, dass ich es überleben werde.«

»Glaubst du echt?« Sie sieht mit hoffnungsvollem Blick zu mir auf.

Wie kommt sie nur auf den Gedanken, ich wäre so sehr auf sie angewiesen? »Absolut, ja.« Ich nicke noch einmal bekräftigend. »Und ich bin kein bisschen sauer auf dich. Ich freue mich.«

»Oh, Lily!« Sie schlingt die Arme um mich und drückt mich fest an sich. »Danke! Du kannst dir gar nicht vorstellen, wie erleichtert ich bin!« Sie lacht glücklich, als hätte sie nicht eben noch Rotz und Wasser geheult. »Du, ich muss sofort los und es Alex sagen. Er hatte solche Angst, dass du mich nicht aus dem Mietvertrag rauslässt.« Sie greift nach ihrer Tasche und läuft zur Wohnungstür.

Als sie weg ist, lehne ich mich zurück und starre an die Decke. Anscheinend ist Lucy nicht bloß Sängerin, sondern auch Schauspielerin. Und zwar eine ziemlich gute.

Plötzlich muss ich laut lachen, weil ich bis zu diesem Moment keine Ahnung hatte, wie sehr ich mich danach gesehnt habe, dass genau das passiert. Ich werde die ganze Wohnung für mich allein haben!

Und wenn ich spontan Lust bekomme, mit Ryle Sex zu haben, kann ich ihn jederzeit einladen und muss mir keine Gedanken darüber machen, ob wir eventuell zu laut sind.

Bevor wir uns am Samstag nach der Party verabschiedet haben, sind wir übereingekommen, dass wir eine Art Testlauf versuchen wollen. Ein Aneinander-Herantasten ohne Verpflichtung, um herauszufinden, ob wir uns vorstellen können, mehr voneinander zu wollen. Heute ist zwar erst Montag, aber ich spüre trotzdem leise Enttäuschung darüber, dass er bis jetzt noch gar nichts von sich hat hören lassen. Wir haben Nummern ausgetauscht, allerdings weiß ich nicht, ob ich ihm jetzt schon eine Nachricht schicken kann oder lieber warten soll, bis er sich meldet. Heikle Entscheidung, besonders wenn man noch im Testlauf ist.

Weil ich keine Lust habe, herumzusitzen und auf ein Zeichen von ihm zu hoffen, beschließe ich, mich mental in meine Teenagerjahre zu flüchten. Wobei ich mich schon frage, wie ich darauf komme, dass ausgerechnet meine Tagebucheinträge über den ersten Mann, mit dem ich Sex hatte, mich von dem Mann ablenken könnten, mit dem ich *keinen* Sex habe.

Liebe Ellen,

mein Urgroßvater hieß »Ellis«, und ich fand immer, dass das ein ziemlich ungewöhnlicher und cooler Name für einen so alten Mann ist. Deswegen war ich total erstaunt, als ich nach seinem Tod in der Traueranzeige für ihn einen ganz anderen Namen gelesen habe, nämlich Levi Sampson.

Ich habe meine Großmutter gefragt, und die sagte, seine Freunde hätten ihn immer mit den Anfangsbuchstaben seines Namens angeredet, und aus »L. S.« wäre dann eben mit den Jahren der Spitzname »Ellis« geworden.

Als ich gerade deinen Namen geschrieben habe, kam mir plötzlich der Gedanke, ob du überhaupt wirklich Ellen heißt. Vielleicht ist es bei dir ja wie bei meinem Urgroßvater, und in Wahrheit hast du einen ganz anderen Namen, der mit den Buchstaben L und N anfängt. Ha!

Ich glaube, ich habe dich durchschaut, »Ellen«.

Atlas ist auch ein ziemlich ungewöhnlicher Name.

Als ich gestern nach der Schule deine Sendung mit ihm geschaut habe, habe ich ihn gefragt, wo der Name herkommt. Er meinte, dass er das leider nicht wüsste. Ich habe ihm, ohne nachzudenken, vorgeschlagen, dass er ja seine Mutter mal fragen kann. Da hat er kurz zu mir rübergeschaut und gesagt: »Dafür ist es jetzt ein bisschen zu spät.«

Ich habe nicht nachgefragt, was er damit meinte. Vielleicht ist seine

Mutter ja gestorben oder hat ihn zur Adoption freigegeben. Wir kennen uns jetzt schon seit ein paar Wochen, und ich würde sagen, dass wir mittlerweile Freunde geworden sind, aber trotzdem weiß ich immer noch kaum etwas über ihn. Auch nicht, warum er kein Zuhause mehr hat. Ich könnte ihn natürlich fragen, will aber lieber abwarten, bis er es mir von sich aus erzählt. Ich habe das Gefühl, dass er nicht so schnell Vertrauen zu anderen Menschen fasst, und das kann ich ihm nicht verdenken.

Ich mache mir Sorgen um ihn. Es ist ziemlich kalt geworden und nächste Woche soll es sogar schneien. Atlas hat drüben keine Heizung. Ich weiß gar nicht, ob er genug Decken hat. Wenn es nachts so richtig kalt wird, könnte er erfrieren. Das ist echt ein schrecklicher Gedanke, Ellen.

Ich schaue diese Woche mal, ob ich ein paar Decken finde, die ich ihm mitgeben kann.

Deine Lily

Liebe Ellen,
ich habe beschlossen, dass es höchste Zeit ist, meine Gemüsebeete winterfest zu machen. Die letzten Radieschen sind längst geerntet, aber die Erde musste umgegraben und mit Kompost vermengt und anschließend mit Mulch abgedeckt werden. Eigentlich ist das keine große Sache, aber Atlas hat trotzdem darauf bestanden, mir dabei zu helfen.

Er hat mir viele Fragen gestellt, und es hat mich total gefreut, dass sich jemand so für mein Hobby interessiert. Leider ist mein Beet nicht besonders groß, ich hätte gern eine größere Fläche, um noch mehr anzubauen. Aber Dad gibt mir nicht mehr.

Atlas wollte die ganze Arbeit allein machen, also hab ich mich irgendwann auf meine Jacke ins Gras gesetzt und ihm zugeschaut. Ich war ziemlich beeindruckt, weil ich weiß, wie anstrengend das Umgraben ist. Aber man merkt ihm an, dass er gerne arbeitet. Vielleicht ist das für ihn ja auch eine Möglichkeit, sich davon abzulenken, dass seine Situation gerade so schrecklich ist.

Als er fertig war, hat er sich neben mich gesetzt und wollte wissen, wie ich auf die Idee gekommen bin, Gemüse anzupflanzen.

Ich habe ihm angemerkt, dass ihn das wirklich interessiert und er nicht bloß aus Höflichkeit fragt. In dem Moment ist mir klar geworden, dass er wahrscheinlich der beste Freund ist, den ich in meinem Leben je hatte, obwohl wir beide kaum etwas voneinander wissen. An der Schule gibt es ein paar Mädchen, mit denen ich mich ganz gut verstehe, aber Mom will nicht, dass sie mich zu Hause besuchen. Ich glaube, sie hat Angst, jemand könnte mitbekommen, wie Dad manchmal ausrastet. Sie macht sich Sorgen, dass die Leute über uns reden. Früher durfte ich auch nie zu anderen Kindern nach Hause gehen. Vielleicht wollte mein Vater das nicht, weil ich dann gemerkt hätte, wie gut andere Männer ihre Frauen behandeln. Er hofft wahrscheinlich, dass ich denke, es wäre ganz normal, dass er Mom so unterdrückt.

Atlas ist der einzige Freund, der jemals bei uns zu Hause war.

»Meine Mutter hat mich zu meinem zehnten Geburtstag bei so einem Kinder-Garten-Club angemeldet.« Ich zog ein Löwenzahnblatt aus dem Rasen und begann es zu zerrupfen. »Als Mitglied bekam man jeden Monat ein Tütchen mit ›Wundersamen‹ zugeschickt. Es gab zwar eine Anleitung, wie man sie einpflanzen und gießen musste, aber nirgendwo stand, was für Samen es genau waren. Erst wenn die Pflanzen aufgingen, wusste man, was man gesät hatte. Ich bin jeden Tag nach der Schule sofort in den Garten gerannt, um nachzusehen, ob in meinem Beet schon etwas gewachsen war. Es war schön, etwas zu haben, worauf ich mich freuen konnte, und wenn die Pflanzen gut wuchsen, war das für mich wie eine Belohnung.«

Ich spürte, dass Atlas mich anschaute. »Eine Belohnung wofür?«

Ich zuckte mit den Schultern. »Dafür, dass ich den Pflanzen die Liebe gegeben habe, die sie brauchten. Vernachlässigt man sie, gehen sie ein. Aber wenn man sie liebevoll hegt und pflegt, bekommt man von ihnen Geschenke in Form von Gemüse oder Obst oder schönen

Blüten.« Ich betrachtete das Löwenzahnblatt in meiner Hand, von dem mittlerweile kaum mehr etwas übrig war, zerrieb den Rest zwischen den Fingern und schnippte ihn weg.

Ich war verlegen, deswegen schaute ich das mit Mulch bedeckte Beet an und nicht Atlas.

»Wir sind uns ähnlich«, hat er darauf gesagt.

»Du und ich?«, habe ich gefragt und ihn jetzt doch angesehen.

Er hat den Kopf geschüttelt. »Nein. Pflanzen und Menschen. Pflanzen müssen auf die richtige Art geliebt werden, um zu überleben. Menschen auch. Wir sind in den ersten Jahren nach unserer Geburt komplett auf unsere Eltern angewiesen, weil wir ohne sie hilflos sind und sterben würden. Wenn unsere Eltern uns richtig lieben, entwickeln wir uns zu selbstbewussten Menschen, die stark sind und etwas leisten können. Aber wenn wir vernachlässigt werden ...« Er sah plötzlich traurig aus und wischte sich die dreckigen Hände an der Hose ab. »Wenn wir vernachlässigt werden, dann landen wir auf der Straße und schaffen es nie, jemals irgendetwas Tolles hervorzubringen.«

Mein Herz wurde plötzlich so kalt wie die Erde unter dem Mulch. Dachte er wirklich so über sich selbst?

Er wollte aufstehen, aber als ich »Atlas?« sagte, setzte er sich wieder hin. Ich deutete auf die Grenze zum Nachbargrundstück. »Siehst du die Eiche am Zaun da drüben?«

Die Eiche ist höher als alle anderen Bäume, deswegen kann man sie gut erkennen.

Atlas schaute zu ihr rüber und legte den Kopf in den Nacken, um bis ganz nach oben in ihre Krone zu sehen.

»Die ist ganz von selbst gewachsen«, erzählte ich ihm. »Die meisten Pflanzen brauchen viel Pflege, um zu überleben. Aber manche sind stark genug, um es ganz alleine zu schaffen, ohne auf jemand anderen angewiesen zu sein.«

Ich war mir nicht sicher, ob er verstanden hatte, was ich ihm damit zu sagen versuchte. Er sollte einfach wissen, dass ich ihn für stark ge-

nug hielt, um zu überleben – auch wenn sein Leben gerade alles andere als rosig aussah. Ich kenne ihn nicht gut, aber ich spüre, dass er zäh ist, Ellen. Viel zäher, als ich es je sein könnte, wenn ich in der gleichen Situation wäre.

Atlas schaute die Eiche lange an, ohne auch nur zu blinzeln. Dann nickte er kurz. Ich sah, wie es um seine Mundwinkel herum zuckte, und dachte, dass er meinen Kommentar vielleicht blöd fand, aber dann habe ich gemerkt, dass er lächelte.

Und als ich das Lächeln sah, war das, als wäre mein Herz aus der Winterstarre geweckt worden.

»Wir sind uns ähnlich«, hat er noch mal gesagt.

»Pflanzen und Menschen?«, habe ich gefragt.

Er schüttelte den Kopf. »Nein. Du und ich.«

Mir blieb die Luft weg, Ellen. Ich hoffe, dass er das nicht gemerkt hat, aber ich stand wirklich einen Moment lang unter Schock und wusste nicht, was ich darauf antworten sollte.

Als ich nur stumm dasaß, ist er aufgestanden, um nach Hause zu gehen.

»Atlas, warte.« Ich zeigte auf seine dreckigen Hände. »Vielleicht willst du dich schnell duschen, bevor du gehst. In dem Kompost, den du unter die Erde gemischt hast, ist unter anderem auch Hühnermist und Kuhdung.«

»Im Ernst?«

Ich nickte grinsend. Er lächelte, und bevor ich begriff, was er vorhatte, hatte er sich schon auf mich gestürzt, und wir wälzten uns lachend im Gras. Plötzlich fasste er in den Sack neben uns, holte eine Handvoll von dem Kompostdünger heraus und beschmierte meine Arme damit.

Ich bin mir ganz sicher, dass der Satz, den ich jetzt gleich hier hinschreiben werde, noch nie von irgendjemandem gesagt oder geschrieben wurde. Es hört sich ja auch verrückt an, aber … als Atlas mich mit dem Mist beschmiert hat, da war das wahrscheinlich das Schönste, was mir in meinem Leben bis dahin passiert ist.

Irgendwann ist er aufgestanden und hat mich auf die Füße gezogen, weil wir nicht mehr viel Zeit hatten, bis meine Eltern zurückkamen.

Während er unter der Dusche stand, habe ich mir die Hände und Arme abgewaschen und darüber nachgedacht, was er damit gemeint hatte, dass wir uns ähnlich wären – er und ich.

Hat er das als Kompliment gemeint? Es hat sich jedenfalls eindeutig wie eins angefühlt. Wollte er damit ausdrücken, dass er mich auch für stark hält? Bin ich es denn? Die meiste Zeit über fühle ich mich eigentlich nicht so. Und auch gerade eben, als wir uns im Gras gewälzt haben, fühlte ich mich plötzlich auf merkwürdige Weise schwach. Ich weiß nicht, was ich gegen die Gefühle tun soll, die in mir aufsteigen, wenn wir zusammen sind.

Ich habe Angst, dass meine Eltern irgendwann dahinterkommen, dass er nachmittags immer bei uns ist. Aber er kann wahrscheinlich sowieso nicht mehr lange in dem Haus drüben wohnen bleiben. Bald wird es hier einfach zu kalt. Ohne Heizung würde er erfrieren.

Um wenigstens irgendetwas zu tun, habe ich mich auf die Suche nach Decken gemacht. Eigentlich hatte ich vor, sie ihm zu geben, wenn er aus der Dusche kommt, aber dann war es plötzlich schon fünf, und er ist schnell rübergegangen.

Dann bekommt er sie morgen.

Deine Lily

Liebe Ellen,

Harry Connick Jr. ist soooo genial. Ich weiß nicht, ob du ihn schon mal in deiner Show zu Gast hattest (es gibt ein paar Folgen, die ich verpasst habe. Leider!), aber falls nicht, solltest du ihn unbedingt mal einladen. Schaust du manchmal »Late Night mit Conan O'Brien«? Bei dem sitzt immer ein Typ mit im Studio, der Andy heißt und zu allem seinen Senf abgibt. Es wäre so toll, wenn Harry dein Andy sein könnte. Zusammen wärt ihr einfach unschlagbar.

Ich wollte mich übrigens schon lange mal bei dir dafür bedanken, dass es deine Show gibt, weil du es immer schaffst, mich zum Lachen zu bringen. Natürlich weiß ich, dass du sie nicht speziell für mich machst, aber manchmal kommt es mir fast so vor. Es gibt immer wieder Tage, an denen ich das Gefühl habe, dass ich verlernt habe, zu lachen oder mich über Dinge zu freuen, aber wenn ich deine Sendung schaue, merke ich, dass es doch noch geht.

Deswegen: DANKE.

Bestimmt willst du wissen, wie es mit Atlas weitergegangen ist, und das schreibe ich dir auch gleich, aber vorher muss ich dir erzählen, was gestern passiert ist, weil ich seitdem an nichts anderes mehr denken kann.

Meine Mutter arbeitet als Hilfslehrerin an der Brimer Elementary School. Die Schule liegt ein Stück weit draußen, deswegen muss sie jeden Tag eine ganze Weile fahren und kommt erst um fünf nach Hause. Das Büro von meinem Dad ist hier im Ort, er macht auch immer so gegen fünf Uhr Schluss. Wir haben eine Doppelgarage, aber in die passt nur ein Wagen, weil Dad sich darin auch noch eine Werkstatt eingerichtet hat, in der so viel Krempel rumsteht. Ich weiß nicht, warum, aber aus irgendeinem Grund steht Dads Auto immer in der Garage und Mom parkt in der Einfahrt.

Gestern ist Mom ein bisschen früher als sonst nach Hause gekommen. Atlas war noch da, und wir schauten gerade die letzten Minuten von deiner Sendung, als ich hörte, wie das elektrische Garagentor hochging. Er ist sofort zur Hintertür raus und ich habe hektisch unsere Getränkedosen und die leere Chipstüte weggeräumt.

Als die Tür aufging, die von der Garage direkt ins Haus führt, habe ich vor Angst die Luft angehalten, aber zum Glück war es nur meine Mutter und nicht Dad. Gestern hat es geschneit, und weil sie unterwegs einkaufen war und so viel zu schleppen hatte, ist sie in die Garage gefahren, um die Sachen gleich ins Haus bringen zu können. Ich habe ihr gerade dabei geholfen, die Tüten reinzutragen, als Dad in die Einfahrt bog. Er hat sofort angefangen, wie wild zu hupen. Wahrscheinlich weil er keine Lust hatte, durch den Schnee zur Haustür zu *gehen. Das ist jedenfalls der einzige Grund, den ich mir vorstellen kann, warum er so genervt war. Ich frage mich sowieso, warum für die beiden klar ist, dass nur er in der Garage parken darf. Müsste es nicht eher so sein, dass er als Gentleman seiner Frau den besseren Parkplatz überlässt?*

Jedenfalls hat meine Mutter sofort wieder ihren ängstlichen Blick bekommen, als er gehupt hat, und zu mir gesagt, dass ich ihr die Tüten abnehmen und schon mal auf den Küchentisch stellen soll, damit sie schnell den Wagen rausfahren kann.

Ich habe angefangen, die Einkäufe wegzuräumen, als ich plötzlich einen lauten Krach und einen Schrei gehört habe und in die Garage gerannt bin, weil ich dachte, sie wäre vielleicht ausgerutscht und hingefallen.

Aber sie war nicht ausgerutscht, Ellen …

Ich zittere immer noch so, dass ich kaum schreiben kann.

Als ich die Tür aufgerissen habe, war Mom nirgends zu sehen, nur Dad stand schwer atmend da und beugte sich über das Auto. Und im nächsten Moment wurde mir klar, warum ich Mom nicht sehen konnte. Er hatte die Hände um ihre Kehle gelegt und hat sie auf die Motorhaube runtergedrückt.

Mein Vater hat meine Mutter gewürgt!

Mir kommen gerade wieder die Tränen, wenn ich daran denke. Er hat gar nicht mitgekriegt, dass ich da war, weil er so wütend war. In seinem Blick war nur Hass, und er hat sie angebrüllt, dass sie ihm gefälligst Respekt zeigen soll und dass er schließlich ein hart arbeitender Mann ist, der müde nach Hause kommt und keinen zusätzlichen Stress gebrauchen kann. Mom hat nur geröchelt. Es war klar, dass sie überhaupt nicht antworten konnte, weil sie kaum Luft bekam. Ich kann dir gar nicht sagen, was dann genau passiert ist, weil alles so schnell ging. Ich weiß nur, dass ich laut schreiend zu ihm gerannt und auf seinen Rücken gesprungen bin, um ihn von ihr loszureißen.

Danach hatte ich irgendwie einen Blackout.

Wahrscheinlich hat er den Arm hochgerissen und mich wegge-

schleudert. Ich weiß nur noch, dass ich mich in der einen Sekunde an ihn geklammert habe und in der nächsten auf dem Boden lag und mein Kopf total wehtat. Mom saß neben mir und hat meine Hand gehalten und geschluchzt, wie leid ihr alles tut. Ich habe mich nach Dad umgeschaut, aber der war nicht mehr da. Sein Wagen war auch weg.

Mom hat mir ein Taschentuch gegeben, um es auf die Wunde an meiner Stirn zu pressen, die ziemlich geblutet hat, und ist mit mir ins Krankenhaus gefahren. Unterwegs haben wir kaum geredet, sie meinte nur: »Wenn sie dich fragen, wie das passiert ist, sagst du, dass du auf dem vereisten Boden ausgerutscht bist, okay?«

Als sie das gesagt hat, habe ich zum Seitenfenster rausgeschaut, weil mir die Tränen in die Augen geschossen sind. Ich glaube, ich hatte gehofft, dass sie jetzt vielleicht endgültig genug von ihm hätte und ihn verlassen würde, weil er nicht nur gegen sie, sondern auch gegen mich gewalttätig geworden ist. Aber in dem Moment ist mir klar geworden, dass sie ihn nicht verlassen wird. Niemals. Trotzdem habe ich nichts zu ihr gesagt, weil mir das alles viel zu viel Angst gemacht hat.

Die Wunde musste genäht werden. Ich kann nicht mit Sicherheit sagen, ob ich mir den Kopf am Betonboden aufgeschlagen habe oder ob etwas anderes passiert ist, aber ich weiß, dass das keine Rolle spielt. Tatsache ist, dass ich nicht verletzt wäre, wenn mein Vater nicht ausgerastet wäre. Und er ist nicht mal geblieben, um abzuwarten, wie es mir geht. Er hat mich und Mom einfach in der Garage sitzen lassen und ist davongefahren.

Im Krankenhaus haben sie mir Schmerztabletten gegeben, von denen ich so müde wurde, dass ich gleich eingeschlafen bin, als wir wieder zu Hause waren.

Bevor ich heute Morgen zur Bushaltestelle bin, habe ich meine Haare so hingekämmt, dass man das Pflaster nicht sehen konnte. Atlas scheint nichts bemerkt zu haben. Als wir uns im Bus nebeneinandergesetzt und unsere Taschen auf den Boden gestellt haben, haben sich unsere Hände berührt, und dabei ist mir aufgefallen, dass seine eiskalt waren. Wirklich wie Eisklumpen.

In dem Moment ist mir wieder eingefallen, dass ich ihm ja eigentlich die Decken rüberbringen wollte, was ich wegen der Sache mit Dad total vergessen hatte. Nachts hatte es wieder geschneit und heute Morgen war alles mit einer Eisschicht überzogen. Er muss unglaublich gefroren haben in dem dunklen, kalten Haus. Ich habe nach seinen Händen gegriffen und gesagt: »*Deine Hände sind eiskalt, Atlas!*« *Er hat darauf nichts geantwortet. Also habe ich angefangen, sie zu reiben, um sie zu wärmen. Und dann habe ich meinen Kopf auf seine Schulter gelegt und musste plötzlich total weinen. Das war mir so peinlich, Ellen. Ich heule normalerweise nicht so schnell los, aber irgendwie war ich immer noch so aufgewühlt von dem, was gestern passiert ist, und es tat mir so leid, dass ich vergessen hatte, Atlas die Decken zu bringen und er meinetwegen so frieren musste. Atlas hat nichts gesagt, sondern stumm seine Hände weggezogen. Und dann hat er sie um meine gelegt, und so saßen wir den ganzen Weg bis zur Schule einfach nur da, die Köpfe aneinandergelehnt, und er hielt meine Hände in seinen.*

Es hätte so schön sein können, wenn es nicht so traurig gewesen wäre.

Nachmittags auf der Fahrt nach Hause hat er dann das Pflaster gesehen.

Ich hatte es völlig vergessen, vielleicht auch, weil mich in der Schule niemand darauf angesprochen hat. »*Was ist denn mit deiner Stirn passiert?*«*, hat Atlas plötzlich gefragt.*

Ich hatte einen totalen Kloß im Hals und habe den Kopf weggedreht. Ich wollte ihn nicht anlügen, weil ich möchte, dass er mir vertraut, aber die Wahrheit wollte ich ihm auch nicht erzählen.

Als der Bus losfuhr, hat er gesagt: »*Ich hab mitbekommen, dass es bei euch gestern laut wurde, kurz nachdem ich rüber bin. Dein Vater klang, als wäre er wegen irgendwas ziemlich wütend. Und dann habe ich dich schreien gehört. Ich bin los, um zu schauen, ob ich helfen kann, aber da ist deine Mutter gerade mit dir weggefahren.*«

Ich bekam richtig Panik bei dem Gedanken, dass Atlas bei uns drü-

ben war. Die Vorstellung, was mein Vater mit ihm gemacht hätte, wenn er ihn in seinen abgelegten Klamotten gesehen hätte! Atlas hat keine Ahnung, wozu mein Vater fähig ist.

Ich habe ihm gesagt, dass er das auf gar keinen Fall tun darf. »Komm bitte, bitte nie zu mir, wenn meine Eltern da sind.«

Er hat lange geschwiegen und dann leise gesagt: »Ich hab gehört, wie du geschrien hast, Lily.« Es klang, als würde er mich immer retten kommen, ganz egal aus welcher Gefahr.

Ich habe mich total schlecht gefühlt, weil ich ja wusste, dass er mir nur helfen wollte, aber eben auch, dass er dadurch alles nur noch viel schlimmer machen würde. Deswegen habe ich gesagt: »Es war sowieso nichts. Ich bin bloß ausgerutscht und hingefallen.«

Danach habe ich mich noch schlechter gefühlt, weil ich ihn angelogen habe, obwohl wir beide wussten, dass es so nicht war.

Atlas hat kurz nachgedacht. Dann hat er den Ärmel von seiner Jacke hochgezogen und mir seinen Arm hingehalten. Mir ist richtig übel geworden vor Schock, Ellen. Der ganze Arm ist mit lauter Narben bedeckt. Manche davon sehen aus, als hätte jemand seine Zigarette auf der Haut ausgedrückt!

Er hat den Arm umgedreht, um mir zu zeigen, dass die andere Seite genauso schlimm aussieht. »Ich bin auch oft ›ausgerutscht und hingefallen‹, Lily.« Danach hat er den Ärmel wieder runtergezogen und nichts mehr gesagt.

Ich hätte fast gesagt, dass es bei mir aber wirklich anders gewesen ist. Dass mein Vater mich nicht absichtlich verletzt, sondern mich bloß weggestoßen hat, aber dann wäre ich wie meine Mutter gewesen, die ihn auch immer wieder in Schutz nimmt und so tut, als gäbe es eine Rechtfertigung.

Es ist mir peinlich, dass er jetzt weiß, was bei uns zu Hause los ist. Den Rest der Fahrt habe ich aus dem Fenster geschaut, weil ich nicht wusste, was ich sagen sollte.

Als der Bus bei uns in der Straße hielt, habe ich gesehen, dass Moms Wagen schon dastand. Natürlich in der Einfahrt, nicht in der Garage.

Ich war traurig, weil das bedeutete, dass Atlas nicht mit reinkommen konnte. Eigentlich wollte ich ihm sagen, dass ich später bei ihm vorbeischauen und ihm Decken bringen würde, aber er ist ausgestiegen, ohne sich zu verabschieden, und gleich weggegangen. Ich weiß nicht, was los ist. Glaubst du, er ist sauer auf mich?

Jetzt ist es schon ziemlich spät, und ich warte darauf, dass meine Eltern endlich einschlafen, damit ich Atlas die Decken bringen kann.

Deine Lily

Liebe Ellen,

machst du manchmal Sachen, von denen du weißt, dass sie eigentlich falsch sind, aber irgendwie fühlen sie sich trotzdem richtig an? Ich kann es leider nicht besser ausdrücken, aber vielleicht weißt du, was ich meine. Ich bin erst fünfzehn und sollte keinen Jungen bei mir übernachten lassen, klar. Aber wenn ich weiß, dass dieser Junge einen Schlafplatz braucht, weil er sonst erfrieren würde, bin ich dann nicht verpflichtet, ihm zu helfen?

Nachdem meine Eltern gestern ins Bett gegangen waren, habe ich mich mit einer Taschenlampe rausgeschlichen, um Atlas die Decken zu bringen. Es hatte wieder geschneit, und ich war halb erfroren, als ich bei ihm vor der Tür stand und klopfte. Als er mir aufgemacht hat, habe ich ihm die Decken in den Arm gedrückt und bin ganz schnell an ihm vorbei ins Haus gelaufen, um aus der Kälte herauszukommen.

Das Problem war bloß, dass ich nicht aus der Kälte rausgekommen bin. Ich verstehe immer noch nicht, wie das möglich sein kann, aber irgendwie war es im Haus fast noch kälter als draußen. Ich habe mit der Taschenlampe ins Wohnzimmer geleuchtet und da gab es nichts. Keine Möbel. Wirklich überhaupt keine.

Keine Couch, kein Tisch, keine Stühle, noch nicht mal eine Matratze. In der Küche war ein Loch in der Decke, durch das der Schnee reingeweht wurde! Atlas hat sich im Wohnzimmer eine halbwegs geschützte Ecke gesucht und dort lagen seine Sachen auf einem Haufen.

Sein eigener Rucksack und der alte von mir. Die Jeans und T-Shirts von meinem Vater. Und zwei Handtücher. Ich glaube, auf dem einen liegt er und mit dem anderen deckt er sich zu.

Ich wusste überhaupt nicht, was ich sagen sollte, weil ich so erschrocken war. Und so lebt er schon seit Wochen.

Atlas hat versucht, mich wieder zur Tür zu schieben. »Du solltest nicht hier sein, Lily. Ich will nicht, dass du Ärger bekommst.«

»Du solltest auch nicht hier sein«, habe ich gesagt und nach seiner Hand gegriffen. Als ich ihn mit mir rausziehen wollte, hat er sich losgerissen. »Du kannst heute bei mir auf dem Boden schlafen«, habe ich gesagt. »Ich schließe die Tür ab. Hier kannst du auf gar keinen Fall bleiben, Atlas. Es ist viel zu kalt, du kriegst eine Lungenentzündung und stirbst.«

Atlas hat mich angeschaut, als wüsste er nicht, was er tun soll. Der Gedanke, dass mein Vater ihn bei mir entdecken könnte, hat ihm wahrscheinlich genauso viel Angst gemacht wie die Vorstellung, an einer Lungenentzündung zu sterben. Er hat zu seiner Ecke mit den Handtüchern geschaut und dann hat er plötzlich genickt und »Okay« gesagt.

War es ein Fehler, dass ich ihn mitgenommen habe? Es fühlt sich nicht so an. Im Gegenteil. Es fühlt sich an, als wäre es das einzig Richtige gewesen. Aber trotzdem weiß ich, dass meine Eltern ausgerastet wären, wenn sie uns erwischt hätten. Dabei hat Atlas wirklich auf dem Boden geschlafen.

Seit gestern weiß ich ein bisschen mehr über ihn. Nachdem ich ihn in mein Zimmer geschmuggelt hatte, habe ich die Tür abgeschlossen und ihm neben meinem Bett ein Schlaflager gerichtet. Ich habe den Wecker auf sechs Uhr gestellt, damit er rechtzeitig gehen kann, bevor meine Eltern wach werden.

Danach habe ich mich ganz an den Rand von meinem Bett gelegt, damit ich zu ihm runterschauen konnte, während wir noch ein bisschen geflüstert haben. Ich habe ihn gefragt, wie lang er noch drüben wohnen bleibt. Er meinte, dass er das noch nicht so genau sagen kann.

Und dann habe ich es endlich geschafft, ihn zu fragen, warum er überhaupt in dem Abbruchhaus wohnt. Meine Nachttischlampe war noch an, und ich konnte sehen, wie er zu mir raufschaute. »Ich habe meinen Vater nie kennengelernt«, hat er leise erzählt. »Es gab immer nur mich und meine Mom. Vor fünf Jahren hat sie dann wieder geheiratet. Einen Typen, mit dem ich überhaupt nicht klargekommen bin. Ein echtes Arschloch. Wir hatten ständig Stress miteinander. Vor ein paar Monaten, kurz nach meinem achtzehnten Geburtstag, kam es zu einem echt heftigen Streit und ... er hat mich rausgeschmissen.«

Er atmete ein paarmal tief durch, und ich dachte schon, dass er nichts mehr dazu sagen würde, aber dann hat er doch weitergeredet. »Am Anfang haben mich die Eltern von meinem besten Freund bei sich aufgenommen. Sie sind echt cool, aber der Vater ist vor einem Monat nach Colorado versetzt worden, und sie mussten umziehen. Natürlich konnten sie mich nicht mitnehmen. Damit sie sich keine Sorgen machen, habe ich behauptet, ich hätte mit meiner Mutter geredet und könnte wieder nach Hause. Am Umzugstag wusste ich nicht, wohin, und bin wirklich zu meiner Mom und hab sie gefragt, ob ich nicht wenigstens noch so lange bei ihnen wohnen könnte, bis ich meinen Abschluss gemacht habe. Aber sie hat gesagt, dass mein Stiefvater das nicht will.« Atlas hat den Kopf weggedreht und wieder tief Luft geholt. »Ich bin ein paar Tage rumgeirrt und hab in Parks und Ladeneingängen geschlafen, bis ich durch Zufall das Haus hier entdeckt habe. Ich dachte, ich bleibe erst mal hier, bis ich was Besseres finde. Ich muss bloß noch bis zum Abschluss durchhalten. Ab Mai bin ich dann bei der Army. Ich habe mich bei den Marines verpflichtet und bin dann erst mal für eine Weile versorgt. Aber so lange muss ich noch irgendwo wohnen.«

Mai ist erst in sechs Monaten, Ellen. In einem halben Jahr!

Mir sind die Tränen gekommen, als ich mir vorgestellt habe, wie allein und hilflos er sich fühlen muss. Ich habe ihn gefragt, warum er nicht versucht hat, irgendwo Hilfe zu bekommen. Ich dachte immer, es gäbe staatliche Stellen, die sich in solchen Fällen um Jugendliche kümmern. Atlas sagte, er hätte es versucht, aber weil er schon volljährig ist, gilt er als Erwachsener, der für sich selbst sorgen muss. Es gibt hier in der Gegend zwei Frauenhäuser, aber nur ein Obdachlosenasyl für Männer, das auch bloß eine beschränkte Anzahl von Betten hat. Anscheinend muss man jeden Abend ganz früh dort sein, um noch einen Platz zu ergattern. Atlas hat mir erzählt, dass er ein paar Nächte dort geschlafen hätte, aber er würde sich in dem Abbruchhaus sicherer fühlen.

Wahrscheinlich bin ich naiv. Ich habe ihn nämlich gefragt, ob es nicht andere Möglichkeiten gibt oder warum er nicht mit der Schulpsychologin redet und ihr sagt, was seine Mutter getan hat. Man kann ja seinen Sohn nicht einfach so auf die Straße setzen.

Er meinte, dass das nichts bringen würde, weil die Schulpsychologin auch nichts tun könnte. Seine Mutter ist gesetzlich nicht mehr verpflichtet, für ihn aufzukommen, und hat das Recht, ihn rauszuschmeißen. Für eine Pflegestelle ist er natürlich auch zu alt. Es gibt im Rathaus Lebensmittelgutscheine, die man sich abholen kann, aber ohne Auto kommt er da nicht hin, wenn er nicht die Schule schwänzen will. Er sucht auch schon die ganze Zeit nach einem Job, aber ohne feste Adresse und Telefonnummer will ihn niemand einstellen. Egal, was ich ihm vorgeschlagen habe, er hatte alles schon probiert. Es gibt wirklich fast keine Unterstützung für jemanden, der wie er plötzlich auf der Straße sitzt. Das hat mich total sauer gemacht. Auch dass er jetzt praktisch gezwungen ist, zur Army zu gehen, weil er anders gar keine Chance hat.

»Warum willst du für ein Land kämpfen, das dich so im Stich lässt?«, habe ich ihn gefragt.

Er hat mich traurig angeschaut und gesagt: »Das Land ist nicht schuld daran, dass meine Mutter einen Scheiß auf mich gibt.« Dann hat er die Hand ausgestreckt und die Lampe ausgeknipst. »Schlaf gut, Lily.«

Ich habe aber nicht gut geschlafen, weil ich viel zu wütend war. Wie kann die Welt nur so kaputt sein, dass die Menschen nicht alle mehr füreinander tun? War es immer schon so, dass sich jeder nur um sich selbst gekümmert hat? Ich frage mich, wie viele Leute es gibt, die so wie Atlas leben müssen, ohne etwas dafür zu können, und ob es an unserer Schule vielleicht sogar noch andere Schüler gibt, die obdachlos sind.

Es nervt mich oft, dass ich jeden Tag zur Schule muss, aber ich habe mir noch nie überlegt, dass die Schule für manche womöglich das einzige Zuhause ist, das sie haben. Wenn es die Cafeteria nicht gäbe, würde Atlas keine warme Mahlzeit bekommen.

Ich verachte reiche Menschen, die ihr ganzes Geld nur für sich selbst ausgeben, statt damit auch andere zu unterstützen, die weniger Glück gehabt haben als sie.

Das ist jetzt nicht gegen dich gerichtet, Ellen. Ich weiß, dass du reich bist, aber ich weiß auch, wie viel du in deiner Show schon für andere Menschen getan hast und dass du viele Wohltätigkeitsorganisationen unterstützt. Das ändert aber nichts daran, dass es eine Menge reicher Leute gibt, die total egoistisch leben. Wobei man, um egoistisch zu sein, natürlich nicht reich sein muss. Es gibt auch arme Menschen, die anderen niemals helfen würden, und natürlich Leute aus der Mittelschicht wie meine Eltern. Wir sind nicht reich, aber wir hätten sicher Geld übrig, um andere, denen es schlechter geht, ein bisschen zu unterstützen. Trotzdem habe ich noch nie mitgekriegt, dass mein Vater jemals irgendeiner Organisation Geld gespendet hat.

Einmal war ich mit ihm einkaufen. Vor dem Eingang zum Supermarkt stand ein Mann, der mit einer Glocke geläutet und um Spenden für die Heilsarmee gebeten hat. Als ich Dad gefragt habe, ob ich einen Dollar bekommen könnte, um ihn dem Mann zu geben, hat er gesagt, er würde verdammt hart für sein Geld arbeiten und mir ganz bestimmt nicht erlauben, es einfach so herzuschenken. Es wäre nicht seine Schuld, dass es Leute gäbe, die zu faul wären, um selbst zu arbeiten. Den gesamten Einkauf über hat er mir dann einen Vortrag darüber gehalten, wie viele Leute den Staat ausnutzen und dass dieses Problem nie gelöst werden würde, wenn die Regierung nicht endlich damit aufhören würde, diese Leute auch noch zu unterstützen, indem sie ihnen Lebensmittel und Geld schenkt.

Und weißt du was, Ellen? Ich habe ihm geglaubt. Das Ganze ist erst drei Jahre her, und ich war kein ahnungsloses Kind mehr, aber ich habe ihm geglaubt, dass Obdachlose nur deswegen auf der Straße sitzen, weil sie faul sind oder Alkoholiker oder drogensüchtig. Durch Atlas weiß ich jetzt, dass das nicht stimmt. Bestimmt gibt es auch faule oder drogensüchtige Obdachlose, aber die wenigsten haben sich aus freiem Willen dazu entschieden, auf der Straße zu leben. Sie sind obdachlos, weil ihnen nicht genug geholfen wird.

Das Problem sind nicht die Armen, sondern Leute wie mein Vater. Menschen, die Vorurteile schüren, um ihren eigenen Egoismus zu rechtfertigen, statt anderen zu helfen.

Ich werde nie so wie er, das habe ich mir fest vorgenommen. Wenn ich erwachsen bin und Geld verdiene, werde ich alles tun, um anderen Menschen zu helfen, denen es nicht so gut geht wie mir. Ich werde so wie du, Ellen. Nur wahrscheinlich nicht so reich.

Deine Lily

9.

Ich klappe das Heft zu, lasse es auf meine Brust sinken und stelle überrascht fest, dass mir Tränen übers Gesicht laufen. Ich hätte niemals damit gerechnet, dass es mich so aufwühlen würde, wieder über diese Zeit zu lesen. Das alles ist doch schon so lange her.

Was bin ich bloß für eine Heulsuse. Plötzlich überkommt mich das Bedürfnis, ein paar Menschen zu umarmen. Besonders meine Mutter. Mir wird erst jetzt so richtig bewusst, was sie jahrelang mit meinem Vater mitgemacht hat. Wahrscheinlich hat sie das alles selbst noch gar nicht verarbeitet.

Umarmen kann ich sie zwar nicht, aber zumindest anrufen. Als ich nach meinem Handy greife, das ich auf stumm gestellt hatte, macht mein Herz einen Satz. Vier verpasste Nachrichten. Alle von Ryle! Ich ärgere mich ein bisschen über mich selbst. Ich sollte mich nicht *so* darüber freuen.

Ryle: **Schläfst du schon?**
Ryle: **Hm. Scheint so.**
Ryle: **Lily ...**
Ryle: ☹

Den traurigen Smiley hat er erst vor zehn Minuten geschickt. Ich tippe: »Nein. Ich bin noch wach.«

Etwa zehn Sekunden später kommt seine Antwort.

Ryle: **Cool. Ich gehe nämlich gerade die Treppe rauf.
Bin in zwanzig Sekunden bei dir.**

Ich springe auf, renne ins Bad und werfe einen Blick in den Spiegel. *Passt halbwegs.* Sobald ich Ryles Schritte auf dem Treppenabsatz höre, laufe ich zur Wohnungstür, reiße sie auf und bleibe erschrocken stehen. Er sieht wahnsinnig erschöpft aus und steht mit hängenden Schultern vor mir. Seine Augen sind rot gerändert und liegen in tiefen Schatten.

»Lily.« Er presst mich an sich und drückt sein Gesicht an meinen Hals. »Du riechst so gut.«

Ich ziehe ihn in die Wohnung. »Hast du Hunger? Ich kann dir was zu essen machen.«

Als er den Kopf schüttelt, führe ich ihn an der Küche vorbei gleich in mein Schlafzimmer. Ryle zieht im Gehen seinen Mantel aus, wirft ihn auf einen Sessel und streift auch die Schuhe ab.

Er trägt seine OP-Klamotten …

»Du siehst müde aus.«

Er legt seine Hände um meine Taille und lächelt. »Bin ich auch. Ich habe gerade bei einer achtzehnstündigen OP assistiert.« Er beugt sich vor und drückt einen Kuss auf das Herz-Tattoo über meinem Schlüsselbein.

Kein Wunder, dass er erschöpft ist. »Achtzehn Stunden?«, sage ich kopfschüttelnd. »Wie hält man das überhaupt durch?«

Er zuckt grinsend die Achseln und schiebt mich rückwärts zum Bett. Ich lasse mich nach hinten fallen und im nächsten Moment liegen wir nebeneinander und sehen uns in die Augen. »Es war hart, aber auch großartig. Bahnbrechend. Über diese OP wird weltweit in Fachzeitschriften berichtet werden. Ich hätte sie um nichts in der Welt verpassen wollen, nicht dass du denkst, ich würde mich beschweren. Ich bin jetzt einfach nur sehr, sehr müde.«

Als ich mich vorbeuge und ihn auf den Mund küsse, streicht

er mit dem Handrücken über meine Wange, drückt den Kopf ins Kissen und sieht mich grinsend an. »Ich weiß, dass du jetzt womöglich erwartest, dass ich deine wildesten Sexfantasien wahr mache, und das würde ich auch sofort tun – aber ich muss dir gestehen, dass ich heute gar nichts mehr schaffe, außer zu schlafen. Ich hoffe, du nimmst mir das nicht übel. Aber ich habe dich unglaublich vermisst und weiß einfach, dass ich besser schlafe, wenn ich neben dir liegen darf. Ist es okay, dass ich hergekommen bin?«

Ich lächle. »Mehr als okay.«

Ryle hebt den Kopf und küsst mich kurz auf die Stirn, dann greift er nach meiner Hand und legt sie zwischen uns aufs Kissen. Er schließt sofort die Augen, aber ich behalte meine offen und sehe ihn an. Mit seiner selbstbewussten Ausstrahlung hat er mich anfangs eingeschüchtert. Ich hatte Angst, mich in seinen dunklen Augen zu verlieren, aber jetzt kann ich dieses Gesicht betrachten, so oft und so lange ich will. Ich muss nicht verlegen wegschauen, weil er jetzt mir gehört.

... vielleicht.

Ich darf nicht vergessen, dass das hier erst mal nur ein Testlauf ist.

Es dauert nicht lange, da werden seine Atemzüge tiefer und regelmäßiger und seine Finger gleiten aus meinen. Ich sehe, wie sie zucken, als würde er immer noch am Operationstisch stehen. Wie kann ein Mensch es schaffen, achtzehn Stunden lang wach und konzentriert zu bleiben und komplizierteste feinmotorische Bewegungen auszuführen? Vermutlich kann ich mir den Grad seiner Erschöpfung gar nicht vorstellen, weil ich noch nie etwas auch nur annähernd so Anstrengendes geleistet habe.

Nach einer Weile stehe ich leise auf, gehe auf Zehenspitzen ins Bad und hole das Massageöl aus dem Schrank. Als ich zurückkomme, setze ich mich im Schneidersitz neben ihn, tröpfle etwas von dem Öl in meine Hand und greife nach seinem rechten Arm.

Seine Augenlider öffnen sich flatternd. »Was hast du vor?«, murmelt er.

»Schsch. Schlaf weiter«, wispere ich, drücke meinen Daumen leicht in seine Handfläche und massiere sie mit kreisenden Bewegungen. Ryle stöhnt wohlig ins Kissen, während ich erst seine rechte Hand ausgiebig massiere und mir dann die linke vornehme. Er behält die Augen die ganze Zeit über geschlossen. Als ich mit den Händen fertig bin, rolle ich ihn sanft auf den Bauch und setze mich rittlings auf seinen Rücken. Er hebt hilfsbereit die Arme, damit ich ihm sein Shirt über den Kopf ziehen kann.

Erst massiere ich seine Schultern, den Rücken und den Nacken, danach kommen auch noch seine Arme dran. Es ist fast eine Stunde vergangen, als ich von ihm herunterrutsche und mich wieder neben ihn lege.

Ich streiche durch seine Haare und massiere seine Kopfhaut, als er die Augen öffnet.

»Lily?«, sagt er mit heiserer Stimme. Sein Blick ist ernst. »Es kann gut sein, dass du das Beste bist, was mir je passiert ist.«

Wow. Es fühlt sich an, als hätte er mich mit seinen Worten in eine warme Decke gehüllt. Ich weiß gar nicht, wie ich darauf reagieren soll. Ryle legt eine Hand an mein Gesicht und sieht mich einfach nur an. Ich spüre seinen Blick ganz tief in mir. Irgendwann beugt er sich sehr langsam zu mir und drückt seine Lippen auf meine. Ich erwarte einen kurzen Gutenachtkuss, aber statt sich zurückzuziehen, gleitet die Spitze seiner Zunge über meine Lippen und teilt sie sanft. Sein Kuss ist so warm und weich und zärtlich, dass ich leise aufstöhne, als er ihn vertieft.

Er dreht mich auf den Rücken und lässt seine Hand an meinem Körper hinab zur Hüfte gleiten und dann noch weiter bis zum Schenkel, während er näher an mich heranrutscht. Als er sich ganz an mich schmiegt, schießt eine heiße Welle durch mich hindurch. Ich greife in seine Haare. »Wir haben lang genug gewartet«, flüstere ich an seinem Mund. »Ich möchte unbedingt, dass du mich jetzt endlich fickst.«

Er stöhnt auf, und ich bilde mir ein zu spüren, wie neue Energie durch seinen Körper pulsiert, als er mir mein Top über den Kopf zerrt. Da sind keine klaren Gedanken mehr in mir, da ist nur noch Fühlen. Haut, die berührt werden will. Stöhnen. Lecken. Schweiß. Lust. Es kommt mir vor, als würde ich zum allerersten Mal von einem richtigen Mann angefasst werden. Die paar, die ich vor ihm hatte, waren Jungs mit nervösen Händen und schüchternen Mündern. Ryle ist Selbstvertrauen und Erfahrung pur. Er weiß ganz genau, wo er mich berühren und wie er mich küssen muss.

Der einzige Moment, in dem er mir und meinem Körper nicht seine uneingeschränkte Zuwendung schenkt, ist der, in dem er sich kurz über die Bettkante beugt und ein Kondom aus seinem Geldbeutel holt. Aber sobald er es übergestreift hat, macht er diese kurze Sekunde wieder wett, indem er mich mit Zunge und Fingern in einen Zustand totaler Ekstase versetzt und schließlich genau im richtigen Augenblick mit einer einzigen schnellen Bewegung so überraschend tief in mich eindringt, dass ich an seinen Lippen laut aufkeuche.

Ryles Mund ist überall, er küsst jeden Zentimeter von mir, den er erreichen kann. Mir wird so schwindelig, dass mir gar nichts anderes übrigbleibt, als mich ihm ganz zu ergeben. Er *fickt* mich tatsächlich. Anders kann ich es nicht beschreiben. Und er schenkt mir dabei unbeschreiblichen Genuss. Beide Arme um meinen Kopf gelegt, dringt er immer wieder so tief in mich ein, dass das Bett gegen die Wand kracht, und treibt meine Lust ins Unermessliche.

Ich verkralle meine Fingernägel in seinen Rücken, während er sein Gesicht in meine Halsbeuge drückt und die Luft anhält.

»Ryle …«, flüstere ich.

»Oh Gott!«, stöhne ich.

»Ryle!«, schreie ich.

Und dann beiße ich in seine Schulter, um das laute Wimmern zu unterdrücken, das mit aller Macht aus mir herausbricht. Ich spüre ihn mit jeder Faser meines Körpers – vom Kopf bis zu den Zehen und wieder ganz bis hinauf.

Als ich Angst bekomme, womöglich vor lauter Lust für einen Moment das Bewusstsein zu verlieren, schlinge ich die Schenkel um seine Hüfte und spanne jeden einzelnen Muskel in mir an.

»Lily …!« Ryle wird von einem Zucken geschüttelt, er stößt ein letztes Mal in mich hinein, stöhnt auf und bricht über mir zusammen. Sein Körper bebt in einem intensiven Moment der Erlösung und ich lasse den Kopf erschöpft nach hinten sinken und schließe die Augen.

Es dauert eine ganze Minute, bis ich mich wieder bewegen kann. Und trotzdem tue ich es nicht. Genauso wenig wie er. Reglos liegen wir da und lauschen unseren Atemzügen, die allmählich ruhiger werden, bis Ryle irgendwann das Gesicht ins Kissen drückt und ein tiefes Seufzen ausstößt.

»Wie soll ich jemals …« Er löst sich von mir, stützt sich auf die Unterarme und sieht auf mich herab. Sein Blick ist erfüllt von … ich weiß nicht, wie ich es beschreiben soll. Dann drückt er seine Lippen auf meine. »Du hattest so recht.«

»Womit?«

Er küsst mich noch mal. »Du hast mich gewarnt, dass ich dich nicht mehr vergessen würde, wenn ich dich einmal gehabt hätte, weil du wie eine Droge wärst. Aber du hast mir nicht gesagt, dass du die stärkste Droge bist, die es gibt. Eine, nach der man sofort süchtig wird.«

10.

»Darf ich dich mal etwas ziemlich Persönliches fragen?«

Allysa ist gerade dabei, einen Blumenstrauß zu binden, der vorhin telefonisch bestellt wurde. In drei Tagen ist erst offizielle Eröffnung und schon jetzt haben wir mehr als genug zu tun und bekommen täglich neue Kunden.

»Klar. Worum geht's?« Sie legt den fertigen Strauß auf die Theke.

»Du musst nicht antworten, wenn du nicht möchtest«, mache ich einen halben Rückzieher.

»Wenn du mir deine Frage nicht stellst, kann ich sie *gar* nicht beantworten.«

Damit hat sie vollkommen recht. »Du und Marshall ... spendet ihr manchmal Geld für irgendwelche wohltätigen Organisationen?«

Sie sieht mich verwundert an. »Machen wir, ja. Warum fragst du?«

Ich zucke mit den Schultern. »Ach, ich weiß auch nicht. Eigentlich geht es mich ja gar nichts an. Es ist nur ... Jetzt, wo ich den Laden habe, denke ich darüber nach, dass ich mich gern auch engagieren würde.«

»Woran hast du denn gedacht?«, fragt sie. »Wir spenden für ganz unterschiedliche Organisationen, aber ich habe eine entdeckt, die ich ganz besonders toll finde. Die bauen Schulen in Krisengebieten. Letztes Jahr konnten drei neue eröffnet werden.«

Ich wusste, dass es einen Grund gibt, warum ich Allysa sofort so sympathisch fand.

»Im Moment kann ich natürlich überhaupt noch nicht sagen, ob ich genug übrig haben werde, aber ich würde gern irgendetwas tun. Ich weiß nur noch nicht, was.«

Allysa lächelt. »Lass uns erst mal deine große Eröffnung hinter uns bringen, danach kannst du dann darüber nachdenken, wem du Gutes tun kannst«, sagt sie. »Ein Traum nach dem anderen, Lily.« Sie schiebt die abgeschnittenen Stängel und Blätter zusammen, stopft sie in die Mülltüte hinter der Theke, knotet sie zu und zieht sie aus dem Eimer. Ich frage mich – nicht zum ersten Mal –, weshalb eine Frau, die reich genug ist, um für buchstäblich alles *Leute* zu haben, einen Job angenommen hat, bei dem sie den Müll raustragen muss.

»Warum arbeitest du bei mir?«, frage ich sie geradeheraus.

Sie sieht mich an und grinst. »Weil ich dich mag.« Aber mir entgeht nicht, dass die Fröhlichkeit aus ihrem Blick verschwindet, als sie sich umdreht und mit dem Müllsack nach hinten in den Hof geht. Als sie zurückkommt, frage ich noch einmal.

»Im Ernst, Allysa. Warum arbeitest du hier?«

Sie holt tief Luft, als würde sie sich überlegen, ob sie ehrlich mit mir sein soll. »Weil ...«, sie seufzt und lehnt sich an die Theke, »... weil ich nicht schwanger werde. Wir versuchen es schon seit zwei Jahren, aber es klappt einfach nicht. Ich hatte es so satt, zu Hause zu hocken und in Selbstmitleid zu versinken, deswegen ist mir die Idee gekommen, dass ich mir irgendwas suchen muss, um mich abzulenken.« Sie richtet sich wieder auf und klopft sich die Hände an der Schürze ab. »Und hier bei dir, Lily Bloom, gibt es so wahnsinnig viel zu tun, dass ich gar nicht dazu komme, über irgendetwas anderes nachzudenken.« Sie greift wieder nach dem Strauß, an dem sie über eine halbe Stunde gearbeitet hat, zupft daran herum und steckt schließlich den Umschlag mit der Karte hinein. Als sie fertig ist, dreht sie sich zu mir und hält ihn mir hin. »Hier. Die sind für dich.«

Ich greife danach. »Wie … für mich? Von wem?«

Sie verdreht die Augen. »Steht auf der Karte. Setz dich in dein Büro und lies sie.«

Obwohl ich natürlich ahne, von wem der Strauß ist, sage ich nichts. Ich strahle Allysa nur an, gehe ins Büro, setze mich mit meinen Blumen an den Schreibtisch und ziehe die Karte aus dem Umschlag.

Lily,

ich habe ganz schlimme Entzugserscheinungen.

Ryle

Lächelnd stecke ich die Karte in den Umschlag zurück, greife nach meinem Handy und mache ein Foto von mir mit dem Strauß und herausgestreckter Zunge, das ich an Ryle schicke.

Ich: **Ich hab versucht, dich zu warnen.**

Ich warte mit angehaltenem Atem, während die drei Pünktchen auf meinem Display aufblinken, die anzeigen, dass er seine Antwort tippt.

Ryle: **Ich brauche meine nächste Dosis. In einer**
         halben Stunde bin ich hier fertig. Darf ich dich
         zum Essen einladen?

Ich: **Ich kann nicht ☹ Ich bin schon mit meiner**
         Mutter verabredet. Sie geht unheimlich gern
         in neue Restaurants und hat eins entdeckt,
         das ich heute mit ihr ausprobiere.

Ryle: **Ich gehe auch gern in Restaurants. Und ich**
         esse gern. Wo geht ihr hin?

Ich: **Der Laden heißt Bib's. Auf der Market Street.**
Ryle: **Hättet ihr an eurem Tisch eventuell noch ein
         Plätzchen frei?**

Einen Moment lang starre ich ungläubig auf seine Nachricht.
Er will meine Mutter kennenlernen, obwohl wir noch gar nicht
offiziell zusammen sind? Puh … das ist … Ich habe kein Problem damit, ihn meiner Mutter vorzustellen; sie wird ihn lieben,
das weiß ich jetzt schon. Aber ich finde es ein bisschen merkwürdig, dass er erst behauptet, er würde feste Beziehungen
kategorisch ablehnen, dann plötzlich ein Verhältnis auf Probe
eingehen möchte und jetzt auch noch meine Mutter kennenlernen will. Und das alles innerhalb von fünf Tagen. Wahnsinn.
Hey, vielleicht bin ich ja wirklich eine Droge.

Ich: **Klar. Mom und ich treffen uns dort in einer
         halben Stunde.**

Wie betäubt stehe ich auf, gehe nach vorn in den Laden und
halte Allysa mein Handy vors Gesicht. »Er will meine Mutter
kennenlernen.«
    »Wer?«
    »Ryle.«
    »Mein Bruder?« Sie sieht genauso geschockt aus, wie ich
mich fühle.
    Ich nicke. »Dein Bruder. Meine Mutter.«
    Allysa greift nach dem Handy und liest die Nachricht. »Das
ist echt komisch.«
    Ich nehme es ihr wieder ab. »Danke für das Kompliment.«
    Sie lacht. »Du weißt, wie ich das meine. Wir reden hier von
Ryle Kincaid. Ryle hat in seinem ganzen Leben noch nie die
Eltern von auch nur einem einzigen Mädchen kennenlernen
wollen.«

Ich muss unwillkürlich lächeln, weil ich mich geschmeichelt fühle, gleichzeitig frage ich mich, ob er sich womöglich nur mir zuliebe mit meiner Mutter trifft, weil er weiß, dass ich mir eine echte Beziehung wünsche.

Aber dann wird mein Lächeln noch breiter, weil es letztlich ja genau darum geht, oder? Wenn man jemanden wirklich mag, ist man bereit, Opfer zu bringen, um den anderen glücklich zu machen.

»Dein Bruder scheint mich ja wirklich sehr zu mögen«, sage ich ironisch und erwarte, dass Allysa lacht, aber sie bleibt ernst.

»Tja«, seufzt sie. »Sieht ganz so aus.« Dann greift sie nach ihrer Tasche, die unter der Theke liegt. »Ich muss jetzt los. Du erzählst mir morgen, wie es war, ja?« Sie schiebt sich an mir vorbei zur Tür.

Auch als sie längst gegangen ist, stehe ich immer noch da und starre auf die Tür. Es beunruhigt mich ein bisschen, dass sie nicht gerade begeistert darüber zu sein scheint, dass Ryle und ich wirklich zusammenkommen, und ich frage mich: Hat das etwas mit mir zu tun oder mit ihrem Bruder?

*****

Zwanzig Minuten später schließe ich den Laden ab. *Nur noch ein paar Tage bis zur offiziellen Eröffnung.* Auf dem Weg zum Wagen bleibe ich überrascht stehen, weil ich einen Mann sehe, der sich lässig dagegenlehnt. Er kehrt mir den Rücken zu, hält sich das Handy ans Ohr und scheint zu telefonieren. Es dauert einen Moment, bis ich ihn erkenne.

Die Rücklichter blinken kurz auf, als ich den Wagen aufschließe. Ryle dreht sich um und kommt grinsend auf mich zu.

»Klar, damit wäre ich einverstanden«, sagt er ins Handy, legt mir einen Arm um die Schulter, zieht mich an sich und haucht mir einen Kuss ins Haar. »Können wir die Einzelheiten morgen besprechen?«, fragt er dann. »Gerade kommt hier etwas wirklich Wichtiges auf mich zu.«

Er legt auf, schiebt das Handy in die Jacke, und dann bekomme ich einen richtigen Kuss. Keinen Hey-schön-dich-zu-sehen-Kuss, sondern einen Ich-denke-jede-Sekunde-an-dich-Kuss. Er schlingt die Arme um mich und dreht mich so, dass ich mit dem Rücken zum Wagen stehe, während er mich weiterküsst, bis mir schwindelig wird. Irgendwann löst er sich von mir, weil wir beide Atem holen müssen. Seine Augen blitzen.

»Weißt du, welcher Teil von dir mich am verrücktesten macht?« Er legt den Zeigefinger an meine Lippen und fährt die Konturen meines Lächelns nach. »Die beiden hier«, sagt er. »Deine Lippen. Sie sind so rot wie deine Haare und dabei benutzt du noch nicht mal Lippenstift.«

Ich grinse und küsse seine Fingerkuppe. »Dann muss ich gleich gut auf dich aufpassen, wenn du meine Mom triffst. Alle sagen, dass wir genau den gleichen Mund haben.«

Er lässt den Finger auf meinen Lippen liegen und sein Lächeln erstirbt. »Nichts gegen deine Mutter, aber … *nein.*«

Ich lache. »Fahren wir getrennt?«

Er öffnet galant die Wagentür. »Nein, zusammen. Ich bin mit dem Taxi aus der Klinik gekommen.«

*****

Wir betreten mit leichter Verspätung das Restaurant. Meine Mutter ist bereits da. Sie sitzt mit dem Rücken zur Tür in einer der Nischen und schaut auf ihr Handy. Bevor ich zu ihr gehe, sehe ich mich erst einmal begeistert um. Die Inneneinrichtung ist unglaublich originell und trifft genau meinen Geschmack. In der Mitte des Raums steht ein Baum. Ein *echter* Baum. Es sieht aus, als würde er direkt aus dem Boden wachsen. Passend dazu ist das gesamte Lokal in warmen Naturfarben gehalten. Als ich auf den Tisch zugehe, an dem meine Mutter sitzt, folgt Ryle mir mit leichtem Abstand.

»Hey, Mom«, begrüße ich sie und ziehe meine Jacke aus.

Sie blickt von ihrem Handy auf. »Ach, da bist du ja. Hallo, Liebes.« Sie steckt das Telefon in ihre Tasche, strahlt mich an und macht eine weit ausholende Geste, die das gesamte Restaurant umfasst. »Ich bin jetzt schon absolut hin und weg. Und schau dir nur die Lampen an!« Sie deutet nach oben. »Sehen die nicht aus wie surreale Pflanzen, die aus der Decke wachsen? Man fühlt sich, als würde man in einem verzauberten Garten sitzen.« Erst als ich ihr gegenüber in die Bank rutsche, bemerkt sie Ryle, der stehen geblieben ist und vermutlich darauf wartet, dass ich ihn vorstelle. »Wir nehmen erst mal nur zwei Wasser, danke.«

Ich sehe zwischen Ryle und meiner Mutter hin und her und pruste vor Lachen. »Mom!«, sage ich. »Das ist nicht der Kellner. Er ist mit mir hier.«

Ryle lächelt und reicht meiner leicht verwirrt schauenden Mutter die Hand. »Hallo, Mrs Bloom. Ich bin Ryle Kincaid.«

Sie schüttelt ihm verlegen die Hand. »Gott. Entschuldigen Sie bitte. Jenny Bloom. Freut mich, Sie kennenzulernen.« Während Ryle seine Jacke aufhängt und sich neben mich in die Bank setzt, sieht sie mich mit einer hochgezogenen Augenbraue an.

»Und ... wer ist Ryle?«, flüstert sie.

Ich kann nicht fassen, dass ich mich auf diesen Moment nicht vorbereitet habe. Was soll ich jetzt sagen? Ich kann schlecht behaupten, dass wir zusammen sind, weil das ja nicht stimmt, andererseits ist er längst mehr als ein bloßer Bekannter.

Ryle bemerkt mein Zögern, legt unter dem Tisch seine Hand auf mein Knie und drückt es beruhigend. »Meine Schwester arbeitet bei Lily im Laden«, erzählt er. »Haben Sie Allysa schon kennengelernt?«

»Oh, ja! Natürlich!« Meine Mutter strahlt wieder. »Jetzt, wo Sie es sagen, sehe ich auch die Ähnlichkeit. Es sind die Augen und der Mund, nicht wahr?«

Ryle nickt. »Wir kommen beide sehr nach meiner Mutter.«

Mom lächelt. »Uns sagt man auch immer, wir würden uns sehr ähnlich sehen.«

»Absolut«, bestätigt Ryle. »Sie haben exakt den gleichen Mund. Es ist fast unheimlich.« Er drückt wieder mein Knie, während ich versuche, mir das Lachen zu verbeißen. »Würden Sie mich kurz entschuldigen? Ich möchte mir schnell die Hände waschen.« Im Aufstehen beugt er sich zu mir und drückt mir einen Kuss auf die Schläfe. »Falls der Kellner in der Zwischenzeit kommt … für mich bitte nur Mineralwasser.«

Der Blick meiner Mutter folgt Ryle, als er davongeht, dann sieht sie mit einer langsamen Kopfbewegung wieder mich an. »Wie kommt es, dass du mir noch rein gar nichts von ihm erzählt hast?«

Ich lächle leicht verkrampft. »Das ist etwas kompliziert … Wir sind nicht wirklich …« Ich habe keine Ahnung, wie ich unseren Beziehungsstatus in Worte fassen soll. »Er arbeitet viel. Deswegen haben wir noch nicht so viel Zeit miteinander verbracht. Praktisch gar keine. Das ist das erste Mal, dass wir zusammen ausgehen.«

Meine Mutter zieht wieder eine Augenbraue hoch. »Tatsächlich?« Sie lehnt sich zurück. »Er verhält sich gar nicht so. Ich meine … sein Umgang mit dir wirkt sehr vertraut und liebevoll. Überhaupt nicht, als hättet ihr euch eben erst kennengelernt.«

»Haben wir ja auch nicht«, sage ich. »Wir kennen uns schon seit fast einem Jahr und haben uns auch schon öfter gesehen, aber wir hatten noch nie ein offizielles Date. Wie gesagt, er hat wahnsinnig viel zu tun.«

»Wo arbeitet er denn?«

»Im Massachusetts General Hospital.«

Die Augen meiner Mutter werden groß. »Lily«, flüstert sie. »Ist er etwa Arzt?«

Ich nicke und verkneife mir ein Grinsen. »Neurochirurg.«

»Darf ich Ihnen schon etwas zu trinken bringen?«, erkundigt sich ein Kellner neben mir.

»Ja, gerne.« Ich wende mich ihm zu. »Könnten Sie uns ...« Und dann bleiben mir die Worte im Hals stecken.

Ich starre ihn an. Er starrt mich an. Mein Herz schlägt bis in meine Kehle hinauf, und ich habe vergessen, wie man redet.

»Lily?« Meine Mutter deutet auf den Kellner. »Er wartet auf deine Bestellung.«

Ich schüttle den Kopf. »Ja. Ich ... äh ...«

»Wir hätten gern erst mal nur eine Flasche Mineralwasser«, sagt meine Mutter an meiner Stelle, worauf der Kellner aus seiner Trance erwacht und mit dem Bleistift auf seinen Block tippt.

»Mineralwasser«, wiederholt er und räuspert sich. »Selbstverständlich. Kommt sofort.« Er dreht sich um und geht davon, aber ich sehe, wie er über die Schulter noch einmal einen Blick zu mir zurückwirft, bevor er die Schwingtüren zur Küche aufstößt.

Meine Mutter mustert mich besorgt. »Was um alles in der Welt ist denn mit dir los?«

Ich sitze da wie erstarrt. »Der Kellner eben«, sage ich. »Der sah aus wie ...«

Ich will gerade *Atlas Corrigan* sagen, als Ryle zurückkommt und sich wieder neben mich setzt.

Er sieht zwischen meiner Mutter und mir hin und her. »Hab ich irgendwas verpasst?«

Ich schlucke trocken und schüttle den Kopf. Diese Augen ... der Mund. Es ist Jahre her, seit wir uns das letzte Mal gesehen haben, aber ich würde nie vergessen, wie er aussah. Das muss er gewesen sein. Nein, ich *weiß*, dass er es war, und ich weiß, dass er mich auch erkannt hat, weil ich ihm angesehen habe, welchen Schock mein Anblick bei ihm ausgelöst hat.

»Lily?« Ryle drückt meine Hand. »Alles okay?«

Ich nicke und ringe mir ein Lächeln ab. »Alles okay. Wir haben gerade über dich geredet.« Ich sehe meine Mutter an. »Ryle hat diese Woche bei einer sehr komplizierten OP assistiert, die achtzehn Stunden gedauert hat.«

»Achtzehn Stunden! Du meine Güte, wie steht man das denn durch?«, fragt Mom fassungslos und hört dann interessiert zu, als Ryle ihr von der Operation erzählt. Zwischendurch kommt unser Mineralwasser, aber diesmal ist es ein anderer Kellner, der es an unseren Tisch bringt. Er erkundigt sich, ob wir schon Zeit gehabt hätten, unser Essen zu wählen, und nennt uns die Empfehlungen des Chefkochs. Nachdem wir unsere Bestellung aufgegeben haben, versuche ich mich auf die Unterhaltung zwischen Ryle und meiner Mutter zu konzentrieren, kann aber nicht verhindern, dass mein Blick immer wieder suchend durch das Restaurant schweift. Meine Hände zittern. Ich muss mich unbedingt irgendwie beruhigen.

»Lässt du mich kurz raus«, bitte ich Ryle leise. »Ich müsste schnell noch auf die Toilette.«

Während ich durch das Lokal gehe, sehe ich mich unauffällig um. Es sind mehrere Kellner unterwegs, aber Atlas ist nirgendwo zu sehen. Als ich in dem abgetrennten Bereich stehe, in dem die Türen zu den Toiletten abgehen, atme ich erst einmal tief durch. Kann das sein? Ich presse die Hände auf die Stirn und schließe die Augen.

Neun Jahre habe ich mich gefragt, was aus ihm geworden ist. *Neun Jahre.*

»Lily?«

Ich nehme die Hände herunter und mir stockt der Atem. Er steht am anderen Ende des Gangs wie ein Geist aus der Vergangenheit.

Ich muss mich gegen die Wand lehnen und ringe um Worte.
»… Atlas?«

Sobald ich seinen Namen sage, atmet er erleichtert aus und macht dann drei schnelle Schritte auf mich zu. Ich gehe gleichzeitig auf ihn zu und so treffen wir uns in der Mitte des Gangs und fallen uns in die Arme.

»Ich glaube es nicht!«, sagt er leise und drückt mich fest an sich. Ich nicke mit Tränen in den Augen. »Ich auch nicht.«

»Lily.« Er legt die Hände auf meine Schultern und tritt einen Schritt zurück, um mich richtig anzusehen. »Du hast dich kein bisschen verändert.«

Immer noch völlig fassungslos, mustere ich ihn. Im Gesicht sieht er aus wie früher, aber er ist nicht mehr der schlaksige Junge, den ich damals kennengelernt habe. Vor mir steht ein Mann mit breiten Schultern und trainiertem Körper. »Was man von dir nicht behaupten kann.«

Er blickt an sich herunter und lacht. »Stimmt«, sagt er. »So sieht man aus, wenn man acht Jahre bei der Army war.«

Danach sagen wir beide erst mal nichts mehr. Wir sind sprachlos und schütteln nur immer wieder ungläubig den Kopf. Atlas lacht, und auch ich spüre, wie es mir die Mundwinkel auseinanderzieht, weil ich so strahle. Schließlich lässt er meine Schultern los und verschränkt die Arme vor der Brust. »Erzähl. Was hat dich nach Boston geführt?«

Ich bin dankbar, dass er es so beiläufig fragt und mich nicht in Verlegenheit bringt. Vielleicht erinnert er sich ja auch gar nicht mehr an das, was ich damals in unserem Gespräch gesagt habe.

»Ich wohne jetzt hier«, sage ich und hoffe, dass sich das bei mir genauso natürlich und unverkrampft anhört wie bei ihm. »Ich habe einen Blumenladen in der Nähe vom Park Plaza.«

Er nickt lächelnd, als würde ihn das nicht überraschen. In dem Moment fällt mir wieder ein, mit wem ich hier bin, und ich werfe einen nervösen Blick zur Tür. Was soll ich tun? Ich kann

Mom auf keinen Fall erzählen, wen ich wiedergetroffen habe. Und Ryle? Ich müsste so viel erklären und das würde alles kompliziert machen. Atlas bemerkt meinen Blick und tritt einen Schritt zurück. Er sieht mich an und wir schweigen beide. Es gäbe unendlich viel zu sagen, aber anscheinend weiß er genauso wenig wie ich, wo er anfangen soll. Das Lächeln in seinen Augen verschwindet für einen Moment und er deutet auf die Tür.

»Die beiden wundern sich bestimmt schon, wo du bleibst«, sagt er. »Ich besuche dich im Laden. Am Park Plaza, ja?«

Ich nicke.

Er nickt auch.

Die Tür schwingt auf. Eine Frau mit einem Kleinkind auf der Hüfte kommt in den Gang, und wir treten höflich zurück, um ihr Platz zu machen. Ich gehe einen Schritt auf die Tür zu, Atlas bleibt stehen. Bevor ich wieder ins Restaurant zurückkehre, drehe ich mich noch einmal zu ihm um und lächle.

»Es war schön, dich wiederzusehen, Atlas.«

Er lächelt ebenfalls, aber das Strahlen reicht nicht bis zu seinen Augen. »Ja. Das fand ich auch, Lily.«

*****

Ich bin immer noch wie betäubt, als ich mich setze. Während des Essens bleibe ich anfangs ziemlich wortkarg, weil mir einfach viel zu viel im Kopf herumgeht, als dass ich mich auf irgendetwas anderes konzentrieren könnte. Zum Glück bekommen Ryle und meine Mutter das gar nicht mit, weil sie ihn mit Fragen bombardiert. Ryle beantwortet alle geduldig und ist unglaublich zuvorkommend und gewinnend. Mom ist hingerissen.

Das unerwartete Wiedersehen mit Atlas hat mich emotional extrem aufgewühlt, aber Ryle gelingt es mit seinem Charme, dass ich mich bis zum Ende des Abends wieder entspannt habe und auf ihn einlassen kann.

»Fantastisch.« Mom tupft sich mit der Serviette die Lippen ab. »Das Bib's wird mein neues Lieblingsrestaurant«, erklärt sie. »Wirklich unglaublich gut.«

Ryle nickt. »Grandios. Ich muss unbedingt mit Allysa herkommen. Sie probiert wahnsinnig gern neue Läden aus.«

In mir verkrampft sich alles. Das Essen war wirklich köstlich, aber ich will auf gar keinen Fall, dass die beiden noch mal herkommen. »Na ja, *so* besonders war es auch nicht«, sage ich.

Ryle besteht darauf, uns einzuladen und meine Mutter noch zu ihrem Wagen zu begleiten. Ich sehe ihrem beseelten Gesicht an, dass sie mich garantiert später noch anrufen wird, um mich weiter nach ihm auszufragen.

Wir winken, als sie davonfährt, dann bringt Ryle mich zu meinem Wagen.

»Ich habe mir per App ein Taxi bestellt, damit du mich nicht nach Hause fahren musst. Uns bleiben noch ungefähr ...«, er wirft einen Blick auf sein Handy, »... eineinhalb Minuten zum Knutschen.«

Ich lache. Ryle nimmt mich in die Arme und küsst mich auf den Hals, dann auf beide Wangen und den Mund. »Ich würde mich ja wahnsinnig gern wieder zu dir nach Hause einladen, aber morgen früh steht eine OP an. Meiner Patientin wäre es sicher lieber, wenn ich schlafe, statt die Nacht damit zu verbringen, dich von einem Höhepunkt zum nächsten zu jagen.«

Ich erwidere seinen Kuss halb enttäuscht und halb erleichtert darüber, dass er nicht noch mitkommt. »Wahrscheinlich ist es vernünftiger so. Ich muss ja auch noch total viel für die Eröffnung vorbereiten.«

»Wann hast du deinen nächsten freien Tag?«, fragt er.

»Nie«, antworte ich. »Und du?«

»Auch nie.«

Ich schüttle den Kopf. »Das war's mit uns. Wir sind einfach beide viel zu sehr vom Ehrgeiz getrieben.«

»Das ist perfekt, weil es bedeutet, dass unsere Flitterwochenphase anhält, bis wir achtzig sind«, sagt Ryle. »Aber zu deiner Eröffnung am Freitag komme ich natürlich trotz meines Arbeitspensums. Und danach gehen wir alle vier aus und feiern.« Als ein Taxi neben uns hält, legt er mir eine Hand in den Nacken und küsst mich auf den Mund. »Deine Mutter ist übrigens eine tolle Frau. Danke, dass ich heute Abend mitkommen durfte.« Er dreht sich um und steigt in den Wagen.

Ich sehe dem Taxi nach, wie es davonfährt. Auch wenn ich anfangs niemals damit gerechnet hätte, muss ich sagen, dass ich mittlerweile ein richtig gutes Gefühl habe, was Ryle und mich angeht.

In mich hineinlächelnd drehe ich mich zu meinem Auto und schnappe nach Luft.

»Sorry«, sagt Atlas. »Ich wollte dich nicht erschrecken.«

Ich atme tief durch. »Hast du aber.«

Statt auf mich zuzukommen, bleibt er in etwa drei Metern Entfernung stehen. Er blickt in die Richtung, in der eben das Taxi verschwunden ist. »Wer ist der Glückliche?«

»Er ist …« Meine Stimme bricht. Die Situation überfordert mich komplett. Eben stand hier noch Ryle, jetzt Atlas. Wir haben uns so lange nicht gesehen und ich fühle mich ihm so unglaublich nah und gleichzeitig so fern. Meine Brust ist wie eingeschnürt und mir ist flau im Magen. »Er heißt Ryle. Wir haben uns vor etwa einem Jahr kennengelernt.«

Ich bereue sofort, das so gesagt zu haben, weil es klingt, als wären wir schon lange in einer festen Beziehung. »Was ist mit dir? Gibt es in deinem Leben jemanden? Bist du vielleicht sogar verheiratet?«

Ich weiß gar nicht, ob ich das wirklich wissen will oder nur frage, um meine Unsicherheit zu überspielen.

»Nein, aber … ja. Ja, ich habe eine Freundin … Cassie. Wir sind jetzt auch schon fast ein Jahr zusammen.«

Sodbrennen. Ich glaube, ich habe Sodbrennen. Schon ein Jahr? Ich lege eine Hand auf meinen Magen und nicke. »Wow. Das ist toll. Du wirkst glücklich.«

Wirkt er glücklich? Ich habe keine Ahnung.

»Ja. Tja, also … ich freue mich wirklich sehr, dass wir uns wiedergesehen haben, Lily.«

Er wendet sich zum Gehen, dann dreht er sich noch einmal um und sieht mich an. »Was ich noch sagen wollte … Vielleicht hätte ich mir gewünscht, wir wären uns vor einem Jahr wieder-begegnet.«

Ich schließe kurz die Augen und versuche, seine Worte nicht bis in mein Innerstes vordringen zu lassen. Als ich sie öffne, hat er sich schon wieder umgedreht und schlendert ins Restaurant zurück.

Mit zitternden Händen fummle ich meinen Schlüssel aus der Tasche, setze mich in den Wagen und umklammere das Lenk-rad. Aus irgendeinem Grund rollt mir eine dicke Träne über die Wange. Eine riesige, erbärmliche Träne, von der ich nicht weiß, was sie will. Ich wische sie wütend weg und starte den Motor.

Ich hätte nicht erwartet, dass es so wehtun würde, ihn wieder-zusehen.

Aber es ist gut, dass wir uns getroffen haben. Und es ist genau im richtigen Moment passiert. Mein Herz hat die Gelegenheit gebraucht, sich von ihm zu verabschieden, damit es sich Ryle öffnen kann. Gut möglich, dass ich mich niemals ganz auf ihn hätte einlassen können, wenn ich Atlas nicht wiedergesehen hätte.

Ja, es ist gut so.

Ja, ich weine.

Aber bald werde ich mich besser fühlen. So ist das nun mal mit Menschen und ihren Gefühlen. Eine alte, schlecht vernarbte Wunde muss aufgerissen werden, damit sie richtig verheilen kann.

Das ist alles.

11.

Ich kuschle mich unter die Decke und greife nach dem Heft, aber dann zögere ich, es zu öffnen.

Jetzt sind nur noch ein paar Einträge übrig. Ich bin fast durch.

Entschlossen lege ich es wieder auf den Nachttisch zurück.

»Ich werde dich nicht lesen«, flüstere ich.

Obwohl … Wenn ich es tue, habe ich es endgültig hinter mir. Dass ich Atlas heute wiedergesehen und erfahren habe, dass er einen Job und eine Freundin und aller Wahrscheinlichkeit nach auch einen festen Wohnsitz hat, ermöglicht es mir, dieses Kapitel meines Lebens endgültig zu schließen. Und wenn ich auch noch das gesamte Tagebuch durchgelesen habe, kann ich es in den Schuhkarton zurücklegen und muss mich nie mehr damit auseinandersetzen.

»Na gut.« Ich greife wieder danach und setze mich auf. »Ellen DeGeneres, du bist echt ein Miststück!«

Liebe Ellen,
»Einfach schwimmen.«
Erkennst du den Satz wieder, Ellen? Den sagt Dory in »Findet Nemo« zu Marlin.
»Einfach schwimmen. Schwimmen. Schwimmen.«
Ich finde animierte Filme eigentlich meistens nicht so toll, aber »Findet Nemo« ist eine Ausnahme. Der ist wirklich großartig. Und

zwar nicht nur deswegen, weil du Dory sprichst. Ich mag Filme, die einen zum Lachen bringen, aber gleichzeitig auch nachdenklich machen. »Findet Nemo« ist seit heute wahrscheinlich sogar mein Lieblingszeichentrickfilm. Weil ich in letzter Zeit oft das Gefühl habe, zu ertrinken, und jemanden brauche, der mich daran erinnert, nicht aufzugeben, sondern einfach immer weiterzuschwimmen.

Atlas ist krank geworden. Richtig krank.

Er ist jetzt schon ein paar Nächte hintereinander heimlich bei mir durchs Fenster eingestiegen und hat neben mir auf dem Boden geschlafen, aber gestern habe ich einen totalen Schreck bekommen, als er kam. Es war Sonntag, deswegen sind wir uns den ganzen Tag nicht begegnet. Er sah schrecklich aus. Er war kalkweiß im Gesicht, und seine Haare waren total verschwitzt, obwohl es so kalt war. Ich habe ihn nicht mal gefragt, ob er krank ist, weil ich es ihm sofort angesehen habe. Als ich ihm meine Hand auf die Stirn gelegt habe, war sie so heiß, dass ich richtig Angst bekam und kurz davor war, meine Mutter zu rufen.

»Ist nicht schlimm, Lily. Ich bin bald wieder gesund«, hat er gesagt und sich sein Schlafsacklager auf dem Boden gerichtet. Ich bin in die Küche, um ein Glas Wasser zu holen, und habe dann im Medizinschränkchen im Bad nach Grippetabletten gesucht. Ich war mir zwar nicht sicher, ob er Grippe hat, habe sie ihm aber trotzdem gegeben.

Atlas lag zusammengerollt auf dem Boden und war ganz still, bis er nach einer halben Stunde plötzlich geflüstert hat: »Lily? Ich glaube, ich brauche einen Eimer.«

Ich bin aufgesprungen, habe den Plastikpapierkorb, der unter meinem Schreibtisch steht, ausgeleert und ihn vor ihn hingestellt. Er hat sich sofort darübergebeugt und sich übergeben.

Gott, er tat mir so leid. Wenn es einem so schlecht geht, will man zu Hause bei sich im Bett liegen und von seiner Mutter getröstet werden. Aber Atlas hat kein Bett und kein Zuhause und keine Mutter. Er hat nur mich, und ich wusste nicht mal, was ich für ihn tun sollte.

Als er fertig war, habe ich ihm einen feuchten Waschlappen ge-

bracht und ihn noch mehr Wasser trinken lassen. Und dann habe ich ihm gesagt, dass er sich in mein Bett legen soll. Erst wollte er nicht, aber ich habe darauf bestanden. Als er unter der Decke lag, habe ich den Papierkorb neben ihn gestellt und mich auf die Bettkante gesetzt.

Er glühte und zitterte am ganzen Körper. Ich hätte ihn in dem Zustand auf gar keinen Fall am Boden liegen lassen können. Nach einer Weile wurde ich müde und habe mich neben ihn gelegt. Er hat sich in der Nacht dann noch sechsmal übergeben. Jedes Mal bin ich leise ins Bad und habe den Papierkorb ausgespült. Ich will nicht lügen, Ellen. Natürlich war das ziemlich eklig. Ungefähr das Ekligste, was ich in meinem Leben je machen musste, aber was hätte ich tun sollen? Er brauchte Hilfe, und ich war die Einzige, die da war, um zu helfen.

Als es draußen hell wurde, habe ich ihn geweckt und ihm gesagt, dass er jetzt wieder rübermuss, ich aber vor der Schule noch mal nach ihm schauen würde. Es hat mich überrascht, dass er überhaupt die Kraft hatte, zum Fenster rauszuklettern. Ich habe den Papierkorb neben dem Bett stehen lassen und darauf gewartet, dass Mom kommt und mich weckt. Als sie den Eimer gesehen hat, hat sie meine Stirn gefühlt und gefragt, ob ich krank bin.

Ich habe gestöhnt. »Nicht wirklich, aber mir war die ganze Nacht schlecht«, habe ich gesagt. »Jetzt geht es wieder, aber ich habe praktisch überhaupt nicht geschlafen.«

Sie hat den Papierkorb mit ins Bad genommen und gesagt, dass ich im Bett bleiben soll. Sie würde bei der Schule anrufen und mich entschuldigen. Sobald sie und Dad zur Arbeit gefahren sind, bin ich rüber und habe Atlas gesagt, dass er tagsüber bei uns bleiben kann. Ihm war immer noch schlecht, deswegen habe ich ihn in meinem Bett schlafen lassen. Ich habe jede halbe Stunde nach ihm geschaut und gegen Mittag ging es ihm zum Glück schon ein bisschen besser. Während er sich geduscht hat, habe ich ihm eine Dosensuppe heiß gemacht.

Er war aber zu erschöpft, um sie zu essen. Ich habe eine Decke geholt, mich neben ihn aufs Sofa gesetzt und sie über uns gebreitet. Nach einer Weile habe ich mich an ihn gekuschelt, und irgendwann hat er

*sich zu mir gebeugt und mich auf die Stelle zwischen Schlüsselbein
und Hals geküsst, wo mir das T-Shirt runtergerutscht war. Es war
nur ein ganz kurzer Kuss, und ich glaube, er war eher als stummes
Dankeschön gemeint. Aber ich konnte nichts dagegen tun, dass in mir
alle möglichen Gefühle aufgestiegen sind. Obwohl das jetzt schon ein
paar Stunden her ist, spüre ich immer noch genau, an welcher Stelle
er mich geküsst hat.*

*Ich weiß, dass das wahrscheinlich einer der schlimmsten Tage seines
Lebens war, Ellen. Aber für mich war es einer der schönsten.*

*Wir haben »Findet Nemo« geschaut, und als die Szene kam, in
der Marlin Nemo sucht und immer verzweifelter und mutloser wird,
hat Dory mit deiner Stimme zu ihm gesagt: »Weißt du, was du
tun musst, wenn du frustriert bist? Einfach schwimmen. Einfach
schwimmen. Schwimmen. Schwimmen.«*

*Atlas hat genau in dem Moment, in dem sie das gesagt hat, nach
meiner Hand gegriffen und sie gehalten. Nicht so, als wäre er in mich
verliebt, sondern so, als würde er mir sagen wollen, dass wir das sind.
Dass er Marlin ist und ich Dory. Und dass ich ihm helfe, weiterzuschwimmen.*

»Einfach schwimmen«, habe ich ihm zugeflüstert.

Deine Lily

Liebe Ellen,
ich habe Angst. Solche Angst.

*Ich mag Atlas. Ich mag ihn wirklich sehr. Wenn wir zusammen
sind, denke ich nur an ihn, und wenn wir nicht zusammen sind,
mache ich mir die ganze Zeit Sorgen um ihn. Ich merke, dass meine
Gedanken nur um ihn kreisen, und ja, ich weiß selbst, dass das nicht
gut ist. Aber ich kann nicht anders. Ich weiß nicht, was ich dagegen
tun soll, und jetzt zieht er vielleicht weg.*

*Nachdem »Findet Nemo« gestern zu Ende war, ist er rübergegan-
gen und dann abends, als meine Eltern im Bett waren, wieder durchs*

Fenster zu mir ins Zimmer gestiegen. Bevor ich ins Bett bin, habe ich den Schlafsack und die Decken, in denen er gestern geschlafen hat, in die Waschmaschine getan. Er hat gefragt, wo sie sind, und da habe ich ihm gesagt, dass er noch mal bei mir im Bett schlafen muss, weil sie in der Wäsche sind.

Einen kurzen Moment lang habe ich gedacht, er würde gleich wieder zu sich rübergehen, weil er so erschrocken geschaut hat, aber dann hat er seine Schuhe ausgezogen und ist zu mir ins Bett gekrochen.

Er war nicht mehr krank, aber als er sich neben mich gelegt hat, wurde mir so schwindelig, dass ich dachte, jetzt würde vielleicht ich krank werden. Aber daran lag es nicht. Mir wird immer schwindelig, wenn er mir so nahe ist.

Wir lagen nebeneinander und haben uns angeschaut. Er hat leise gefragt: »Wann wirst du eigentlich sechzehn?«

»In zwei Monaten«, habe ich geflüstert. Wir haben uns weiter in die Augen geschaut und mein Herz klopfte immer schneller. »Wann wirst du neunzehn?«, habe ich gefragt, um irgendetwas zu sagen, damit er nicht hört, wie sehr mein Herz klopft.

»Erst im Oktober«, sagte er.

Ich habe darauf nur genickt und mir überlegt, warum er mich nach meinem Alter gefragt hat. Hält er mich für ein Kind, weil ich erst fünfzehn bin? Sieht er in mir eher so eine Art jüngere Schwester? Ich bin immerhin schon fast sechzehn und finde nicht, dass ein Altersunterschied von zweieinhalb Jahren so groß ist. Okay, fünfzehn und achtzehn klingt erst mal extrem, aber wenn ich schon sechzehn wäre, würde niemand sagen, dass er mit achtzehn zu alt für mich ist.

»Ich muss dir was erzählen«, sagte er auf einmal, und ich habe die Luft angehalten, weil ich nicht wusste, was jetzt kommen würde.

»Heute habe ich mit meinem Onkel telefoniert. Er lebt in Boston. Als Kind haben meine Mutter und ich ein paar Jahre bei ihm gewohnt. Er hat einen Montagejob und ist viel unterwegs, aber er meint, dass ich zu ihm kommen und bei ihm wohnen kann.«

Ich weiß, ich hätte mich für ihn freuen sollen. Ich hätte lächeln und ihn beglückwünschen sollen. Aber das habe ich nicht geschafft. In dem Moment habe ich mich total unreif und wirklich wie ein Kind gefühlt, weil ich die Augen zugekniffen habe und mir selbst leidtat.

»Und? Ziehst du zu ihm?«, habe ich nach einer Weile gefragt.

Atlas hat mit den Schultern gezuckt. »Ich weiß es nicht. Ich wollte erst mit dir darüber reden.«

Er war mir so nah. Ich konnte seinen warmen Atem spüren. Er roch nach Minze, und ich habe mich gefragt, ob er sich die Zähne putzt, bevor er zu mir rüberkommt. Ich gebe ihm immer ein paar Flaschen Wasser mit, wenn er geht. Vielleicht benutzt er das.

Ich zupfte eine halb herausstehende Daunenfeder aus dem Kissen und drehte sie zwischen den Fingern, während ich überlegte, was ich sagen sollte.

»Es wäre total super für dich, wenn du bei ihm wohnen könntest, aber was ist mit der Schule?«, habe ich schließlich gefragt.

»Ich könnte meinen Abschluss in Boston machen«, sagte er.

Ich habe nur genickt, weil sich das anhörte, als hätte er die Entscheidung schon getroffen. »Und wann würdest du nach Boston gehen?«

Ich weiß nicht genau, wie weit Boston weg ist. Wahrscheinlich nur ein paar Stunden, aber wenn man kein Auto hat, könnte es genauso gut am anderen Ende der Welt liegen.

»Das weiß ich noch nicht.«

Ich ließ die Daunenfeder aufs Kissen segeln. »Und wovon hängt das ab? Ich meine, ist doch toll, dass dein Onkel dir anbietet, bei ihm zu wohnen, oder?«

Atlas hat die Lippen zusammengepresst und genickt. Dann hat er die Daunenfeder genommen und auch angefangen, sie zwischen den Fingern hin und her zu drehen. Er hat sie wieder aufs Kissen gelegt, und als Nächstes hat er etwas getan, womit er mich total überrascht hat. Er hat mir über die Lippen gestrichen.

Oh Gott, Ellen. Ich habe noch nie so viel auf einmal gespürt wie in diesem Moment. Es war so unfassbar schön, dass ich gedacht habe, ich muss sterben. Atlas hat die Finger ein paar Sekunden auf meinen

Lippen liegen lassen, und dann hat er gesagt: »Danke, Lily. Danke für alles.« Er hat mir über die Haare gestreichelt, sich vorgebeugt und mich auf die Stirn geküsst. Ich hatte das Gefühl, keine Luft mehr zu kriegen, und konnte mich selbst laut atmen hören. Dann hat er sich auf die Ellbogen gestützt und auf mich runtergeschaut. »Bist du schon mal geküsst worden, Lily?«

Ich habe den Kopf geschüttelt und ihm das Gesicht entgegengehoben, weil ich in dem Moment wusste, dass sich das unbedingt ändern muss, sonst hätte ich womöglich nie mehr Luft bekommen.

Und dann hat er sich zu mir gebeugt und seinen Mund auf meinen gelegt. Ganz sanft. So als wären meine Lippen zerbrechlich wie Eierschalen. Er hat seinen Mund einfach auf meinem liegen lassen. Ich wusste nicht, ob er erwartet, dass ich irgendwas mache, aber das war mir egal. Ich hätte die ganze Nacht so liegen bleiben können, mit seinen Lippen auf meinen. Selbst wenn er überhaupt nichts gemacht hätte, wäre das für mich das Schönste gewesen, was ich je erlebt habe.

Aber dann hat er doch etwas gemacht. Seine Lippen haben sich auf meinen geöffnet, und ich habe gespürt, wie er mit der Zungenspitze über meine Lippen gestrichen hat und … Ellen, das Gefühl war so unglaublich, dass ich fast gestorben wäre. Dann strich seine Zunge noch mal über meine Lippen, und beim dritten Mal habe ich meine Zunge auch ein bisschen bewegt, und als sich unsere Zungenspitzen berührt haben, musste ich über mich selbst lachen, weil ich mir vorher immer so viele Gedanken über meinen ersten Kuss gemacht habe. Wann er passieren würde und mit wem. Aber ich hätte mir nie, niemals, nicht in einer Million Jahren vorgestellt, dass es so sein würde.

Nach einer Weile hat Atlas mich auf den Rücken gedreht und seine Hand an meine Wange gelegt, mich dabei aber die ganze Zeit weitergeküsst. Ich konnte mich immer mehr entspannen und es wurde immer schöner. Das Schönste war, als er sich einen kurzen Moment lang aufgerichtet und mich ganz intensiv angeschaut hat und sich dann richtig hungrig auf mich gestürzt hat.

Ich weiß nicht, wie lange wir uns so geküsst haben. Lange. So lange,

*dass meine Lippen irgendwann anfingen zu brennen und ich meine
Augen nicht mehr aufhalten konnte. Ich bin mir ziemlich sicher, dass
wir Mund an Mund eingeschlafen sind.*

Über Boston haben wir nicht mehr geredet.

Ich weiß immer noch nicht, ob und wann er dort hinzieht.

Liebe Ellen,

Ich muss mich bei dir entschuldigen.

*Es ist eine Woche her, seit ich dir das letzte Mal geschrieben und
deine Show geschaut habe. Keine Sorge, ich nehme jede Folge auf, sodass deine Quote gesichert ist, aber nach der Schule geht Atlas jetzt
jeden Tag erst mal bei uns duschen und danach legen wir uns bei mir
aufs Bett und küssen uns.*

Jeden Tag.

Es ist so schön mit ihm.

*Ich weiß nicht, was es ist, aber ich fühle mich bei ihm unheimlich
aufgehoben. Er ist so lieb und so fürsorglich. Ich weiß genau, er würde
nie irgendetwas machen, bei dem ich mich unwohl fühle.*

*Ich weiß nicht, wie viel ich dir erzählen soll, Ellen ... oder wie viel
du überhaupt hören willst. Wir haben uns ja nie persönlich kennengelernt. Nur so viel. Wenn er sich je gefragt hat, wie sich meine Brüste
anfühlen, dann ...*

... dann weiß er es jetzt.

*Ich verstehe nicht, wie Leute noch ihr normales Leben weiterführen
können, wenn es jemanden gibt, den sie so sehr mögen wie ich Atlas.
Am liebsten würde ich den ganzen Tag mit ihm im Bett liegen und
knutschen und nichts anderes machen, außer vielleicht zwischendurch
ein bisschen reden. Atlas kann total witzige Geschichten erzählen. Ich
freue mich immer, wenn er in Redelaune ist, weil das nicht so oft vor-
kommt. Wenn er erzählt, ist er voll dabei und lächelt auch viel. Es kann
sein, dass ich sein Lächeln sogar fast noch mehr liebe als seine Küsse.
Manchmal sage ich ihm aber auch, dass er aufhören soll zu reden oder*

zu lächeln oder mich zu küssen, damit ich ihn einfach nur anschauen kann. Ich schaue ihm wahnsinnig gerne in die Augen. Sie sind so leuchtend blau, dass man die Farbe sogar erkennen könnte, wenn er am anderen Ende des Zimmers stehen würde. Das Einzige, was ich am Küssen nicht mag, ist, dass er dabei manchmal die Augen zumacht.

Und, nein. Über Boston haben wir immer noch nicht geredet.

Deine Lily

Liebe Ellen,

als wir gestern im Schulbus nach Hause gefahren sind, hat Atlas mich geküsst. Das war nichts Neues, weil wir uns ja die ganze Zeit küssen, aber es war das erste Mal, dass wir uns vor anderen Leuten geküsst haben. Wenn wir zusammen sind, fühlt es sich an, als würde es nur noch uns geben, deswegen glaube ich, dass er gar nicht daran gedacht hat, dass uns jemand sehen könnte. Aber Katie hat es mitgekriegt. Sie saß hinter uns, und ich habe gehört, wie sie »Bäh. Kotz!« gezischt hat, als er sich zu mir rübergebeugt und mich geküsst hat.

Sie war voll angewidert und hat zu dem Mädchen neben sich gesagt: »Wie kann Lily sich von dem nur anfassen lassen? Der läuft fast jeden Tag in denselben Klamotten rum.«

Ich bin fast geplatzt vor Wut, Ellen. Aber es tat mir auch total leid für Atlas. Ich weiß, dass er es gehört hat, weil er sich sofort wieder gerade hingesetzt hat. Ich hätte mich am liebsten zu Katie umgedreht und sie angebrüllt, dass sie gefälligst nicht über Leute lästern soll, die sie gar nicht kennt, aber Atlas hat nach meiner Hand gegriffen und den Kopf geschüttelt.

»Mach das nicht, Lily«, hat er gesagt.

Also habe ich den Mund gehalten.

Trotzdem war ich wahnsinnig wütend. Ich war wütend auf Katie, weil sie Dinge sagt, die andere Menschen verletzen, bloß weil sie denkt, sie wäre etwas Besseres. Ich war aber auch wütend, weil Atlas anscheinend an solche fiesen Kommentare gewöhnt ist.

Vor allem wollte ich nicht, dass er denkt, ich würde mich schämen, weil sie gesehen hat, wie er mich küsst. Ich kenne ihn besser als sie und weiß, was für ein toller Mensch er ist, ganz egal, was für Klamotten er anhat oder wie er früher vielleicht gerochen hat.

Deswegen habe ich mich zu ihm gebeugt und ihn auf die Wange geküsst und meinen Kopf auf seine Schulter gelegt.

»Weißt du was?«, habe ich gesagt.

Er hat seine Finger mit meinen verschränkt und meine Hand gedrückt. »Was denn?«

»Du bist mein Lieblingsmensch.«

Ich habe gespürt, wie er gelacht hat, und das brachte mich auch zum Lächeln.

»Dein Lieblingsmensch von wie vielen?«, fragte er.

»Von allen.«

Er hat mich auf den Kopf geküsst und gesagt: »Du bist auch mein Lieblingsmensch. Bei Weitem.«

Als der Bus bei uns in der Straße hielt und wir ausstiegen, haben wir uns weiter an den Händen gehalten. Er ging vor mir durch den Mittelgang, sodass er nicht sehen konnte, wie ich mich umgedreht und Katie den Stinkefinger gezeigt habe.

Wahrscheinlich hätte ich das nicht tun sollen, aber der Ausdruck auf ihrem Gesicht war es mir wert.

Als wir bei mir ankamen, hat er mir den Schlüssel aus der Hand genommen und aufgeschlossen. Mittlerweile bewegt er sich bei uns schon fast so, als wäre er hier zu Hause. Es war ein merkwürdiges Gefühl – so als wäre ich der Gast. Als er die Tür hinter uns zumachte und das Licht anknipsen wollte, blieb es dunkel. Stromausfall. Mir fiel ein, dass ich an der Ecke einen Truck von unserem Energieversorger gesehen hatte und Arbeiter, die sich an der Leitung zu schaffen gemacht hatten. Wenn kein Strom da war, konnten wir auch nicht fernsehen, aber darüber war ich nicht traurig, weil es bedeutete, dass wir in mein Zimmer gehen und rumknutschen konnten.

»Habt ihr einen Gas- oder einen Elektroherd?«, fragte Atlas.

»Gas«, antwortete ich, obwohl ich nicht verstand, warum ihn das interessierte.

»Cool.« Er zog seine Schuhe aus (alte von meinem Vater) und ging in die Küche. »Dann kriegst du was zu essen von mir.«

»Du kannst kochen?«

Er öffnete den Kühlschrank und suchte darin herum. »Ja. Ich koche und backe wahrscheinlich genauso gern, wie du im Garten arbeitest.« Er nahm ein paar Sachen raus und schaltete den Backofen an. Ich lehnte mich an die Theke und sah ihm zu. Er brauchte gar kein Rezept, sondern mischte die Zutaten nach Gefühl in der Schüssel zusammen. Er hat nicht mal eine Waage oder einen Messbecher benutzt.

Für mich war das total neu. Mein Vater rührt keinen Finger in der Küche. Ich glaube nicht, dass er überhaupt weiß, wie man den Ofen anmacht. Ich habe immer gedacht, die meisten Männer wären so, aber Atlas bewegte sich so selbstsicher in der Küche, dass mir klar wurde, dass ich mich da irrte.

»Was backst du denn?«, fragte ich und setzte mich auf die Theke.

»Cookies.« Er brachte mir die Schüssel und ließ mich den Teig probieren. Ich liebe rohen Kuchenteig, und seiner war der beste, den ich je gekostet habe.

»Supergut!«, sagte ich und leckte mir die Lippen.

Atlas stellte die Schüssel neben mich, beugte sich vor und gab mir einen Kuss. Die Kombination aus Plätzchenteig und Küssen war unschlagbar, die köstlichste Mischung, die ich mir vorstellen konnte. Ich machte tief in der Kehle ein Geräusch, um ihm zu zeigen, wie schön ich es fand, und das brachte ihn zum Lachen. Aber er hörte trotzdem nicht auf, mich zu küssen, sondern lachte, während er mich weiterküsste, und das brachte mein Herz komplett zum Schmelzen. Es ist so schön mit Atlas, wenn er glücklich ist. Ich wüsste gern alles, was er mag und was ihn glücklich macht, um es ihm zu geben.

Kann es sein, dass ich ihn liebe? Ich habe noch nie einen Freund gehabt und kann meine Gefühle deswegen nicht vergleichen. Bevor ich Atlas kennengelernt habe, wollte ich nie einen Freund und konnte mir *eigentlich auch nicht vorstellen, später mal zu heiraten. Aber das ist ja auch kein Wunder bei dem, was zwischen meinen Eltern passiert. Seit ich Atlas kenne, habe ich meine Meinung geändert. Ich bin immer noch misstrauisch, aber jetzt kann ich mir vorstellen, dass es vielleicht Ausnahmen gibt.*

Irgendwann hörte er auf, mich zu küssen, und griff nach der Schüssel. Er legte Backpapier auf das Blech und begann, mit zwei Löffeln Teighäufchen zu formen.

»Soll ich dir zu eurem Gasofen einen Trick verraten?«, fragte er.

Bis jetzt hat mich Kochen oder Backen nie sonderlich interessiert, aber auf einmal wollte ich alles lernen, was Atlas wusste.

»Gasöfen haben immer eine Stelle, an der sie besonders heiß werden«, erklärte er, als er die Ofentür öffnete und das Blech hineinschob. »Man muss das Blech nach der Hälfte der Backzeit umdrehen, damit die Cookies gleichmäßig braun werden.« Er schloss die Tür, zog den Ofenhandschuh aus und warf ihn auf die Theke. »Diese Pizzasteine, die man kaufen kann, sind auch eine echt gute Sache. Die verteilen die Hitze besser im Ofen.«

Er kam wieder zu mir und umfasste meine Schultern. Und als er mir das Shirt an einer Seite runterzog, kribbelte mein ganzer Körper. Er drückte mir einen Kuss auf die Schulter und dann ließ er seine Hände langsam zu meinem Rücken gleiten. Weißt du, was verrückt ist, Ellen? Selbst wenn er gar nicht da ist, spüre ich manchmal seine Lippen auf meiner Schulter.

Er wollte mich gerade auf den Mund küssen, als wir hörten, wie ein Auto in die Einfahrt fuhr und das elektrische Garagentor aufging. Ich sprang von der Theke und sah mich panisch in der Küche um. Atlas legte seine Hände an mein Gesicht und zwang mich, ihn anzusehen.

»Behalte die Cookies im Auge. Sie brauchen etwa zwanzig Minuten.« Dann hat er mich schnell noch mal geküsst und ist ins Wohnzimmer gerannt, um seinen Rucksack zu holen. Er ist in dem Moment zur Hintertür raus, in dem mein Vater den Motor abstellte.

Ich war dabei, die Zutaten wegzuräumen, als er in die Küche kam. »Backst du etwa?«, fragte er erstaunt.

Ich schrubbte an einer Stelle auf der Theke herum, die gar nicht schmutzig war, und nickte nur, weil mein Herz so schnell schlug, dass ich Angst hatte, er würde das Zittern in meiner Stimme hören, wenn ich laut antwortete. Dann habe ich mich geräuspert und gesagt: »Cookies. Ich backe Cookies.«

Er hat seine Aktentasche auf den Tisch gestellt und ist zum Kühlschrank gegangen, um sich ein Bier rauszuholen.

»Der Strom ist ausgefallen«, sagte ich. »Ich habe mich gelangweilt, deswegen bin ich auf die Idee gekommen, zu backen.«

Mein Vater hat sich an den Tisch gesetzt und mit mir über die Schule geredet und gefragt, ob ich mir schon überlegt hätte, was ich später mal studieren möchte. Es war so, als wären wir ein ganz normaler Vater und eine ganz normale Tochter, die sich über ganz normale Dinge unterhalten. Die meiste Zeit hasse ich ihn, aber in dem Moment habe ich mal wieder gemerkt, wie sehr ich mich nach einem Vater sehne, den ich lieben kann. Es wäre so schön, wenn er immer so sein könnte. Für uns alle.

Ich drehte das Blech mit den Cookies um, wie Atlas es mir gesagt hatte, und holte es nach zwanzig Minuten aus dem Ofen. Dann habe ich meinem Vater ein Cookie hingehalten, obwohl ich fand, dass er es eigentlich nicht verdient hatte. Es kam mir vor, als würde ich Atlas' kostbare Cookies an ihn verschwenden.

»Hey«, sagte mein Vater, nachdem er hineingebissen hatte. »Die schmecken ganz toll, Lily.«

Ich presste ein »Danke« hervor, obwohl ich sie ja gar nicht selbst gebacken hatte.

»Die sind aber für die Schule«, log ich. »Deswegen kann ich dir leider keins mehr geben.« Ich wartete, bis sie abgekühlt waren, dann packte ich sie in eine Frischhaltedose und stellte sie in mein Zimmer. Ich habe mir kein Einziges genommen, weil ich auf Atlas warten wollte.

»Du hättest eins probieren sollen, als sie noch heiß waren«, sagte er, nachdem er abends durchs Fenster reingeklettert war. »Dann schmecken sie am besten.«

»Ich wollte sie aber nicht ohne dich essen«, sagte ich. Wir saßen mit dem Rücken zur Wand auf dem Bett und futterten die halbe Dose leer. Ich sagte ihm, dass sie köstlich schmeckten, aber nicht, dass es die allerbesten Kekse waren, die ich je in meinem Leben gegessen hatte. Ich will nicht, dass er eingebildet wird, weil ich gerade seine Bescheidenheit so toll an ihm finde.

Als ich mir noch eins nehmen wollte, zog er die Dose weg und machte den Deckel wieder drauf. »Wenn du zu viele isst, wird dir schlecht, und dann magst du meine Cookies nicht mehr.«

Ich lachte. »Das würde niemals passieren.«

Er trank einen Schluck Wasser, dann rutschte er vom Bett. »Ich hab was für dich«, hat er gesagt und in seine Tasche gegriffen.

»Noch was zu essen?«, habe ich gefragt.

Er hat lächelnd den Kopf geschüttelt und mir die Faust hingehalten. Als ich die Hand darunterhielt, ließ er etwas hineinfallen. Ein flaches, aus Holz geschnitztes Herz, ungefähr drei Zentimeter groß, mit einer Aussparung in der Mitte.

Ich rieb mit dem Daumen darüber und versuchte, nicht zu breit zu lächeln.

»Hast du das selbst geschnitzt?«, fragte ich.

»Ja. Mit einem alten Küchenmesser, das ich drüben gefunden habe.«

Oben waren die Bögen des Herzens nicht ganz verbunden, was es noch besonderer machte. Ich freute mich total, aber gleichzeitig wusste ich nicht, was ich sagen sollte. Ich konnte gar nicht aufhören, das Herz anzusehen und mit den Fingern darüberzustreichen. »Danke.«

Er setzte sich neben mich aufs Bett. »Das habe ich aus einem Ast von der Eiche geschnitzt«, sagte er leise. »Du weißt schon, der aus dem Garten.«

Ich hätte nie gedacht, dass man einen Gegenstand so lieben kann,

Ellen. Aber vielleicht hatte das, was ich fühlte, gar nichts mit dem Geschenk zu tun, sondern mit ihm. Ich schloss meine Finger um das Herz und behielt es in der Hand, dann drehte ich mich zu ihm und küsste ihn so stürmisch, dass er rückwärts aufs Bett fiel. Ich legte ein Bein über ihn und setzte mich auf ihn und er hat mich um die Taille gefasst und beim Küssen gegrinst.

»Wenn das die Belohnung ist, werde ich dir eines Tages ein ganzes Haus aus der Eiche schnitzen«, hat er geflüstert.

Ich habe gelacht und gesagt: »Du musst aufhören, so verdammt perfekt zu sein. Du bist jetzt schon mein Lieblingsmensch, aber langsam wird es echt unfair für alle anderen Menschen, weil niemand jemals an dich heranreichen wird.«

Er legte mir eine Hand in den Nacken, rollte mich auf den Rücken und setzte sich auf mich. »Genau das ist der Plan«, hat er gesagt und mich weitergeküsst.

Ich habe die ganze Zeit, während wir uns küssten, das Herz in der Hand gehalten und wollte glauben, dass er es mir einfach so geschenkt hatte. Aber tief in mir drin hatte ich Angst, dass es ein Abschiedsgeschenk ist, damit ich etwas habe, das mich an ihn erinnert, wenn er nach Boston geht.

Aber ich will mich nicht an ihn erinnern, Ellen! Wenn ich mich an ihn erinnern müsste, würde das ja bedeuten, dass er kein Teil meines Leben mehr wäre.

Ich will nicht, dass er nach Boston zieht. Ich weiß, dass das egoistisch ist, weil er nicht weiter in dem Abbruchhaus wohnen kann, wenn es immer kälter wird. Ich weiß nicht, wovor ich mehr Angst habe. Davor, dass er wirklich weggeht, oder davor, dass ich schwach werde und ihn anbettle, zu bleiben.

Ich weiß, dass wir darüber reden müssen. Wenn er heute Abend rüberkommt, frage ich ihn, was er machen will. Gestern habe ich es nicht über mich gebracht, ihn darauf anzusprechen, weil ich den perfekten Tag nicht kaputt machen wollte.

Deine Lily

Liebe Ellen,

einfach schwimmen. Schwimmen. Schwimmen.

Er wird nach Boston ziehen.

Aber ich kann dir dazu jetzt gerade nichts schreiben. Ich will nicht darüber nachdenken.

Lily

Liebe Ellen,

ich frage mich, wie meine Mutter das verstecken soll. Normalerweise achtet mein Vater – egal, wie wütend er ist – immer darauf, sie so zu schlagen, dass keine Spuren bleiben. Er will natürlich auf gar keinen Fall, dass irgendjemand mitbekommt, was er ihr antut.

Ich habe miterlebt, wie er sie getreten hat und gewürgt. Er hat sie in den Rücken geschlagen und in den Bauch und an den Haaren gerissen. Die paar Mal, die er sie ins Gesicht geschlagen hat, waren es Ohrfeigen mit der flachen Hand, die garantiert wehgetan haben, aber es gab nie einen Bluterguss.

Das, was er gestern Abend getan hat, habe ich noch nie vorher erlebt.

Er und Mom waren bei einem offiziellen Abendessen der Stadtverwaltung und kamen erst spät zurück. Mein Vater hat ja nicht nur das Immobilienbüro, sondern ist auch Bürgermeister, weshalb er abends häufig noch an irgendwelchen Veranstaltungen teilnehmen muss. Übrigens oft für wohltätige Zwecke, was echt ein Witz ist, wenn man seine Meinung über Bedürftige kennt. Aber das würde er natürlich niemals offen zugeben. Man muss ja das Gesicht wahren.

Atlas war schon bei mir, als sie nach Hause kamen. Ich konnte hören, dass sie sich stritten, sobald sie die Tür aufgeschlossen hatten. Ihre Stimmen waren gedämpft, trotzdem habe ich mitbekommen, dass er mal wieder eifersüchtig war und ihr vorgeworfen hat, mit einem anderen Mann geflirtet zu haben.

Ich kenne meine Mutter, Ellen. Das würde sie niemals machen.

Wahrscheinlich hat irgendein Mann sie angeschaut und hübsch gefunden und mein Vater hat es mitgekriegt. Meine Mutter ist wirklich eine schöne Frau.

Er ist immer wütender und lauter geworden, während sie versucht hat, ihn zu beruhigen. Dann habe ich gehört, wie er sie Nutte genannt hat, und gleich darauf hat es geknallt und er hat ihr eine Ohrfeige gegeben.

Ich bin sofort aus dem Bett gesprungen, aber Atlas hat mich zurückgehalten. Er hatte Angst, dass mein Vater mir auch etwas tun würde. Ich habe ihm erklärt, dass es manchmal hilft, wenn ich dazukomme, weil er sich dann zusammenreißt.

Ich bin dann doch ins Wohnzimmer.

Ellen, ich …

Er hat auf ihr gekniet.

Er hatte meine Mutter auf die Couch geworfen und mit einer Hand ihre Kehle umklammert, mit der anderen Hand hat er ihr Kleid hochgezogen, und sie hat verzweifelt versucht, ihn abzuwehren.

Ich stand wie erstarrt in der Tür und war nicht in der Lage, irgendwas zu tun oder zu sagen. Sie hat ihn angefleht, von ihr runterzugehen, da hat er ausgeholt, sie mitten ins Gesicht geschlagen und ihr gesagt, dass sie ihr dreckiges Maul halten soll. »Du willst, dass dich einer mal so richtig rannimmt, ja? Das kannst du haben.« Und dann wurde sie ganz still und hat aufgehört, sich zu wehren. »Bitte sei nicht so laut«, hat sie gewimmert. »Sonst wird Lily wach.«

Bitte sei nicht so laut, während du mich vergewaltigst, Liebling.

Ich habe nicht gewusst, dass ein Mensch in der Lage ist, so viel Hass in sich zu spüren, Ellen. Und ich rede nicht von meinem Vater. Ich rede von mir.

Ich wurde innerlich ganz kalt, habe mich umgedreht, bin in die Küche gegangen, habe die Schublade aufgezogen und das größte Messer herausgeholt, das ich finden konnte. Und dann … ich weiß nicht, wie ich es erklären soll. Es war, als wäre ich nicht in meinem eigenen Körper. Ich habe mir selbst dabei zugesehen, wie ich mit dem Messer *durch die Küche gegangen bin. Ich wusste nicht, ob ich es benutzen würde. Aber ich brauchte eine Waffe, die ihm wirklich Angst einjagen würde, damit er sie in Ruhe ließ. Plötzlich hat jemand von hinten die Arme um mich gelegt und mich hochgehoben. Ich ließ das Messer fallen. Mein Vater hat nichts mitbekommen, aber meine Mutter schon. Er kniete mit dem Rücken zu mir auf ihr und sie sah mich über seine Schulter hinweg an. Wir haben uns die ganze Zeit in die Augen geschaut, während Atlas mich in mein Zimmer zurücktrug.*

Ich habe gegen seine Brust geschlagen, damit er mich runterließ und ich zu ihr konnte, aber er hat mich nicht rausgelassen. Er hat mich ganz fest an sich gedrückt und gesagt: »Bitte beruhige dich, Lily.« Das hat er immer wieder gesagt und mich so lange festgehalten, bis ich aufgegeben habe, weil klar war, dass er mich nicht aus dem Zimmer lassen würde.

Als ich mich beruhigt hatte, ist er zum Bett gegangen, hat seine Jacke geholt und sich die Schuhe angezogen. »Wir gehen jetzt zu den Nachbarn rüber«, hat er gesagt, »und rufen die Polizei.«

Die Polizei.

Ich war schon ein paarmal nahe dran, aber Mom hat mir eingeschärft, dass ich auf gar keinen Fall die Polizei holen darf, weil mein Vater dann alles verlieren würde. Seine Kunden, seinen guten Ruf, alles. Aber in dem Moment war mir das egal. Es war mir egal, dass er Bürgermeister ist und alle ihn toll finden und keine Ahnung haben, dass er diese schlimme Seite hat, die er nur uns sehen lässt. Ich wollte meiner Mutter helfen, das war das Einzige, woran ich denken konnte. Als ich mich umdrehte, um meine Schuhe anzuziehen, stand Atlas mitten im Zimmer und starrte auf die Tür, die gerade aufgerissen wurde.

Meine Mutter stürzte rein, schlug sie hinter sich zu und schloss schnell ab. Ich werde nie vergessen, wie sie aussah, Ellen. Ihre Lippe blutete. Ihr rechtes Auge begann zuzuschwellen und ihre Bluse war zerrissen.

Ich hatte keine Angst, dass sie mich mit einem Jungen in meinem

Zimmer erwischte. Das war mir egal. Ich hatte nur Angst um sie. Ich bin zu ihr hin und habe sie an den Händen gefasst und zum Bett geführt.

»Er holt die Polizei, Mom. Alles ist okay.«

Sie hörte auf zu schluchzen, ihre Augen wurden ganz groß, und sie schüttelte den Kopf. »Nein«, hat sie gesagt und Atlas angesehen. »Das kannst du nicht machen. Bitte nicht.«

Er war schon am Fenster und wollte rausklettern, aber dann zögerte er und schaute mich fragend an.

»Er ist betrunken, Lily«, sagte sie zu mir. »Aber jetzt hat er sich ins Bett gelegt und schläft seinen Rausch aus. Er wird mir nichts mehr tun. Wenn ihr die Polizei ruft, macht ihr damit alles nur noch schlimmer, glaubt mir. Lassen wir ihn einfach schlafen, morgen sieht die Welt schon wieder ganz anders aus, und dann tut es ihm wahnsinnig leid.«

Ich spürte, wie mir Tränen in den Augen brannten. »Mom!«, habe ich gesagt. »Mom, er hat versucht, dich zu … vergewaltigen.«

Sie hat das Gesicht verzogen und zu Boden geschaut. »So war das nicht, Lily«, hat sie gesagt. »Wir sind verheiratet, und in einer Ehe passiert es eben manchmal, dass … Du bist noch zu jung, um das zu verstehen.«

Mir verschlug es einen Moment lang echt die Sprache, und dann habe ich nur gesagt: »Ich bete zu Gott, dass ich es nie verstehen werde.«

Da hat sie angefangen zu weinen. Sie hat die Hände vors Gesicht geschlagen und leise geschluchzt, und ich konnte nichts anderes tun, als die Arme um sie zu schlingen und mit ihr zu weinen. Ich habe sie in meinem ganzen Leben noch nie so unglücklich und verzweifelt und hoffnungslos gesehen. So verletzt. So voller Angst. Es hat mir das Herz gebrochen, Ellen.

Es hat mich gebrochen.

Als sie irgendwann aufgehört hatte zu weinen, war Atlas weg. Sie hat kein Wort darüber verloren, dass ein Junge in meinem Zimmer

173

gewesen ist. Ich habe darauf gewartet, dass sie mich zur Rede stellt oder mir Hausarrest gibt, aber bis jetzt hat sie mich nicht darauf angesprochen.

Das ist ihre Methode, wenn ihr eine Situation zu schwierig ist und sie keine Lösung weiß. Sie verdrängt das Problem einfach, kehrt es tief unter den Teppich und holt es nie wieder hervor.

Deine Lily

Liebe Ellen,
vorhin ist er gefahren.

Nach Boston.

Um mich abzulenken, habe ich so lange Spielkarten gemischt, dass mir jetzt die Hände wehtun. Ich habe solche Angst und fühle mich unendlich allein. Wenn ich für diese ganzen Gefühle in mir nicht irgendein Ventil finde, werde ich wahnsinnig.

Unsere letzte Nacht war traurig. Wir lagen im Bett und haben uns geküsst, aber wir konnten uns gar nicht richtig entspannen und darauf einlassen, weil immer noch nicht klar war, ob er geht oder nicht. Er hat mir zum zweiten Mal innerhalb von zwei Tagen gesagt, dass er es sich doch anders überlegt hat und hierbleiben will. Ich weiß, dass er mich nicht allein lassen möchte. Aber ich lebe jetzt schon fast sechzehn Jahre mit meinem Vater zusammen, ich komme schon klar. Es wäre verrückt gewesen, wenn er meinetwegen auf die Chance verzichtet hätte, wieder ein Zuhause zu bekommen. Das wissen wir beide. Aber es tut trotzdem wahnsinnig weh.

Weil ich mir nicht anmerken lassen wollte, wie traurig ich bin, habe ich ihn gebeten, mir von Boston zu erzählen. Ich habe gesagt, dass ich ja vielleicht nach der Schule auch dorthin ziehen könnte.

Als er angefangen hat zu reden, sah er fast glücklich aus, so als würde er vom Paradies sprechen. Er hat mir erzählt, dass er den Akzent der Leute dort total mag und dass sie fast so reden würden wie Engländer. Anscheinend weiß er nicht, dass er sich manchmal selbst so anhört. Aber er hat ja auch ein paar Jahre mit seiner Mutter dort gelebt, wahrscheinlich hat er sich den Akzent in der Zeit angewöhnt.

Er hat mir erzählt, dass sein Onkel in einem großen Apartment-komplex mit einer riesigen Dachterrasse wohnt, die alle Mieter benutzen dürfen.

»In Boston haben viele Häuser Terrassen auf dem Dach«, hat er gesagt. »Manche haben sogar einen Pool.«

Bei uns in Plethora gibt es kein einziges Gebäude, das hoch genug für eine Dachterrasse wäre. Ich würde gern mal so weit oben stehen und auf die Stadt runterschauen. Atlas hat erzählt, dass er sich früher oft auf die Dachterrasse gesetzt hätte, wenn er in Ruhe über irgendetwas nachdenken wollte.

Er hat von dem guten Essen in Boston geschwärmt und den vielen verschiedenen Restaurants. Ich weiß jetzt ja, dass er gerne kocht, aber ich hatte keine Ahnung, dass das für ihn fast schon eine Leidenschaft ist. Weil er drüben keine Küche hatte, konnte er mir ja auch nie was kochen oder erzählen, was er sich zu essen gemacht hatte.

Bevor seine Mutter wieder geheiratet hat und hierhergezogen ist, ist sie oft mit ihm zum Hafen gegangen, um zu angeln. »Ich kann gar nicht beschreiben, was es genau ist, was die Stadt so besonders macht«, hat er gesagt. »Es ist einfach … Keine Ahnung. Die ganze Atmosphäre. Irgendwie hat die Stadt eine echt gute Energie. Die Leute, die in Boston wohnen, sind stolz auf ihre Stadt. Das wäre ich manchmal auch gerne wieder.«

Ich habe ihm durch die Haare gestreichelt, weil er so süß aussah, als er das gesagt hat. »Bei dir klingt es so, als wäre es die schönste Stadt der Welt. Als wäre alles besser in Boston.«

»In Boston ist auch fast alles besser«, hat er gesagt. »Nur die Mädchen nicht. Dich gibt es in Boston nicht.«

Ich habe gemerkt, wie ich rot wurde. Atlas hat sich vorgebeugt und mir einen Kuss gegeben, und dann habe ich gesagt: »Noch nicht. Aber eines Tages ziehe ich hin und dann suche ich dich.«

Ich musste es ihm versprechen. Er hat gesagt, wenn ich dorthin ziehe, würde ich selbst merken, dass in Boston alles besser ist und dass es wirklich die tollste Stadt der Welt ist.

Danach haben wir nicht mehr viel geredet, sondern uns vor allem geküsst und auch noch andere Sachen gemacht, aber damit will ich dich jetzt nicht langweilen. Was nicht heißt, dass die Sachen, die wir gemacht haben, langweilig gewesen wären.

Kein bisschen.

Aber heute Morgen musste ich mich von ihm verabschieden. Er hielt mich ganz fest und küsste mich mit so viel Gefühl, dass ich dachte, ich muss sterben, wenn ich ihn loslasse.

Aber ich bin nicht gestorben. Denn ich habe ihn losgelassen und jetzt sitze ich immer noch hier. Atme immer noch. Lebe immer noch.

Gerade so.

Deine Lily

Erst blättere ich zur nächsten Seite, aber dann klappe ich das Heft doch zu. Es ist nur noch ein Eintrag, und ich weiß nicht, ob ich Lust habe, ihn jetzt zu lesen. Oder überhaupt jemals. Ich stehe auf, lege das Tagebuch in den Schuhkarton zurück und atme aus. Das Kapitel Atlas ist beendet. Er hat sein Glück gefunden.

Genau wie ich.

Es ist tatsächlich so, dass die Zeit alle Wunden heilen kann.

Jedenfalls die meisten.

Ich knipse das Nachttischlicht aus und taste dann noch mal nach meinem Handy, um das Ladekabel einzustöpseln. Auf dem Display leuchten zwei verpasste Nachrichten von Ryle und eine von meiner Mutter auf.

Ryle: **Achtung – Achtung: Hier kommt gleich eine nackte Wahrheit. Drei … zwei … eins …**

Ryle: **Ich habe immer geglaubt, eine feste Beziehung würde vor allem bedeuten, dass man** mehr Verpflichtungen hat. Deswegen habe ich mich mein Leben lang davor gescheut, mich auf irgendwen einzulassen. Ich habe schon genug mit mir selbst zu tun. Die Ehe meiner Eltern und die anstrengenden Beziehungen in meinem Bekanntenkreis haben mich in meiner Meinung bestätigt. Aber nach dem Abend heute habe ich begriffen, dass es wahrscheinlich viele Leute gibt, die irgendwas falsch machen. Denn das, was sich zwischen uns entwickelt, fühlt sich nicht nach Verpflichtung an. Es fühlt sich an wie eine Belohnung. Und jetzt liege ich hier im Bett und frage mich, womit ich das verdient habe.

Ich drücke mir das Handy an die Brust und lächle. Danach mache ich einen Screenshot von der Nachricht, weil ich sie für immer aufheben möchte. Anschließend öffne ich Moms Nachricht.

Mom: Ein Arzt, Lily? UND du hast deinen eigenen Laden? Ich will du sein, wenn ich mal groß bin.

Auch von dieser Nachricht mache ich einen Screenshot.

12.

»Hey. Was tust du den armen Blumen da an?«, fragt Allysa, die gerade in den Laden gekommen ist, nachdem sie gestern den ganzen Tag Flyer verteilt hat, um Werbung für unsere Eröffnung zu machen.

»Das ist floraler Steampunk.« Ich befestige eine letzte silberne Rohrklemme an einem der Stiele und zeige Allysa den fertigen Strauß in seiner ganzen Pracht.

Einen Moment lang herrscht Stille, während wir beide ihn bewundern. Zumindest *hoffe* ich, dass Allysa ihn auch bewundert. Er ist sogar noch cooler geworden, als ich gedacht hätte. Erst habe ich mit einer speziellen Farbe weiße Rosen tiefviolett gefärbt und dann verschiedene Metallteile, die ich im Baumarkt besorgt habe, auf die Stiele gesteckt – Muttern, Unterlegscheiben, Zahnräder, Rohrklemmen. Zuletzt habe ich den Strauß mit einer Lederschnur zusammengebunden und mit der Heißklebepistole das Ziffernblatt einer kleinen Damenuhr darangeklebt.

»*Steampunk?*«

»Ja, kennst du nicht? Ursprünglich war das ein Ausdruck für Romane, die in so einer Art viktorianisch angehauchten Retro-Zukunftswelt spielen, aber inzwischen taucht es in allen möglichen Bereichen auf. Es gibt Steampunk-Filme, Steampunk-Mode, Steampunk-Schmuck ...« Ich drehe mich zu ihr um und halte ihr den Strauß lächelnd hin. »Und seit Neuestem auch ... Steampunk-Blumen!«

Allysa nimmt den Strauß und betrachtet ihn anerkennend. »Der sieht echt besonders aus. Irgendwie total morbide, aber gleichzeitig romantisch und wunderschön. Ich liebe ihn.« Sie drückt ihn sich an die Brust. »Darf ich den behalten?«

Ich nehme ihn ihr wieder aus der Hand. »Tut mir leid. Geht nicht. Ich habe gestern extra ein paar Sträuße für unser Eröffnungsschaufenster gebunden. Die sind alle nicht zu verkaufen.« Ich lege die Blumen wieder auf die Arbeitstheke und greife nach der Vase, die ich gestern Abend fertig gemacht habe. Die Idee dazu ist mir letzte Woche gekommen, als ich auf dem Flohmarkt ein paar altmodische Knöpfstiefel entdeckt hatte, die mich an Steampunk erinnert und überhaupt erst zu meinem Projekt inspiriert haben. Ich habe die Stiefel gründlich gereinigt und gefettet, bis sie wieder wie neu glänzten, sie anschließend mit Messingnieten dekoriert und zuletzt ein schmales hohes Glas in den Schaft geschoben, damit ich sie als Vasen verwenden kann.

»Allysa?« Ich arrangiere die Blumen in der Stiefelvase und stelle sie auf einen schmiedeeisernen Stehtisch, der noch aus dem Restaurantfundus stammt. »Ich habe das ganz starke Gefühl, dass ich genau das mache, was das Richtige für mich ist.«

»Steampunk?«, fragt sie.

Ich drehe mich lachend zu ihr um. »Kreativ sein. Meine Ideen verwirklichen. Mit Pflanzen arbeiten!« Und dann gehe ich zur Ladentür und schließe auf. Fünfzehn Minuten früher als geplant.

Unsere Eröffnung erweist sich als noch erfolgreicher, als wir zu hoffen gewagt hatten. Ständig gehen übers Telefon und Internet Bestellungen ein, und das Glöckchen über der Tür kommt nicht zur Ruhe, weil immer neue Kunden in den Laden strömen. An eine Mittagspause ist überhaupt nicht zu denken.

»Du brauchst mehr Angestellte«, sagt Allysa, als sie um ein

Uhr mit zwei riesigen Sträußen in den Armen an mir vorbei-
läuft.

»Du musst mehr Leute einstellen«, sagt sie um zwei Uhr, das
Telefon zwischen Schulter und Ohr geklemmt, um eine Bestellung anzunehmen, während sie gleichzeitig einen Kunden ab-
kassiert.

Um drei kommt Marshall vorbei und erkundigt sich, wie es
läuft. »Sie muss mehr Leute einstellen«, ächzt Allysa.

Um vier trage ich einer schwer bepackten Kundin mehrere
Sträuße zu ihrem Wagen, und als ich in den Laden zurückkomme,
hält Allysa mir einen Strauß hin, den ich vergessen habe.

»Du musst mehr Leute einstellen«, stöhnt sie verzweifelt.

Um sechs dreht sie das Schild in der Tür auf »Geschlossen«,
lehnt sich an die Scheibe und lässt sich daran zu Boden gleiten.
»Soll ich dir was sagen?«, fragt sie und sieht zu mir auf.

»Ich weiß«, antworte ich. »Ich muss mehr Leute einstellen.«
Allysa nickt nur.

Und dann müssen wir beide lachen. Ich gehe zu ihr und setze
mich neben sie auf den Boden. Die Köpfe aneinandergelehnt,
bewundern wir den Laden. Meine Steampunk-Blumensträuße
im Schaufenster sind das absolute Highlight. Den ganzen Tag
über habe ich mich standhaft geweigert, auch nur einen davon
zu verkaufen, obwohl ständig Anfragen kamen, dafür haben wir
jetzt acht Vorbestellungen für ähnliche Sträuße.

»Ich bin so stolz auf dich, Lily«, sagt Allysa.

Ich lächle. »Ohne dich hätte ich das niemals geschafft, Issa,
das weißt du genau.«

Wir bleiben noch ein paar Minuten sitzen und gönnen unseren geschundenen Füßen eine Pause. Obwohl heute einer der
glücklichsten Tage meines Lebens war, muss ich mir jetzt, wo
ich das erste Mal zum Nachdenken komme, auch eingestehen,
dass ich enttäuscht bin. Ryle ist nicht da gewesen. Nicht mal
eine Nachricht hat er geschickt.

»Hast du eigentlich was von deinem Bruder gehört?«, frage ich Allysa.

Sie schüttelt den Kopf. »Nein. Aber ich bin mir sicher, dass er einfach wahnsinnig viel zu tun hatte.«

Ich nicke. Er hat immer wahnsinnig viel zu tun.

Jemand klopft ans Glas und wir schrecken beide zusammen. Mein Herz macht einen Sprung, als ich Ryle sehe, der die Hände an die Scheibe legt und in den Laden späht. Im nächsten Moment schaut er nach unten und entdeckt uns.

Allysa grinst. »Wenn man vom Teufel spricht.«

Ich ziehe mich an der Klinke hoch, schließe die Tür auf und lasse ihn herein.

»Sagt bloß, ich habe die Eröffnung verpasst? Habe ich? Oh nein!« Er umarmt mich. »Das tut mir so leid. Ich bin gerade erst in der Klinik fertig geworden und habe mich so beeilt.«

»Nicht schlimm«, schwindele ich. »Der Tag war auch ohne dich perfekt!«

»*Du* bist perfekt«, sagt er und küsst mich.

Allysa schiebt sich an uns vorbei. »*Du* bist perfekt«, äfft sie ihren Bruder liebevoll nach. »Hey, Ryle. Weißt du was?«

Er lässt mich los. »Was?«

Allysa zieht die Mülltüte aus dem Eimer. »Lily muss mehr Leute einstellen.«

Ich lache. Ryle drückt meine Hand. »Das klingt, als wäre die Eröffnung ein voller Erfolg gewesen.«

Ich zucke lässig mit den Schultern. »Ich kann mich nicht beklagen. Vielleicht bin ich keine Neurochirurgin, aber auf meinem Gebiet mache ich meine Sache verdammt gut.«

»Zweifellos.« Ryle drückt mir einen Kuss auf die Lippen. »Braucht ihr Hilfe beim Aufräumen?«

Das muss er uns nicht zweimal fragen. Zu dritt schaffen wir im Laden wieder Ordnung und bereiten alles für den nächsten Tag vor. Als wir gerade fertig geworden sind, kommt Marshall und lädt eine prall gefüllte Einkaufstüte auf der Theke ab. Er beugt sich darüber und zieht bunte Stoffballen raus, die er uns zuwirft. »Hier!«

Ich fange das Ding auf und falte es auseinander.

Es ist ein Onesie.

Mit Kätzchen bedruckt.

»Die Bruins spielen. Freibier. Zieht euch an, Leute!«

Allysa stöhnt. »Du hast dieses Jahr sechs Millionen Umsatz gemacht, Marshall. Müssen wir uns wirklich so erniedrigen, nur um Freibier zu kriegen?«

Marshall drückt seinen Zeigefinger auf ihre Lippen. »Schsch. Sprich nicht wie ein verwöhntes reiches Mädchen, Issa. *Blasphemie!*«

Als sie lacht, nimmt Marshall ihr ihren Onesie ab, zieht den Reißverschluss auf und hält ihn ihr hin, damit sie hineinsteigen kann. Es dauert nicht lang, und wir sind alle fertig angezogen, haben den Laden abgeschlossen und marschieren zur Sportbar.

Es ist zum Totlachen. Ich habe noch nie in meinem Leben so viele erwachsene Männer in Strampelanzügen gesehen. Allysa und ich sind die einzigen Frauen, die einen anhaben, aber das finde ich irgendwie cool. Weniger cool finde ich die Lautstärke in der Bar. Allysa und ich müssen uns bei jedem Treffer der Bruins die Ohren zuhalten, weil alle so losbrüllen. Nach einer halben Stunde wird auf der Galerie ein Tisch frei, und wir stürzen los, um ihn uns zu sichern.

»Schon viel besser«, ruft Allysa, als wir in die Nische rutschen. Hier oben ist es tatsächlich auszuhalten, auch wenn es gemessen an normalen Maßstäben immer noch infernalisch laut ist.

Als die Bedienung kommt, bestelle ich einen Rotwein, worauf Marshall aufspringt und empört mit dem Finger auf mich zeigt. »Niemals«, ruft er. »Mit Onesie gibt es keinen Rotwein.« Er wendet sich an die Bedienung. »Sie will ein Bier.«

Ryle kommt mir zu Hilfe und sagt ihr, dass es bei meinem Wein bleibt. Allysa möchte bloß Mineralwasser, aber Marshall schüttelt vehement den Kopf und ordert Bier für uns alle. »Nein«, mischt sich Ryle noch mal ein. »Zwei Bier, einen Rotwein und ein Wasser, bitte.« Die Bedienung geht kopfschüttelnd davon. Ich bin gespannt, was sie uns bringt.

Marshall schlingt beide Arme um Allysa und küsst sie. »Wie soll ich dich denn heute Nacht schwängern, Süße, wenn du nicht wenigstens ein bisschen beschwipst bist?«

Allysas Lächeln erlischt und ich habe sofort Mitleid mit ihr. Marshall hat das natürlich nur aus Witz gesagt, aber ich bin mir sicher, dass sein Kommentar sie trotzdem trifft.

»Ich kann aber kein Bier trinken, Marshall.«

»Dann trink wenigstens auch einen Wein. Du weißt doch – du magst mich mehr, wenn du ein bisschen betrunken bist.« Er lacht über sich selbst, aber Allysa bleibt ernst.

»Ich kann auch keinen Wein trinken. Ich darf gar keinen Alkohol trinken.«

Marshall hört auf zu lachen.

Mein Herz schlägt einen Salto.

Er packt sie an den Schultern. »Allysa …?«

Sie nickt stumm, und ich weiß nicht, wem zuerst die Tränen in die Augen steigen: mir oder Marshall oder Allysa. »Heißt das …? Werde ich etwa Vater?«, stammelt er.

Sie nickt wieder und jetzt laufen mir die Tränen übers Gesicht. Marshall springt auf die Bank und reißt die Arme in die Luft. »Ich werde Vater!«

Die Szene ist total absurd. Ein erwachsener Mann in einem Strampelanzug steht mitten in einer Sportbar voller Eishockeyfans auf seiner Bank und brüllt aus voller Kehle, dass er Vater wird. Er zieht Allysa zu sich hoch und küsst sie voller Inbrunst, und die beiden sind das Süßeste, was ich je gesehen habe.

Selbst Ryle sieht so aus, als müsste er die Tränen unterdrücken. Als er meinen Blick bemerkt, dreht er sich verlegen weg. »Lach nicht«, sagt er. »Sie ist meine Schwester.«

Lächelnd beuge ich mich zu ihm und küsse ihn auf die Wange. »Gratuliere, Onkel Ryle.«

Als die zukünftigen Eltern endlich aufhören, wie Teenager rumzuknutschen, stehen Ryle und ich auf, um sie zu umarmen und ihnen zu gratulieren. Allysa erzählt, sie habe schon seit einer Weile immer wieder unter leichten Übelkeitsattacken gelitten, hätte den Schwangerschaftstest aber erst heute Morgen im Laden gemacht. Eigentlich wollte sie Marshall die frohe Botschaft später unter vier Augen verkünden, aber sie hätte es keine Sekunde länger ausgehalten.

Kurz darauf kommen unsere Getränke – tatsächlich Bier, Wein und Wasser – und wir bestellen zusätzlich noch eine Portion Nachos mit Dips. Als die Bedienung wieder weg ist, sage ich zu Marshall: »Was ich schon lange mal fragen wollte: Wie habt ihr euch eigentlich kennengelernt?«

Er schüttelt den Kopf. »Das soll Allysa erzählen. Die kann das besser als ich.«

Allysa lacht. »Am Anfang habe ich ihn gehasst«, sagt sie. »Marshall war Ryles bester Freund und hing ständig bei uns zu Hause rum. Ich fand ihn so nervig. Er war von Boston nach Ohio gezogen, sprach mit diesem schnöseligen Akzent und fand sich supercool. Ich hätte ihm am liebsten eine reingehauen, wenn er nur den Mund aufgemacht hat.«

»Ist sie nicht reizend?«, fragt Marshall.

»Du warst damals echt bescheuert«, sagt Allysa und verdreht die Augen. »Jedenfalls haben Ryle und ich irgendwann mit ein paar Freunden bei uns zu Hause gefeiert. Nichts Großes, aber unsere Eltern waren an dem Wochenende nicht in der Stadt, das mussten wir natürlich ausnutzen.«

»Es waren dreißig Leute da«, wirft Ryle ein. »Das war eine *Party.*«

»Na gut, dann war es eben eine Party«, sagt Allysa. »Jedenfalls wollte ich mir irgendwann ein Bier holen und sehe Marshall, der gerade dabei ist, wild mit irgendeiner gruseligen Tusse rumzumachen – in unserer Küche!«

»Sie war nicht gruselig, sondern echt nett«, sagt Marshall. »Okay, sie hat ein bisschen nach Käseflips geschmeckt, aber …«

Allysa wirft ihm einen scharfen Blick zu und er hält den Mund. Sie wendet sich wieder an mich. »Ich bin total ausgerastet und hab rumgebrüllt, dass er seine Schlampe gefälligst mit zu sich nach Hause nehmen soll, wenn er mit ihr rumhuren will. Das Mädchen hatte solche Angst vor mir, dass sie sofort abgehauen ist und nie wiederkam.«

»Spielverderberin«, sagt Marshall.

Allysa stößt ihm den Ellbogen in die Rippen und lacht. »Nachdem ich ihm also sein Spiel verdorben hatte, bin ich in mein Zimmer gerannt und hab mich total geschämt. Ich schwöre – bis zu dem Moment, in dem ich gesehen habe, dass er einem anderen Mädchen am Hintern rumfummelt, hatte ich keine Ahnung, dass ich anscheinend auf ihn stehe. Es war die pure Eifersucht. Ich hab mich aufs Bett geworfen und geheult. Ein paar Minuten später kam er ins Zimmer und hat gefragt, ob alles in Ordnung wäre. Da hab ich ihn angeschrien: ›Nichts ist in Ordnung. Ich bin in dich verliebt, du blödes Arschgesicht!‹«

»Und der Rest ist Geschichte«, sagt Marshall grinsend.

Blödes Arschgesicht!« Ich lache. »Wie süß!«

Ryle hebt die Hand. »Aber den besten Teil hast du ausgelassen.«

Allysa zuckt mit den Schultern. »Marshall hat sich zu mir aufs Bett gesetzt und mich mit demselben Mund geküsst, mit dem er eben noch die Tussi geküsst hatte, bis irgendwann Ryle ins Zimmer stürzte, einen totalen Anfall bekam und Marshall angebrüllt hat, was ihm einfällt, mit seiner Schwester rumzuknutschen. Marshall hat Ryle einfach aus dem Zimmer geschoben, die Tür abgeschlossen, und dann haben wir weiterge-knutscht.«

Ryle schüttelt den Kopf. »Mein bester Freund vergreift sich an meiner kleinen Schwester!«

Marshall zieht Allysa an sich. »Was hätte ich machen sollen? Ich war eben in sie verliebt, du blödes Arschgesicht.«

Ich lache, aber Ryle bleibt ernst. »Ich habe wochenlang kein Wort mit dem Verräter gesprochen, so sauer war ich. Irgend-wann hab ich mich dann wieder eingekriegt. Eigentlich hätte mir klar sein müssen, dass das passiert. Wir waren achtzehn, Allysa war siebzehn, unsere Hormone schäumten über. Die bei-den waren das perfekte Paar.«

»Mir war gar nicht klar, dass ihr fast gleichaltrig seid«, sage ich.

Allysa lächelt. »Tja, unsere Eltern haben drei Jahre hinter-einander ein Kind nach dem anderen bekommen. Das war bestimmt stressig.«

Plötzlich wird es still am Tisch. Allysa sieht Ryle an und lächelt traurig.

»Ihr seid also drei Geschwister?«, frage ich.

Ryle räuspert sich und trinkt einen Schluck Bier. »Wir hatten noch einen älteren Bruder, aber er ist … gestorben, als wir Kinder waren.«

Oh.

Ich könnte mich selbst ohrfeigen, dass ich durch meine un-bedachte Frage diesen schönen Abend kaputt gemacht habe. Zum Glück gelingt es Marshall, das Ruder noch einmal rumzu-reißen.

Es ist wahnsinnig komisch, den dreien zuzuhören, wie sie sich gegenseitig mit Storys aus ihrer Jugend und Studienzeit übertrumpfen. Ich glaube nicht, dass ich schon jemals so viel gelacht habe wie an diesem Abend.

Als wir später durch die Dunkelheit zum Laden zurückschlendern, fragt Ryle, der mit dem Taxi gekommen ist, ob er bei mir mitfahren darf. Allysa will gerade in ihren Wagen steigen, da fällt mir etwas ein.

»Warte noch kurz!« Ich schließe den Laden auf, nehme den violetten Steampunk-Rosenstrauß aus der Vase und laufe damit zu ihr zurück. Sie strahlt, als ich ihn ihr hinhalte.

»Ich freue mich wahnsinnig, dass du schwanger bist, aber deswegen bekommst du die Blumen nicht. Ich möchte sie dir schenken, weil sie dir so gefallen und weil du meine beste Freundin bist.«

Allysa umarmt mich. »Ich hoffe, ihr beide heiratet irgendwann«, flüstert sie mir ins Ohr. »Wir wären nämlich noch bessere Schwägerinnen.«

Nachdem sie und Marshall losgefahren sind, sehe ich ihnen hinterher und denke, dass ich noch nie in meinem Leben eine so gute Freundin wie sie gehabt habe. Vielleicht liegt es am Wein, dass ich so emotional bin. Keine Ahnung. Aber ich fand den Tag heute von Anfang bis Ende einfach perfekt. Und besonders perfekt finde ich, wie Ryle aussieht, während er an meinem Wagen lehnt und mich ansieht.

»Du bist wunderschön, wenn du glücklich bist.«

Was habe ich gesagt? Perfekt!

*****

Ich gehe vor Ryle die Treppe zu meinem Apartment hinauf, als er mich um die Hüften packt, gegen die Wand drängt und seine Lippen hungrig auf meine presst.

»Kannst du nicht warten, bis wir in der Wohnung sind?«, frage ich mit gespielter Strenge.

Er lacht und umfasst mit beiden Händen meinen Po. »Das liegt an deinem sexy Strampelanzug«, sagt er. »Zieh den doch immer im Laden an. Deine Kunden wären begeistert.« Er küsst mich wieder und hört erst auf, als von oben Schritte zu hören sind und ein Nachbar die Treppe runterkommt.

»Hübsche Strampler«, sagt er, als er an uns vorbeigeht. »Wie ist das Spiel ausgegangen?«

Ryle nimmt nur kurz die Lippen von meinen, um zu antworten. »Drei zu eins für die Bruins.«

»Cool.«

Ich schiebe Ryle ein Stück von mir weg. »Wie kann es sein, dass anscheinend alle Leute außer mir wissen, was diese Strampelanzüge bedeuten?«

Ryle lacht. »Freibier, Lily. Das spricht sich rum.« Er zieht mich die Stufen hinauf und wartet ungeduldig, dass ich die Tür aufschließe. Als wir in die Wohnung kommen, steht Lucy am Küchentisch und klebt gerade einen Umzugskarton zu. Am Boden steht ein weiterer Karton, der noch offen ist, und ich könnte schwören, dass die Schüssel, die ganz oben liegt, mir gehört. Ich erinnere mich noch genau daran, wie ich sie bei HomeGoods gekauft habe. Lucy hat versprochen, dass sie ihre Sachen bis nächste Woche rausschafft. Mir kommt der Verdacht, dass auch ein paar von meinen Sachen dabei sein werden.

»Wer bist du?«, fragt sie Ryle und mustert ihn von oben bis unten.

»Ryle Kincaid. Ich bin Lilys Freund.«

Lilys Freund.

Ihr Freund.

Es ist das erste Mal, dass er es laut ausgesprochen hat. Und da war nicht der kleinste Hauch eines Zweifels in seiner Stimme. »Ach, mein *Freund*, ja?« Ich gehe zum Küchenschrank und nehme eine Flasche Rotwein und zwei Gläser heraus.

Ryle stellt sich hinter mich und schlingt beide Arme um meine Taille, während ich uns einschenke. »Jep. Dein Freund. Natürlich nur, wenn du einverstanden bist.«

Ich reiche ihm eines der Gläser. »Also bin ich deine Freundin?«

Er hebt sein Glas und stößt mit mir an. »Lass uns auf das Ende unserer Probezeit und den Beginn unserer festen Beziehung trinken.«

Wir lächeln uns an und nehmen einen Schluck.

Lucy stellt die beiden Kartons aufeinander und geht damit zur Tür. »Anscheinend ziehe ich gerade rechtzeitig hier aus.«

Als die Tür hinter ihr zugefallen ist, sieht Ryle mich an. »Sie scheint mich nicht besonders zu mögen.«

»Täusch dich da mal nicht«, sage ich. »Ich war mir auch nie so sicher, ob sie mich mag, aber gestern hat sie mich gefragt, ob ich bei ihrer Hochzeit Brautjungfer sein will. Na ja, vielleicht geht es ihr auch nur darum, nichts für die Blumendeko bezahlen zu müssen. Sie ist ziemlich berechnend.«

»Gut, dass du sie los bist.« Ryle schüttelt grinsend den Kopf und lehnt sich an die Küchentheke. Sein Blick fällt auf den Boston-Magneten an der Kühlschranktür. Er zieht ihn ab und betrachtet ihn skeptisch. »Du wirst niemals aus der Vorhölle herauskommen, wenn du dir solche Touristensouvenirs an den Kühlschrank klebst.«

Lachend nehme ich ihm den Magneten aus der Hand und hefte ihn wieder an die Tür. Ich finde es schön, dass er sich immer noch an so viele Details des Abends erinnern kann, an dem wir uns kennengelernt haben. »Den hab ich geschenkt bekommen. Als Touristen-Souvenir zählen nur Sachen, die man sich selbst gekauft hat.«

Ryle wird plötzlich ernst. Er nimmt mir mein Weinglas ab und stellt es zusammen mit seinem eigenen auf die Theke. Dann beugt er sich zu mir und gibt mir einen tiefen, leidenschaftlichen und definitiv etwas betrunkenen Kuss. Ich schmecke die fruchtige Säure des Weins auf seiner Zunge und finde sie köstlich. Seine Hände wandern zum Reißverschluss meines Onesies. »Lass mich dich aus diesen vielen Stoffschichten befreien«, murmelt er.

Er zieht mich mit sich in den Flur hinaus und küsst mich ununterbrochen weiter, während wir uns beide aus unseren Sachen schälen. In meinem Zimmer angekommen, habe ich nur noch Slip und BH an.

Als Ryle mich plötzlich an den Schultern packt und entschlossen gegen die Tür schiebt, keuche ich überrascht auf.

»Nicht bewegen«, murmelt er und beginnt sich langsam von meinem Hals über die Brust abwärtszuküssen.

Oh. Mein. Gott. Kann dieser Tag noch perfekter werden?

Ich verkralle die Finger in seinen Haaren, aber er umfasst meine Handgelenke, zieht sie nach unten und drückt sie an die Tür. Sein Griff verstärkt sich, als er mich anschaut und warnend eine Augenbraue hebt. »Nicht bewegen, habe ich gesagt!«

Es gelingt mir nur unter größten Schwierigkeiten, mir ein breites Lächeln zu verbeißen. Ryles Lippen wandern weiter über meine Haut abwärts, dann schiebt er die Finger unter den Bund meines Slips und streift ihn bis zu meinen Knöcheln. Er hat mir befohlen, mich nicht zu bewegen, also widerstehe ich dem Verlangen, den Fuß zu heben und den Slip wegzuschleudern.

Seine Zunge gleitet an meinem Schenkel aufwärts, bis …

Oh ja.

Definitiv.

Perfektester.

Tag.

Meines.

Lebens.

13.

Ryle: **Bist du zu Hause oder noch im Laden?**

Ich: **Noch im Laden. Aber ich brauche nur noch
       eine Stunde, dann mach ich Feierabend.**

Ryle: **Darf ich dich besuchen?**

Ich: **Kennst du den Spruch, dass es keine dummen
       Fragen gibt? Das stimmt nicht. Das eben war
       nämlich eine.**

Ryle: ☺

Eine halbe Stunde später klopft er draußen an die Scheibe. Ich
habe schon vor drei Stunden abgeschlossen, sitze aber immer
noch am Schreibtisch und ordne das Chaos darauf, um mir
einen Eindruck darüber zu verschaffen, wie sich mein Geschäft
nach dem ersten Monat entwickelt. Es ist schwer, eine Prog-
nose abzugeben, weil wir an manchen Tagen kaum zum Atem-
holen kommen, während ich Allysa an anderen nach Hause
schicken muss, weil so wenig zu tun ist. Aber grundsätzlich bin
ich zufrieden damit, wie der Laden läuft.

Und glücklich darüber, wie es mit Ryle läuft.

Ich schließe die Tür auf und lasse ihn rein. Er trägt wieder
OP-Kleidung und hat diesmal sogar ein Stethoskop um den
Hals hängen. Frisch von der Arbeit. Sehr sexy. Ich kann mir
nicht helfen. Der Look macht mich nun mal an. »Hallo, Herr
Doktor.« Ich verbiete mir ein dämlich-seliges Grinsen und

gebe ihm einen schnellen Kuss. »Ich muss noch ein bisschen Papierkram erledigen, dann können wir zu mir fahren.«

Ryle schlendert hinter mir her. »Hey, du hast ja eine Couch!« Er zeigt überrascht auf meine Neuanschaffung.

Vergangene Woche habe ich den hinteren Bereich des Ladens etwas gemütlicher gestaltet. Abgesehen von der Couch habe ich noch ein paar Lampen besorgt, damit ich nicht immer das grelle Deckenlicht anmachen muss, und einige Grünpflanzen im Zimmer verteilt. Das ist zwar kein echter Garten, kommt aber nahe dran. Seit den Tagen, in denen der Raum als Lager für Gemüsekisten herhalten musste, hat er eine radikale Wandlung durchgemacht.

Ryle geht direkt zur Couch und lässt sich bäuchlings daraufallen. »Lass dir ruhig Zeit«, murmelt er ins Kissen. »Ich döse ein bisschen, bis du fertig bist.«

Manchmal mache ich mir Sorgen, weil er es mit dem Arbeiten wirklich übertreibt. Aber ich werde mich hüten, ihn zu kritisieren. Wie könnte ich – schließlich bin ich heute auch schon seit fast zwölf Stunden hier im Laden.

Die nächsten fünfzehn Minuten verbringe ich damit, eine Liste mit Bestellungen abzuarbeiten, und bin so vertieft, dass ich nichts mehr um mich herum wahrnehme. Als ich fertig bin und den Laptop zuklappe, sehe ich zu Ryle rüber und zucke zusammen.

Ich war davon ausgegangen, er würde schlafen, stattdessen liegt er lässig auf der Seite und hat den Kopf in die Hand gestützt. Er hat mich die ganze Zeit beobachtet und grinst so frech, dass ich erröte. Ich schiebe den Stuhl zurück und stehe auf.

»Ich glaube, ich mag dich viel zu sehr, Lily«, sagt er, als ich bei ihm bin. Eigentlich wollte ich mich neben ihn setzen, aber er zieht mich zu sich auf den Schoß.

»*Zu* sehr? Das klingt nicht nach einem Kompliment ...«

»Das liegt daran, dass ich selbst nicht weiß, ob es eins ist.«

Ryle dreht mich so, dass ich rittlings auf ihm hocke, und verschränkt die Hände in meinem Rücken. »Du bist meine erste richtige Beziehung. Ich weiß nicht, ob ich dich jetzt schon so mögen darf oder ob ich dich damit nicht vergraule. Ich will nicht zu anhänglich sein.«

Ich lache. »Keine Angst, die Gefahr besteht nicht. Du arbeitest so viel, dass wir uns kaum sehen.«

»Stört es dich, dass ich so viel arbeite?«

»Nein.« Ich schüttle den Kopf. »Ich mache mir nur manchmal Sorgen um dich, weil ich nicht will, dass du irgendwann einen Burn-out bekommst. Aber ich mag deine Besessenheit. Ich finde sie sexy. Vielleicht ist sie sogar das, was ich am liebsten an dir mag.«

»Weißt du, was ich am liebsten an dir mag?«

»Das hast du mir doch schon mal gesagt«, antworte ich lächelnd. »Meinen Mund.«

Er lehnt den Kopf ins Polster. »Ach ja, stimmt. Okay, deinen Mund mag ich am liebsten, aber weißt du, was ich am zweitliebsten mag?«

Ich schüttle den Kopf.

»Du setzt mich nicht unter Druck, jemand anderes zu werden. Du akzeptierst mich genau so, wie ich bin.«

Ich lächle. »Na ja, um ehrlich zu sein, bist du nicht mehr ganz derselbe wie an dem Tag, an dem ich dich kennengelernt habe. Deine Abneigung gegen feste Beziehungen hat seither ein bisschen abgenommen, glaube ich.«

»Das liegt daran, dass du es mir so einfach machst.« Ryle lässt eine Hand unter mein Top gleiten. »Mit dir ist es überhaupt nicht anstrengend. Ich kann genauso viel Energie in meine Karriere stecken, wie ich es mir immer vorgenommen habe, aber jetzt fällt mir das sogar noch leichter, weil du mich unterstützt. Mit dir zusammen zu sein, fühlt sich für mich so an, als hätte ich das Beste aus zwei Welten.«

Jetzt sind beide Hände unter meinem Shirt, und er zieht mich an sich, um mich zu küssen. Ich grinse an seinem Mund. »Ist es eine Welt, in der du bleiben möchtest?«

Seine rechte Hand tastet sich zum Verschluss meines BHs und hakt ihn mühelos auf. »Eigentlich bin ich mir ziemlich sicher, aber vielleicht muss ich dieser Welt vorher doch noch mal einen Besuch abstatten und mich genauer umsehen.« Er zieht mir das Shirt über den Kopf und streift die BH-Träger über meine Arme, während ich mich gleichzeitig zurücklehne, um meine Jeans aufzuknöpfen. Aber bevor ich sie ausziehen kann, hat Ryle mich wieder auf seinen Schoß gezogen. Er greift nach seinem Stethoskop, steckt sich die Stöpsel in die Ohren und legt die Membran direkt über dem Herzen auf meine nackte Haut.

»Warum schlägt dein Herz so schnell, Lily?«

Ich zucke in gespielter Ratlosigkeit die Achseln. »Vielleicht hat das etwas mit Ihnen zu tun, Dr. Kincaid?«

Ryle lässt das Stethoskop sinken, hebt mich von seinem Schoß und legt mich auf die Couch. Er kniet sich zwischen meine Schenkel, hält mir das Stethoskop wieder an die Brust und lauscht konzentriert.

»Ich schätze, neunzig Schläge pro Minute«, sagt er.

»Ist das gut oder schlecht?«

Grinsend lässt er sich auf mich herabsinken. »Ich bin erst zufrieden, wenn dein Herzschlag bei hundertvierzig ist.«

Mir wird ganz heiß, wenn ich daran denke, was er tun könnte, damit mein Herz noch schneller schlägt.

Er lässt seine Lippen über meine Brüste gleiten und streicht mit der Zunge kreisend über die Brustwarzen, die sich sofort aufrichten. Die Welle der Lust, die mich durchschauert, ist so überwältigend, dass ich unwillkürlich die Augen schließe und den Rücken durchbiege, um ihm noch näher zu kommen. Ryle nimmt eine Brustwarze zwischen die Lippen und knabbert zärtlich daran.

»Jetzt sind wir schon bei einhundert«, murmelt er und richtet sich auf, um mir die Jeans auszuziehen. Anschließend dreht er mich sanft auf den Bauch und legt meine Arme so über den Kopf, dass sie über die Lehne der Couch hängen.

»Knie dich hin.«

Ich gehorche stumm, worauf er von hinten einen Arm um mich schlingt und mir wieder das kalte Metall des Stethoskops auf die Brust drückt. Ich halte nur mit allergrößter Mühe still, während er mein Herz abhört und dabei seine Hand langsam an der Innenseite meines Schenkels hinaufgleiten lässt. Seine Finger finden den Weg in meinen Slip und schließlich zu der Stelle, an der sie schon sehnsüchtig erwartet werden. Ich kralle die Finger in die Lehne und versuche, mein Wimmern so gut wie möglich zu unterdrücken, damit er weiter meinen Herzschlag hören kann.

»Hundertzehn«, informiert er mich, klingt aber noch nicht zufrieden.

Ryle streift mir den Slip über die Hüften, und ich höre, dass er sich ebenfalls die Hose auszieht. Er packt mich am Becken, rückt mich so zurecht, wie er mich haben möchte, und dringt dann so tief in mich ein, dass ich aufkeuche.

Erwartungsvoll dränge ich mich ihm entgegen, aber er hält inne, um noch einmal meinen Herzschlag zu überprüfen.

»Lily«, sagt er mit gespielter Enttäuschung. »Erst hundertzwanzig. Du bist noch nicht ganz da, wo ich dich haben will.«

Er umfasst meine Taille. Seine rechte Hand gleitet an meinem Bauch hinab zwischen meine Beine und taucht in mich ein, während er abwechselnd rhythmisch immer wieder in mich hineinstößt. Ich schaffe es nicht, mit seinem Tempo mitzuhalten, ich schaffe es ja kaum noch, mich auf den Knien zu halten. Mit der einen Hand hält er mich, mit der anderen zwingt er mich auf die schönste nur vorstellbare Weise komplett in die Knie. Sobald mein Körper vor Lust zu zittern beginnt, zieht er mich in eine aufrechte Position, sodass ich mich an seinen Oberkörper pressen muss, um Halt zu finden. Er bewegt sich immer noch in mir, während er gleichzeitig mein Herz abhört.

Als ein Stöhnen aus mir herausbricht, presst er die Lippen auf mein Ohr. »Schsch, ich will, dass du ganz ruhig bist.«

Ich habe keine Ahnung, wie es mir gelingt, die nächsten dreißig Sekunden durchzustehen, ohne einen Laut von mir zu geben. Mit der einen Hand drückt Ryle mir das Stethoskop auf die Brust, mit der anderen streichelt er mich so, dass ich das Gefühl habe, mich unter seinen Fingern aufzulösen. Und wieder spüre ich ihn tief in mir, als ich mich wild aufbäume. Er hält mich fest, während ein Zucken meinen Körper durchläuft, ich mich in seinen Schenkeln verkralle und all meine Selbstbeherrschung aufbringen muss, um nicht laut seinen Namen zu brüllen.

Ich bebe immer noch, als er meine Hand hebt und mir das Stethoskop diesmal aufs Handgelenk drückt. »Hundertfünfzig«, stellt er zufrieden fest und wirft es auf den Boden. Er gleitet aus mir heraus, dreht mich auf den Rücken und legt sich auf mich. Und dann ist sein Mund auf meinem und ich spüre ihn wieder in mir.

Ich bin zu erschöpft, um mich zu bewegen, und habe nicht einmal mehr die Kraft, die Augen zu öffnen, um ihn anzusehen. Er stößt mehrere Male schnell zu, dann hält er abrupt inne und stöhnt an meinem Mund. Im nächsten Moment sinkt er am ganzen Körper bebend auf mich.

Er leckt sich an meiner Kehle aufwärts und küsst zärtlich das Tattoo über meinem Schlüsselbein.

»Hab ich heute schon mal erwähnt, wie gern ich dich habe?«, fragt er.

Ich lache. »Ein- oder zweimal.«

»Dann betrachte das jetzt als das dritte Mal«, sagt er. »Ich mag dich, Lily. Alles an dir. Mit dir zusammen zu sein. In dir zu sein. Dir nahe zu sein. Alles das mag ich.«

Seine Worte fühlen sich unbeschreiblich gut an in meinen Ohren, auf meiner Haut und in meinem Herzen. Ich lächle und will ihm gerade sagen, dass ich ihn auch sehr mag, als sein Handy klingelt.

»Sorry, ich muss schauen, ob es die Klinik ist.« Er bückt sich nach dem Handy, das auf dem Boden liegt, und lacht auf, als er aufs Display schaut.

»Bloß meine Mutter«, sagt er und beugt sich vor, um mir einen Kuss aufs Knie zu drücken. Er wirft das immer noch klingelnde Handy beiseite, dann steht er auf und geht zum Schreibtisch, auf dem eine Schachtel mit Kosmetiktüchern steht.

Es ist immer ein leicht verkrampfter Moment, wenn man sich nach dem Sex sauber macht und wieder anzieht, aber er ist noch tausendmal verkrampfter, wenn währenddessen die Mutter des Mannes anruft, mit dem man eben noch Sex hatte.

Ein paar Minuten später kuscheln wir uns wieder angezogen auf der Couch aneinander und mein Kopf liegt an seiner Brust.

Mittlerweile ist es nach zehn, und ich fühle mich so wohl und schläfrig, dass ich mir überlege, ob ich die Nacht nicht gleich hier im Büro verbringen soll. Ryles Handy piepst. »Eine Sprachnachricht von Mom«, sagt er, nachdem er daraufgeschaut hat. Allysa spricht manchmal von ihren Eltern, aber Ryle hat noch nie vom ihnen erzählt.

»Hast du ein gutes Verhältnis zu deinen Eltern?«

»Mhmhm.« Er nickt und streichelt meinen Arm. »Meine Mom und mein Dad sind echt in Ordnung. Wir hatten schwierige Zeiten, vor allem, als ich in der Pubertät war, aber wir haben uns wieder zusammengerauft. Mit meiner Mutter verstehe ich mich wirklich gut. Wir telefonieren oft.«

Ich schlinge einen Arm um seinen Oberkörper, stütze das Kinn auf seine Brust und sehe zu ihm auf. »Erzählst du mir ein bisschen von ihr? Von Allysa weiß ich, dass sie und euer Dad seit ein paar Jahren in England wohnen und vor einem

Monat im Urlaub in Australien waren, aber das ist auch schon alles.«

Er lacht. »Du willst etwas über meine Mutter wissen? Okay, also … Mom kann manchmal ziemlich herrisch sein und hat zu allem eine klare Meinung. Besonders wenn es um die Menschen geht, die sie am meisten liebt. Sie ist sehr gläubig und geht jeden Sonntag in die Kirche. Und ich habe nie mitbekommen, dass sie meinen Vater jemals anders als *Dr. Kincaid* genannt hat.« Er grinst, obwohl sich das alles ziemlich einschüchternd anhört.

»Dein Vater ist auch Arzt?«

Ryle nickt. »Psychiater. Den Beruf kann man ausüben, ohne auf ein geregeltes Familienleben verzichten zu müssen. Kluger Mann.«

»Besuchen sie euch manchmal in Boston?«

»Selten. Meine Mutter fliegt nicht so gern, also kommen Allysa und ich zweimal im Jahr zu ihnen nach England. Aber Mom hat schon angekündigt, dass sie dich gern kennenlernen möchte, deswegen musst du nächstes Mal unbedingt mitkommen.«

Ich lächle ungläubig. »Du hast deiner Mutter von mir erzählt?«

»Na klar«, sagt er. »Dass ich eine feste Freundin habe, ist eine Sensation. Sie ruft mich ständig an, um sich zu vergewissern, dass ich es noch nicht vermasselt habe.«

Als ich lache, greift er nach dem Handy. »Das ist wirklich so. Du kannst dir gern ihre Nachricht anhören. Wetten, dass sie irgendwas über dich sagt? Moment …«

»*Hallo, mein Schatz. Hier ist deine Mutter*«, höre ich eine ältere Frauenstimme. »*Ich habe seit gestern gar nichts von dir gehört? Richte Lily bitte unbekannterweise liebe Grüße von mir aus. Ihr seid doch noch zusammen, oder? Allysa sagt, du würdest die ganze Zeit von ihr reden. So, jetzt muss ich aber Schluss machen. Gretchen kommt gleich zum High Tea. Ich liebe dich. Kuss-Kuss.*«

Ich drücke mein Gesicht an Ryles Brust und lache. »Wir sind doch noch gar nicht so lange offiziell zusammen. Wie viel redest du denn über mich?«

Er zieht meine Hand an seine Lippen und küsst sie. »Zu viel, Lily. Viel zu viel.«

Ich lächle. »Ich kann es gar nicht erwarten, sie kennenzulernen. Deine Eltern haben nicht nur eine unglaublich tolle Tochter, sondern auch einen tollen Sohn großgezogen. Das ist eine ziemlich beeindruckende Leistung.«

Er zieht mich an sich und drückt mir einen Kuss in die Haare.

»Wie hieß dein Bruder eigentlich?«, frage ich.

Ich spüre, wie er sich versteift, und bereue es sofort, ihm diese Frage gestellt zu haben. Aber jetzt ist es zu spät. Ich kann sie nicht mehr zurücknehmen.

»Emerson.«

Seiner Stimme ist anzuhören, dass er nicht über ihn sprechen möchte. Statt weiter nachzubohren, hebe ich den Kopf, rutsche ein Stück vor und lege meine Lippen auf seine.

Ich hätte wissen müssen, wo das hinführt. Ryle und ich schaffen es nie, uns aufs Küssen zu beschränken. Innerhalb von wenigen Minuten spüre ich ihn wieder tief in mir. Aber diesmal fühlt es sich anders an als beim ersten Mal.

Diesmal lieben wir uns.

14.

Mein Handy klingelt. Als ich einen Blick aufs Display werfe, entfährt mir ein ungläubiges Lachen. Obwohl Ryle und ich jetzt schon seit drei Monaten zusammen sind, haben wir noch nie miteinander telefoniert. Kein Witz. Wir schicken uns immer nur Nachrichten.

»Hey.«

»Hallo, feste Freundin«, sagt er.

Ich muss übers ganze Gesicht grinsen. »Hallo, fester Freund.«

»Rate mal, was ich gemacht habe.«

»Was denn?«

»Ich habe mir für morgen freigenommen. Außerdem habe ich zwei Flaschen Wein gekauft und bin gerade auf dem Weg zu dir. Hast du Lust auf eine heiße Sexnacht mit deinem Freund? Du machst den Laden ja sonntags erst um eins auf, das heißt, du könntest ausschlafen.«

Seine Stimme zu hören reicht, um mich dahinschmelzen zu lassen. Es ist fast peinlich. »Rate mal, was ich gerade mache«, sage ich lächelnd.

»Was denn?«

»Ich stehe am Herd und koche unser Abendessen. Und ich trage dabei eine Küchenschürze.«

»Ach ja?«, sagt er.

»*Nur* eine Küchenschürze«, sage ich und lege auf.

Ein paar Sekunden später kommt eine Nachricht.

Ryle: **Fotobeweis, sonst glaub ich es nicht.**
Ich: **Komm her, dann kannst du das Foto selbst
          machen.**

Ich bin mit den Vorbereitungen für den Auflauf fast fertig, als
ich den Schlüssel in der Tür höre. Ryle hat mittlerweile seinen eigenen. Ohne mich zu ihm umzudrehen, gieße ich die
Mischung aus Käse und Sahne über die Nudeln. Es war nicht
gelogen, als ich vorhin geschrieben habe, dass ich bloß eine
Küchenschürze anhabe.

Ich höre, wie er nach Luft schnappt, als ich mich zum Ofen
runterbeuge und die Form mit dem Auflauf hineinstelle. Okay,
vielleicht wäre es nicht nötig, mich ganz so tief runterzubeugen,
aber meine kleine Show kommt offensichtlich gut an. Ich greife
nach einem Lappen und beginne die Ofentür gründlich zu säu-
bern, wobei ich darauf achte, meinen Po im Rhythmus der
Wischbewegungen hin und her zu schwenken.

»Hey!«, kreische ich auf, als ich einen scharfen Schmerz in
der linken Pobacke spüre, und wirble herum. Ryle steht vor mir
und hält mir grinsend zwei Flaschen Wein hin. »Sag mal, hast
du mich etwa gerade *gebissen*?«

Er schaut unschuldig. »Man darf einen Skorpion nicht rei-
zen, wenn man seinen Stachel nicht spüren will.« Er begrüßt
mich mit einem Kuss und öffnet dann die erste Flasche, während
ich zwei Gläser aus dem Schrank nehme. Bevor er eingießt,
deutet er aufs Etikett. »Ein Grand Cru.«

»Oh, là, là, ein *Grand Cru*«, sage ich spöttisch. »Was gibt es
zu feiern?«

Er reicht mir ein Glas. »Ich werde Onkel. Ich habe eine wun-
derschöne Freundin, die mich nur mit einer Küchenschürze
bekleidet bekocht ... und am Montag darf ich zusammen mit
einem Team der besten Neurochirurgen des Landes eine extrem
seltene Operation durchführen. Eine Craniopagus-Trennung.«

»Eine Cranio… was?«

Ryle trinkt seinen Wein in einem Zug aus und schenkt sich nach. »Siamesische Zwillinge, die am Kopf zusammengewachsen sind.« Er tippt sich an den Schädel. »Genau hier. Wir haben uns seit ihrer Geburt auf diese Operation vorbereitet. Das ist eine einmalige Chance für mich. So was macht ein Chirurg höchstens einmal im Leben.«

Natürlich fand ich es schon die ganze Zeit beeindruckend, dass er Arzt ist – und in OP-Klamotten ist er sowieso unwiderstehlich. Aber als ich ihn jetzt betrachte, spüre ich zum ersten Mal, dass er nicht bloß ehrgeizig, sondern wirklich mit Leib und Seele Arzt ist. Und das ist verdammt … sexy.

»Was meinst du, wie lang die Operation dauert?«, frage ich.

Er zuckt mit den Schultern. »Schwer zu sagen, das wird definitiv ein Marathon. Die Zwillinge sind noch nicht einmal ein Jahr alt. Die lange Narkose ist natürlich eine große Belastung. Das wird alles andere als einfach.« Er hebt die rechte Hand und wackelt mit den Fingern. »Aber das hier ist eine ganz besondere Hand. Sie gehört einem aufstrebenden Neurochirurgen, in dessen fachliche Ausbildung beinahe eine halbe Million Dollar investiert wurde. Ich habe sehr großes Vertrauen in diese Hand.«

Ich gehe zu ihm und drücke meine Lippen in seine Handfläche. »Ich finde sie auch sehr begabt.«

Als er die Hand in meinen Nacken gleiten lässt, erwarte ich lächelnd seinen Kuss, stattdessen dreht er mich mit einer schnellen Bewegung um, sodass ich mit dem Rücken zu ihm vor der Arbeitsfläche stehe. Ich keuche auf, als er sich von hinten an mich presst, sein Gesicht in meine Halsbeuge schmiegt und seine Hand unter der Schürze an meinem nackten Bauch hinunterwandern lässt. Ich schließe die Augen.

»Diese Hand«, sagt er mit rauer Stimme, »ist die ruhigste Hand in ganz Boston.«

Mit sanftem Druck bringt er mich dazu, mich tiefer über die Arbeitsplatte zu beugen. Jetzt spüre ich seine Hand auf der Innenseite meines Schenkels, wo sie fast unerträglich langsam aufwärtsgleitet. *Gott …*

Ryle zwängt meine Beine auseinander und mit einem Mal sind seine Finger in mir. Ich stöhne und taste mit geschlossenen Augen um mich, bis ich schließlich den Wasserhahn zu fassen bekomme, an dem ich mich festklammern kann, während seine Finger zu zaubern beginnen.

Und dann, wie bei einem echten Zauberer, verschwindet seine Hand von einem Moment zum nächsten.

»Was …?« Fassungslos drehe ich mich zu ihm um. Er zwinkert mir zu, trinkt den Rest seines Weins und stellt das Glas auf die Theke. »Ich geh mich schnell duschen.«

Wie bitte?!

»Du Sadist!«, rufe ich ihm hinterher.

»Ich bin kein Sadist«, kommt es aus Richtung des Badezimmers. »Ich bin ein extrem gut ausgebildeter Neurochirurg mit der ruhigsten Hand von ganz Boston.«

Ich lache und gieße mir Wein nach.

Wenn er zurückkommt, werde ich ihm zeigen, wie sich wahre Qualen anfühlen.

*****

Als er aus dem Bad kommt, bin ich bei meinem dritten Glas und habe es mir auf der Couch gemütlich gemacht, wo ich mit meiner Mutter telefoniere. Ryle schlendert an mir vorbei in die Küche und schenkt sich nach.

Der Wein schmeckt aber auch wirklich sehr gut.

»Und was macht ihr zwei heute Abend?«, erkundigt sich Mom, die ich auf Lautsprecher gestellt habe. Ryle lehnt mir gegenüber an der Wand und sieht mir grinsend beim Telefonieren zu. »Nichts Besonderes. Ryle hat am Montag eine schwierige OP, und ich helfe ihm, sich darauf vorzubereiten.«

»Oje, ihr Armen. Das klingt nicht besonders spannend«, sagt meine Mutter mitfühlend.

Es zuckt um Ryles Mundwinkel.

»Doch, doch, das ist sogar sehr spannend«, versichere ich ihr. »Es geht vor allem darum, die Feinmotorik seiner Hand zu trainieren. Kann gut sein, dass wir die ganze Nacht üben müssen.«

Die drei Gläser Wein haben mich übermütig gemacht. Ich kann selbst nicht glauben, dass ich hier tatsächlich indirekten Sextalk mit Ryle betreibe, während ich mit meiner ahnungslosen Mutter telefoniere. Schlimm!

»Ich muss Schluss machen, Mom«, sage ich. »Ryle ist eben aus dem Bad gekommen. Morgen musst du auf mich verzichten, wir gehen mit Allysa und Marshall essen, also rufe ich dich am Montag wieder ...«

»Ach?«, unterbricht sie mich, bevor ich mich verabschieden und auflegen kann. »Wo geht ihr mit ihnen hin?«

Ich verdrehe die Augen. »Wohin? Weiß ich gar nicht. Ryle? Wo gehen wir mit ihnen hin?«

»In das tolle Restaurant, das deine Mutter kürzlich entdeckt hat«, antwortet er lächelnd. »Ins Bib's. Ich habe uns dort um sechs einen Tisch reserviert.«

Kurz bleibt mir das Herz stehen, dann rauscht das Blut so laut in meinen Ohren, dass ich die Stimme meiner Mutter kaum höre, als sie sagt: »Wunderbar. Gute Wahl.«

»Ja, wenn man hartes Brot von vorgestern mag. Gute Nacht, Mom.« Ich drücke sie weg und sehe Ryle an. »Muss das sein? Ich fand es dort nicht so toll. Lass uns lieber woanders hingehen.«

Den wahren Grund, warum ich nicht noch mal ins Bib's will, behalte ich für mich. Es ist mir lieber, wenn mein neuer Freund nicht weiß, dass meine erste Liebe dort arbeitet.

Ryle drückt sich von der Wand ab. »Ach komm, das wird schön«, sagt er. »Allysa freut sich schon total drauf. Ich habe ihr so davon vorgeschwärmt.«

Vielleicht habe ich ja Glück und Atlas arbeitet morgen Abend gar nicht.

»Da wir gerade über Essen reden. Ich habe einen Bärenhunger.«

Der Auflauf!

Ich schnuppere, dann schreie ich: »Oh Gott!« und springe vom Sofa auf.

Ryle ist schon in der Küche und hat die Ofentür aufgerissen, aus der schwarzer Qualm quillt. Verbrannt.

Nach den drei Gläsern Wein, die ich schon intus habe, ist mir etwas schwindelig, und ich halte mich an der Theke fest, während er ohne nachzudenken in den Ofen greift.

»Ryle! Du kannst doch nicht ohne …«

»Fuck!«, brüllt er.

»… Topflappen …«

Die glühend heiße Form rutscht ihm aus der Hand und zerbricht klirrend auf den Fliesen. Die Pilz-Hähnchen-Nudel-Masse liegt in einem Bett aus Glassplittern, Spritzer sprenkeln Schränke und Wände. Ich kann es nicht fassen, dass Ryle wirklich mit der bloßen Hand in den heißen Ofen gegriffen hat. Das ist so bizarr, dass ich laut zu lachen anfange.

Das muss der Wein sein. Diese Edelrebe hat es wirklich in sich.

Ryle kickt die Ofentür mit einem Fußtritt zu, stürzt zum Wasserhahn und hält die Hand unters kalte Wasser. Er verzieht das Gesicht vor Schmerz und tut mir wahnsinnig leid, aber gleichzeitig ist die Szene einfach zu komisch. Die Küche sieht aus, als wäre eine Bombe explodiert. Wir werden Stunden brauchen, bis wir das wieder sauber gemacht haben. Immer noch lachend, beuge ich mich vor und greife nach Ryles Handgelenk. Hoffentlich hat er sich nicht zu schlimm verbrannt.

Im nächsten Moment lache ich nicht mehr. Ich liege auf dem Boden und halte mir den Kopf.

Wie aus dem Nichts hat mich Ryles Arm mit solcher Wucht getroffen, dass ich das Gleichgewicht verloren habe, gegen einen Küchenschrank geknallt und auf dem Boden gelandet bin. Über meinem rechten Auge pulsiert ein scharfer Schmerz.

Im nächsten Moment ist nur noch Schwärze um mich und innerhalb von Sekundenbruchteilen zersplittert alles in mir. Meine Tränen, mein Herz, mein Lachen, mein *Innerstes ...* splittert wie Glas.

Ich rolle mich zu einer Kugel zusammen, mache mich ganz klein, lege schützend beide Arme um meinen Kopf und wünsche mich weg. Weg von ihm. Nur weg.

»Verflucht, Lily«, fährt Ryle mich an. »Das ist nicht witzig. Mit dieser gottverdammten Hand steht und fällt meine gesamte Karriere.«

Diesmal strömt seine Stimme nicht wie eine warme Welle durch meinen Körper, sondern durchbohrt mich wie eine Klinge aus Eis. Ich will ihn nicht ansehen, kneife die Augen zu, und dann spüre ich seine gottverdammte Hand auf mir.

Sie streichelt mir über den Rücken.

»Oh Gott, Lily. Um Gottes willen.« Er versucht, mir die Arme vom Gesicht zu ziehen, aber ich mache mich ganz steif und schüttle immer wieder nur den Kopf. Ich will, dass die letzten fünfzehn Sekunden nicht stattgefunden haben. *Fünfzehn Sekunden.*

Mehr hat es nicht gebraucht, um alles zu verändern.

Fünfzehn Sekunden, die wir nie wieder ungeschehen machen können.

Ryle zieht mich an sich, streichelt mich und presst seine Lippen in meine Haare. »Es tut mir leid. Ich ... ich habe mir die Hand verbrannt. Ich war in Panik. Du hast gelacht und ... es tut mir so leid. Das ist alles so schnell passiert, ich hatte gar keine Zeit, zu … Ich wollte dich nicht schubsen, Lily. Es tut mir leid.«

Ich höre nicht Ryles Stimme. Was ich höre, ist die Stimme meines Vaters.

»Es tut mir leid, Jenny. Das wollte ich nicht. Es tut mir so leid.«

»Es tut mir leid, Lily. Das wollte ich nicht. Es tut mir so leid.«

Er soll mich einfach nur loslassen. Mit aller Kraft, die ich habe, schiebe ich ihn von mir. *Weg. Geh weg.*

Ryle fällt nach hinten, stützt sich mit den Händen ab und sieht mich an. In seinem Blick liegt aufrichtiges Bedauern, aber da ist auch noch etwas anderes.

Sorge? Schmerz?

Wie in Zeitlupe hebt er seine rechte Hand und betrachtet sie. Blut rinnt am Handgelenk hinab. Hinter ihm liegen die Splitter der zerbrochenen Auflaufform. *Er hat sich geschnitten.* Er hat direkt in das Glas gefasst.

Ohne etwas zu sagen, steht Ryle auf und hält die Hand wieder unters fließende Wasser. Ich sehe, wie er sich einen Splitter aus dem Ballen zieht und auf die Theke wirft.

Mein Schock und meine Wut sind groß, aber meine Sorge um ihn ist größer. Ich reiße Tücher von der Küchenrolle und gebe sie ihm. Er blutet ziemlich stark.

Und es ist die rechte Hand.

Die Operation am Montag …

Ich möchte die Wunde mit Küchenpapier abtupfen, aber ich zittere zu sehr. »Ryle, deine Hand.«

Er zieht sie weg. »Egal. Meine Hand interessiert mich nicht. Was ist mit dir? Du blutest.« Er hebt mein Gesicht an, um die Stelle über meinem Auge zu betrachten. »Alles okay, Lily?«

Ich schaue ihn an. *Er hat mich so brutal von sich weggestoßen, dass ich gegen den Schrank geknallt bin.* Meine Schultern beginnen zu beben, und ich spüre, wie mir Tränen übers Gesicht laufen. »Nein.« Ich stehe unter Schock und bin mir sicher, dass er mir ansieht, wie mir in diesem Augenblick das Herz bricht. »Nein, nichts ist okay. Du hast mich gestoßen, Ryle. Du hast mich … mich geschlagen.« Als ich begreife, was tatsächlich passiert ist, tut das mehr weh als die Verletzung in meinem Gesicht.

Ryle breitet die Arme aus und zieht mich an sich. »Ich weiß. Es tut mir so leid, Lily. Gott, es tut mir so wahnsinnig leid.« Er vergräbt sein Gesicht in meinen Haaren und drückt mich an sich. »Bitte hass mich deswegen nicht. Bitte.«

Die Stimme klingt allmählich wieder wie Ryles Stimme und ich spüre sie bis tief in meinen Bauch hinein. Seine gesamte Karriere hängt von dieser Hand ab; wenn er sich jetzt um mich Sorgen macht statt um die Hand, dann muss das etwas zu bedeuten haben, oder? Dann zeigt das, wie wichtig ich ihm bin. Ich bin so verwirrt.

Es ist einfach zu viel. Das Chaos, der Qualm, der Wein, die Glassplitter, der Auflauf am Boden, das Blut, die Wut, seine Entschuldigungen … das ist alles zu viel.

»Wirklich, Lily. Ich wollte das nicht. Es tut mir leid«, sagt er wieder. Ich lehne mich ein Stück zurück und schaue ihn an. Seine Augen sind gerötet. Er sieht so unendlich traurig aus. So kleinlaut. So habe ich ihn noch nie erlebt. »Ich war in Panik. Ich konnte nur noch an die OP am Montag denken und daran, dass meine Hand … Es tut mir leid.« Er presst seine Lippen auf meine.

Er ist nicht wie mein Vater. Natürlich nicht. Er ist nicht wie dieses gefühllose Schwein.

Wir sind beide aufgelöst und verwirrt und betrunken und traurig und küssen uns voll wilder Verzweiflung, als könnte das helfen, alles wiedergutzumachen. Der Moment, in dem er mich weggestoßen hat, der Moment, den ich schon wieder versuche zu vergessen, hat ihn hässlich gezeigt, grob. Aber verrückterweise ist genau der Mensch, der mich verletzt hat, auch der einzige, der meinen Schmerz jetzt lindern kann. Seine eigene Bestürzung über das, was er getan hat, lässt meine Tränen trocknen, sein Mund an meinem lässt alles weniger schlimm erscheinen, seine Hände wärmen mich und halten mich, als wollten sie mich nie mehr loslassen.

Ryle legt die Arme um mich, hebt mich hoch und sucht sich einen Weg durch die Scherben am Boden. Ich weiß nicht, von wem ich mehr enttäuscht bin. Von ihm, weil er die Beherrschung verloren hat, oder von mir, weil ich in seiner Reue Trost finde.

Küssend trägt er mich bis ins Schlafzimmer und hört auch nicht auf, mich zu küssen, als er mich aufs Bett legt. »Es tut mir leid, Lily«, flüstert er bestimmt zum hundertsten Mal und haucht einen Kuss auf die Stelle über meinem Auge. »Es tut mir leid.«

Und dann liegt sein Mund wieder auf meinem, heiß und feucht und drängend, und ich verstehe selbst nicht, was in mir vorgeht. Mein ganzes Ich schmerzt auf so vielen Ebenen und zugleich sehnt sich alles in mir nach seiner Entschuldigung in Form von Küssen und Berührungen und Wärme und Gefühl. Am liebsten würde ich ihn schlagen, weil er mich geschlagen hat, und damit das tun, was meine Mutter nie geschafft hat. Und doch reagiere ich genau wie sie, die ich immer dafür verachtet habe, dass sie meinem Vater so bereitwillig vergeben hat. Zugleich will ich aus tiefstem Herzen glauben, dass das eben nichts mit dem zu tun hatte, was mein Vater getan hat. Dass es ein Ausrutscher war. Ryle ist nicht wie mein Vater. Er ist ganz anders.

Ich muss fühlen können, dass es ihm leidtut, dass er sich nur einen kurzen Augenblick lang vergessen hat. Und tatsächlich leistet er mit jedem seiner Küsse tiefste Abbitte. Seine Berührungen sind voller Hingabe, voller Zärtlichkeit und beweisen mir, dass es richtig ist, mich ihm wieder zu öffnen. Und jedes Mal, wenn er mich tief in meinem Innersten berührt, flüstert er eine weitere Entschuldigung, und jedes Mal, wenn er sich wieder von mir löst, löst sich wie durch ein Wunder auch meine Wut ein Stück mehr.

✶✶✶✶✶

Er küsst meine Schulter. Meine Wange. Meine Augenbraue. Er liegt immer noch auf mir, berührt mich behutsam. So bin ich noch nie berührt worden … so einfühlsam. Ich versuche zu verdrängen, was vorhin in der Küche passiert ist, aber es beherrscht meine Gedanken.

Er hat mich gestoßen.

Ryle hat mich brutal weggestoßen.

Während dieser fünfzehn Sekunden in der Küche habe ich Seiten an uns gesehen, die nicht zu uns passen. So ist er nicht. So bin *ich* nicht. Statt voller Sorge und Mitgefühl zu sein, habe ich ihn ausgelacht. Und er hat die Hand gegen mich erhoben. Das hätte niemals passieren dürfen.

Es war grauenhaft. Die ganze Situation war von Anfang bis Ende absolut grauenhaft. Ich will nie wieder daran denken.

Ryle schließt die Finger um das zusammengeknüllte Küchentuch, das mittlerweile mit Blut getränkt ist.

Ich richte mich auf. »Ich muss ins Bad.« Er küsst mich noch einmal und rutscht zur Seite, um mich vorbeizulassen. Im Bad drücke ich die Tür hinter mir zu und schnappe nach Luft, als ich in den Spiegel schaue.

Blut. In meinen Haaren, in meinem Gesicht, an meinem Körper. Sein Blut. Wie betäubt greife ich nach einem Waschlappen, säubere mich und hole dann den Erste-Hilfe-Kasten unter dem Waschtisch hervor. Erst hat er sich die Hand verbrannt und dann auch noch an den Splittern geschnitten –

durch meine Schuld. Und das, nachdem er mir gerade erst begeistert erzählt hatte, wie wichtig diese Operation am Montag für ihn ist.

Kein Wein mehr. Wir dürfen nie wieder Grand Cru trinken.

Als ich mit dem Kasten ins Schlafzimmer zurückgehe, kommt er gerade mit einem Kühlpad aus der Küche und reicht es mir. »Für dein Auge.«

Ich halte ihm den Erste-Hilfe-Kasten hin. »Für deine Hand.«

Wir lächeln und setzen uns nebeneinander aufs Bett. Ryle lehnt sich an das Kopfteil und drückt mir das Pad auf die Schläfe, während ich, seinen Anweisungen folgend, die verletzte Hand versorge.

Ich trage kühlende Salbe auf die leicht gerötete Haut an den Fingern auf. »Können wir irgendwas machen, damit es keine Blasen gibt?«

Er schüttelt den Kopf. »Jetzt hilft nichts mehr.«

Ich frage mich, ob er überhaupt in der Lage sein wird, am Montag bei der OP zu assistieren, entscheide mich aber dafür, lieber nichts zu sagen. Bestimmt stellt er sich genau dieselbe Frage. Wenn er darüber reden wollte, würde er es tun.

»Was ist mit den Schnitten?«

»Die sind zum Glück nur oberflächlich«, sagt er. »Alles nicht so schlimm, Lily.« Zum Glück blutet es tatsächlich fast gar nicht mehr. Ich nehme eine Mullbinde aus dem Kasten.

»Lily«, flüstert er, und ich blicke auf, weil ich denke, dass ich den Verband vielleicht zu fest anlege. Ryle sieht aus, als würde er gleich weinen. »Ich fühle mich absolut schrecklich«, sagt er heiser. »Wenn ich es irgendwie rückgängig machen könnte …«

»Ich weiß«, unterbreche ich ihn. »Ich weiß, Ryle. Es war auch schrecklich. Du hast mir wehgetan. Du hast etwas getan, das mich alles infrage stellen lässt, was ich über dich zu wissen geglaubt habe. Ich glaube dir, dass dir das ehrlich leidtut. Aber wir können es nicht ungeschehen machen und ich will jetzt auch nicht weiter darüber reden.« Ich befestige den Verband mit Klebeband, dann sehe ich ihm direkt in die Augen. »Nur eins, Ryle: Falls so etwas noch einmal passiert, werde ich wissen, dass das kein Ausrutscher gewesen ist. Und dann werde ich dich verlassen – und zwar ohne auch nur eine Sekunde zu zögern.«

Er zieht die Augenbrauen zusammen und sieht mich lange an, dann beugt er sich vor und küsst mich. »Es wird nicht noch mal passieren, Lily. Das schwöre ich. Ich bin nicht so wie er. Mir ist klar, dass du das denkst, aber ich garantiere dir, dass ...«

»Nicht.« Ich schüttle den Kopf, weil ich den Schmerz in seiner Stimme nicht ertrage. »Ich weiß, dass du nicht wie mein Vater bist«, sage ich. »Bitte sorg einfach dafür, dass ich nie wieder an dir zweifeln muss, okay? Das ist alles, worum ich dich bitte.«

Er streicht mir eine Strähne aus der Stirn. »Du bist mir wichtiger als alles andere, Lily. Ich will der sein, der dich glücklich macht. Nicht der, der dir wehtut.« Er küsst mich noch einmal, dann steht er auf und gibt mir das Kühlpad. »Drück es dir noch ein bisschen übers Auge, ich bin gleich wieder da.«

»Was hast du vor?«

Er küsst mich auf die Stirn. »Das Chaos beseitigen, das ich angerichtet habe.«

Die nächsten zwanzig Minuten verbringt er damit, die Küche aufzuräumen. Ich höre, wie er die Glasscherben in den Müll wirft und den restlichen Wein in die Spüle gießt. Nach einer Weile gehe ich ins Bad, um zu duschen, und beziehe anschließend das Bett neu. Als Ryle in der Küche fertig ist, kommt er mit einem Glas Cola ins Schlafzimmer. »Hier«, sagt er. »Vielleicht hilft das ja.«

Ich trinke einen Schluck, schmecke dem tröstlich süßen Prickeln in meinem Mund nach und nehme gleich noch einen Schluck. »Wogegen soll die helfen?«, frage ich erschöpft. »Gegen den Kater?«

Er legt sich neben mich, breitet die Decke über uns und schüttelt den Kopf. »Nein, ich fürchte, da bringt Cola wenig. Aber meine Mutter hat mir als Kind immer welche zu trinken gegeben, wenn ich einen schlechten Tag hatte, und danach habe ich mich gleich ein bisschen besser gefühlt.«

Ich lächle. »Es funktioniert.«

Er streichelt mir über die Wange, und als ich ihm in die Augen sehe, weiß ich, dass es richtig ist, ihm eine zweite Chance zu geben. Er hat sie verdient. Ich darf die Wut auf meinen Vater nicht an ihm auslassen, das wäre ungerecht. Ryle ist nicht mein Vater.

Er liebt mich. Auch wenn er es noch nie ausgesprochen hat, spüre ich, dass er es tut. Und ich liebe ihn. Was vorhin passiert ist, wird nie wieder vorkommen. Da bin ich mir ganz sicher. Ich sehe ja selbst, wie sehr es ihn mitnimmt.

Menschen tun manchmal Dinge, die schlimm sind. Aber was den Charakter eines Menschen ausmacht, sind nicht die Fehler, die er begeht, sondern wie er sich anschließend verhält. Ob er daraus lernt, statt sich herauszureden.

Ryles Blick ist ernst, als er sich vorbeugt und meine Hand küsst. Dann legt er den Kopf wieder aufs Kissen, und wir sehen uns eine lange Zeit einfach nur an, ohne etwas zu sagen, spüren diese besondere Energie zwischen uns, spüren, wie sie die Wunden heilen lässt, die dieser Abend in uns gerissen hat.

Irgendwann drückt er meine Hand. »Lily.« Er streicht mit seinem Daumen über meinen. »Ich liebe dich.«

Ich fühle seine Worte in jeder Zelle meines Körpers. Und als ich »Ich liebe dich auch« flüstere, ist das die nackteste Wahrheit, die ich je ausgesprochen habe.

15.

Ich komme eine Viertelstunde zu spät ins Restaurant. Gerade als ich den Laden schließen wollte, rief ein Kunde an, der Blumen für eine Beerdigung bestellen wollte. Ich konnte ihn nicht abwimmeln, weil Beerdigungen für Floristen – traurigerweise – das beste Geschäft sind.

Ryle sieht mich sofort und winkt. Ich gehe mit gesenktem Blick zum Tisch, weil ich nicht wüsste, wie ich ein Zusammentreffen mit Atlas seelisch überstehen sollte. Hoffentlich arbeitet er heute nicht. Ich habe noch zweimal anzuregen versucht, doch in ein anderes Restaurant zu gehen, aber Allysa war total auf das Bib's fixiert, nachdem Ryle ihr so vorgeschwärmt hatte.

Ich rutsche in die Bank neben Ryle, der sich zu mir beugt und mich auf die Wange küsst.

»Hey, Freundin.«

Allysa stöhnt. »Gott, ihr zwei seid so süß, dass es kaum auszuhalten ist.«

Ich lächle, doch Allysas Blick wird ernst, als sie mich betrachtet. Die Platzwunde an der Augenbraue ist zwar nicht so auffällig, wie ich befürchtet hatte; vermutlich auch weil Ryle so schnell mit dem Kühlpad zur Stelle war. Aber man sieht sie. »Meine Güte«, sagt sie kopfschüttelnd. »Ryle hat mir schon erzählt, was passiert ist. So heftig hatte ich es mir trotzdem nicht vorgestellt.«

Ich werfe Ryle einen Blick zu. Was hat er ihr erzählt? Etwa

die *Wahrheit*? Er lächelt. »Der ganze Boden war voller Olivenöl. Aber ich muss sagen, dass ich noch nie jemanden gesehen habe, der so anmutig ausrutschen kann wie Lily. Sie sah aus wie eine Ballerina.«

Aha, eine Lüge.

Aber das ist okay. Das hätte ich auch gemacht.

»Ich bin mir sicher, dass ich absolut bescheuert aussah«, widerspreche ich lachend.

Meine Befürchtungen waren unnötig. Atlas scheint nicht da zu sein, der schreckliche Abend ist schon fast vergessen, und Ryle und ich halten uns beide beim Wein zurück. Ich atme erleichtert auf, als der Kellner an unseren Tisch kommt und die leeren Teller abräumt. *Überstanden.* »Kann ich Sie vielleicht noch zu einem Dessert verführen?«, fragt er.

Ich schüttle den Kopf, aber Allysa nickt begeistert. »Was hätten Sie denn anzubieten?«

»Meine Frau ist schwanger und isst für zwei«, mischt Marshall sich ein. »Bringen Sie uns am besten einfach alles mit Schokolade.«

Nachdem der Kellner gegangen ist, stößt Allysa Marshall lachend in die Seite. »Noch ist unser Baby klein wie eine Kaulquappe, aber wenn du mich jetzt schon so mästest, werde ich in den nächsten Monaten aufgehen wie ein Hefekloß.«

Der Kellner kommt mit dem Dessertwagen zurück. »Mit einem Gruß vom Chefkoch«, sagt er. »Für werdende Mütter geht der Nachtisch aufs Haus.«

»Wirklich?« Allysa strahlt. »Das ist ja nett.«

»Jetzt verstehe ich, warum Ihr Restaurant Bib's heißt«, sagt Marshall. »*Bib* wie Lätzchen, stimmt's? Ihr Chef scheint was für Babys übrigzuhaben.«

Wir betrachten die köstliche Auswahl an Kuchen, Torten und Cremes. »Verdammt«, stöhne ich. »Das sieht alles unwiderstehlich aus.«

»Das ist mein neues Lieblingsrestaurant«, sagt Allysa.

Wir suchen drei verschiedene Desserts aus, die wir uns teilen wollen, und während der Kellner in der Küche ist, um unsere Bestellung weiterzugeben, kommt das Gespräch auf Babynamen.

»Vergiss es, Marshall.« Allysa schüttelt den Kopf. »Wir werden unser Kind ganz sicher nicht nach einem Bundesstaat nennen.«

»Aber Nebraska klingt doch toll«, sagt er enttäuscht. »Was hältst du von Idaho?«

Allysa schlägt die Hände vors Gesicht. »Hilfe! Ich hätte nicht gedacht, dass sich die Namenssuche zu so einer Misere entwickeln würde. Das wird der Untergang unserer Ehe!«

»*Misere*«, ruft Marshall. »Supername!«

Seiner Ermordung entgeht er nur, weil der Kellner in dem Moment einen Teller mit Schokoladentorte vor Allysa hinstellt und dann zur Seite tritt, um einem Kollegen Platz zu machen, der mit zwei weiteren Desserttellern hinter ihm steht. »Unser Chefkoch möchte Ihnen gern persönlich gratulieren.«

»Hoffentlich hatten Sie einen schönen Abend und mein Essen hat Ihnen geschmeckt.«

Ich sehe auf und erstarre. Mir wird erst kalt und dann heiß. »*Chefkoch?*«, entfährt es mir.

»Chefkoch«, wiederholt der Kellner. »Und manchmal auch Kellner oder Tellerwäscher oder Tischabräumer – und nebenbei Inhaber dieses Restaurants.«

Ich bin mir sicher, dass niemand am Tisch etwas bemerkt, aber ich nehme das, was in den nächsten fünf Sekunden passiert, wie in Zeitlupe wahr.

Atlas' Blick fällt auf die Wunde über meinem Auge, dann wandert er zu Ryles verbundener Hand und wieder zu meinem Gesicht zurück.

»Ich bin total begeistert«, schwärmt Allysa. »Das Bib's ist wirklich etwas ganz Besonderes.«

Atlas beachtet sie gar nicht. Ich sehe, wie er schluckt und die

Kiefer aufeinanderpresst. Dann dreht er sich abrupt um und geht wortlos davon.

Scheiße.

Der Kellner versucht, Atlas' Verhalten mit einem etwas zu breiten Lächeln zu überspielen. »Genießen Sie Ihren Nachtisch«, sagt er und zieht sich zurück.

»Was war das denn?«, fragt Allysa fassungslos. »Ich dachte, ich hätte ein neues Lieblingsrestaurant gefunden, und jetzt entpuppt sich der Besitzer als Arschloch.«

Ryle lacht. »Ja, aber Arschlöcher sind die besten Köche. Denkt mal an Gordon Ramsay. In seiner Kochshow führt er sich auf wie ein Berserker, dafür kocht er wie ein Gott.«

»Da ist was dran«, sagt Marshall.

Mein Herz rast. Ich lege die Hand auf Ryles Arm. »Ich geh kurz auf die Toilette.«

»Was ist mit diesem österreichischen Starkoch … Wolfgang Puck? Meinst du, der ist auch ein Arschloch?«, fragt Marshall, als ich aus der Nische rutsche.

Den Blick fest auf den Boden geheftet, durchquere ich das Restaurant, gehe den Flur entlang und stoße die Tür zur Damentoilette auf.

Scheiße, *Scheiße*, *Scheiße*.

Der Ausdruck in seinen Augen. Die aufeinandergepressten Kiefer. Er hat die Situation sofort durchschaut.

Ich bin froh, dass er nichts gesagt hat, sondern gleich weggegangen ist. Andererseits könnte ich mir auch vorstellen, dass er nachher vor dem Restaurant auf uns wartet, um Ryle zur Rede zu stellen.

Um mich zu beruhigen, atme ich ein paarmal durch die Nase ein und den Mund aus, wasche mir die Hände und wiederhole meine Atemübung, bis sich mein Puls wieder einigermaßen normalisiert hat. Während ich mir die Hände abtrockne, fasse ich einen Plan.

Ich werde zum Tisch zurückgehen, Ryle sagen, dass ich mich nicht gut fühle, und sofort mit ihm nach Hause fahren. Die anderen sind durch Atlas' Verhalten zum Glück jetzt ja auch so abgeschreckt, dass sie wahrscheinlich keine große Lust haben, jemals wieder herzukommen.

Als ich gerade rausgehen will, wird von außen die Tür geöffnet, weshalb ich einen Schritt zurücktrete. Und dann stehe ich mit offenem Mund da, weil derjenige, der reinkommt, Atlas ist. Er stellt sich mit dem Rücken zur Tür und sieht mich an.

»Was ist passiert?«, fragt er.

Ich schüttle den Kopf. »Nichts.«

Seine eisblauen Augen verengen sich. »Du lügst, Lily.«

Ich lächle und sage mit – hoffentlich – überzeugender Stimme: »Es war ein Unfall, keine Absicht.«

Atlas lacht, aber ich höre seinem Lachen an, dass er mir kein Wort glaubt. »Verlass ihn.«

Ihn verlassen?

Er begreift nicht, dass das hier etwas ganz anderes ist. Wieder schüttle ich den Kopf und mache einen Schritt auf ihn zu. »So war das nicht. Ryle ist nicht so. Wirklich überhaupt nicht.«

Atlas beugt sich ein Stück vor. »Komisch. Du hörst dich an wie deine Mutter.«

Seine Worte brennen wie eine Ohrfeige. Ich will um ihn herum nach dem Türknauf greifen, aber er hält mich am Handgelenk fest. »Ich meine es ernst. Verlass ihn, Lily.«

Ich reiße mich los, wende ihm den Rücken zu und atme tief ein. Nachdem ich langsam wieder ausgeatmet habe, drehe ich mich zu ihm um. »Wenn es hier schon darum geht, irgendwelche Vergleiche zu ziehen, kann ich dir sagen, dass ich dein Verhalten gerade bedrohlicher finde als alles, was ich bei ihm jemals erlebt habe.«

Das sitzt. Atlas nickt. Und tritt dann, immer noch nickend, von der Tür weg. »Ich möchte auf gar keinen Fall, dass du dich irgendwie von mir bedrängt fühlst.« Er sieht mir in die Augen. »Ich wollte nur so für dich da sein, wie du damals für mich da gewesen bist.«

Es ist offensichtlich, dass er tief getroffen ist, aber äußerlich bleibt er ganz ruhig. Ich reiße die Tür auf und stürze in den Flur hinaus.

Erschrocken schnappe ich nach Luft, als ich Ryle gegenüberstehe, der mich verwirrt ansieht, weil Atlas hinter mir aus der Damentoilette kommt.

»Lily? Was zum Teufel …?«

»Ryle.« Meine Stimme zittert. Gott, wie soll ich ihm das nur erklären?

Atlas tritt um mich herum und geht zur Küche, als würde Ryle gar nicht existieren. Ryles Augen sind auf Atlas' Rücken gerichtet. *Geh weiter, Atlas. Geh einfach weiter.*

Kurz vor der Küchentür bleibt er stehen.

Nein, nicht.

Er dreht sich um, läuft zu Ryle zurück und packt ihn mit beiden Händen am Kragen. Ryle stößt ihn von sich. Atlas macht einen Schritt auf ihn zu, schiebt ihn zur gegenüberliegenden Wand und drückt ihm den Unterarm an die Kehle.

»Wenn du sie noch ein einziges Mal anrührst, kriegst du es mit mir zu tun, ist das klar?«

»Atlas! Nicht! Hör auf!«, rufe ich.

Er lässt Ryle los und tritt zurück. Ryle sieht ihn schwer atmend an, dann wandert sein Blick zu mir. »Atlas?«, fragt er, als hätte er den Namen schon mal gehört.

Aber das kann nicht sein. Ich habe ihm nie von ihm erzählt.

Moment.

Doch, habe ich.

In der ersten Nacht auf der Dachterrasse. Atlas war Bestandteil einer meiner nackten Wahrheiten.

Ryle lacht ungläubig und deutet auf Atlas, sieht dabei aber

immer noch mich an. »*Das* ist Atlas? Das ist der obdachlose Typ, mit dem du damals aus Mitleid im Bett gelandet bist?«

Oh Gott.

Atlas' Faust taucht in meinem Blickfeld auf, und bevor ich begreife, was passiert, haben die beiden sich gegenseitig im Klammergriff. »Aufhören!«, rufe ich verzweifelt. »Hört sofort auf!«

Zwei Kellner kommen aus dem Restaurant in den Flur gelaufen und schaffen es, sie zu trennen. Als sie sich im nächsten Moment keuchend gegenüberstehen, bringe ich es nicht über mich, sie anzusehen. Atlas wegen der Bemerkung, die Ryle über ihn und mich gemacht hat. Und Ryle, weil er wahrscheinlich gerade das Allerschlimmste über mich denkt.

»Raus!«, brüllt Atlas und deutet auf die Tür. »Raus aus meinem Restaurant, verdammt noch mal.«

Ich sehe ängstlich auf, als Ryle an mir vorbeigeht, aber da ist keine Wut in seinem Blick.

Nur Verletztheit.

Tiefe Verletztheit.

Er bleibt kurz stehen, als wollte er etwas sagen, dann schüttelt er bloß enttäuscht den Kopf und geht ins Restaurant zurück.

Auch in Atlas' Miene ist nichts als Enttäuschung zu sehen. Bevor ich noch irgendetwas sagen kann, dreht er sich um, stößt die Tür zur Küche auf und ist weg.

Ich schlucke kurz, dann laufe ich Ryle hinterher. Er greift nach seiner Jacke und geht wortlos zum Ausgang.

Allysa sieht mich verwundert an. Ich hebe nur hilflos die Hände und hänge mir meine Tasche um. »Lange Geschichte. Wir reden morgen, okay?«

Ryle läuft zum Parkplatz. Ich renne ihm hinterher, um ihn einzuholen, als er plötzlich abrupt stehen bleibt und sich zu mir umdreht.

Ich ziehe meinen Schlüssel aus der Tasche, Ryle nimmt ihn mir wortlos aus der Hand und geht zu meinem Wagen.

Ich weiß nicht, wie ich mich verhalten soll. Ich weiß nicht, ob er überhaupt mit mir reden will. Er hat gerade mitbekommen, wie ich mit einem Mann aus der Toilette gekommen bin, in den ich einmal verliebt war. Und dann hat sich dieser Mann auf ihn gestürzt und ihn angegriffen.

Wie konnte das alles bloß passieren?

Beim Wagen angekommen, setzt er sich hinters Steuer und öffnet die Beifahrertür. »Steig ein, Lily.«

Die ganze Fahrt über spricht er kein Wort. »Ryle«, versuche ich es irgendwann, aber er schüttelt nur den Kopf, als wäre er nicht bereit, sich irgendwelche Erklärungen von mir anzuhören. Als er den Wagen abgestellt hat, steigt er sofort aus, als könnte er gar nicht schnell genug von mir wegkommen.

»Ich weiß, wie das auf dich gewirkt haben muss, aber so war es nicht, Ryle. Glaub mir das bitte.«

Er bleibt stehen und mir zieht es das Herz zusammen. In seinem Blick liegt so viel Schmerz, dabei ist das alles doch nichts als ein fürchterliches Missverständnis.

»Genau das, was jetzt passiert, habe ich nie gewollt, Lily«, sagte er leise. »Ich wollte von Anfang an keine Beziehung. Ich brauche keinen zusätzlichen Stress in meinem Leben.« Er dreht sich um und geht davon.

Ich verstehe ja, dass er sauer ist, weil er das, was er gesehen hat, falsch interpretiert, aber das ist kein Grund, so etwas zu mir zu sagen. »Alles klar. Dann geh.«

Er bleibt stehen, dreht sich um und sieht mich an. »Wie bitte?«

Ich hebe die Hände. »Ich will keine Belastung für dich sein, Ryle. Ich will nicht der Stressfaktor in deinem Leben sein. Tut mir leid, wenn du das so empfindest.«

Er kommt einen Schritt auf mich zu. »So habe ich das nicht

gemeint.« Er stöhnt frustriert auf, geht an mir vorbei zu meinem Wagen, lehnt sich dagegen und verschränkt die Arme vor der Brust. Ich warte schweigend ab. Er hält den Kopf gesenkt, irgendwann sieht er auf.

»Die nackte Wahrheit, Lily. Mehr will ich nicht von dir. Bekomme ich sie?«

Ich nicke.

»Okay. Hast du gewusst, dass er in dem Restaurant arbeitet?«

Ich presse die Lippen aufeinander und ziehe meine Strickjacke enger um mich. »Ja. Und genau aus dem Grund wollte ich auf keinen Fall noch mal dorthin, Ryle. Ich wollte ihm nicht begegnen.«

Meine Antwort scheint seine Anspannung etwas zu lösen. Er fährt sich mit beiden Händen übers Gesicht. »Hast du ihm gesagt, was gestern Abend passiert ist? Hast du ihm von unserem Streit erzählt?«

Ich schüttle den Kopf und gehe einen Schritt auf ihn zu. »Nein. Er hat die Wunde über meinem Auge gesehen und deine verbundene Hand und hat daraus seine Schlüsse gezogen.«

Ryle stößt Luft aus, lehnt den Kopf zurück und blickt nach oben. Er sieht aus, als würde es ihn all seine Kraft kosten, mir die nächste Frage zu stellen.

»Was habt ihr beide auf der Toilette gemacht?«

Ich gehe noch einen Schritt auf ihn zu. »Er ist mir hinterhergegangen, weil er mit mir reden wollte. Ich kenne ihn doch gar nicht mehr, Ryle. Wir haben uns jahrelang nicht gesehen. Ich weiß nichts über ihn und sein jetziges Leben. Ich wusste noch nicht mal, dass das Restaurant ihm gehört. Ich dachte, er würde dort bloß kellnern. Er ist längst kein Teil meines Lebens mehr, ich schwöre. Es ist nur …« Ich verschränke die Arme. »Wir sind beide in Familien aufgewachsen, in denen Gewalt zum Alltag gehört hat«, sage ich leise. »Er hat meine Verletzung gesehen und deinen Verband, und da hat er … Er hat sich nur Sorgen um mich gemacht. Das war alles.«

Ryle atmet tief ein und lässt die Luft langsam wieder entweichen. Er sieht aus, als würde er sacken lassen, was ich ihm gerade gesagt habe.

»Gut. Dann bin ich jetzt dran.«

Er stößt sich vom Wagen ab, geht auf mich zu, nimmt mein Gesicht fest in beide Hände und sieht mir in die Augen. »Wenn du wegen dem, was gestern passiert ist, nicht mehr mit mir zusammen sein willst, dann … sag mir das bitte jetzt, Lily. Es hat nämlich verdammt wehgetan, als ich dich mit ihm gesehen habe. Ich will diesen Schmerz nie wieder spüren. Wenn es jetzt schon so beschissen wehtut, möchte ich mir gar nicht vorstellen, wie es sich in einem Jahr anfühlen würde. Verstehst du, Lily? Das macht mir Angst.«

Mir laufen die Tränen übers Gesicht. Ich lege meine Hände auf seine und schüttle den Kopf. »Ich will keinen anderen, Ryle. Ich will nur dich.«

Er lächelt das traurigste Lächeln, das ich jemals auf dem Gesicht eines Menschen gesehen habe, zieht mich an sich und hält mich. Ich schlinge, so fest ich nur kann, meine Arme um ihn, als er seine Lippen an meine Schläfe drückt.

»Ich liebe dich, Lily. Gott, ich liebe dich so.«

Ich umarme ihn noch fester und presse einen Kuss auf seine Schulter. »Ich dich doch auch.«

Und dann schließe ich die Augen und denke, dass ich alles dafür geben würde, wenn ich die letzten beiden Tage einfach ausradieren könnte.

Atlas irrt sich in Ryle.

Ich wünschte nur, er wüsste das.

16.

»Ich verstehe dich ja, und ich will mich auch nicht über dich hinwegsetzen, aber … du hast die Desserts nicht probiert, Lily! Die waren einfach göttlich«, stöhnt Allysa. »Ganz ehrlich, ich hab noch nie so was Köstliches gegessen.«

»Wir gehen trotzdem nie mehr hin«, sage ich.

Sie stampft mit dem Fuß auf wie ein kleines Kind. »Aber …«

»Nein. Wir müssen die Gefühle deines Bruders respektieren.«

Sie verdreht die Augen. »Ich weiß, ich weiß. Aber hättest du deine Jungmädchenhormone nicht ein bisschen besser im Griff haben können? Musstest du dich unbedingt in den besten Koch von ganz Boston verlieben?«

»Als ich ihn kannte, war er noch kein Koch.«

»Trotzdem schade«, schmollt sie und zieht die Bürotür hinter sich zu.

Im selben Moment vibriert mein Handy.

Ryle: **5 Stunden sind geschafft. Jetzt müssen wir noch mal 5 überstehen. So weit sieht alles gut aus. Hand macht keine Probleme.**

Ich seufze erleichtert auf, weil ich mir wirklich Sorgen gemacht hatte, ob er heute überhaupt operieren kann.

Ich: **Die ruhigste Hand von ganz Boston.**

Ich öffne den Laptop, checke meine Mails und runzle verwundert die Stirn, als ich eine Nachricht vom *Boston Magazine* entdecke. Eine Journalistin möchte einen Artikel über meinen Laden schreiben und fragt nach einem Termin. Ich beginne sofort begeistert eine Antwort zu formulieren, als es an der Tür klopft. »Was gibt's?«

Allysa steckt den Kopf herein. »Hey.«

»Hey.« Ich sehe sie fragend an.

Sie trommelt mit den Fingerspitzen an den Türrahmen. »Du hast mir vor ein paar Minuten gesagt, dass du nie wieder mit mir ins Bib's gehst, weil es einem Typen gehört, in den du als Mädchen mal verliebt warst, und weil ich Rücksicht auf die Gefühle meines Bruders nehmen muss, richtig?«

Ich lasse mich in den Stuhl zurückfallen. »Worauf willst du hinaus, Allysa?«

Sie zieht die Augenbrauen hoch. »Na ja, wenn wir wegen dem Besitzer nie mehr in das Restaurant dürfen, frage ich mich, wie das ist, wenn der Besitzer zu uns kommt?«

Wie bitte?

Ich klappe den Laptop zu und stehe auf. »Warum sagst du so was? Ist er etwa … Ist Atlas hier?«

Sie nickt, kommt ins Büro und drückt die Tür zu. »Ist er. Und er hat nach dir gefragt. Und ja, ich weiß, dass du mit meinem Bruder zusammen bist und ich schwanger bin, aber können wir vielleicht trotzdem eine kleine Ehrfurchtsminute einlegen, um zu würdigen, wie unglaublich gut dieser Mann aussicht?« Sie lächelt verträumt.

»Allysa!«

»Diese *Augen*!« Sie macht die Tür wieder auf und geht raus. Ich hole tief Luft, dann folge ich ihr in den Laden – und tatsächlich: An der Theke steht Atlas.

»Da ist sie«, sagt Allysa zu ihm. »Soll ich dir deine Jacke abnehmen und aufhängen?«

Wir haben gar keine Garderobe.

Atlas sieht mich an, dann schüttelt er den Kopf. »Nein danke, ich bleibe nicht lange.«

Allysa beugt sich über die Theke, stützt das Kinn in die Hand und sieht Atlas an. »Brauchst du vielleicht einen Zweitjob? Lily muss dringend mehr Leute einstellen, und wir suchen noch jemanden, der schwere Sachen schleppen kann. Also jemanden, der gut gebaut ist und kräftig und ...«

Ich verenge die Augen und schieße ihr einen tödlichen Blick zu. Sie zuckt unschuldig mit den Schultern.

Ich halte Atlas die Bürotür auf, sehe ihn aber nicht an, als er an mir vorbeigeht. Es tut mir wahnsinnig leid, was Ryle gestern zu ihm gesagt hat, gleichzeitig bin ich echt sauer auf ihn.

Ich gehe um meinen Schreibtisch herum, lasse mich in den Stuhl fallen und bereite mich innerlich auf eine Auseinandersetzung vor, aber als ich aufblicke, bin ich erst mal sprachlos.

Atlas lächelt. »Unglaublich«, sagt er, als er sich setzt. »Dein Laden ist unglaublich schön, Lily.«

»Danke.« Ich bin etwas irritiert.

Er strahlt mich an, als wäre er stolz auf mich. Dann stellt er eine Papiertüte auf den Tisch und schiebt sie mir zu. »Ein Geschenk«, sagt er. »Du kannst es später aufmachen.«

Warum kauft er mir Geschenke? Er hat eine Freundin. Ich habe einen Freund. Unsere gemeinsame Vergangenheit hat in meiner Gegenwart schon für genug Probleme gesorgt. Ich brauche keine Geschenke von ihm, die alles noch schlimmer machen.

»Warum schenkst du mir etwas, Atlas?«

Er lehnt sich mit verschränkten Armen zurück. »Das ist etwas, was ich schon vor drei Jahren gekauft und aufgehoben habe, falls wir uns irgendwann noch einmal über den Weg laufen.«

Der fürsorgliche Atlas. Er hat sich nicht geändert. Verdammt.

Ich greife nach der Tüte, stelle sie neben mich auf den Boden und versuche mich zu entspannen. Seine Gegenwart versetzt alles in mir in Aufruhr.

»Ich bin gekommen, um mich zu entschuldigen«, sagt er.

Ich winke ab. »Ist schon gut. Es war ein Missverständnis. Ryle ist nichts passiert.«

Atlas unterdrückt ein Lachen. »Deswegen entschuldige ich mich nicht«, sagt er. »Ich würde mich niemals dafür entschuldigen, dich beschützen zu wollen.«

»Du musstest mich nicht beschützen«, sage ich müde. »Niemand hat mir etwas getan.«

Er neigt den Kopf und sieht mich wieder so an, wie er mich gestern Abend angesehen hat. Ein Blick, der mir sagt, dass er enttäuscht von mir ist, und der mich bis ins Innerste trifft.

Ich räuspere mich. »Wofür entschuldigst du dich dann?«

Er bleibt einen Moment lang still. »Ich wollte mich dafür entschuldigen, dass ich gesagt habe, du würdest dich anhören wie deine Mutter. Das war verletzend. Und das tut mir leid.«

Ich weiß nicht, warum ich jedes Mal das Gefühl habe, dass mir gleich die Tränen kommen, wenn wir uns sehen. Wenn ich an ihn denke. Wenn ich in meinen Tagebüchern von ihm lese. Es fühlt sich an, als wäre ich emotional immer noch mit ihm verbunden, und ich weiß nicht, wie ich die Fäden zerschneiden soll.

Sein Blick fällt auf meinen Schreibtisch. Er scheint kurz nachzudenken, dann beugt er sich vor und nimmt sich drei Dinge: einen Stift, einen Block mit Haftnotizen und mein Handy.

Nachdem er etwas auf den Block geschrieben hat, zieht er die Schutzhülle vom Handy, klebt den Zettel hinein, schiebt die Plastikschale wieder darauf und legt es an seinen Platz zurück. Ich sehe ihn verwundert an. Er wirft den Stift auf den Tisch und steht auf.

»Meine Handynummer. Da ist sie gut aufgehoben. Nur für den Fall, dass du sie irgendwann brauchst.«

Ich verziehe das Gesicht. Was für eine komplett unnötige Aktion. »Ich werde sie bestimmt nicht brauchen.«

»Hoffentlich.« Er geht zur Tür, und ich weiß, dass das jetzt meine letzte Chance ist, ihm zu sagen, was ich ihm sagen muss, bevor er für immer aus meinem Leben verschwindet.

»Atlas, warte!«

Ich springe so hastig auf, dass mein Schreibtischstuhl wegrollt und gegen die Wand stößt. Atlas dreht sich halb zu mir um.

»Wegen dem, was Ryle gestern zu dir gesagt hat ... Das war nicht ...« Ich lege eine zitternde Hand an meine Kehle und spüre, wie schnell mein Puls geht. »Ich habe das *niemals* so gesagt. Er hat die Situation natürlich komplett falsch interpretiert und war geschockt und verletzt und hat etwas, das ich ihm vor langer Zeit anvertraut habe, bewusst falsch wiedergegeben.«

Um Atlas' Mundwinkel zuckt es. Ich weiß nicht, ob er sich ein Lächeln verbeißt oder sich seine Wut nicht anmerken lassen will. Jetzt dreht er sich ganz zu mir um und sieht mir fest in die Augen. »Glaub mir, Lily. Ich weiß, dass du damals nicht aus Mitleid mit mir geschlafen hast. Ich war dabei.«

Er geht hinaus und ich lasse mich erschöpft in meinen Stuhl fallen.

Nur dass mein Stuhl nicht mehr da ist, wo ich ihn erwartet hatte. Er steht jetzt an der Wand und ich sitze auf dem Boden.

Als Allysa wenig später hereinkommt, liege ich auf dem Rücken hinter meinem Schreibtisch. Sie schaut besorgt zu mir herunter. »Alles okay?«

Ich hebe den Daumen. »Alles okay. Ich hab nur beim Hinsetzen meinen Stuhl verfehlt.«

Sie streckt mir die Hand hin und hilft mir, aufzustehen. »Warum war er hier?«

Ich ziehe den Stuhl heran und setze mich wieder. Mein Blick

fällt kurz auf mein Handy, dann sehe ich Allysa an. »Er wollte sich bloß entschuldigen.«

Sie seufzt sehnsüchtig. »Heißt das, du gibst ihm den Job?«

Eins muss ich ihr lassen. Sie schafft es selbst inmitten eines emotionalen Taifuns noch, mich zum Lachen zu bringen. »Geh an die Arbeit zurück, bevor ich dir den Lohn kürze.«

Sie wendet sich grinsend zur Tür, aber ich rufe sie noch mal zurück. »Allysa?«

»Schon klar«, sagt sie. »Ryle wird von seinem Besuch nichts erfahren. Das musst du mir nicht extra sagen.«

Ich lächle. »Danke.«

Nachdem sie die Tür geschlossen hat, bücke ich mich nach der Papiertüte, die mein drei Jahre altes Geschenk enthält. Es ist in Seidenpapier gewickelt, aber ich erkenne sofort, dass es ein Buch ist. Als ich es ausgepackt habe, muss ich mich kurz zurücklehnen und tief durchatmen.

Das Buch heißt »Ich mach doch nur Spaß« und auf dem Cover ist ein Foto von Ellen DeGeneres. Lächelnd schlage ich es auf, und mein Herz setzt einen Moment aus, als ich sehe, dass Ellen es höchstpersönlich signiert hat. Ehrfürchtig lese ich die Worte, die sie geschrieben hat.

Für Lily
Atlas sagt, du sollst einfach weiterschwimmen.
Ellen DeGeneres

Ich zeichne mit dem Zeigefinger ihre Unterschrift nach, dann klappe ich das Buch zu, drücke meine Stirn darauf und schluchze geräuschlos ins Cover.

17.

Es ist kurz vor acht, als ich endlich die Wohnungstür aufschließe. Ryle hat mich vor einer Stunde angerufen und mir gesagt, dass ich heute Abend nicht mehr mit ihm rechnen soll. Die Operation mit dem unaussprechlichen Namen ist erfolgreich verlaufen, aber er bleibt trotzdem über Nacht in der Klinik, falls Komplikationen auftreten.

Ich betrete mein stilles Apartment, gehe in mein stilles Schlafzimmer, ziehe still meinen Pyjama an und esse still ein Sandwich. Danach lege ich mich in mein stilles Bett und öffne still mein neues Buch in der Hoffnung, dass es den Aufruhr in mir irgendwie zum Stillstand bringen kann.

Und tatsächlich spüre ich ein paar Stunden später, wie sich die Gefühle in meinem Inneren allmählich zu ordnen scheinen und die Anspannung etwas nachlässt. Nachdem ich ein Lesezeichen zwischen die Seiten gelegt habe, klappe ich das Buch zu.

Ich betrachte das Cover und denke an Ryle. Ich denke an Atlas. Ich denke darüber nach, wie leicht man sich einbildet, das Leben würde sich in eine bestimmte Richtung entwickeln, und plötzlich rollt eine riesige Welle heran und reißt einen fort von allem.

Irgendwann stehe ich auf, gehe zum Schrank, lege Atlas' Geschenk in den Karton mit meinen Erinnerungen und nehme das Tagebuch heraus. Jetzt ist der Moment gekommen, den allerletzten Eintrag zu lesen. Danach kann ich es für immer schließen.

Liebe Ellen,

meistens bin ich froh darüber, dass ich dir keinen einzigen von meinen Briefen je geschickt habe und du gar nicht weißt, dass es mich überhaupt gibt. Aber manchmal wünsche ich mir doch, du würdest mich kennen – jetzt zum Beispiel. Ich bräuchte gerade dringend jemanden, mit dem ich über alles reden kann.

Vor sechs Monaten habe ich Atlas zum letzten Mal gesehen, und ich habe keine Ahnung, wo er gerade ist, wie es ihm geht oder was er inzwischen macht. Erinnerst du dich, was ich dir geschrieben habe, nachdem er nach Boston gezogen ist? Da habe ich noch gedacht, das wäre für lange Zeit das letzte Mal, dass wir uns sehen, aber dann kam es doch anders.

Ein paar Wochen später, am Abend von meinem sechzehnten Geburtstag, stand er nämlich plötzlich wieder vor meinem Fenster, und es wurde der allerschönste Tag meines Lebens.

Und der allerschlimmste.

Sein Umzug nach Boston war damals genau zweiundvierzig Tage her. Ich habe die Tage gezählt, obwohl das natürlich nichts leichter gemacht hat. Ich war total unglücklich, Ellen. Und bin es immer noch. Es heißt immer, die Liebe zwischen Jugendlichen wäre nicht mit der Liebe von Erwachsenen zu vergleichen. Ja, kann sein. Ich bin noch zu jung, um das zu beurteilen, vielleicht liebt man wirklich anders, wenn man reifer und erfahrener ist. Trotzdem bin ich mir sicher, dass das Gewicht der Liebe für alle Menschen gleich ist, ganz egal, wie alt sie sind. Ich spüre es jedenfalls ganz deutlich. Meine Sehnsucht nach Atlas liegt mir wie ein Stein im Magen und macht mir das Herz schwer. Jede Nacht weine ich mich in den Schlaf und versuche, mir selbst Mut zu machen, indem ich mir zuflüstere: »Schwimm einfach weiter.« Aber es ist verdammt schwierig, weiterzuschwimmen, Ellen, wenn man gleichzeitig von einem Gewicht nach unten gezogen wird.

In der Schule haben wir irgendwann mal über die verschiedenen Phasen der Trauer gesprochen – Leugnen, Zorn, Verhandeln, Depression und Akzeptanz. *Mir kommt gerade der Gedanke, dass ich viel-leicht genau die gleichen Phasen durchlaufe, auch wenn Atlas nicht gestorben ist. Am Abend von meinem sechzehnten Geburtstag steckte ich jedenfalls in einer schlimmen Depression. Mom hatte alles getan, um mir einen schönen Tag zu machen, sie hat mir Werkzeug für den Garten geschenkt, mir meinen Lieblingskuchen gebacken, und abends sind wir zu zweit richtig chic essen gegangen. Aber als ich danach in mein Bett gekrochen bin, war die Traurigkeit wieder übermächtig.*

Ich lag unter der Decke vergraben und habe so geschluchzt, dass ich das Klopfen an der Scheibe fast nicht gehört hätte. Im ersten Moment dachte ich, es hätte angefangen zu regnen, aber dann hörte ich jeman-den meinen Namen rufen. Mit rasendem Herzen bin ich aus dem Bett gesprungen und zum Fenster gerannt. Und da stand Atlas in der Dunkelheit und hat mich angelächelt. Ich habe ihn reingelassen, und er hat mich in die Arme genommen und mich festgehalten, bis ich irgendwann zu weinen aufgehört habe.

Er hat unheimlich gut gerochen, und durch sein T-Shirt hindurch konnte ich spüren, dass er nicht mehr so schrecklich dünn war wie noch vor ein paar Wochen. Nach einer Weile hat er mich losgelassen und mir die Tränen aus dem Gesicht gewischt. »Hey, Lily. Warum weinst du denn?«

Es war mir total peinlich, dass ich gleich losgeheult hatte. Aber irgendwie habe ich damals sowieso unglaublich viel geweint, mehr als jemals in meinem ganzen Leben. Keine Ahnung, vielleicht lag es ja auch an der Pubertät. Oder an der Situation mit meinem Vater. Als Atlas dann auch noch weg war, hat mir das den Rest gegeben.

Nachdem ich mir mit einem T-Shirt das Gesicht getrocknet hatte, haben wir uns aufs Bett gesetzt und Atlas hat meinen Kopf an seine Brust gezogen.

»Was machst du auf einmal wieder hier?«, habe ich gefragt.

»Du hast Geburtstag«, hat er gesagt. »Und du bist immer noch mein Lieblingsmensch. Und ich habe dich vermisst.«

Er ist so gegen zehn gekommen, aber als ich das nächste Mal auf die

Uhr geschaut habe, war es schon nach Mitternacht. Wir hatten uns so viel zu erzählen, dass wir gar nicht gemerkt haben, wie die Zeit verflog. Ich kann mich nicht mal erinnern, worüber wir gesprochen haben, aber ich weiß noch genau, wie ich mich gefühlt habe. Und Atlas wirkte so glücklich. Seine Augen leuchteten, wie ich es noch nie bei ihm gesehen hatte. Er sah aus, als hätte er endlich ein Zuhause gefunden.

Irgendwann ist er aber ganz ernst geworden, hat mich auf seinen Schoß gezogen und wollte, dass ich ihm in die Augen schaue. Ich habe Angst bekommen, weil ich dachte, dass er mir jetzt vielleicht sagt, er hätte eine Freundin oder so was. Aber es war dann etwas ganz anderes. Etwas, das mich echt geschockt hat.

Er hat mir erzählt, dass er damals nicht in das Abbruchhaus gegangen ist, weil er einen Schlafplatz brauchte …

… sondern weil er einen Ort gesucht hat, um sich umzubringen.

Ich glaube, ich habe ihn mit offenem Mund angestarrt, weil ich so erschrocken war. Ich hatte ja keine Ahnung, wie unglücklich und verzweifelt er gewesen ist. So verzweifelt, dass er nicht mehr leben wollte.

»Ich wünsche dir, dass du nie erleben musst, wie es sich anfühlt, so einsam zu sein«, hat er gesagt.

Und dann hat er mir erzählt, dass er an dem Abend mit einer Rasierklinge in der Hand auf dem Boden saß, aber genau in dem Moment, als er sich die Pulsadern aufschneiden wollte, wäre gegenüber bei mir im Zimmer das Licht angegangen. »Du standest da und wurdest von hinten angeleuchtet, sodass du aussahst wie ein Engel«, hat er gesagt. »Ich konnte gar nicht aufhören, dich anzuschauen.«

Er hat wohl eine Weile beobachtet, wie ich im Zimmer rumgelaufen bin und mich dann aufs Bett gelegt und irgendwas geschrieben habe. Und da hat er die Rasierklinge wieder weggelegt. Er meinte, in den Wochen davor hätte er sich total taub gefühlt, so sehr, dass es ihm nichts ausgemacht hätte zu sterben, aber in diesem Moment hätte er zum ersten Mal wieder etwas gefühlt. Jedenfalls genug, um zu beschließen, sein Leben an dem Abend nicht zu beenden.

Na ja, und ein paar Tage später habe ich ihm dann die Tüte mit dem Essen auf die Veranda gestellt, und den Rest der Geschichte kennst du ja.

»Du hast mir das Leben gerettet, Lily«, hat er gesagt. »Ohne dass du es wusstest.«

Dann hat er mich auf die Stelle oberhalb meines Schlüsselbeins geküsst, die er immer küsst, und es hat sich unglaublich schön angefühlt. Inzwischen ist das meine absolute Lieblingsstelle an meinem Körper.

Danach hat er meine Hände genommen und mir gesagt, dass er früher als geplant zur Army geht, sich aber vorher unbedingt von mir verabschieden und mir für alles danken wollte.

Er hatte dabei Tränen in den Augen, wodurch das Blau noch leuchtender gestrahlt hat als sonst. »Das Leben ist so verdammt kurz, Lily«, hat er gesagt. »Wir haben nur so wenig Zeit und dürfen sie nicht vergeuden. Wir sollten nicht auf etwas warten, von dem wir nicht wissen, ob es überhaupt jemals passieren wird.«

Ich habe sofort verstanden, was er mir damit sagen wollte: Ich soll nicht auf ihn warten, bis er in vier Jahren wieder aus der Army entlassen wird.

Es war kein richtiges Schlussmachen, weil wir ja nie offiziell ein Paar waren. Aber es hat wahnsinnig wehgetan, dass Atlas mich sozusagen freigegeben hat, ohne dass er mich vorher jemals gefragt hat, ob ich seine Freundin sein will. Wobei ich glaube, dass wir beide von Anfang an gewusst haben, dass das nicht ewig so weitergehen kann. Dabei hätte ich es mir so gewünscht. Wenn alles anders gewesen wäre, wenn er ein richtiges Zuhause gehabt hätte und wir uns in der Schule kennengelernt hätten, dann hätten wir ein ganz normales Paar werden können. Eines, das einfach glücklich ist und gar nicht weiß, wie grausam das Leben manchmal sein kann.

Ich habe nicht versucht, Atlas umzustimmen und ihm zu sagen, dass ich trotzdem auf ihn warten will, weil ich ganz fest spüre, dass unsere Verbindung so stark ist, dass nicht mal die Flammen der Hölle uns trennen könnten. Deswegen ist es okay. Er soll zur Army gehen.

Ich mache hier in der Zwischenzeit meinen Schulabschluss, und wenn die Zeit reif ist, kommen wir zusammen.

»Aber eins verspreche ich dir«, hat er gesagt. »Wenn mein Leben irgendwann gut genug für dich ist, dann mache ich mich auf die Suche nach dir, und vielleicht magst du mich dann ja noch. Ich will nur nicht, dass du so lange auf mich wartest, weil es eben auch sein kann, dass dieser Moment niemals kommt.«

Mir hat das nicht gefallen, weil es zwei Dinge bedeuten kann: entweder, dass er während seiner Zeit bei der Army irgendwo hingeschickt wird, von wo er vielleicht nicht lebend zurückkehrt, oder zweitens, dass er nicht glaubt, dass sein Leben jemals gut genug für mich sein wird.

Dabei war es doch schon in dem Moment längst gut genug für mich. Aber ich habe trotzdem nichts gesagt, sondern bloß genickt und mich gezwungen, einen Witz zu machen. »Wenn ich zu lange warten muss, gehe ich dich suchen, Atlas Corrigan. Und dann kannst du dich auf was gefasst machen.«

Er hat gelacht, weil ich das so drohend gesagt habe. »Es wird nicht so schwer sein, mich zu finden. Du weißt ja, wo ich bin.«

Ich habe gegrinst. »Klar. Da, wo alles besser ist.«

»Genau. In Boston«, hat er gesagt und mir einen Kuss gegeben.

Und dann haben wir uns weitergeküsst. Und gelacht. Und uns geliebt. Und gestöhnt. Sehr viel gestöhnt. So, dass wir uns gegenseitig den Mund zuhalten mussten, damit meine Eltern uns nicht hörten.

Später lagen wir Haut an Haut da, meine Hand auf seinem Herzen, seine auf meinem. Er hat mich geküsst und mir ganz tief in die Augen geschaut.

»Ich liebe dich, Lily. Alles, was du bist. Ich liebe dich.«

Und ich wusste, dass er damit nicht meint, dass er in mich verliebt ist. Die Art von »Ich liebe dich« war das nicht.

Man begegnet im Leben so vielen Menschen. Unmengen von Menschen. Sie sind wie Wellen, die auf einen zuströmen und sich wieder zurückziehen. Darunter gibt es welche, die höher sind als andere und

eine viel stärkere Wucht haben. Manche bringen Dinge von tief un-
ten vom Meeresgrund an die Oberfläche und schleudern sie an den
Strand, wo sie liegen bleiben. Spuren im Sand, die noch lange, nach-
dem die Wellen sich zurückgezogen haben, daran erinnern, dass sie da
waren.

Als Atlas mir gesagt hat, dass er mich liebt, hatte ich das Gefühl, er
will mir damit sagen, dass ich die größte Welle bin, die er jemals erlebt
hat. Und dass ich so viel mitgebracht habe, dass davon immer etwas
zurückbleiben wird, auch wenn die Gezeiten mich davongetragen
haben.

Dann hat er sich zu seiner Jacke runtergebeugt und eine braune
Papiertüte aus der Tasche gezogen. »Ich hab noch ein Geburtstagsge-
schenk für dich. Es ist nur was ganz Kleines.«

In der Tüte war das beste Geschenk, das ich je bekommen habe. Ein
Kühlschrankmagnet, auf dem »BOSTON« steht und darunter etwas
kleiner: »Wo alles besser ist«. Ich habe Atlas gesagt, dass ich immer an
ihn denken werde, wenn ich den Magneten anschaue.

Vorhin habe ich geschrieben, dass mein sechzehnter Geburtstag der
schönste Tag meines Lebens gewesen ist. Und bis zu diesem Moment
war er das auch.

Aber in der nächsten Sekunde passierte etwas, das ihn zum kom-
pletten Gegenteil werden ließ.

Weil ich Atlas an dem Abend nicht erwartet hatte, war meine
Zimmertür nicht abgeschlossen. Mein Vater muss uns gehört haben.
Jedenfalls riss er plötzlich die Tür auf, sah Atlas und rastete total aus.
Er war so wütend. Wütender, als ich ihn je erlebt habe. Und Atlas
hatte keine Chance.

Ich werde diese Szene niemals vergessen, so lange ich lebe. Wie ich
dastand und hilflos zusehen musste, wie mein Vater sich mit einem
Baseballschläger auf Atlas stürzte und auf ihn einprügelte. Und
durch mein Schreien hindurch hörte ich Knochen brechen.

Jemand rief die Polizei. Eigentlich kann es nur meine Mutter
gewesen sein, aber sie hat bis heute nicht mit mir über diese Nacht

gesprochen, obwohl sie jetzt sechs Monate her ist. Als die beiden Polizisten in mein Zimmer stürmten und meinen Vater von Atlas wegrissen, erkannte ich ihn nicht wieder, weil sein Gesicht so geschwollen und blutüberströmt war.

Ich habe die ganze Zeit über nur geschrien.

Hysterisch geschrien.

Atlas wurde mit Blaulicht in die Klinik gebracht, und für mich mussten sie auch den Notarzt rufen, weil ich keine Luft mehr bekam. Das war das erste und bis jetzt einzige Mal in meinem Leben, dass ich eine Panikattacke hatte.

Ich habe keine Ahnung, wo sie ihn damals hingebracht haben, und auch nicht, wo er jetzt ist und wie es ihm geht. Mein Vater hat noch nicht mal eine Anzeige wegen Körperverletzung bekommen. Ganz im Gegenteil. Die Leute bewundern ihn. Es hat sich schnell herumgesprochen, dass Atlas in dem Abbruchhaus geschlafen hatte, weil er obdachlos war. Es hieß, er hätte mich naives Mädchen zum Sex überredet und mein Vater hätte mich gerächt.

Mein Vater sagt, ich hätte Schande über unsere Familie gebracht, und alle würden sich das Maul über mich zerreißen. Es stimmt. Die Leute reden immer noch. Heute habe ich mitbekommen, wie Katie im Bus zu einem Mädchen gesagt hat, sie hätte damals versucht, mich vor Atlas zu warnen. Sie hätte nämlich gleich gemerkt, dass er irgendetwas Fieses an sich gehabt hätte. Hätte Atlas neben mir gesessen, hätte ich mich wahrscheinlich erwachsener verhalten und sie einfach ignoriert, so wie er es mir beigebracht hat, aber das habe ich nicht geschafft. Dazu war ich viel zu wütend. Stattdessen habe ich mich zu ihr umgedreht und ihr gesagt, dass sie eine miese Lästerschlampe ist und dass Atlas ein tausendmal wertvollerer Mensch ist als sie und dass sie besser nie wieder etwas Schlechtes über ihn sagt, weil sie es sonst bereuen wird.

Sie hat bloß die Augen verdreht. »Gott, Lily. Hat er dir das Gehirn gewaschen, oder was? Dieser Typ war ein dreckiger, krimineller Straßenjunge, der wahrscheinlich noch dazu drogensüchtig war. Er

*hat dich benutzt, um an Essen und Sex ranzukommen, und du
verteidigst ihn auch noch?«*

*Sie hatte echt Glück, dass der Bus in dem Moment in unserer
Straße gehalten hat. Ich bin nach Hause gerannt, habe mich aufs Bett
geworfen und bestimmt drei Stunden lang durchgeweint. Jetzt habe
ich schreckliche Kopfschmerzen, aber ich habe mich trotzdem hingesetzt und diesen Brief an dich geschrieben, Ellen, weil ich dachte,
das wäre das Einzige, was mir helfen kann. Ich dachte, dass ich mir
alles endlich mal von der Seele schreiben muss, nachdem ich es sechs
Monate lang in mich hineingefressen habe ...*

*Sei mir nicht böse, aber mein Kopf tut immer noch weh. Mein
Herz auch. Vielleicht sogar noch mehr als vorher. Dass ich diesen
Brief geschrieben habe, hat kein bisschen geholfen.*

*Ich glaube, ich nehme mir eine Auszeit, Ellen. Wenn ich dir
schreibe, denke ich nur an ihn, und dann tut alles noch viel mehr weh.
Ich werde einfach so tun, als wäre alles okay, bis er mich irgendwann
holen kommt. Ich werde so tun, als würde ich schwimmen, obwohl ich
mich in Wirklichkeit nur treiben lasse und es gerade mal schaffe, den
Kopf über Wasser zu halten.*

Deine Lily

Ich blättere weiter. Die nächsten Seiten sind leer. Das war der
letzte Brief, den ich jemals an Ellen geschrieben habe.

Von Atlas habe ich in den Jahren danach nie wieder irgendetwas gehört, aber das habe ich ihm nicht übel genommen. Mein
Vater hätte ihn damals beinahe totgeschlagen. Das ist nichts,
was man jemals vergessen kann.

Trotzdem wusste ich schon vor unserem Wiedersehen, dass
er die Attacke überlebt hatte und dass es ihm gut ging, weil ich
immer wieder nach ihm gegoogelt habe. Es gab nicht viele
Informationen über ihn, aber ich fand zumindest heraus, dass er
tatsächlich zur Army gegangen ist.

Vergessen habe ich ihn nie. Mit der Zeit hörte mein Herz auf, ständig wehzutun, aber wenn ich irgendetwas sah oder hörte oder las, das mich an ihn erinnerte, kam alles wieder zurück. Erst als ich mich auf dem College in einen Studienfreund verliebt habe, mit dem ich dann auch länger zusammen war, habe ich begriffen, dass Atlas womöglich doch nicht der Mann meines Lebens, sondern eben nur der Mann eines Teils meines Lebens gewesen ist.

Vielleicht muss man sich die Liebe nicht als einen Kreis vorstellen, der sich schließt, sondern als an- und abschwellende Welle, genau wie die Menschen, denen man im Laufe eines Lebens begegnet.

An einem Abend im College, an dem ich mich besonders einsam und allein gefühlt habe, bin ich in ein Tattoo-Studio gegangen und habe mir an der Stelle, die Atlas immer geküsst hat, ein Herz stechen lassen. Es ist nur etwa so groß wie ein Daumenabdruck, und es sieht aus wie das Herz, das er mir aus dem Holz der Eiche geschnitzt hat. Ich frage mich, ob Atlas die Bögen oben damals ganz bewusst offen gelassen hat. Weil sich mein Herz nämlich genau so anfühlt, wenn ich an ihn denke: als würde ein Loch darin klaffen.

Nach dem Studium bin ich dann nach Boston gezogen. Gar nicht mal, weil ich die Hoffnung hatte, Atlas zu begegnen, sondern weil ich wissen wollte, ob Boston tatsächlich besser ist. Aus Plethora war ich längst herausgewachsen, aber abgesehen von der Kleinstadt wollte ich auch meinem Vater entfliehen. Obwohl er da schon krank war und meiner Mutter nichts mehr tun konnte, hatte ich das Bedürfnis, möglichst weit weg von ihm zu leben, am besten sogar in einem anderen Bundesstaat als Maine.

Als ich Atlas dann an dem Abend in seinem Restaurant wiedergesehen habe, kamen so viele unterschiedliche Gefühle in mir hoch, dass ich nicht wusste, wie ich sie verarbeiten sollte. Ich war froh, dass es ihm gut ging, und erleichtert, dass er keine bleibenden Schäden davongetragen hatte. Aber es wäre gelogen, wenn ich behaupten würde, es hätte mir nicht doch auch ein bisschen das Herz gebrochen, dass er sich nie auf die Suche nach mir gemacht hat, obwohl er es versprochen hatte.

Ich habe ihn geliebt und liebe ihn immer noch. Daran wird sich nie etwas ändern. Atlas war eine große Welle, die in meinem Leben viele Spuren hinterlassen hat, und ich weiß, dass ich das Gewicht dieser Liebe spüren werde, bis ich sterbe. Das habe ich akzeptiert.

Aber die Dinge sind nicht mehr, wie sie einmal waren. Nachdem Atlas heute bei mir im Laden war, habe ich lange und gründlich über uns nachgedacht und bin zu dem Schluss gekommen, dass die Strömung des Lebens uns beide genau dahin gebracht hat, wo wir hingehören. Ich habe Ryle. Atlas hat seine Freundin. Wir haben beide unsere Leidenschaft zum Beruf gemacht und tun genau das, was wir uns immer gewünscht haben. Wir schwimmen im selben Meer, aber wir surfen nicht mehr auf derselben Welle.

Natürlich ist meine Beziehung zu Ryle noch sehr frisch, aber ich spüre, dass ich mit ihm die gleichen Tiefen erreichen kann wie mit Atlas. Er liebt mich so, wie Atlas mich damals geliebt hat. Und ich bin mir sicher, dass Atlas das genauso sehen würde, wenn die Umstände anders wären und er Ryle kennenlernen würde.

Manchmal gerät man ganz unerwartet in eine Welle, deren Sog einen mit sich reißt. Ryle ist diese Welle für mich und jetzt gleite ich auf ihrer schimmernden Oberfläche entlang.

Zweiter Teil

18.

»Oh Gott, mir ist ganz schlecht. Ich glaube, ich muss mich übergeben.«

»Hey.« Ryle legt den Daumen unter mein Kinn und hebt mein Gesicht an, sodass ich ihn ansehen muss. Er grinst. »Alles wird gut. Kein Grund, durchzudrehen.«

Ich schüttle meine Hände und hüpfe im Aufzug auf und ab. »Ich kann nichts dagegen tun«, sage ich. »Alles, was ihr mir über eure Mutter erzählt habt, macht mich total nervös.« Plötzlich kommt mir ein Gedanke und ich schlage mir erschrocken die Hand vor den Mund. »Oh nein, Ryle. Und wenn sie mir irgendwelche Fragen zu *Jesus* stellt? Ich gehe nie in die Kirche. Natürlich hatte ich Religionsunterricht, aber in einem Bibel-Quiz würde ich mich total blamieren …«

Jetzt lacht er laut auf. Er zieht mich an sich und küsst mich auf die Schläfe. »Sie wird nicht über Jesus mit dir reden, und außerdem habe ich ihr so viel Tolles über dich erzählt, dass sie dich jetzt schon liebt. Du musst nichts weiter tun als du selbst sein, Lily.«

»Okay.« Ich nicke. »Okay. Ich selbst sein. Okay, ich glaube, das schaffe ich. Ich kann einen Abend lang so tun, als wäre ich ich selbst. Okay.«

Die Aufzugtüren gleiten auf und Ryle schiebt mich sanft zur Tür von Allysas und Marshalls Wohnung. Es ist irgendwie merkwürdig zu sehen, dass er auf den Klingelknopf drückt, statt einfach aufzuschließen. Aber wahrscheinlich ist es angemessen, schließlich wohnt er nicht mehr wirklich hier. In den letzten Monaten ist er nach dem Krankenhaus immer öfter direkt zu mir gekommen und geblieben. Mittlerweile hängen seine Klamotten bei mir im Schrank. Im Bad stehen seine Sachen. Letzte Woche hat er sogar das verschwommene Foto von mir in unserem Schlafzimmer aufgehängt, und danach hatte ich das Gefühl, dass unsere Beziehung jetzt wirklich offiziell ist.

»Weiß sie, dass wir zusammenwohnen?«, frage ich. »Hat sie nichts dagegen? Ich meine, wir leben in *wilder Ehe*. Sie geht jeden Sonntag in die Kirche. Oh nein, Ryle …« Ich drehe mich zu ihm um. »Was ist, wenn deine Mutter mich für eine gottlose Hure hält?«

Ryle nickt stumm in Richtung Tür, und als ich herumwirble, steht da eine Frau, die mich mit geweiteten Augen ansieht.

»Hallo, Mutter«, sagt Ryle. »Darf ich dir Lily, meine gottlose Hure, vorstellen?«

Um. Gottes. Willen.

Seine Mutter kommt mit ausgebreiteten Armen auf mich zu und lacht so herzlich, dass ich erleichtert aufatme. »Lily!« Sie umarmt mich und hält mich dann ein Stück von sich weg, damit sie mich ansehen kann. »Ich halte dich nicht für eine gottlose Hure, Liebes. Du bist der Engel, den ich Ryle schon seit Jahren wünsche!«

Sie fasst mich am Ellbogen und zieht mich in das Apartment, wo mich Ryles Vater erwartet, der mich ebenfalls mit einer Umarmung begrüßt. »Nein – definitiv keine gottlose Hure«, sagt er. »Kein solches Ungeheuer wie Marshall, der seine Reißzähne in unser kleines Mädchen geschlagen hat, als sie gerade mal zarte siebzehn war.« Er wirft seinem Schwiegersohn, der grinsend auf der Couch sitzt, einen gespielt empörten Blick zu.

Marshall lacht. »Da irrst du dich, Dr. Kincaid. Allysa war diejenige, die ihre Reißzähne in mich geschlagen hat. Meine Zähne steckten noch in einem anderen Mädchen, das nach Käseflips geschmeckt hat und … Au!« Er stöhnt auf, weil Allysa ihm den Ellbogen in die Rippen gerammt hat.

Und von einer Sekunde zur anderen lösen sich alle meine Ängste in Luft auf. Die Kincaids sind großartig. Sie sind vollkommen normal, nehmen das Wort *Hure* in den Mund und lachen über Marshalls Witze.

Ich hätte es mir nicht besser wünschen können.

Drei Stunden später liege ich mit Allysa im Schlafzimmer auf ihrem Bett. Ihre Eltern sind früh ins Hotel gegangen, um ihren Jetlag auszuschlafen. Ryle und Marshall sitzen vor dem Fernseher und schauen Sport. Ich habe die Hand auf Allysas Bauch gelegt und warte darauf, dass sich das Baby bewegt.

»Ihre Füße sind genau hier.« Sie schiebt meine Hand ein paar Zentimeter zur Seite. »Gib ihr noch ein paar Sekunden, gleich wirst du sie spüren. Sie ist heute wahnsinnig aktiv.«

Wir warten mit angehaltenem Atem, als ich plötzlich eine Bewegung wahrnehme. »Oh mein Gott«, kreische ich und muss total lachen. »Das ist ja wie bei *Alien*!«

Allysa streicht sich über den Bauch. »Wie soll ich die nächsten zweieinhalb Monate nur aushalten?«, sagt sie lächelnd. »Ich kann es ja jetzt schon kaum erwarten, sie endlich im Arm zu halten.«

»Und ich kann es kaum erwarten, Tante zu werden.«

»Und ich kann es kaum erwarten, dass Ryle dir ein Baby macht«, sagt sie.

Ich lasse mich nach hinten fallen und verschränke die Hände im Nacken. »Ich weiß nicht, ob das jemals passieren wird. Vielleicht will er ja gar keine Kinder.«

»Das wäre für mich kein Argument«, sagt Allysa. »Bevor er dich kennengelernt hat, wollte er auch keine Beziehung. Er wollte auch nie heiraten, aber ich habe das sichere Gefühl, dass der Moment, in dem er dir einen Antrag macht, immer näher rückt.«

Ich drehe mich zur Seite, stütze den Kopf in die Hand und sehe sie an. »Wir sind gerade mal ein halbes Jahr zusammen, Allysa. Ich bin mir ziemlich sicher, dass er sich noch sehr viel Zeit lassen will, bevor er den nächsten Schritt macht.«

Ich dränge Ryle nicht. Unser Leben ist perfekt, so wie es ist. Außerdem sind wir beide beruflich viel zu eingespannt, um eine Hochzeit zu planen, deswegen macht es mir überhaupt nichts aus, noch zu warten.

»Wie ist das mit dir?«, fragt Allysa. »Würdest du denn Ja sagen?«

Ich lache. »Machst du Witze? Na klar. Ich würde ihn noch heute Abend heiraten, wenn er mich fragen würde.«

Allysa wirft über meine Schulter einen Blick zur Tür und presst die Lippen zusammen, als würde sie sich ein Lächeln verkneifen.

»Nein!«, sage ich. »Er steht in der Tür, stimmt's?«

Sie nickt.

»Und er hat gehört, was ich eben gesagt habe.«

Sie nickt wieder.

Ich stöhne. Als ich mich umdrehe, sehe ich Ryle mit verschränkten Armen am Türrahmen lehnen. Ich habe keine Ahnung, was er von dem hält, was er gerade mitbekommen hat. Seine Kiefermuskeln sind angespannt. Er verengt die Augen.

»Weißt du was, Lily?«, sagt er ruhig. »Ich würde dich *vom Fleck weg* heiraten.«

Ich spüre, wie sich auf meinen Lippen ein garantiert unglaublich dämlich aussehendes Lächeln breitmacht, greife schnell nach einem Kissen und presse es mir aufs Gesicht. »Oh … das freut mich, Ryle. Danke«, sage ich dumpf.

»Wow. Das war süß!«, sagt Allysa. »Mein Bruder kann richtig süß sein.«

Jemand zieht mir das Kissen weg, und ich sehe in das Gesicht von Ryle. »Na los, lass es uns einfach tun. Lass uns heiraten.«

Mein Herz klopft schneller. »Wie? Jetzt gleich?«

Er nickt. »Ich habe mir für den Besuch meiner Eltern das ganze Wochenende freigenommen. Du hast Leute, die sich um den Laden kümmern können. Lass uns nach Vegas fliegen und heiraten.«

Allysa setzt sich empört auf. »Das kannst du nicht machen«, sagt sie. »Lily ist ein Mädchen. Und jedes Mädchen wünscht sich eine richtig große Hochzeit mit Blumen und weißem Kleid und Brautjungfern und allem, was dazugehört.«

Ryle sieht mich an. »Wünschst du dir eine richtig große Hochzeit mit Blumen und weißem Kleid und Brautjungfern und allem, was dazugehört?«

Ich denke eine Sekunde nach.

»Nein.«

Einen Moment lang ist es still, dann lässt sich Allysa wie eine Irre lachend auf die Matratze zurückfallen, strampelt mit den Beinen in der Luft und brüllt: »Sie heiraten!« Sie hievt sich hoch, wälzt sich vom Bett und läuft ins Wohnzimmer. »Marshall, pack unsere Taschen. Wir fliegen nach Vegas!«

Ryle greift nach meiner Hand und zieht mich auf die Füße. Er lächelt, aber ich bin vorsichtig. Ich fange erst an, mich zu freuen, wenn ich vollkommen davon überzeugt bin, dass er es auch wirklich will.

»Bist du dir sicher, Ryle?«

Er fährt mir durch die Haare, beugt sich zu mir herunter und streift zärtlich mit den Lippen über meine. »Nackte Wahrheit?«, sagt er leise. »Ich bin so heiß darauf, endlich dein Mann zu werden, dass ich mir vor Ungeduld fast in die Hose mache.«

247

19.

»Es ist jetzt fast sechs Wochen her, Mom. Kannst du nicht langsam mal darüber wegkommen?«

Meine Mutter seufzt ins Telefon. »Du bist nun mal meine einzige Tochter, Liebes. Und ich habe, seit du auf der Welt bist, von deiner Hochzeit geträumt.«

Sie hat mir immer noch nicht verziehen, dass alles so blitzschnell ging, obwohl sie doch sogar dabei war. Wir haben sie und die Kincaids aus dem Bett geklingelt und gezwungen, eilig ein paar Sachen zu packen, um zusammen mit uns die Mitternachtsmaschine nach Vegas zu nehmen. Mom hat gar nicht erst versucht, uns die Sache auszureden – ich glaube, sie wusste, dass ihr das nicht gelungen wäre. Allerdings lässt sie mich bis heute spüren, wie enttäuscht sie ist, dass ich ihren Traum von einer großen Hochzeit in Weiß mit ihr als meiner engsten Beraterin zunichtegemacht habe.

Ich ziehe die Füße auf die Couch und kuschle mich ins Polster. »Wie kann ich das jemals wiedergutmachen?«, frage ich sie. »Und wenn ich dir verspreche, dass wir irgendwann auf die traditionelle Methode ein Baby bekommen, statt uns eins in Vegas zu kaufen?«

Meine Mutter lacht. Dann seufzt sie. »Na gut, wenn ich irgendwann Enkel von euch bekomme, bin ich bereit, euch die entgangene Hochzeit zu verzeihen.«

Auf dem Flug nach Las Vegas haben Ryle und ich noch mal

über die Kinderfrage gesprochen. Seit Allysas Schwangerschaft hat sich seine Einstellung dazu geändert, aber ich wollte trotzdem klären, ob er sich vorstellen kann, eines Tages selbst Vater zu werden. Ryle hat mir versichert, das könnte er definitiv. Danach haben wir noch ein paar andere Dinge besprochen, die sonst womöglich auf lange Sicht problematisch geworden wären. Ich habe ihm gesagt, dass ich getrennte Konten möchte, aber angeregt, dass er mir, weil er schließlich viel mehr Geld verdient als ich, immer mal wieder kleine Geschenke machen könnte, um mich bei Laune zu halten. Er war einverstanden. Im Gegenzug musste ich ihm versprechen, niemals Veganerin zu werden. Das wird sicher sowieso nicht passieren, weil ich viel zu gern Käse esse. Ich habe ihm gesagt, dass ich unbedingt möchte, dass wir einen Teil unseres Einkommens für wohltätige Zwecke spenden. Als Ryle mir sagte, dass er das bereits tut, habe ich ihn gleich noch mehr geliebt als sowieso schon. Zuletzt hat er mir noch das Versprechen abgenommen, immer zur Wahl zu gehen, wobei es ihm völlig egal ist, für welche Partei ich stimme. Ich habe ihm mein Wort darauf gegeben.

Bis zur Landung in Vegas war alles geklärt und unserer Hochzeit stand nichts mehr im Wege.

Ich höre, wie die Tür aufgeschlossen wird, und richte mich auf. »Ich muss Schluss machen, Mom«, sage ich. »Ryle kommt gerade nach Hause.« Als er die Tür hinter sich zudrückt, lächle ich. »Oder warte, das muss ich jetzt ja anders sagen: Mein *Ehemann* kommt gerade nach Hause.«

Mom lacht und wünscht uns einen schönen Abend. Ich werfe das Handy zur Seite, lehne mich zurück, hebe den Arm über den Kopf, lasse ihn lasziv nach hinten sinken und lege dann das rechte Bein so über die Rückenlehne, dass mein Kleid den Schenkel hinabgleitet. Ryle kommt grinsend auf mich zu und beugt sich über mich.

»Hallo, *Ehefrau*«, flüstert er und haucht Küsse um meinen

Mund. Er kniet sich zwischen meine Beine auf die Couch, und ich lasse den Kopf zurückfallen, während er sich an meinem Hals entlangküsst.

Das ist unser Leben.

Ich bin jeden Tag im Laden, Ryle ist in der Klinik. Er arbeitet trotzdem sicher doppelt so viel wie ich und kommt an zwei oder drei Nächten pro Woche immer erst so spät nach Hause, dass ich schon schlafe. An den Abenden, die wir miteinander verbringen, möchte ich ihn am liebsten tief in mir spüren.

Ryle hat nichts dagegen.

Seine Lippen saugen sich so an meinem Hals fest, dass ich kichernd aufschreie. »Aua!«

»Ich mache dir einen Knutschfleck«, murmelt Ryle. »Nicht bewegen.«

Ich lache, lasse ihn aber gewähren. Meine Haare sind so lang, dass ich den Knutschfleck problemlos darunter verbergen kann, außerdem hatte ich noch nie einen und möchte das dringend nachholen.

Ryle saugt und küsst, bis sich der Schmerz in Lust verwandelt und ich spüre, wie er zwischen meinen Beinen hart wird. Ganz langsam lasse ich meine Hand an seinem Körper entlanggleiten, öffne seine Hose und ziehe sie gerade so weit nach unten, dass er in mich hineingleiten kann. Seine Lippen sind immer noch an meinem Hals, als er mich hier auf der Couch nimmt.

*****

Nachdem Ryle aus dem Bad gekommen ist, bin ich auch noch mal schnell unter die Dusche gesprungen, weil wir gleich mit Allysa und Marshall zum Essen verabredet sind.

Allysas Termin ist schon in ein paar Wochen, weshalb sie vorher noch so viel wie möglich mit uns unternehmen will. Sie hat Angst, dass wir nicht mehr zu Besuch kommen, wenn das Baby erst mal da ist, was natürlich völlig absurd ist. Ich bin mir sicher, dass wir sogar noch öfter bei ihnen sein werden als vorher. Ich liebe meine Nichte ja jetzt schon mehr als die drei zusammen.

Okay, das ist vielleicht übertrieben. Aber fast.

Ich drehe den Kopf zur Seite, um zu vermeiden, dass meine Haare nass werden, weil wir schon ziemlich spät dran sind. Als ich nach dem Rasierer greife, um mich unter den Achseln zu rasieren, höre ich einen lauten Krach. Ich lausche.

»Ryle?«

Stille.

Vielleicht kam das Geräusch aus der Nachbarwohnung. Ich rasiere mich und spüle den Seifenschaum ab, als wieder ein lautes Krachen ertönt. Eindeutig aus unserer Wohnung.

Was in aller Welt macht er da?

Ich drehe das Wasser aus, greife nach einem Handtuch und trockne mich hastig ab. »Ryle!«

Wieder keine Reaktion. Ich schlüpfe schnell in meine Jeans und öffne die Tür, während ich mir eine Bluse überwerfe. »Ryle?«

Im Schlafzimmer ist er nicht, aber der Nachttisch neben unserem Bett ist umgekippt. Als ich ins Wohnzimmer komme, sehe ich Ryle auf der äußersten Kante der Couch sitzen, den Kopf in eine Hand gestützt, den Blick auf etwas gerichtet, das er in der anderen Hand hält.

»Was ist denn passiert?«

Er hebt den Kopf, und ich erschrecke, als ich seine starre Miene sehe. Hat er gerade eine schlechte Nachricht bekommen oder ... *Mein Gott, Allysa!*

»Ryle, du machst mir Angst. Was ist los?«

Jetzt erkenne ich, dass es mein Handy ist, das er in der Hand hat. Er hebt es hoch und sieht mich an, als müsste ich wissen, was los ist. Als ich verständnislos den Kopf schüttle, zeigt er mir einen Zettel, den er in der anderen Hand hält. »Eben ist was Komisches passiert«, sagt er und legt das Handy neben sich.

»Als ich mich auf die Couch gesetzt habe, ist dein Handy runtergefallen, dabei hat sich die Schutzhülle gelöst und dieser Zettel ist rausgerutscht. Da steht eine Telefonnummer drauf.«

Oh Gott.

Nein. Nein. Nein.

Ryle zerknüllt den Zettel. »Ich habe mich gewundert, weil du doch keinen Grund hast, irgendwas vor mir geheim zu halten.« Er greift wieder nach meinem Handy und steht auf. »Also habe ich die Nummer angerufen.« Er umklammert das Telefon so fest, dass seine Knöchel weiß hervortreten. »Er hat Glück gehabt, dass nur seine verfickte Mailbox dran war.«

Plötzlich schleudert er mein Handy durchs Zimmer. Es prallt von der Wand ab und zerbricht auf dem Boden.

Danach passiert drei Sekunden lang gar nichts, und ich denke, dass es jetzt zwei mögliche Szenarien gibt.

Entweder er geht.

Oder er stürzt sich auf mich.

Ryle fährt sich durch die Haare und wendet sich zur Tür.

Er geht.

»Ryle!«

Warum habe ich den gottverdammten Zettel nicht weggeworfen?

Durch die offen stehende Wohnungstür stürze ich ihm hinterher ins Treppenhaus. Er nimmt jeweils zwei Stufen auf einmal, sodass ich ihn erst im zweiten Stock einhole. »Ryle.« Ich schiebe mich an ihm vorbei, stelle mich vor ihn und halte ihn am Hemd fest. »Ryle, bitte. Lass es mich dir erklären.«

Er packt mich an den Handgelenken und stößt mich brutal von sich.

*****

»Halt still.«

Ich spüre seine Hände auf mir. Sanft. Ruhig.

Mir laufen Tränen übers Gesicht. Tränen, die aus irgendeinem Grund brennen.

»Lily, halt still. Bitte.«

Seine Stimme ist tröstend. Ich habe irrsinnige Kopfschmerzen. »Ryle?« Ich versuche, die Augen zu öffnen, aber das Licht ist viel zu grell. Etwas brennt in meinem Augenwinkel und ich verziehe das Gesicht. Als ich mich aufsetzen will, drückt Ryle mich an den Schultern behutsam wieder nach unten.

»Du musst stillhalten, bis ich hier fertig bin, Lily.«

Ich öffne wieder die Augen und erkenne unsere Schlafzimmerlampe über mir. »Womit fertig?« Meine Lippe tut weh. Ich betaste sie.

»Du bist die Treppe runtergefallen«, sagt er. »Du hast dich verletzt.«

Mein Blick trifft seinen. Ich sehe Besorgnis darin, aber auch Schmerz und Wut. Er fühlt all das, und das Einzige, was ich fühle, ist grenzenlose Verwirrung.

Ich schließe die Augen wieder und versuche, mich zu erinnern. Was hat ihn wütend gemacht? Was habe ich getan?

Mein Handy.

Atlas' Nummer.

Wir beide im Treppenhaus.

Ich habe ihn am Hemd festgehalten.

Er hat mich weggestoßen.

»Du bist die Treppe runtergefallen.«

Aber ich bin nicht gefallen.

Er hat mich gestoßen. Wieder.

Zum zweiten Mal.

Du hast mich gestoßen, Ryle.

Ein Schluchzen erfasst meinen ganzen Körper. Ich habe keine Ahnung, wie schwer ich verletzt bin, es ist mir auch egal. Kein körperlicher Schmerz ist mit dem vergleichbar, was mein Herz gerade fühlt. Ich schlage seine Hände weg. Er soll mich nicht anfassen. Er soll weggehen. Die Matratze bebt, als er aufsteht, während ich mich zusammenrolle.

Ich warte darauf, dass er versucht, mich zu trösten, wie er es das letzte Mal getan hat, aber er sagt nichts. Ich höre, wie er im Schlafzimmer herumläuft. Ich weiß nicht, was er tut. Ich schluchze immer noch, als er sich vor mich hinkniet.

»Es kann sein, dass du eine Gehirnerschütterung hast«, sagt er ganz nüchtern. »Deine Lippe ist aufgeplatzt. Die Wunde am Auge habe ich gerade versorgt. Sie ist nicht so schlimm, dass sie genäht werden muss.«

In seiner Stimme ist keine Wärme.

»Hast du sonst irgendwo Schmerzen?«

Er klingt wie ein Arzt, kein bisschen wie ein Ehemann.

»Du hast mich gestoßen«, sage ich unter Tränen. Das ist das Einzige, woran ich denken, was ich sagen oder sehen kann.

»Du bist gestürzt«, sagt er ruhig. »Vor etwa fünf Minuten. Kurz nachdem ich herausgefunden habe, was für eine Nutte ich geheiratet habe.« Er legt etwas neben mich aufs Kissen. »Ruf doch einfach diese Nummer an, wenn du etwas brauchst.«

Ich drehe den Kopf, sehe den zerknitterten Zettel, auf dem Atlas' Nummer steht.

»Ryle …«, schluchze ich.

Was passiert hier?

Ich höre, wie die Wohnungstür zugeschlagen wird.

Mein Leben stürzt in sich zusammen.

»Ryle«, flüstere ich. Ich bedecke mein Gesicht mit den Händen und weine heftiger, als ich je geweint habe. Ich bin zerstört.

Fünf Minuten.

Mehr braucht es nicht, um einen Menschen komplett zu zerstören.

*****

Ein paar weitere Minuten vergehen.

Vielleicht zehn?

Ich kann nicht aufhören zu weinen. Ich liege immer noch auf dem Bett, unfähig, mich zu rühren. Ich habe Angst, aufzustehen und in den Spiegel zu sehen. Ich habe einfach nur … Angst.

Die Wohnungstür wird aufgeschlossen und zugeworfen. Schritte. Ryle taucht in der Schlafzimmertür auf, und ich weiß nicht, was ich bei seinem Anblick empfinden müsste.

Hass?

Angst?

Schuldbewusstsein?

Wie kann es sein, dass ich das alles gleichzeitig fühle?

Er legt die Stirn an den Türrahmen und schlägt seinen Kopf fest gegen das Holz. Einmal. Zweimal. Dreimal.

Dann kommt er zu mir gelaufen, fällt neben dem Bett auf die Knie, greift nach meinen Händen, drückt sie. »Lily.« Seine Züge sind schmerzverzerrt. »*Bitte* sag mir, dass da nichts ist.« Er nimmt mein Gesicht in seine Hände, die zittern. »Ich ertrage das nicht. Ich ertrage es einfach nicht.« Er beugt sich vor und presst seine Lippen auf meine Stirn. »Bitte sag mir, dass du dich nicht heimlich mit ihm triffst. *Bitte* …«

Ich weiß nicht einmal, ob ich ihm das sagen kann, weil ich am liebsten gar nichts sagen will.

Er hält weiter die Lippen an meine Stirn gepresst, die Hände in meinen Haaren vergraben. »Es tut so weh, Lily. Ich liebe dich so sehr.«

Ich schüttle den Kopf und will plötzlich nur noch eins. Ich will, dass er sieht, wie sehr er sich in mir geirrt hat. »Ich hatte vergessen, dass der Zettel in der Handyhülle ist«, flüstere ich. »Einen Tag nachdem ihr euch im Restaurant geprügelt habt … ist er in den Laden gekommen. Du kannst Allysa fragen. Er war bloß fünf Minuten da. Er hat seine Nummer aufgeschrieben und in die Hülle gesteckt, weil er mir nicht geglaubt hat, dass ich nichts vor dir zu befürchten habe, Ryle. Ich hatte total vergessen, dass sie da ist. Ich habe mir den Zettel nie auch nur angeschaut.«

Er atmet bebend aus und nickt erleichtert. »Schwörst du mir, dass es so ist, Lily? Schwörst du es auf unsere Ehe und auf unser Leben und auf alles, was dir heilig ist, dass du seitdem nie mehr mit ihm gesprochen hast?« Er löst sich von mir und lehnt sich zurück, damit er mir in die Augen sehen kann.

»Ich schwöre es, Ryle. Du hast komplett überreagiert und mir keine Chance gegeben, dir irgendwas zu erklären«, sage ich. »Und jetzt will ich, dass du *verdammt noch mal* aus meiner Wohnung verschwindest.«

Das raubt ihm den Atem. Er fällt mit dem Rücken gegen die Wand und starrt mich stumm an. Steht vollkommen unter Schock. »Lily«, flüstert er. »Du bist die Treppe runtergefallen.«

Wen will er davon überzeugen, dass es so war – mich oder sich selbst?

Sehr ruhig wiederhole ich, was ich gesagt habe. »Raus aus meiner Wohnung.«

Er rührt sich nicht, sitzt da wie erstarrt. Ich richte mich im Bett auf und fasse mir erschrocken an die Stirn, weil die Wunde bei der Bewegung schmerzhaft pulsiert. Ryle stemmt sich vom Boden hoch. Als er einen Schritt auf mich zugeht, rutsche ich auf dem Bett rückwärts. »Nicht.«

»Du bist verletzt, Lily. Ich lasse dich jetzt nicht allein.«

Ich werfe mit einem Kissen nach ihm, als würde das etwas bringen. »Raus!« Er fängt das Kissen auf. Ich greife mir noch eins, stehe auf, schwenke es und brülle: »Raus hier! Raus! Raus!«

Nachdem die Wohnungstür hinter ihm zugefallen ist, schleudere ich das Kissen auf den Boden, renne durchs Wohnzimmer zur Tür und schiebe den Riegel vor.

Ich laufe ins Schlafzimmer zurück und lasse mich aufs Bett fallen. Das Bett, das ich mit meinem Ehemann teile. Das Bett, auf dem er mich liebt.

Das Bett, auf das er mich legt, wenn er die Wunden versorgt, die er mir zugefügt hat.

20.

Bevor ich gestern Abend eingeschlafen bin, habe ich noch versucht, mein Handy zu retten, aber es war zwecklos. Ryle hat es mit solcher Wucht gegen die Wand geschleudert, dass es in zwei Hälften zerbrochen ist, die sich nicht mehr zusammenfügen lassen. Ich habe mir den Wecker früher gestellt, damit ich mir ein neues besorgen kann, bevor ich den Laden öffne.

Zum Glück sieht mein Gesicht nicht ganz so schlimm aus, wie ich befürchtet hatte. Ich kämme mir die Haare so hin, dass das Pflaster an der Schläfe verdeckt ist. Das Einzige, was jetzt noch von gestern zu sehen ist, ist die aufgeplatzte Lippe.

Und der Knutschfleck an meinem Hals.

Das nennt man wohl Ironie des Lebens.

Seufzend hänge ich mir meine Tasche um und öffne die Tür, bleibe aber erschrocken stehen, als ich ein Bündel sehe, das vor meiner Schwelle liegt.

Es bewegt sich.

Erst einen Sekundenbruchteil später wird mir klar, dass das Ryle ist. *Hat er etwa vor der Tür geschlafen?*

Er hebt stöhnend den Kopf und rappelt sich hoch. Jetzt steht er mit verzweifeltem Blick vor mir, legt beide Hände um mein Gesicht, will mich küssen.

»Es tut mir leid. Lily, bitte glaub mir. Es tut mir so unendlich leid.«

Ich ziehe die Tür hinter mir zu, schiebe mich wortlos und

äußerlich sehr ruhig an ihm vorbei und gehe die Treppe hinunter. Er folgt mir bis zu meinem Auto und fleht mich an, stehen zu bleiben und ihn anzuhören.

Aber das tue ich nicht.

Ich fahre los.

*****

Eine Stunde später komme ich als Besitzerin eines brandneuen Handys aus einem Telefonladen. Ich setze mich in den Wagen, lege die SIM-Karte ein und schalte es an. Auf dem Display werden mir siebzehn Nachrichten und acht verpasste Anrufe angezeigt. Alle von Allysa.

Keine Nachricht von Ryle, aber das wundert mich nicht. Er weiß ja besser als jeder andere, dass mein Handy kaputt ist.

In dem Moment, in dem ich die erste Nachricht lese, klingelt das neue Handy. Allysa.

»Hey.«

»Lily! Um Gottes willen, was ist denn los?«, höre ich ihre aufgeregte Stimme. »Ich hab mir solche Sorgen gemacht. Warum hast du dich nicht gemeldet? Das kannst du mir doch nicht antun – ich bin schwanger!«

Ich schalte die Freisprechanlage an und starte den Wagen, um zum Laden zu fahren. Allysa hat heute zum Glück frei, sodass ich ihr nicht unter die Augen treten muss. In ein paar Tagen beginnt ihr Mutterschaftsurlaub.

»Alles okay«, sage ich. »Entschuldige bitte, dass ich nicht angerufen habe. Wir haben uns gestritten und Ryle hat mein Handy geschrottet. Ich habe mir gerade ein neues gekauft.«

Sie ist einen Moment lang still. »Wie geht es dir jetzt? Wo bist du?«

»Alles gut. Ich fahre gerade zum Laden.«

»Okay. Ich bin auch gleich da.«

Ich will protestieren, aber sie legt auf, bevor ich etwas sagen kann.

Als ich zehn Minuten später den Wagen abstelle, sehe ich ihr Auto schon auf dem Parkplatz stehen.

Auf dem Weg zur Tür überlege ich, wie viel ich erzählen und wie ich begründen soll, dass ich ihren Bruder aus der Wohnung geworfen habe, erstarre aber, als ich durch die Scheibe in den Laden schaue. Allysa und Ryle stehen an der Theke. Sie hat ihre Hände auf seine gelegt und redet mit ernster Miene auf ihn ein.

Beide wenden sich mir zu, als ich die Tür aufstoße. »Gott, Ryle«, flüstert Allysa. »Was hast du getan?« Sie läuft auf mich zu, nimmt mich in die Arme und reibt mir tröstend den Rücken. Als sie sich von mir löst, sehe ich in ihren Augen Tränen. Ihre Reaktion verwirrt mich. Offensichtlich weiß sie schon, was passiert ist, aber sie wirkt trotzdem relativ gefasst. Müsste sie nicht viel geschockter sein? Ihn anbrüllen?

Ryles Blick ist voller Reue. Voller Sehnsucht. Als würde er mich auch gern umarmen, es aber nicht wagen. Gut so. Das soll er auch besser nicht.

»Du musst es ihr sagen«, verlangt Allysa.

Er reibt sich mit beiden Händen übers Gesicht.

»Sag es ihr«, drängt Allysa, deren Stimme jetzt wütender klingt. »Sie hat ein Recht darauf, es zu erfahren, Ryle. Sie *muss* es wissen. Sie ist deine Frau. Wenn du es ihr nicht sagst, tue ich es.«

Ryle stützt die Ellbogen auf die Theke und vergräbt sein Gesicht in den Händen. Das, was er mir sagen soll – was auch immer es ist –, scheint ihn so sehr zu belasten, dass er es noch nicht einmal schafft, mich anzusehen. Ich presse beide Hände auf meinen Magen und spüre, wie eine unbeschreibliche Angst in mir aufsteigt.

Allysa wendet sich wieder mir zu und legt mir beide Hände auf die Schultern. »Hör dir an, was er zu sagen hat«, bittet sie mich. »Ich erwarte nicht, dass du ihm verzeihst, weil ich nicht weiß, was gestern genau zwischen euch passiert ist, aber ich bitte dich als deine Schwägerin und beste Freundin, gib meinem Bruder die Chance, mit dir zu reden.«

*****

Allysa verspricht, sich um den Laden zu kümmern, bis die Studentin kommt, deren Schicht in einer Stunde beginnt. Ich bin immer noch so wütend auf Ryle, dass ich nicht mit ihm in einem Auto fahren will, weshalb er sich ein Taxi nimmt und wir uns in der Wohnung treffen.

Während der Fahrt nach Hause wächst meine Unruhe, und ich frage mich, was er mir erzählen soll, von dem Allysa schon weiß. Mir gehen tausend Möglichkeiten durch den Kopf. Ist er womöglich todkrank und muss bald sterben? Hat er mich betrogen? Hat er seine Stelle verloren? Ich finde es merkwürdig, dass Allysa nicht zu wissen scheint, was gestern Abend genau vorgefallen ist, sich aber offenbar trotzdem denken kann, was passiert ist.

Ich sitze schon seit zehn Minuten auf der Couch und knibble nervös an meinem Nagellack, als Ryle schließlich zur Tür hereinkommt.

Während er zum Sessel geht und sich setzt, springe ich auf und laufe nervös im Raum auf und ab. Er beugt sich vor und verschränkt die Hände.

»Bitte setz dich, Lily.«

Er sagt es flehend, als könnte er es nicht ertragen, mich so beunruhigt zu sehen. Ich kauere mich in die äußerste Ecke des Sofas, ziehe die Knie an und presse beide Hände auf den Mund.

»Musst du sterben?«

Seine Augen weiten sich und er schüttelt heftig den Kopf. »Was? Nein! Nein, das ist es nicht …«

»Was dann?«

Ich will einfach nur, dass er es endlich sagt. Meine Hände zittern. Ryle sieht anscheinend, wie viel Angst er mir macht. Er steht auf, kniet sich vor mich, zieht mir die Hände vom Gesicht und hält sie in seinen. Nach dem, was gestern passiert ist, will ich nicht von ihm angefasst werden, aber irgendetwas in mir sehnt sich gleichzeitig nach seiner tröstlichen Berührung. Mittlerweile bin ich so nervös, dass mir übel ist.

»Niemand stirbt. Es gibt auch keine andere Frau, falls du das denkst. Was ich dir sagen werde, hat nichts mit dir zu tun, okay? Es geht um etwas, das schon vor langer Zeit passiert ist, aber Allysa ist der Meinung, dass es etwas mit meinem Verhalten zu tun hat, weshalb du es wissen solltest, und … sie hat recht.«

Ich nicke und er lässt meine Hände los. Jetzt ist er derjenige, der aufspringt und im Zimmer auf und ab läuft. Ich sehe ihm an, wie viel Mut es ihn kostet und dass er um Worte ringt, was meine Anspannung noch vergrößert.

Er setzt sich wieder in den Sessel. »Du erinnerst dich an den Abend, an dem wir uns kennengelernt haben?«

Ich nicke.

»Weißt du noch, in was für einem Zustand ich war, als ich auf die Dachterrasse kam? Wie aufgebracht ich war?«

Ich nicke wieder und denke daran, wie er damals auf den Stuhl eingetreten hat.

»Erinnerst du dich an die nackten Wahrheiten, die wir uns erzählt haben? Ich habe dir gesagt, was mich so wütend gemacht hat?«

Ich senke den Blick und denke an den Abend zurück. Er hat gesagt, dass er nichts vom Heiraten hält. Dass er nur an One-Night-Stands interessiert ist und keine Kinder haben möchte. Er war traurig und wütend, weil er an diesem Abend einen Patienten verloren hatte.

Dann fällt es mir wieder ein. »Der kleine Junge«, sage ich.

»Deswegen warst du wütend. Weil der Junge gestorben ist und du nichts tun konntest.«

Er atmet erleichtert aus. »Genau. Deswegen war ich wütend.« Er steht wieder auf, und als ich ihn ansehe, kommt es mir vor, als würde er innerlich in tausend Stücke zerbrechen. Er presst die Handballen auf seine Augen und kämpft offensichtlich mit den Tränen. »Ich habe dir auch gesagt, warum er gestorben ist. Weißt du noch?«

Ich spüre, wie mir selbst die Tränen in die Augen steigen, obwohl ich nicht einmal weiß, warum. »Ja. Ja, ich erinnere mich. Sein jüngerer Bruder hatte ihn erschossen. Ich habe zu dir gesagt, dass ich mir nicht vorstellen kann, was so etwas aus einem Menschen macht.« Meine Unterlippe zittert. »Und darauf ... darauf hast du gesagt: ›Es macht ihn kaputt. Und zwar für immer.‹«

Oh Gott.

Worauf will er hinaus?

Ryle kommt auf mich zu und fällt vor mir auf die Knie. »Lily«, sagte er. »Ich wusste, dass es ihn kaputt machen wird. Ich wusste ganz genau, was in diesem kleinen Jungen vor sich geht, weil ... weil es das ist, was ich durchgemacht habe. Allysas und mein älterer Bruder ...«

Jetzt kann ich meine Tränen nicht mehr zurückhalten. Sie laufen mir übers Gesicht und Ryle schlingt die Arme um meine Taille und presst sein Gesicht in meinen Schoß.

»Ich habe ihn *erschossen*, Lily. Meinen großen Bruder. Meinen besten Freund. Ich war erst sechs. Ich wusste nicht mal, dass ich eine echte Waffe in der Hand hielt.«

Er beginnt am ganzen Körper zu zittern und umklammert mich noch fester. Ich drücke mein tränennasses Gesicht in seine Haare und küsse ihn, weil ich spüre, dass er einem Zusammenbruch nahe ist. Genau wie an jenem Abend auf dem Dach. Und so sehr ich immer noch wütend auf ihn bin, liebe ich ihn auch immer noch, und es zerreißt mir das Herz, wenn ich mir vorzustellen versuche, was er durchmachen musste. Und Allysa. Wir sitzen lange so da – sein Kopf in meinem Schoß, seine Arme um meine Taille, meine Lippen in seinen Haaren –, ohne uns zu rühren oder etwas zu sagen.

»Allysa war erst fünf, als es passierte. Emerson war sieben. Wir waren in der Garage, deswegen hat lange Zeit niemand unsere Schreie gehört. Und ich saß da und ...«

Er hebt den Kopf, steht auf und wendet mir den Rücken zu. Nach einer langen Pause lässt er sich auf die Couch sinken. »Ich habe versucht ...« Sein Gesicht verzieht sich voller Schmerz und er vergräbt es in den Händen und wiegt sich vor und zurück. »Oh Gott, sein Kopf ... Da war so viel Blut und da war auch ... Ich habe die Hände daraufgepresst und versucht, alles wieder zurückzuschieben. Ich dachte ... dachte, ich könnte ihn vielleicht irgendwie wieder heil machen, Lily.«

Meine Hand fliegt zum Mund, und ich kann trotzdem nicht verhindern, dass ich laut aufkeuche.

Ich muss aufstehen, um Luft zu bekommen.

Es hilft nichts.

Ich ersticke.

Ryle springt auf und zieht mich an sich. Wir stehen ein paar Minuten in stummer Umarmung, bis ich wieder atmen kann. »Ich erzähle dir das nicht, weil ich denke, es würde irgendetwas entschuldigen.« Er sieht mich an. »Das musst du mir glauben, Lily. Allysa wollte, dass ich es dir sage, weil du wissen musst, dass es mir seitdem schwerfällt, meine Emotionen zu kontrollieren. Ich werde leicht jähzornig und dann sehe ich rot. Ich bin, seit ich sechs war, in Therapie ... aber das ist keine Entschuldigung. Das ist meine Realität.«

Er wischt mir die Tränen aus dem Gesicht und drückt meinen Kopf an seine Schulter.

»Als du mir gestern Abend hinterhergerannt bist, da ... Ich

schwöre, dass ich dich nicht verletzen wollte. Ich war nur so unglaublich wütend und enttäuscht und panisch. Und wenn so viele Gefühle auf einmal in mir toben, setzt irgendetwas in mir aus. Ich kann mich nicht an den Moment erinnern, in dem ich dich gestoßen habe, aber ich weiß, dass ich es getan habe. Ich habe es getan. Dabei wollte ich nur weg von dir. In dem Augenblick habe ich nicht darüber nachgedacht, dass da Stufen sind und wie viel Kraft ich habe … Mein Gott, wenn ich daran denke, was hätte passieren können. Ich habe Mist gebaut, Lily. Ganz großen Mist.«

Er senkt seinen Mund an mein Ohr. »Du bist meine Frau. Lily.« Seine Stimme bricht. »Ich sollte nicht das Ungeheuer sein, sondern derjenige, der dich vor den Ungeheuern beschützt.« Ryle umarmt mich so fest, dass er zu zittern beginnt. Ich spüre seinen Schmerz ganz deutlich, einen tieferen Schmerz, als ich ihn je bei irgendeinem Menschen gespürt habe, und das Gefühl zerreißt mich.

Mein Herz hat nur den einen Wunsch, sich tröstend an seines zu schmiegen, aber gleichzeitig kämpfe ich trotz allem, was er mir erzählt hat, mit aller Kraft gegen meine Bereitschaft an, ihm zu verzeihen. Habe ich mir nicht geschworen, es auf keinen Fall zu tolerieren, sollte er noch einmal gewalttätig werden? Habe ich ihm und mir nicht geschworen, ihn sofort zu verlassen, sollte er mir in seiner Wut noch einmal wehtun?

Unfähig, ihn anzusehen, löse ich mich aus der Umarmung und trete einen Schritt zurück. Ryle bleibt mit hängenden Armen stehen, während ich durchs Schlafzimmer ins Bad gehe, um einen Moment durchzuatmen und zu verarbeiten, was ich eben erfahren habe. Ich schließe die Tür, umklammere den Rand des Waschbeckens, aber meine Beine zittern so sehr, dass sie mich nicht mehr tragen können. In Tränen aufgelöst sinke ich zu Boden.

So etwas wie das hier dürfte nicht passieren. Mein ganzes

Leben lang habe ich mir eingebildet, genau zu wissen, wie ich mich verhalten würde, falls ein Mann mich jemals so behandeln würde wie mein Vater meine Mutter. Es erschien so einfach. Ich würde ihn sofort verlassen und damit sicherstellen, dass mir so etwas nie mehr passiert.

Aber ich habe Ryle nicht verlassen. Und jetzt sitze ich wieder hier mit blauen Flecken und Verletzungen, die mir der Mann zugefügt hat, der mich doch lieben sollte. Mein Ehemann.

Und ich ertappe mich sogar dabei, wie ich das, was er getan hat, zu rechtfertigen versuche.

Es war keine Absicht. Ryle hat geglaubt, ich würde ihn betrügen. Er war verletzt und außer sich und wollte nur weg von mir, aber ich habe mich ihm in den Weg gestellt.

Schluchzend vergrabe ich das Gesicht in den Händen, weil ich wegen dem, was Ryle als Kind erleben musste, mehr Mitgefühl mit ihm empfinde als mit mir selbst. Doch ich fühle mich nicht selbstlos und stark, sondern schwach und erbärmlich. Ich sollte ihn hassen. Ich sollte die Frau sein, die meine Mutter nie sein konnte, weil sie zu schwach war.

Aber wenn ich mich selbst als Abziehbild meiner Mutter sehe, wäre Ryle das Abziehbild meines Vaters, und das ist er nicht. Ich darf uns nicht mit ihnen vergleichen. Wir sind beide vollkommen andere Menschen in einer Situation, die nichts mit der meiner Eltern zu tun hat. Im Leben meines Vaters ist, soweit ich weiß, nie etwas passiert, das seine Aggressivität und Brutalität auch nur ansatzweise gerechtfertigt hätte. Er hat sich auch nie sofort entschuldigt, sondern immer erst später. Was er meiner Mutter zeit seines Lebens angetan hat, war ungleich grausamer als das, was gestern zwischen Ryle und mir passiert ist.

Außerdem hat Ryle sich mir gegenüber gerade auf eine Weise geöffnet, wie er sich wahrscheinlich noch nie jemandem gegenüber geöffnet hat. Er kämpft mit sich und versucht, mir zuliebe ein besserer Mensch zu werden.

Ja, er hat gestern Abend etwas Schreckliches getan. Aber jetzt ist er hier, um mir zu erklären, warum er so extrem überreagiert hat. Menschen sind nun mal nicht perfekt, und es wäre unfair, wenn ich die schlechten Erfahrungen aus der Ehe meiner Eltern als Maßstab für meine eigene Ehe nehmen würde.

Trotzig wische ich mir die Tränen aus dem Gesicht und ziehe mich am Waschbecken hoch. Als ich jetzt noch einmal in den Spiegel schaue, sehe ich nicht mehr meine Mutter, sondern mich. Ich sehe eine Frau, die ihren Mann liebt und sich mehr als alles andere auf der Welt wünscht, ihm zu helfen. Nachdem ich jetzt weiß, was hinter Ryles Ausbrüchen steckt, kann ich auch die Kraft finden, über das, was er getan hat, hinwegzukommen. Unsere Liebe ist stark genug, um das zu überstehen.

Ich gehe wieder ins Wohnzimmer. Ryle steht sofort auf, und ich sehe in seinem Blick, wie viel Angst er davor hat, dass ich ihm nicht verzeihe. Ich weiß selbst nicht, ob ich ihm verzeihe. Aber man muss etwas, das geschehen ist, nicht verzeihen, um daraus lernen zu können.

Ich gehe auf ihn zu, greife nach seinen Händen und sage ihm nichts als die nackte Wahrheit. »Weißt du noch, was du damals auf der Dachterrasse zu mir gesagt hast? Du hast gesagt: *So was wie schlechte Menschen gibt es nicht. Wir sind alle bloß Menschen, die manchmal schlimme Dinge tun.*«

Er nickt und drückt meine Hände.

»Du bist kein schlechter Mensch, Ryle. Das weiß ich. Und du kannst mich beschützen. Wenn du das nächste Mal wütend wirst, geh einfach raus aus der Situation, und ich mache es genauso. Wir bringen Abstand zwischen uns, bis du wieder in der Verfassung bist, ruhig darüber zu reden, okay? Du bist *kein* Ungeheuer, Ryle. Du bist bloß ein Mensch. Es gibt Dinge, die lasten so schwer auf uns, dass wir sie nicht alleine tragen können. Manchmal brauchen wir andere Menschen, die uns lieben und uns etwas von dem Gewicht abnehmen, damit wir nicht darunter zusammenbrechen. Aber ich kann dir nicht helfen, wenn du mir nicht zeigst, dass du mich brauchst. Du musst mich darum bitten, dir zu helfen. Gemeinsam können wir es schaffen. Das weiß ich.«

Ryle atmet so laut aus, dass es sich anhört, als hätte er seit gestern Abend die Luft angehalten. Er nimmt mich in die Arme und vergräbt sein Gesicht in meinen Haaren. »Hilf mir, Lily«, flüstert er. »Ich brauche deine Hilfe.«

Er hält mich ganz fest, und ich spüre tief in mir die Gewissheit, dass ich das Richtige tue. In ihm ist so viel mehr Gutes als Schlimmes, und ich werde alles tun, was ich kann, damit er das selbst auch erkennt.

21.

»Ich geh dann mal – oder gibt's noch irgendwas für mich zu tun?«

Ich sehe von meinem Laptop auf, an dem ich gerade die Buchhaltung mache, und schüttle den Kopf. »Nein, alles gut. Danke, Serena. Wir sehen uns morgen.«

Sie nickt mir zu, dreht sich um und lässt die Tür meines Büros offen stehen.

Allysa hatte vor vierzehn Tagen ihren letzten Arbeitstag. Das Baby kann jeden Moment kommen. Und ich habe jetzt zwei neue Vollzeitkräfte: Serena und Lucy.

Ja, *die* Lucy.

Sie ist mittlerweile verheiratet und kam – perfektes Timing – vor zwei Wochen vorbei, um nach einem Job zu fragen. Obwohl ich anfangs nicht ganz überzeugt davon war, dass wir ein gutes Team abgeben, muss ich sagen, dass es wunderbar läuft mit ihr. Sie ist wirklich fleißig und sucht sich selbst Aufgaben, wenn im Laden nicht so viel los ist. An den Tagen, an denen sie da ist, mache ich einfach meine Bürotür zu, um sie nicht singen hören zu müssen.

Seit dem Vorfall im Treppenhaus ist jetzt fast ein Monat vergangen. Es ist mir nicht leichtgefallen, danach wieder ganz normal mit Ryle umzugehen.

Er hat sich in bestimmten Situationen nicht im Griff, da muss ich mir nichts vormachen. Im Grunde habe ich diese Seite an ihm ja schon an unserem ersten Abend kennengelernt, noch bevor wir auch nur ein einziges Wort miteinander gewechselt hatten. Ich habe seine Wut an dem schrecklichen Abend in der Küche erlebt und als er den Zettel mit der Nummer im Handy entdeckt hat.

Sein Jähzorn ist das eine, aber ich sehe auch die Unterschiede zwischen ihm und meinem Vater.

Ryle ist mitfühlend. Er tut Dinge, die mein Vater nie getan hätte. Er ist ein aufopfernder Chirurg, er spendet Geld an Menschen, denen es schlechter geht als ihm, er ist ein fürsorglicher Sohn, Bruder und Ehemann und trägt mich auf Händen. Ryle würde in einer Million Jahre nicht von mir verlangen, in der Einfahrt zu parken, damit er seinen Wagen in die Garage stellen kann.

Ich muss mir diese Unterschiede immer wieder ins Gedächtnis rufen. Manchmal meldet sich das kleine Mädchen in mir – die Tochter meines Vaters – und sagt mir streng, dass ich ihm nicht hätte verzeihen dürfen. Dass ich ihn schon nach dem ersten Zwischenfall hätte verlassen sollen. Und es gibt Momente, in denen ich Zweifel bekomme und denke, dass sie vielleicht recht hat. Aber ich habe auch noch die erwachsene Lily in mir, die Ryle kennt und weiß, dass es keine perfekten, immer harmonischen Ehen gibt. Dass es Momente gibt, in denen beide Partner Fehler machen, die sie bereuen. Manchmal frage ich mich, wie ich mich jetzt fühlen würde, wenn ich ihn nach dem ersten Vorfall verlassen hätte. Natürlich hätte er mich nicht wegstoßen dürfen, aber ich habe mich auch nicht gerade so verhalten, dass ich stolz auf mich sein könnte. Außerdem haben wir uns versprochen, uns immer zur Seite zu stehen, und zwar *in guten wie in schlechten Zeiten*. Nein, ich bin nicht bereit, unsere Ehe so schnell aufzugeben.

Ich bin in einem gewalttätigen Elternhaus aufgewachsen und trotzdem eine starke, unabhängige Frau geworden. Ich werde niemals wie meine Mutter werden, davon bin ich zu einhundert Prozent überzeugt. Und umgekehrt wird auch Ryle niemals zu meinem Vater werden. Mittlerweile denke ich, dass wir das, was passiert ist, vielleicht sogar gebraucht haben, damit er mir von seinem Trauma erzählt und wir gemeinsam daran arbeiten können.

Letzte Woche haben wir uns wieder gestritten.

Ich muss zugeben, dass ich Angst hatte. Nachdem die letzten beiden Konfliktsituationen so eskaliert sind, war mir bewusst, dass das jetzt die Probe war, ob es mit unserer Abmachung klappen würde.

Es ging um seine berufliche Zukunft. Seine Zeit als Assistenzarzt ist bald zu Ende und er hat sich für eine dreimonatige Fortbildung an der Uni in Cambridge beworben. Aber das war nicht das, was mich geärgert hat. Die Fortbildung in England ist eine großartige Chance für ihn, und obwohl es ohne ihn einsam werden wird, würde ich niemals von ihm verlangen, meinetwegen hierzubleiben. Ich habe im Laden so viel zu tun, dass die drei Monate wie im Flug vergehen werden. Nein, das Problem kristallisierte sich heraus, als wir darüber gesprochen haben, wie es *nach* Cambridge weitergehen soll.

Er hat nämlich eine Stelle an der Mayo Clinic in Minnesota angeboten bekommen, die er unbedingt annehmen möchte, weil die Mayo als beste neurochirurgische Klinik der Welt gilt. Das aber würde natürlich für uns beide einen Umzug bedeuten.

In Laufe unseres Gesprächs hat sich herausgestellt, dass er nie vorhatte, für immer in Boston zu bleiben. Ich habe ihm gesagt, dass es ganz gut gewesen wäre, wenn er mir das auf dem Flug nach Vegas gesagt hätte. Ich kann nicht aus Boston weg. Meine Mutter ist gerade erst hergezogen. Allysa wohnt hier. Mein *Laden* ist hier. Ryle meinte, Rochester sei nur ein paar Flugstunden entfernt, ich könnte nach Boston fliegen, so oft ich wollte. Nach einer Weile bin ich echt sauer geworden und habe ziemlich scharf gesagt, dass es nicht so einfach sein würde, einen Blumenladen in Boston zu führen, wenn mehrere Bundesstaaten zwischen Arbeitsplatz und Wohnort liegen.

Unser Streit wurde immer heftiger, und wir beide wurden immer wütender, bis Ryle irgendwann eine Vase vom Tisch gefegt hat. Wir haben beide auf die Scherben, die Wasserlache und die Blumen am Boden gestarrt und ich habe die Luft angehalten. War es die richtige Entscheidung gewesen, bei ihm zu bleiben und darauf zu vertrauen, dass wir sein Wutproblem gemeinsam in den Griff bekommen? Es hat ein paar Sekunden gebraucht, aber dann hat er tief eingeatmet. »Ich gehe eine Runde raus, um mich abzuregen. Wenn ich wiederkomme, reden wir weiter, okay?«

Er hat sich seine Jacke angezogen und die Wohnung verlassen und kam nach einer Stunde tatsächlich sehr viel ruhiger wieder. Er hat mein Gesicht in beide Hände genommen und mich angeschaut. »Ich habe dir gesagt, wie ehrgeizig ich bin und dass ich der Beste in meinem Fachgebiet werden will. Das war eine meiner nackten Wahrheiten, die ich dir an unserem ersten Abend erzählt habe, Lily. Aber wenn ich mich entscheiden muss, ob ich eine Stelle in der besten neurochirurgischen Klinik der Welt annehme oder meine Frau glücklich mache ... wähle ich dich. Solange du glücklich bist, ist es mir egal, wo ich arbeite. Wir bleiben in Boston.«

In diesem Moment wusste ich endgültig, dass ich die richtige Entscheidung getroffen hatte. Jeder Mensch hat eine zweite Chance verdient. Ganz besonders die Menschen, die einem am meisten bedeuten.

Seitdem hat Ryle die Mayo Clinic nicht mehr erwähnt, und ich kämpfe ein bisschen mit meinem schlechten Gewissen, weil ich mich seinen Karriereplänen in den Weg stelle. Aber letzten Endes geht es in einer Ehe darum, Kompromisse zu machen, damit beide glücklich sind und sich verwirklichen können, nicht nur einer. Abgesehen davon bin ich mir aber auch sicher, dass es für unsere ganze Familie im Moment besser so ist, nicht nur für uns beide.

Gerade als mir dieser Gedanke durch den Kopf geht, piepst mein Handy.

Allysa: **Hast du schon Feierabend gemacht? Ich bräuchte deine Meinung zu ein paar neuen Möbeln.**
Ich: **Bin in einer Viertelstunde bei dir.**

Ich weiß nicht, ob es die Unruhe wegen der bevorstehenden Geburt ist oder ob sie nur einfach zu wenig zu tun hat, aber sie meldet sich in letzter Zeit ständig, und ich bin mir ziemlich sicher, dass ich diese Woche mehr Zeit bei ihr und Marshall verbracht habe als zu Hause.

*****

Als ich eine halbe Stunde später aus dem Aufzug steige und auf ihre Tür zugehe, sehe ich dort einen Zettel kleben, auf dem mein Name steht. Ich nehme ihn ab und falte ihn auf.

Bin im siebten Stock.
Apartment 749.
A.

Hat sie etwa eine Wohnung angemietet, um dort Möbel zu lagern, von denen sie sich noch nicht sicher ist, ob sie sie behalten will? Ich weiß ja, dass die beiden richtig viel Geld haben, aber das finde ich dann doch etwas übertrieben. Kopfschüttelnd steige ich wieder in den Aufzug und fahre in die siebte Etage hinunter. Als ich kurze Zeit später vor Apartment 749 stehe und sehe, dass die Tür halb offen ist, zögere ich. Soll ich einfach reingehen oder lieber erst mal klingeln? Vielleicht wohnt hier ja jemand. Womöglich einer von ihren *Leuten*.

Ich drücke auf den Klingelknopf und höre Schritte, aber als die Tür ganz geöffnet wird, bin ich erst mal sprachlos. Vor mir steht Ryle.

»Hey«, sage ich verwirrt. »Was machst du denn hier?«

»Ich wohne hier.« Er lehnt sich grinsend an den Türrahmen. »Was machst *du* hier?«

»Wie meinst du das, du wohnst hier?« Ich schaue auf das Namensschild neben der Klingel. Es ist leer. »Ich dachte, du wohnst bei *mir*? Heißt das, du hattest die ganze Zeit über eine eigene Wohnung?« Wäre das nicht etwas, das ein Ehemann gegenüber seiner Ehefrau irgendwann erwähnen sollte? Ehrlich gesagt finde ich das ein bisschen irritierend.

Nein, nicht nur ein bisschen. Ich finde es absurd und geradezu beängstigend. Es könnte sein, dass ich jetzt richtig sauer auf ihn werde.

Ryle stößt sich lachend vom Türrahmen ab und steht jetzt breitbeinig vor mir. »Mach nicht so ein Gesicht. Ich hatte noch keine Gelegenheit, dir von diesem Apartment zu erzählen, weil ich den Kaufvertrag erst heute Morgen unterschrieben habe.«

Ich trete einen Schritt zurück. »Moment mal. Wie bitte?«

Ryle greift nach meiner Hand und zieht mich in die Wohnung. »Willkommen zu Hause, Lily.«

In der Eingangshalle bleibe ich stehen.

Ja, genau: *Eingangshalle*. Die Wohnung hat einen Eingangsbereich, der so groß ist, dass man ihn als Halle bezeichnen muss.

»Du hast eine Wohnung gekauft?«

Er nickt grinsend.

»Du hast eine Wohnung gekauft«, wiederhole ich ungläubig.

Er nickt wieder. »Habe ich. Ist das okay? Ich dachte, jetzt, wo wir zusammenwohnen, könnte es nichts schaden, ein bisschen mehr Platz zu haben.«

Langsam drehe ich mich um meine eigene Achse und bleibe stehen, als ich durch eine offene Tür einen Blick in die Küche erhasche. Ich gehe hinein und sehe mich ungläubig um. Diese Küche ist vielleicht nicht ganz so gigantisch wie die von Allysa, aber sie ist genauso schön und perfekt ausgestattet. In der weißen Küchenzeile entdecke ich eine Spülmaschine (die ich in meiner eigenen Wohnung schmerzlich vermisse) und es gibt sogar einen Weinkühlschrank. Ich bin zu ehrfürchtig, um irgendetwas zu berühren. *Ist das wirklich meine Küche? Das kann nicht meine Küche sein …*

Wie in Trance gehe ich weiter in einen riesigen Wohnraum, dessen Decke so hoch ist, dass ich mich fühle, als würde ich in eine Kathedrale treten. Die Fensterfront bietet eine atemberaubende Aussicht auf den Charles River.

»Lily?«, fragt Ryle leise hinter mir. »Du bist nicht sauer, oder?«

Ich drehe mich um, sehe ihn an und begreife, dass er seit ein paar Minuten darauf wartet, dass ich etwas sage. Aber ich bin komplett sprachlos.

Ich schüttle den Kopf und bedecke meinen Mund mit der Hand. »Ich glaube nicht«, flüstere ich.

»Du *glaubst* nicht?« Er geht auf mich zu, nimmt meine Hände in seine und sieht mich besorgt an. »Bitte sag mir die nackte Wahrheit. Ich bekomme nämlich gerade das schreckliche Gefühl, dass meine Überraschung womöglich nach hinten losgegangen ist …«

Ich betrachte den schimmernden Boden, der ganz sicher aus echtem Holz ist, nicht bloß Laminat wie in meiner Wohnung. »Okay«, sage ich und sehe ihn wieder an. »Ich finde es total verrückt, dass du eigenmächtig ein Apartment gekauft hast. Das ist eine Entscheidung, die wir gemeinsam als Paar hätten treffen sollen.«

Er nickt betreten und öffnet den Mund, um etwas zu sagen, allerdings bin ich noch nicht fertig.

»Aber die nackte Wahrheit ist, dass diese Wohnung … ein absoluter Traum ist. Ich weiß gar nicht, was ich sagen soll, Ryle. Alles ist so groß und schön und neu. Ich habe richtig Angst, irgendwas dreckig zu machen.«

Er atmet erleichtert aus und nimmt mich in die Arme. »Du darfst diese Wohnung dreckig machen, Lily. Sie gehört dir. Du kannst sie so dreckig machen, wie du willst.« Er drückt mir einen Kuss auf die Schläfe, und ich weiß immer noch nicht, was ich sagen soll. Ein *Danke* erscheint mir viel zu klein für etwas so Großes.

»Wann ziehen wir ein?«

Er zuckt mit den Schultern. »Morgen? Ich habe mir freigenommen. Unsere Sachen lassen sich schnell rüberfahren, so viel haben wir ja nicht. Und dann können wir in den nächsten Wochen ganz entspannt gemeinsam als Paar Möbel kaufen.«

Ich nicke stumm. Da ich wusste, dass Ryle freihat, habe ich mir für morgen auch nichts vorgenommen.

Plötzlich spüre ich, wie meine Knie weich werden. Es gibt zwar keine Stühle, aber diesen unglaublich sauber glänzenden Holzboden. »Ich … ich muss mich kurz setzen.«

Ryle hockt sich vor mich hin und hält immer noch meine Hände.

»War Allysa eingeweiht?«, frage ich.

Er nickt grinsend. »Sie freut sich wahnsinnig, dass wir jetzt alle im selben Haus wohnen. Ich hatte schon länger darüber nachgedacht, etwas zu kaufen, und nachdem klar war, dass wir in Boston bleiben, habe ich zugegriffen. Ich hatte ein bisschen Angst, dass Allysa sich verplappert, bevor ich dich damit überraschen kann.«

Ich kann es immer noch nicht glauben. Ich wohne hier? Allysa ist ab jetzt meine Nachbarin? Das ist toll. Das ist wirklich toll –

ich verstehe selbst nicht, warum ich tief in mir drin trotzdem das Gefühl habe, dass er mit mir darüber hätte reden müssen.

»Du musst das alles erst mal verdauen, ich weiß«, sagt Ryle lächelnd. »Dabei hast du das Beste noch nicht gesehen, und ich kann gar nicht erwarten, es dir zu zeigen.«

»Dann los!«

»Also gut.« Er steht auf, zieht mich auf die Füße und führt mich in den Flur hinaus. Unterwegs öffnet er eine Tür nach der anderen und zeigt mir weitere Zimmer, lässt mir allerdings kaum Zeit, mich umzuschauen. Als er mich zuletzt in ein großzügig geschnittenes Schlafzimmer bringt, überschlage ich kurz im Kopf, dass unser zukünftiges Apartment neben dem großen Wohnraum, der Küche und den beiden Bädern noch vier weitere Zimmer hat.

Ryle bleibt an der Fensterwand stehen und zieht den bodenlangen weißen Vorhang zur Seite. »Tadaa!« Er öffnet die Tür zu einem Balkon, der so breit ist, dass man ihn fast als Terrasse bezeichnen kann. »Es ist zwar kein Garten, aber wenn du ihn bepflanzt, kommt es vielleicht nahe an einen dran.«

Ich folge ihm nach draußen und sehe im Geiste schon die vielen, vielen Pflanzen vor mir, die hier Platz haben. Ich werde einen Garten haben!

»Die Aussicht hier ist die, die wir an dem Abend hatten, an dem wir uns kennengelernt haben.«

Ich bin so überwältigt, dass ich kein Wort hervorbringe. Und dann kommen mir die Tränen. Ryle schlingt die Arme um mich.

»Oh nein, Lily«, flüstert er und streicht mir durch die Haare. »Hey. Nicht. Ich wollte dich nicht zum Weinen bringen.«

Gleichzeitig lachend und schluchzend sage ich: »Ich kann einfach nicht glauben, dass ich wirklich bald hier wohnen werde. Ryle?« Ich sehe zu ihm auf. »Wie kannst du dir das leisten?«

Er lacht. »Du hast einen Neurochirurgen geheiratet, Lily. Glaub mir, Geld ist sicher nicht dein Problem.«

Seine Antwort bringt mich zum Lachen, und danach muss ich noch mal weinen, und dann bekommen wir zum ersten Mal Besuch, denn irgendjemand klingelt.

»Das ist bestimmt Allysa«, sagt Ryle.

Ich laufe durch den langen Flur zur Tür und reiße sie auf. Wir fallen uns kreischend in die Arme und dann weine ich noch ein bisschen.

Den Rest des Abends verbringen wir zusammen mit Allysa und Marshall in unserem neuen Wohnzimmer. Ryle bestellt Essen beim Chinesen, und da wir weder Tisch noch Stühle haben, setzen wir uns kurzerhand alle auf den Boden und essen direkt aus den Pappschachteln. Wir diskutieren Einrichtungsideen, malen uns aus, was wir als Nachbarn alles unternehmen wollen, und reden über das Baby, das Allysa und Marshall bald haben werden.

Alles ist so schön, wie ich es mir immer erträumt habe. Nein, sogar noch schöner.

Ich kann es kaum erwarten, meiner Mutter davon zu erzählen.

22.

Allysas errechneter Termin war vor drei Tagen.

Nachdem wir es tatsächlich geschafft haben, alle unsere Sachen an Ryles freiem Tag rüberzubringen, waren Allysa und ich am nächsten Tag Möbel kaufen, und jetzt wohnen wir schon seit einer Woche in unserem Apartment. Gestern lag zum ersten Mal Post in unserem Briefkasten: die Strom- und Gasrechnung. Seitdem fühlt es sich für mich so an, als würden wir wirklich ganz offiziell hier leben.

Ich bin verheiratet. Ich habe einen wunderbaren Mann und wohne in einem traumhaften Apartment. Meine beste Freundin ist zufälligerweise gleichzeitig meine Schwägerin und bald werde ich Tante.

Fast macht es mir Angst, es auszusprechen, aber … kann mein Leben überhaupt noch schöner werden?

Ich sichere meine Daten, klappe den Laptop zu und packe eine Stunde früher als sonst meine Sachen zusammen, weil ich mich so darauf freue, in mein neues Zuhause zu kommen. Als ich gerade die Bürotür zugemacht und mich umgedreht habe, sehe ich Ryle draußen vor dem Laden. Er hat eine zusammengerollte Zeitung unter dem Arm klemmen, hält in der einen Hand einen Pappträger mit zwei dampfenden Kaffeebechern und zieht mit der anderen seinen Schlüssel aus der Tasche, um aufzuschließen.

»Lily!«, ruft er, als er hereinkommt und mit dem Fuß die Tür hinter sich zustößt. Über das ganze Gesicht strahlend, reicht er mir einen Kaffeebecher und holt die Zeitung hervor. »Drei sensationelle Neuigkeiten: Erstens … Hast du heute schon in die Zeitung geschaut?« Er hält sie mir hin. Ich bemerke, dass er sie so gefaltet hat, dass ein Artikel aus dem Innenteil zu sehen ist. »Schau dir das an, Lily. Du hast es geschafft!«

Ich versuche, mir nicht allzu große Hoffnungen zu machen. Wahrscheinlich meint er nicht das, woran ich sofort denke. Aber als ich die Überschrift lese: »Die Top Ten von Boston. Unsere Leser haben entschieden!«, wird mir klar, dass er genau das meint.

»Nein! Bin ich etwa gewählt worden?«

In einer Mail vom *Boston Globe* ist mir vor einigen Wochen mitgeteilt worden, dass *Lily's Flower Shop* bei der jährlichen Wahl der »Besten von Boston« in der Kategorie »Schönster neuer Laden« nominiert worden sei. Vergangene Woche rief dann ein Redakteur an und stellte mir ein paar Fragen, aber ich hätte niemals damit gerechnet, dass ich tatsächlich eine Chance haben könnte.

Und dann verschütte ich fast meinen Kaffee, weil Ryle mich in die Arme nimmt, hochhebt und herumwirbelt.

»Wow!« Mir fällt ein, dass er von drei Neuigkeiten gesprochen hat. »Und was sind die beiden anderen Sachen, die du mir erzählen wolltest?«

Er setzt mich ab. »Ich habe mit der besten Neuigkeit angefangen, weil ich mich so für dich freue.« Ryle trinkt einen Schluck Kaffee. »Die zweite ist: Ich bin für die Fortbildung in Cambridge ausgewählt worden.«

Ich strahle. »Wirklich?« Er nickt, zieht mich an sich und wirbelt mich gleich noch einmal herum. »Ich bin wahnsinnig stolz auf dich«, sage ich und küsse ihn. »Meine Güte. Wir sind beide so erfolgreich, dass es fast schon ekelhaft ist.«

Er lacht.

»Und Nummer drei?«

Ryle lässt mich los. »Ach ja, Nummer drei.« Er lehnt sich mit gespielter Lässigkeit an die Theke, nimmt einen Schluck von seinem Kaffee und setzt ihn dann betont langsam ab. »Allysa liegt in den Wehen.«

»Waaaaaas?!«, kreische ich.

»Ja.« Er deutet auf die Kaffeebecher. »Deswegen habe ich uns Koffein mitgebracht. Könnte sein, dass wir eine lange Nacht vor uns haben.«

Am liebsten würde ich in die Hände klatschen und hysterisch kichernd auf und ab springen, suche dann aber doch lieber hektisch meine Sachen zusammen, laufe zur Tür und schalte das Licht aus. »Los, los. Lass uns fahren. Schnell!« Als wir schon fast draußen sind, macht Ryle noch mal kehrt, schnappt sich die Zeitung von der Theke und schiebt sie sich unter den Arm. Meine Hände zittern vor Aufregung, als ich die Ladentür abschließe.

»Ist das zu fassen?«, rufe ich, als wir zum Wagen laufen. »Wir werden Tante!«

Ryle lacht. »*Onkel*, Lily. Wir werden *Onkel*.«

*****

Als sich die Tür des Geburtszimmers öffnet und Marshall in den Gang tritt, schrecken Ryle und ich hoch. In der Zeit, die wir hier schon sitzen, ist es geradezu unheimlich ruhig gewesen. Kein Mucks von Allysa und erst recht nicht die Schreie eines Neugeborenen. Als ich Marshalls Gesicht sehe, hebe ich beide Hände zum Mund und befürchte das Schlimmste.

Er ist bleich und verschwitzt, seine Schultern zucken, und Tränen laufen ihm übers Gesicht. Wir stehen beide auf und gehen auf ihn zu.

Und dann bricht es aus ihm heraus. »Ich bin Vater geworden!«, brüllt er und rammt die Faust in die Luft. »Ich bin VATER!«

Er umarmt erst Ryle und dann mich. »Gebt uns fünfzehn Minuten, dann dürft ihr reinkommen und meine Tochter kennenlernen.«

Sobald er wieder im Zimmer verschwunden ist, stoßen Ryle und ich gleichzeitig einen Seufzer der Erleichterung aus. Wir sehen uns lächelnd an. »Gib's zu, du hast auch schon irgendwelche Schreckensszenarien vor Augen gehabt«, sagt er.

Ich nicke und umarme ihn. »Du bist Onkel geworden.«

Er küsst mich auf die Stirn. »Du auch.«

Eine halbe Stunde später stehen wir neben Allysas Bett und betrachten andächtig den winzigen Menschen, den sie in den Armen hält. Ihre Tochter ist absolut perfekt. Noch ein bisschen zu frisch, um wirklich erkennen zu können, wie sie aussehen wird, aber schon jetzt wunderschön.

»Möchtest du deine Nichte mal halten?«, fragt Allysa Ryle.

Ich spüre, wie er sich neben mir einen Moment verkrampft, aber dann nickt er und beugt sich zu ihr vor. Sie legt sie ihm in die Armbeuge und zeigt ihm, wie er sie halten soll. Einen Moment bleibt Ryle unentschlossen am Bett stehen, dann geht er zur Couch und setzt sich. »Habt ihr euch jetzt eigentlich auf einen Namen geeinigt?«, fragt er.

Allysa nickt. »Haben wir.« Sie lächelt und ich sehe Tränen in ihren Augen schimmern. »Marshall und ich wollten sie nach dem Menschen nennen, der uns am allermeisten bedeutet, deswegen haben wir einfach ein *e* an deinen Namen gehängt. Sie heißt Rylee.«

Ryle sieht einen Moment lang aus, als stünde er unter Schock. Dann betrachtet er Rylee kopfschüttelnd. »Wahnsinn«, flüstert er. »Ich weiß gar nicht, was ich sagen soll.«

Ich drücke Allysas Hand, stehe vom Bett auf und gehe zu ihm. Es gab schon ein paar Momente, in denen ich dachte, ich könnte ihn nicht noch mehr lieben, als ich es sowieso schon tue, aber wieder einmal werde ich eines Besseren belehrt. Mein Herz wird weit, als ich ihn jetzt hier mit seiner kleinen Nichte im Arm sitzen sehe.

Marshall, der auf der anderen Bettseite sitzt, legt einen Arm um Allysa und zieht sie an sich. »Habt ihr da draußen mitbekommen, wie unfassbar tapfer Issa war? Sie hat nicht einen Pieps von sich gegeben.« Er sieht sie bewundernd an. »Ich fühle mich ein bisschen wie in diesem Film mit Will Smith. *Hancock*. Ich hatte ja keine Ahnung, dass ich mit einer Superheldin verheiratet bin.«

Ryle lacht. »Mich überrascht das gar nicht. Ich hab schon als Kind gemerkt, dass sie Superkräfte hat. Sie hat mir ein paarmal so in die Eier getreten, dass ich Sternchen gesehen habe.«

»Schsch!«, zischt Marshall. »Keine vulgären Ausdrücke vor Rylee.«

»In die *Eier* hat sie mich getreten«, flüstert Ryle ihr zu.

Wir lachen, und dann fragt er mich, ob ich sie halten will. Ich strecke die Hände aus und wackle mit den Fingern wie eine Süchtige, die es gar nicht erwarten kann. Als Rylee in meinen Armen liegt und ich auf sie herabschaue, bin ich überwältigt davon, wie sehr ich sie jetzt schon liebe.

»Wann kommen Mom und Dad eigentlich an?«, erkundigt sich Ryle bei Allysa.

»Ihr Flug geht heute um Mitternacht. Morgen Mittag müssten sie hier sein.«

»Dann sollte ich jetzt vielleicht lieber schlafen gehen. Ich habe einen langen Tag hinter mir.« Er sieht mich an. »Kommst du mit?«

Ich schüttle den Kopf. »Ich will noch ein bisschen bleiben. Nimm ruhig meinen Wagen, ich komme dann mit dem Taxi nach.«

Er küsst mich auf die Stirn und legt dann seine Schläfe an

meine, während wir Rylee betrachten. »Weißt du was? Ich finde, wir sollten schleunigst auch so ein Baby machen«, sagt er.

Ich sehe ihn entgeistert an, weil ich denke, dass ich mich verhört haben muss.

»Weck mich, wenn du nach Hause kommst. Wir fangen gleich heute Nacht an zu üben.« Er steht auf und verabschiedet sich von Allysa, wenig später begleitet ihn Marshall hinaus.

Als die Tür hinter den beiden zugefallen ist, sehe ich Allysa an. Sie lächelt. »Ich hab dir doch gesagt, dass er Kinder mit dir will.«

Ich schüttle lachend den Kopf und gehe zu ihrem Bett. Sie rutscht ein Stück, um mir Platz zu machen, und ich gebe ihr Rylee zurück. Dann kuscheln wir uns nebeneinander und sehen ihrer Tochter beim Schlafen zu, und es ist das Schönste, was wir je gesehen haben.

23.

Drei Stunden später – mittlerweile ist es schon kurz nach elf – mache ich mich auf den Heimweg. Nachdem Ryle gegangen ist, bin ich etwa eine Stunde bei den frischgebackenen Eltern im Krankenhaus geblieben und habe mich danach noch mal im Laden an den Schreibtisch gesetzt, um ein paar Dinge zu erledigen, damit ich mir die nächsten zwei Tage freinehmen kann.

Das Apartment ist dunkel, als ich aufschließe, also ist Ryle tatsächlich schon schlafen gegangen.

Auf der Taxifahrt nach Hause habe ich mir durch den Kopf gehen lassen, was er vorhin gesagt hat. Ich bin fast fünfundzwanzig, eigentlich war ich davon ausgegangen, dass wir erst in ein paar Jahren ernsthaft darüber nachdenken, eine Familie zu gründen. Ich weiß gar nicht, ob ich jetzt schon bereit bin, Mutter zu werden. Aber dass er ein Kind mit mir haben möchte, macht mich wahnsinnig glücklich.

Mein Magen knurrt, und ich beschließe, mir noch eine Kleinigkeit zu essen zu machen, bevor ich mich zu Ryle ins Bett lege. Vor lauter Aufregung haben wir das Abendessen ausfallen lassen. Als ich das Licht in der Küche anschalte, entfährt mir ein lauter Schrei. »Jesus, Ryle! Was machst du denn hier im Dunkeln?«

Er lehnt mit überkreuzten Füßen an der Wand neben dem Kühlschrank und sieht mich an. Seine Augen sind schmal und er dreht irgendetwas zwischen den Fingern.

Ich bemerke ein leeres Glas auf der Theke. Wahrscheinlich Scotch. Manchmal trinkt er noch einen Whisky vor dem Einschlafen, um runterzukommen.

»Gott, hast du mich erschreckt.« Ich schüttle lachend den Kopf und lege eine Hand auf mein Herz, das immer noch wie wild klopft. Ryle grinst, und mir wird sofort warm, weil ich ahne, was gleich passieren wird. Küsse, herumfliegende Klamotten, Keuchen, Stöhnen, entfesselte Lust. Seit unserem Einzug haben wir fast jeden Raum eingeweiht, nur die Küche ist noch unberührt.

Ich erwidere sein Lächeln, und als er den Blick senkt, erkenne ich, dass das, was er in der Hand hält, mein Boston-Magnet ist, den ich natürlich aus der alten Wohnung mitgenommen habe.

Ryle befestigt ihn wieder an der Kühlschranktür und tippt darauf. »Woher hast du den eigentlich?«

Ich sehe zwischen dem Magneten und ihm hin und her und zögere, weil ich ihm nicht sagen will, dass Atlas ihn mir zu meinem sechzehnten Geburtstag geschenkt hat. Das würde nur wieder zu unangenehmen Fragen führen, und ich freue mich viel zu sehr auf das, was gleich kommt, um mit einer nackten Wahrheit womöglich die Stimmung zu zerstören.

Ich zucke mit den Schultern. »Keine Ahnung mehr. Den habe ich schon ewig.«

Er sieht mich stumm an, dann stößt er sich von der Wand ab und kommt zwei Schritte auf mich zu. Ich lehne mich mit angehaltenem Atem an die Theke. Ryle umfasst meine Taille, dann packt er mich am Po und zieht mich an sich. Er presst seinen Mund auf meinen, küsst mich und beginnt gleichzeitig, meine Jeans zu öffnen.

Okay, also will er mich hier und jetzt.

Seine Lippen wandern meinen Hals hinab, während ich die Schuhe abstreife und ihm helfe, die Jeans auszuziehen.

Essen kann ich auch später noch. Die Einweihung der Küche hat erst mal Priorität.

Als Ryles Mund wieder zu meinem zurückgekehrt ist, hebt er mich mit einem Ruck auf die Theke und drängt sich zwischen meine Beine. Ich rieche den Scotch in seinem Atem und muss zugeben, dass mich das anmacht. Leise stöhne ich auf, als seine warmen Lippen über meine gleiten. Er greift in meine Haare und zieht meinen Kopf sanft nach hinten, sodass ich zu ihm aufsehen muss.

»Nackte Wahrheit?«, fragt er heiser und betrachtet meinen Mund so gierig, als wollte er mich gleich verschlingen.

Ich nicke stumm.

Seine andere Hand beginnt langsam meinen Schenkel hinaufzugleiten, bis sie am Ziel angekommen ist. Er lässt zwei Finger in mich hineingleiten und hält währenddessen die ganze Zeit meinen Blick fest. Ich hole tief Luft, schlinge meine Schenkel um seine Hüften und reibe mich stöhnend an ihm. Seine dunklen Augen glühen.

»Woher hast du den Magneten, Lily?«

Was?

Es fühlt sich an, als würde mein Herz rückwärts schlagen.

Warum fragt er mich das schon wieder?

Seine Finger bewegen sich immer noch in mir, seine Augen sehen mich immer noch an, als würde er mich wollen, aber seine Hand … die Hand, mit der er meine Haare gepackt hat, beginnt fester zu ziehen.

»Ryle«, flüstere ich, darum bemüht, ihn das Zittern in meiner Stimme nicht hören zu lassen. »Du tust mir weh.«

Er hört auf, sich in mir zu bewegen, aber sein Blick lässt mich nicht los. Langsam zieht er die Finger aus mir heraus, legt die Hand um meine Kehle und drückt leicht zu. Seine Lippen treffen meine und seine Zunge drängt in meinen Mund. Ich nehme sie auf, weil ich keine Ahnung habe, was hier gerade passiert, und bete, dass ich mir die Veränderung in seinem Verhalten nur einbilde. Dass ich überreagiere.

Ich spüre die Härte in seiner Hose, als er sich an mich presst. Er stemmt links und rechts von mir die Handflächen auf die Theke und lässt seinen Blick so hungrig über meinen Körper gleiten, als würde er nur einen kurzen Moment innehalten wollen, bevor er mich in Besitz nimmt. Mein Herz beginnt sich wieder zu beruhigen. *Ich habe überreagiert.*

Ryle greift neben sich, wo eine Zeitung liegt. Es ist die Ausgabe, die er mir vorhin gezeigt hat. Die mit dem Ergebnis der Leserwahl. Er hält sie hoch und wirft sie mir dann zu. »Hattest du schon Gelegenheit, den ganzen Artikel zu lesen?«

Erleichtert atme ich aus. »Noch nicht.«

Er deutet darauf. »Lies ihn mir vor.«

Ich sehe ihn an und lächle, aber gleichzeitig zieht sich mein Magen zusammen. Irgendwas stimmt nicht. Ich weiß nur nicht, was es ist.

»Du willst, dass ich dir den Artikel vorlese?«, frage ich. »Jetzt?«

Ich komme mir bescheuert vor, wie ich so halb nackt auf der Arbeitsplatte sitze, die Zeitung in den Händen.

Er nickt. »Aber ich will, dass du vorher noch dein Top ausziehst. Dann liest du ihn mir vor.«

Ich starre ihn an und versuche zu begreifen, was das werden soll. Vielleicht hat ihn der Whisky auf die Idee zu diesem Szenario gebracht. Unser Sex ist meistens relativ zahm, aber manchmal haben wir auch schon etwas gewagtere Varianten ausprobiert, und es wurde wilder. Gefährlicher. Das Flackern in seinen Augen lässt mich vermuten, dass er irgendetwas mit mir vorhat.

»Okay.« Ich ziehe mein Top aus und greife wieder nach der Zeitung. Als ich anfange, laut vorzulesen, hebt er die Hand. »Nicht den ganzen Artikel.« Er dreht die Zeitung um und deutet auf einen Absatz in der Mitte. »Ab hier.«

Jetzt bin ich noch verwirrter. Trotzdem bin ich bereit, sein Spiel mitzuspielen, wenn ich ihn dadurch schneller ins Bett bekomme …

»Der Name des Restaurants, das die höchste Anzahl an Leserstimmen gewinnen konnte, wird wohl kaum jemanden überraschen. Obwohl im Bib's auf der Market Street erst seit letztem April kreativ gekocht wird, gelang es dem Lokal, sich dank der durchgehend hervorragenden Bewertungen bei TripAdvisor den Ruf als eines der besten Restaurants unserer Stadt zu erarbeiten …«

Ich halte inne und sehe Ryle an. Er hat sich noch einen Scotch eingeschenkt und nimmt einen Schluck. »Lies weiter.« Er nickt in Richtung der Zeitung.

Ich schlucke schwer und versuche, das Zittern meiner Hände zu kontrollieren. *»… Am Herd steht der als Koch zweifach preisgekrönte Besitzer des Lokals höchstpersönlich. Atlas Corrigan hat das Kochhandwerk während seiner Zeit als Soldat bei den US Marines erlernt. Und falls Sie sich schon einmal gefragt haben, wofür Bib's steht, wir verraten es Ihnen: Es ist die Abkürzung für ›Besser in Boston‹.«*

Ich schnappe nach Luft.

Alles ist besser in Boston.

Ich presse einen Arm gegen meinen Bauch und versuche, mir nicht anmerken zu lassen, was in mir vorgeht, während ich weiterlese. *»Wie es zu dem Namen kam? ›Das ist eine lange Geschichte‹, erzählt Corrigan. ›Er ist eine Art Hommage an ein Mädchen, das in meinem Leben eine entscheidende Rolle gespielt und mir viel bedeutet hat. Mir immer noch viel bedeutet.‹«* Ich lege die Zeitung neben mich. »Ich möchte nicht weiterlesen.« Meine Stimme bricht.

Ryle macht einen Schritt auf mich zu, greift nach der Zeitung und liest da weiter, wo ich aufgehört habe. Seine Stimme ist jetzt laut und wütend. *»Als wir uns erkundigen, ob das Mädchen weiß, dass er sein Restaurant nach ihr benannt hat, lächelt Atlas Corrigan nur geheimnisvoll und sagt: ›Gute Frage. Nächste Frage.‹«*

Mir wird übel, als ich die Verachtung in Ryles Stimme höre. »Ryle, hör auf«, sage ich ruhig. »Du hast zu viel getrunken.« Ich rutsche von der Theke, schiebe mich an ihm vorbei und gehe schnell in den Flur hinaus. Ich bin mir nicht sicher, ob ich verstehe, was gerade passiert.

In dem Artikel wird mit keinem Wort erwähnt, von welchem Mädchen Atlas spricht. Ich glaube zu wissen, dass ich gemeint bin – aber wie um alles in der Welt kommt Ryle darauf, dass ich es sein könnte?

Wieso hatte er den Magneten in der Hand? Wie kann er wissen, dass ich ihn von Atlas geschenkt bekommen habe?

Ich höre, wie er mir hinterhergeht. Als ich die Schlafzimmertür öffne, bleibt mir die Luft weg. Auf dem Boden liegt ein umgekippter Umzugskarton, auf dessen Seite »Lilys Sachen« steht. Alles, was darin war, ist auf dem Bett verstreut. Meine Briefe, die Tagebücher … Ich schließe die Augen und atme langsam ein.

Er hat mein Tagebuch gelesen.

Das kann nicht sein.

Doch.

Er. Hat. Mein. Tagebuch. Gelesen.

Ryle schlingt von hinten seinen Arm um meine Taille und umfasst meine Brust. Mit der anderen Hand streicht er mir die Haare aus dem Gesicht.

Ich kneife die Augen zu, als ich seine Finger auf meiner Haut spüre. Langsam streicht er an meinem Hals herunter bis zu dem Tattoo und ein Schauder durchfährt meinen Körper. Im nächsten Moment senkt sich sein Mund auf das tätowierte Herz und dann beißt er mir so fest in die Schulter, dass ich aufschreie.

Ich will mich losreißen, doch er hält mich in einem so eisernen Klammergriff, dass ich keine Chance habe. Brennender Schmerz pulsiert in meiner Schulter und zieht sich bis in den Arm hinunter. Tränen laufen mir übers Gesicht.

»Ryle, lass mich los«, schluchze ich. »Bitte. Geh woanders hin. Versuch dich zu beruhigen.« Sein Griff ist gleichbleibend fest, dann dreht er mich zu sich um. Ich halte die Augen weiter geschlossen, weil ich zu viel Angst habe, ihn anzusehen. Die Finger in meine Schulter vergraben, stößt er mich Richtung Bett. Ich versuche, mich unter ihm wegzuducken, aber es ist zwecklos. Er ist viel stärker als ich. Er ist wütend. Er ist verletzt. *Und er ist nicht Ryle.*

Ich falle rücklings aufs Bett und rutsche panisch zum Kopfende, um ihm zu entkommen.

»Warum ist dieser Kerl immer noch hier, Lily?« Seine Stimme ist jetzt nicht mehr so ruhig wie vorhin in der Küche, sondern zittert vor Wut. »Er ist überall. In allem. In dem Magneten am Kühlschrank. In deinem Tagebuch, in dem Karton, den ich in unserem Schrank gefunden habe. In dem verfickten Tattoo, an genau der Stelle, die ich an deinem verfickten Körper am meisten geliebt habe.«

Jetzt kniet er vor mir auf dem Bett.

»Ryle«, flehe ich. »Ich kann das erklären.« Die Tränen laufen mir jetzt in Strömen übers Gesicht. »Du bist gerade zu wütend, um klar denken zu können. Bitte tu mir nichts, bitte, Ryle. Geh weg, und wenn du zurückkommst, reden wir ganz in Ruhe darüber.«

Er packt mich an den Fußgelenken und zieht mich zu sich. »Ich bin nicht wütend, Lily«, sagt er, und jetzt ist seine Stimme auf einmal wieder beängstigend ruhig. »Aber vielleicht habe ich dir bisher einfach nicht deutlich genug gezeigt, wie sehr *ich* dich liebe.« Er wirft sich auf mich, reißt mir die Arme über den Kopf, hält die Hände zusammen und drückt sie in die Matratze.

»Ryle, bitte nicht.« Ich schluchze, trete, winde mich und versuche, ihn mit aller Gewalt von mir wegzustoßen. »Geh runter von mir, bitte!«

Nein, nein, nein, nein.

»Ich liebe dich, Lily«, stößt er, das Gesicht an meine Wange gepresst, hervor. »Ich liebe dich mehr, als dieser Loser dich je geliebt hat. Warum siehst du das nicht?«

Meine Angst droht mich zu verschlingen, ich werde von ihr wie in einem Strudel mitgerissen und fürchte in ihr zu ertrinken, aber im nächsten Moment verwandelt sie sich plötzlich in lodernde Wut. Ich sehe meine Mutter weinend auf der Couch in unserem Wohnzimmer liegen, mein Vater über ihr. Blanker Hass durchzuckt mich und ich beginne zu schreien.

Ryle versucht, meinen Schrei mit seinem Mund zu ersticken.

Ich beiße ihm in die Zunge.

Und dann knallt seine Stirn mit voller Wucht an meine.

Der Schmerz zerreißt mich, aber schon in der nächsten Sekunde weicht er einer schwarzen Decke, die sich über mich senkt und mich mit Dunkelheit umhüllt.

*****

Ich spüre seinen warmen Atem an meinem Ohr und höre, wie er etwas murmelt. Mein Herz rast. Ich zittere am ganzen Körper, Tränen laufen mir übers Gesicht, und ich ringe nach Luft. Wörter prasseln auf mich ein, doch der pulsierende Schmerz in meinem Kopf macht es mir unmöglich, ihre Bedeutung zu entschlüsseln.

Etwas Warmes sickert meine Stirn herab und brennt mir in den Augen. Ich weiß sofort, was es ist. Blut.

Mein Blut.

Die Wörter werden klarer, jetzt verstehe ich, was er mit erstickter Stimme hervorpresst.

»Es tut mir so leid. Oh Gott, Lily, bitte, es tut mir leid.«

Er liegt immer noch schwer auf mir, aber er versucht nicht mehr, sich zwischen meine Beine zu zwängen.

»Lily, ich liebe dich. Ich wollte das nicht.«

Seine Stimme ist panisch. Er küsst mich. Seine Lippen. Ganz zart in meinem Gesicht, auf meinem Mund.

Er weiß, was er getan hat. Er ist wieder Ryle, und er weiß, was er mir gerade angetan hat. Was er uns beiden angetan hat. Unserer Zukunft.

Ich nutze seine Angst und seine Reue zu meinem Vorteil. »Es ist okay, Ryle«, flüstere ich weinend. »Es ist okay. Du warst wütend. Es ist okay.«

Er presst die Lippen mit solcher Wildheit auf meine, als könnte er alles, was passiert ist, mit einem verzweifelten Kuss auslöschen, aber von dem Geschmack des Whiskys wird mir jetzt übel. Er flüstert immer noch, wie leid es ihm tut, als es um mich herum erneut dunkel wird.

*****

Meine Augen sind geschlossen. Wir sind immer noch im Bett, aber er liegt nicht mehr auf, sondern halb neben mir, den Arm eng um meine Taille geschlungen, den Kopf auf meiner Brust. Ich wage es nicht, mich zu rühren, öffne erst einmal nur die Augen.

Ryle bewegt sich nicht, aber ich höre seine tiefen, regelmäßigen Atemzüge. Er scheint eingeschlafen zu sein. Das Letzte, woran ich mich erinnere, ist sein Mund auf meinem, der bittere Geschmack des Whiskys, der salzige meiner Tränen.

Mehrere Minuten bleibe ich reglos so liegen. Der hämmernde Schmerz in meinem Kopf wird mit jeder Minute schlimmer. Ich schließe die Augen und versuche nachzudenken.

Wo ist meine Tasche?

Wo sind meine Schlüssel?

Wo ist mein Handy?

Es dauert fünf Minuten, bis es mir gelungen ist, mich vorsichtig unter ihm hervorzuwinden, ohne ihn zu wecken. Ich habe solche Angst, dass ich kaum zu atmen wage, während ich mich Zentimeter für Zentimeter von ihm wegschiebe, bis ich mich vom Bett zu Boden gleiten lassen kann. Als ich es geschafft habe, bricht ein unerwartetes Schluchzen aus meiner Kehle. Die Hand auf den Mund gepresst, richte ich mich schwankend auf und fliehe aus dem Zimmer.

Tasche und Handy liegen auf dem Tisch im Eingangsbereich, aber wo habe ich meine Schlüssel hingetan? Panisch durchsuche ich Küche und Wohnzimmer, sehe aber alles so verschwommen, dass ich Mühe habe, etwas zu erkennen. Anscheinend hat er seinen Kopf mit solcher Wucht gegen meinen geschlagen, dass ich eine Platzwunde an der Stirn habe, die jetzt wieder zu bluten beginnt.

Erneut wird mir schwindelig und ich muss mich neben der Wohnungstür auf den Boden setzen. Meine Finger zittern so sehr, dass ich drei Anläufe brauche, bis ich den Code in mein Handy eingegeben habe, um es zu entsperren.

Als das Display aufleuchtet, zögere ich. Wen soll ich anrufen? Zu wem kann ich mich flüchten? Zu Allysa und Marshall, ist mein erster Gedanke, aber das geht nicht. Das kann ich den beiden nicht antun. Außerdem sind sie noch in der Klinik, mit einem gerade erst geborenen Baby. Unmöglich.

Kurz denke ich daran, bei der Polizei anzurufen, aber das bringe ich nicht über mich. Wenn ich überlege, was das bedeuten würde, wird mir schlecht. Ich will niemandem erklären müssen, was Ryle mir angetan hat. Ich kann mir auch nicht vorstellen, ihn anzuzeigen. Das würde das Ende seiner Karriere bedeuten. Und Allysa würde mir das niemals verzeihen. Oder sollte ich es doch tun? Ich weiß es einfach nicht. Jetzt im Moment habe ich nicht die Kraft, so eine Entscheidung zu treffen.

Ich starre aufs Handy. *Denk nach, Lily. Denk nach.*

Meine Mutter. Ich scrolle zu ihrem Namen, und mein Daumen schwebt über dem grünen Button, aber dann stelle ich mir vor, wie sie reagieren wird, und muss wieder weinen. Ich darf sie nicht mit dieser vollkommen ungelösten Situation belasten. Sie hat schon zu viel durchgemacht. Außerdem würde Ryle zuallererst zu ihr fahren, wenn er mich sucht. Dann müsste sie lügen. Aber natürlich wird er auch bei Allysa und Marshall auftauchen und bei allen anderen, die wir kennen.

Ich wische mir das Blut und die Tränen aus dem Gesicht und hole tief Luft.

Und dann tippe ich Atlas' Nummer ein.

In diesem Moment hasse ich mich mehr, als ich mich je in meinem ganzen Leben gehasst habe.

Ich hasse mich, weil ich gelogen habe, als Ryle die Nummer in meinem Handy gefunden hat und ich behauptet habe, ich hätte völlig vergessen, dass sie dort ist.

Ich hasse mich, weil ich tief in meinem Inneren geahnt habe, dass ich die Nummer eines Tages womöglich brauchen werde, und sie deswegen *auswendig* gelernt habe.

»Hallo?«

Seine Stimme klingt zurückhaltend. Fragend. Die Nummer auf dem Display sagt ihm nichts. Er weiß natürlich nicht, wer anruft. Ich schluchze auf und presse mir sofort die Hand auf den Mund.

»Lily?« Jetzt ist seine Stimme viel lauter. »Lily, wo bist du?«

Ich hasse mich, weil er mich an meinem Schluchzen erkennt.

»Atlas«, flüstere ich. »Ich brauche Hilfe.«

»Wo bist du?«, fragt er noch einmal. Ich höre Panik in seiner Stimme. Ich höre, wie er herumläuft. Wie er Sachen zusammenrafft. Ich höre, wie eine Tür zuschlägt.

»Ich schreibe dir, wo ich bin«, flüstere ich, zu verängstigt, um noch weiter zu telefonieren. Ryle darf auf keinen Fall aufwachen. Ich lege auf und schaffe es irgendwie, meine Hände halbwegs ruhig zu halten, während ich die Adresse eintippe und den Code, den man unten eingeben muss, um die Tür zu öffnen.

Und dann schreibe ich noch: **Nicht klingeln, wenn du hier bist!**
Schick mir eine Nachricht.

Auf allen vieren krieche ich in die Küche, wo meine Jeans am Boden liegt, und ziehe sie stöhnend an. Mein Top hängt über der Theke. Als ich angezogen bin, schleppe ich mich wieder zur Tür zurück. Was jetzt? Ich überlege, unten in der Lobby auf Atlas zu warten, habe aber zu viel Angst, dass mich jemand in meinem Zustand sehen oder dass ich zusammenbrechen könnte. Die Kopfschmerzen sind kaum auszuhalten. Das Handy umklammert, lasse ich mich an der Wand zu Boden rutschen und warte auf seine Nachricht.

Es dauert quälende vierundzwanzig Minuten, bis das Display aufleuchtet: **Bin da.**

Mit letzter Kraft hieve ich mich hoch und mache die Tür auf. Arme umschlingen mich, mein Gesicht wird gegen etwas Weiches gepresst. Sofort fließen wieder die Tränen und mein ganzer Körper wird von Schluchzen geschüttelt.

»Lily«, sagt Atlas leise. Noch nie ist mein Name mit so viel Traurigkeit ausgesprochen worden. Er zwingt mich, ihn anzusehen. Der Blick seiner strahlend blauen Augen wandert über mein Gesicht, und ich sehe, wie sich seine Besorgnis in flammende Wut verwandelt. Sein ganzer Körper steht unter Spannung. »Ist er noch hier?«

Er macht einen Schritt auf die Wohnung zu, aber ich ziehe die Tür schnell zu und stelle mich ihm in den Weg. »Nicht!«, flehe ich. »Bitte, Atlas. Ich will einfach nur schnell weg von hier.«

Ich sehe, wie er mit sich kämpft, ob er mir nachgeben oder die Tür einschlagen soll. Schließlich wendet er sich ab, zieht mich an sich und legt mir einen Arm um die Schulter. Er führt mich zum Lift und wir fahren schweigend nach unten. Unten in der Lobby steht jemand, aber er ist zum Glück am Telefon und kehrt uns den Rücken zu.

Als wir beim Parkhaus ankommen, spüre ich, wie mir wieder schwindelig wird. Ich bitte Atlas, langsamer zu gehen, stattdessen schlingt er die Arme um meine Knie, hebt mich hoch und trägt mich. Irgendwann sitze ich in seinem Wagen. Wir fahren.

Ich weiß, dass die Wunde genäht werden muss.

Ich weiß, dass er mich ins Krankenhaus bringt.

Es ist mir ein Rätsel, wie ich es schaffe, aber ich höre mich sagen: »Nicht ins Massachusetts General. Bring mich woandershin.«

Ich verstehe selbst nicht, warum ich nicht will, dass uns einer von Ryles Kollegen begegnet. Ich hasse ihn. Ich hasse ihn in diesem Moment noch mehr, als ich meinen Vater je gehasst habe, aber ich will nicht sein Leben zerstören. Aus Gründen, die ich selbst nicht nachvollziehen kann, ist meine Fürsorge stärker als mein Hass.

Und als mir das bewusst wird, hasse ich mich selbst genauso sehr, wie ich ihn hasse.

24.

Atlas lehnt an der gegenüberliegenden Seite des Raums an der Wand. Er ist mir die ganze Zeit nicht von der Seite gewichen. Nachdem zunächst eine Blutprobe genommen und ins Labor gebracht wurde, kümmert sich jetzt eine Schwester um mich, die meine Wunden säubert. Sie hat mir noch nicht viele Fragen gestellt, aber es ist offensichtlich, dass meine Verletzungen nicht von einem Unfall herrühren. Ich sehe ihren mitleidigen Blick, während sie das Blut von der Bisswunde auf meiner Schulter tupft.

Als sie fertig ist, sieht sie sich kurz zu Atlas um und stellt sich dann so vor mich, dass sie meinen Blick auf ihn verdeckt. »Ich muss Ihnen jetzt ein paar persönliche Fragen stellen, Lily. Das heißt, ich werde ihn bitten, den Raum zu verlassen, ist das in Ordnung?«

Als ich begreife, dass sie annimmt, Atlas wäre derjenige, der mir das angetan hat, schüttle ich heftig den Kopf. »Nein, nein. Er war es nicht«, sage ich. »Bitte. Ich möchte, dass er hierbleibt.«

Sie lächelt erleichtert. Dann nickt sie und zieht sich einen Stuhl heran. »Haben Sie sonst noch irgendwo Verletzungen?«

Ich verneine, weil sie das, was Ryle in mir zerbrochen hat, sowieso nicht heilen kann.

»Lily …?« Ihre Stimme ist sanft. »Sind Sie vergewaltigt worden?«

Mir steigen sofort die Tränen in die Augen, und ich sehe, wie Atlas das Gesicht abwendet, die Kiefer aufeinandergepresst.

Die Schwester wartet, bis ich sie wieder anschaue, bevor sie weiterspricht. »Wir können eine Befundsicherung durchführen. Die Untersuchung ist natürlich streng vertraulich, und es ist Ihre Entscheidung, ob Sie sie durchführen lassen wollen, aber ich empfehle Ihnen …«

»Ich wurde nicht vergewaltigt«, unterbreche ich sie. »Er hat nicht …«

»Sind Sie da ganz sicher, Lily?«, fragt die Schwester.

Ich nicke. »Ich will die Untersuchung nicht.«

Atlas hat sich wieder mir zugewandt. Ich sehe den Schmerz in seinem Gesicht, als er einen Schritt näher kommt. »Du solltest es tun, Lily.« Sein Blick ist flehend. »Es geht auch darum, die Verletzungen zu dokumentieren.«

Wieder schüttle ich den Kopf. »Atlas, ich schwöre, er …« Ich schließe die Augen und senke den Kopf. »Es geht mir nicht darum, ihn zu schützen«, flüstere ich. »Er … er hat es wohl versucht, aber dann hat er aufgehört.«

»Wenn du Anzeige gegen ihn erstatten willst, brauchst du aber …«

»Ich will diese Untersuchung nicht«, sage ich noch einmal mit fester Stimme.

Es klopft an der Tür, und ein Arzt kommt herein, worüber ich froh bin, weil ich Atlas' Blick nicht länger ertragen hätte. Die Schwester informiert ihn kurz und tritt dann zur Seite, damit er die Verletzungen an meinem Kopf und meiner Schulter untersuchen kann. Er leuchtet mir mit einer Lampe in die Augen. »Normalerweise würde ich ein CT machen lassen, um eine Gehirnerschütterung auszuschließen, aber in Ihrem Zustand geht das natürlich nicht. Stattdessen würden wir Sie gerne zur Beobachtung über Nacht hierbehalten.«

»Warum kein CT?«, frage ich.

Er steckt seine Stablampe weg und richtet sich auf. »Bei einer bestehenden Schwangerschaft machen wir grundsätzlich keine

Röntgenaufnahmen, wenn es nicht lebensnotwendig ist«, höre ich ihn sagen. »Wir behalten Sie hier und beobachten Sie eine Weile. Wenn keine Komplikationen auftreten, dürfen Sie gehen.«

Danach höre ich nichts mehr.

Nichts.

In meinem Kopf macht sich ein unerträglicher Druck breit. Dann in meinem Herzen. Meinem Bauch.

Ich muss mich an der Kante der Liege festklammern, auf der ich sitze, und starre zu Boden, bis der Arzt und die Schwester den Raum verlassen haben.

Erst als die Tür hinter ihnen zugefallen ist, hebe ich den Kopf. Um mich herum ist ein Summen, das alle anderen Geräusche erstickt. Ich sehe, wie Atlas sich mir nähert. Er bleibt vor mir stehen. Seine Knie berühren beinahe meine. Er legt eine Hand auf meinen Rücken, reibt ihn sanft. »Hast du es gewusst?«

Ich atme aus und wieder ein. Und dann schüttle ich den Kopf, immer schneller und schneller, und als er die Arme um mich legt, weine ich so heftig, wie ich noch nie in meinem Leben geweint habe. Ich wusste nicht, dass mein Körper in der Lage ist, so zu weinen. Und Atlas hält mich fest, während ich weine. Hält mich fest, während der Selbsthass mich schüttelt.

Ich habe mir das selbst angetan.

Ich habe zugelassen, dass mir das passiert.

Ich bin meine Mutter.

»Ich will hier weg«, flüstere ich.

Atlas lässt die Arme sinken. »Sie wollen dich beobachten, Lily. Ich finde, du solltest bleiben.«

Ich sehe zu ihm auf und schüttle den Kopf. »Ich muss hier raus, bitte. Ich will gehen.«

Er nickt und hilft mir, die Schuhe anzuziehen. Dann legt er seine Jacke um meine Schultern und führt mich aus dem Krankenhaus, ohne dass wir noch einmal mit irgendjemandem sprechen.

Wir fahren schweigend. Ich starre blind aus dem Fenster. Zu erschöpft, um zu weinen. Zu sehr unter Schock stehend, als dass ich irgendetwas sagen könnte. Ich fühle mich wie unter Wasser.

Schwimm einfach weiter.

*****

Atlas wohnt nicht in einem Apartment, sondern in einem Haus. Nicht in Boston, sondern in einem kleinen Vorort, der Wellesley heißt. Hier stehen nur schöne, große, teure Häuser mit gepflegten Gärten. Als er in eine Einfahrt biegt, frage ich mich, ob er seine Freundin mittlerweile vielleicht geheiratet hat … *Cassie.* Was wird sie tun, wenn er eine Frau nach Hause bringt, die er früher mal geliebt hat? Eine Frau, die von ihrem eigenen Mann misshandelt wurde?

Sie wird mich bemitleiden. Sie wird sich fragen, warum ich ihn nicht verlassen habe, bevor es so weit kam. Sie wird sich fragen, ob es nicht schon vorher Anzeichen gab, ob ich nicht damit hätte rechnen müssen. Sie wird genau das über mich denken, was ich über meine eigene Mutter gedacht habe, als sie in der gleichen Situation war wie ich jetzt. Die Leute fragen sich alle immer, warum die Frauen ihre Männer nicht verlassen. Warum fragt sich keiner, wieso die Männer überhaupt gewalttätig sind? Ist die Frau die Schuldige, weil sie nicht rechtzeitig gegangen ist?

Atlas fährt den Wagen in die Garage. Es steht kein zweites Auto darin. Ich warte nicht, bis er meine Tür geöffnet hat, sondern steige gleichzeitig mit ihm aus und folge ihm ins Haus. Er gibt einen Code ein, um die Alarmanlage auszuschalten, und knipst ein paar Lichter an. Ich trete in einen riesigen Raum. Wohnzimmer, Esszimmer und Küche gehen ineinander über.

Glänzende Holz- und Edelstahlflächen, die Küche in einem traumhaften Türkisblau gestrichen. Meerblau. Wenn mir nicht alles so verdammt wehtun würde, würde ich lächeln.

Atlas ist einfach weitergeschwommen. Wie es aussieht, bis in die Karibik.

Er führt mich in die Küche, nimmt eine Flasche Wasser aus dem Kühlschrank, schraubt den Deckel ab und hält sie mir hin. Ich trinke einen Schluck und sehe zu, wie er im Wohnzimmer herumgeht und weitere Lampen anmacht.

»Wohnst du allein hier?«, frage ich.

Er nickt und kommt in die Küche zurück. »Hast du Hunger?«

Ich schüttle den Kopf. Selbst wenn ich hungrig wäre, könnte ich keinen Bissen herunterbringen.

»Dann zeige ich dir jetzt das Gästezimmer«, sagt er. »Du hast ein eigenes Bad. Vielleicht willst du ja duschen.«

Das will ich. Ich will den Geschmack des Whiskys aus meinem Mund waschen. Ich will den Krankenhausgeruch von meiner Haut waschen. Ich will die letzten Stunden meines Lebens wegwaschen.

Ich folge ihm einen Flur entlang, an dessen Ende er eine Zimmertür öffnet. Als er das Licht einschaltet, sehe ich ein nicht bezogenes Bett, auf dem Kleidersäcke und Tüten liegen. An der hinteren Wand sind Umzugskartons gestapelt, in der Ecke steht ein Armsessel. Atlas nimmt die Sachen vom Bett und legt sie auf die Kartons.

»Ich bin erst vor ein paar Wochen eingezogen und hatte noch keine Zeit, alles auszupacken und einzurichten.« Er zieht die oberste Schublade einer Kommode auf. »Nebenan ist das Bad. Ich beziehe in der Zwischenzeit das Bett.« Er nimmt Laken und Bettwäsche heraus, während ich nach nebenan gehe und die Tür schließe.

Ich bleibe dreißig Minuten im Bad. Einige dieser Minuten verbringe ich damit, vor dem Spiegel zu stehen und mich anzustarren, weitere unter der Dusche und die übrigen vor der Toilette kniend, wo der Gedanke an die vergangenen Stunden mich mit solcher Übelkeit erfüllt, dass ich alles aus mir herauskotze.

In ein großes Badetuch gewickelt, öffne ich die Tür einen Spalt breit. Atlas ist nicht mehr im Zimmer, aber auf dem frisch bezogenen Bett liegen ein paar Kleidungsstücke. Eine Männerschlafanzughose, die mir viel zu groß ist, und ein T-Shirt, das mir bis über die Knie geht. Ich ziehe die Kordel der Hose zu, verknote sie, krieche ins Bett, knipse die Lampe aus und rolle mich unter der Decke zusammen.

Und dann weine ich so sehr, dass ich nicht einmal ein Geräusch von mir gebe.

25.

Es duftet nach Toast.

Im Halbschlaf räkle ich mich im Bett und lächle, weil Ryle weiß, dass ich morgens am liebsten goldbraunen Toast esse.

Dann schlage ich die Augen auf und die Realität trifft mich mit der Wucht eines Frontalzusammenstoßes. Ich presse die Augen sofort wieder zu, als mir klar wird, wo ich bin und warum ich hier bin und dass es nicht mein fürsorglicher Ehemann ist, der das Frühstück macht, um es mir ans Bett zu bringen.

Statt die Tränen einfach fließen zu lassen, was ich am liebsten tun würde, zwinge ich mich dazu, aufzustehen. Ich konzentriere mich auf die Leere in meinem Magen und sage mir, dass ich auch später noch weinen kann, nachdem ich etwas gegessen habe. Ich muss essen, um mich wieder übergeben zu können.

Erst als ich aus dem Bad wieder ins Zimmer komme, bemerke ich, dass der Sessel anders steht als gestern. Jetzt zeigt er zum Bett. Außerdem liegt eine halb ausgebreitete Wolldecke darauf. Atlas hat heute Nacht über mich gewacht.

Bestimmt weil er sich Sorgen gemacht hat, ich könnte tatsächlich eine Gehirnerschütterung haben.

Als ich in die Küche komme, geht Atlas gerade zwischen Kühlschrank, Herd und Theke hin und her. Zum ersten Mal in den vergangenen zwölf Stunden spüre ich etwas, das nicht nur Schmerz ist, als mir einfällt, dass er Koch ist. Ein *guter* Koch. Und er macht mir Frühstück.

»Morgen«, sagt er, und ich höre seinem Tonfall an, wie sehr er sich bemüht, neutral zu bleiben. »Hoffentlich hast du Hunger.« Er stellt ein Glas und eine Karaffe mit frischem Orangensaft vor mich hin, dann wendet er sich wieder zum Herd.

»Habe ich.«

Er sieht lächelnd über die Schulter. Ich gieße mir von dem Saft ein und gehe zum Tisch, auf dem eine Zeitung liegt. Als ich danach greife und sehe, dass es die Ausgabe mit den Ergebnissen der Leserwahl zu den »Besten von Boston« ist, lasse ich sie sofort wieder fallen. Ich schließe die Augen, atme tief durch und trinke einen Schluck.

Ein paar Minuten später stellt Atlas einen Teller vor mich hin. Drei Crêpes liegen darauf, die er mit einem Gittermuster aus glänzendem Ahornsirup und einem Klecks Schlagsahne dekoriert hat. Rechts daneben liegen Orangen- und Erdbeerscheiben.

Es sieht fast zu schön aus, um es aufzuessen, aber ich bin zu hungrig, um darauf Rücksicht zu nehmen. Als ich den ersten Bissen probiere, schließe ich noch einmal die Augen, weil das mit Abstand das beste Frühstück ist, das ich je zu essen bekommen habe.

Nicht, dass ich überrascht wäre. Ich habe es vor mir selbst nicht zugeben wollen, aber natürlich hat sein Restaurant die Lorbeeren mehr als verdient. Auch wenn ich alles getan habe, um Ryle und Allysa davon abzubringen, noch einmal dorthin zugehen, war das Essen fantastisch.

»Hast du wirklich bei der Army kochen gelernt?«, frage ich Atlas, als er kurz darauf mit zwei Tassen Kaffee zu mir kommt.

Er setzt sich mir gegenüber und trinkt einen Schluck, dann stellt er die Tasse ab. »Ich habe dort erst mal die Ausbildung gemacht und mich danach noch mal für vier Jahre verpflichtet und als Koch weitergearbeitet.« Er deutet auf meinen Teller. »Schmeckt es dir?«

Ich nicke. »Köstlich. Aber was du sagst, kann nicht stimmen.

Du konntest schon kochen und backen, bevor du zur Army gegangen bist.«

Atlas lächelt. »Du erinnerst dich an die Cookies?«

Ich nicke wieder. »Die besten Cookies meines Lebens.«

Er lehnt sich im Stuhl zurück. »Die Grundlagen habe ich mir tatsächlich selbst beigebracht. Meine Mutter hat immer in der Nachtschicht gearbeitet, deswegen musste ich lernen, mir selbst etwas zu kochen, wenn ich mich nicht nur von kalten Sandwiches und Chips ernähren wollte. Als ich dreizehn war, hab ich mir auf dem Flohmarkt ein Kochbuch besorgt und dann jeden Tag ein Rezept nachgekocht.«

Ich merke, dass ich lächle, und bin fast erschrocken darüber, dass ich dazu in der Lage bin. »Wenn dich das nächste Mal jemand fragt, wo du kochen gelernt hast, solltest du diese Geschichte erzählen, nicht die andere.«

Er schüttelt den Kopf. »Du bist der einzige Mensch, der weiß, wie ich früher gelebt habe. Und das soll auch so bleiben.«

Er erzählt mir von seiner Zeit bei der Army und was er erlebt hat. Dass er von Anfang an so viel Geld gespart hat, wie er nur konnte, weil er immer schon davon geträumt hat, später mal ein eigenes Restaurant zu haben. Mit einem Café fing es an und im April letzten Jahres hat er dann das Bib's eröffnet. »Es läuft ganz gut.«

»Sieht aus, als würde es sogar mehr als gut laufen«, sage ich und sehe mich beeindruckt um.

Atlas zuckt nur verlegen mit den Schultern und schneidet einen Bissen von seinem Crêpe ab. Ich verstumme auch, weil mir wieder einfällt, was er in dem Interview mit dem *Globe* gesagt hat. Über sein Restaurant. Warum es Bib's heißt. Und dieser Gedanke führt mich zurück zu Ryle und der Wut in seiner Stimme, als er mir den letzten Satz des Artikels entgegengeschrien hat. Es läuft mir kalt über den Rücken.

Atlas fragt sich vermutlich, warum ich so still bin, spricht mich aber nicht darauf an. Irgendwann steht er auf und räumt den Tisch ab.

Als er zurückkommt, setzt er sich neben mich und legt kurz seine Hand auf meine. »Ich muss ein paar Stunden arbeiten gehen. Du kannst so lange hierbleiben, wie du willst, aber vielleicht möchtest du auch lieber woandershin. Ich bitte dich nur um eins, Lily. Geh heute nicht zu ihm zurück.«

Ich schüttle den Kopf. »Das werde ich nicht, versprochen. Und … ich würde sehr gern hierbleiben.«

»Brauchst du noch irgendwas?«

»Danke, ich habe alles.«

Er steht auf und greift nach seiner Jacke. »Ich bin so schnell wie möglich wieder da. Sobald die Mittagsgäste versorgt sind, komme ich zurück und bringe dir was zu essen mit, okay?«

Ich lächle, obwohl mir nicht zum Lächeln zumute ist. Atlas holt einen Block und einen Stift aus einer Schublade und notiert etwas. Nachdem er gegangen ist, bleibe ich noch eine Weile sitzen, dann stehe ich auf, um mir den Zettel anzusehen. Der Code der Alarmanlage steht darauf. Und seine Handynummer. Und die Nummer vom Restaurant mitsamt der vollständigen Adresse.

Und darunter hat er in ganz kleinen Buchstaben geschrieben: *Schwimm einfach weiter, Lily.*

Liebe Ellen,

hey. Ich bin es mal wieder. Lily Bloom. Oder eigentlich Lily Kincaid. So heiße ich jetzt nämlich. Es ist lange her, seit ich dir das letzte Mal geschrieben habe. Wirklich sehr lange.

Nach dem schrecklichen Abend, an dem mein Vater Atlas verprügelt hat, habe ich die Hefte mit meinen Briefen an dich weggepackt, weil ich es nicht ertragen hätte, sie noch einmal zu lesen. Ich habe es ja nicht mal mehr ertragen, mir jemals wieder deine Show anzuschauen, weil es zu wehtat. Wenn ich dich sah, musste ich automatisch an Atlas denken, und an Atlas wollte ich nicht denken, weshalb ich auch dich aus meinem Leben verbannen musste.

Du hast mich sicher nicht so vermisst wie ich dich, trotzdem möchte ich mich dafür entschuldigen, dass ich mich nie wieder gemeldet habe. Manchmal muss man das, was einem am meisten am Herzen liegt, am weitesten wegschieben, weil es gleichzeitig das ist, was am meisten wehtut. Um den Schmerz nicht fühlen zu müssen, muss man sämtliche Verbindungen kappen. Du warst so eine Verbindung zu Atlas. Ich habe einfach versucht, mir zusätzlichen Schmerz zu ersparen.

Deine Show ist bestimmt genauso witzig und klug und genial wie früher. Irgendjemand hat mal erwähnt, dass du manchmal immer noch Tanzeinlagen einbaust, und weißt du was? Mittlerweile würde ich dir gern wieder beim Tanzen zusehen. Ich glaube, es ist ein Zeichen dafür, dass man menschlich gereift ist, wenn man Dinge wertschätzen kann, die einem anderen etwas bedeuten, auch wenn sie einem selbst nicht so wichtig sind.

Aber vielleicht sollte ich dir jetzt erst mal erzählen, was in meinem Leben in der Zwischenzeit passiert ist: Mein Vater ist tot. Ich bin fast fünfundzwanzig, war auf dem College und habe eine Weile in einer großen Marketingagentur gearbeitet. Seit einiger Zeit habe ich einen eigenen Laden. Einen Blumenladen. Also das, wovon ich immer geträumt habe. Lebensziel erreicht ... yesss!

Außerdem bin ich verheiratet. Mit einem Mann, der nicht Atlas ist.

Und rate, wo ich wohne? In Boston!

Ich weiß. Verrückt, oder?

Als ich dir das letzte Mal geschrieben habe, war ich sechzehn. Es ging mir damals verdammt schlecht und ich habe mir große Sorgen um Atlas gemacht. Um ihn muss man sich zum Glück keine Sorgen mehr machen, dafür geht es mir gerade wieder richtig schlecht. Noch schlechter als damals.

Es tut mir leid, dass ich anscheinend nie das Bedürfnis habe, dir zu schreiben, wenn ich glücklich bin, sodass du immer nur die schreck-

lichste Seite meines Lebens zu sehen bekommst. Andererseits sind das
ja auch genau die Momente, in denen man Freunde braucht.

Wo soll ich nur anfangen zu erzählen? Du weißt nichts über mein
Leben oder meinen Mann Ryle. Vielleicht mache ich es so. Wir haben
ein Ritual, bei dem wir uns gegenseitig die »nackte Wahrheit« erzählen und brutal ehrlich sagen, was wir wirklich denken.

Okay, hier kommt die nackte Wahrheit.

Halt dich fest.

Ich liebe einen Mann, der mir gegenüber gewalttätig ist. Ja, ich
weiß. Ich begreife selbst nicht, wie das ausgerechnet mir passieren
konnte.

Als ich noch zu Hause gewohnt habe, habe ich mich so oft gefragt,
was im Kopf meiner Mutter vorgeht, wenn mein Vater sie mal wieder
verprügelt hat. Wie sie einen Mann lieben kann, der ihr so etwas antut. Einen Mann, der sie immer wieder schlägt. Der ihr immer wieder verspricht, dass er es nie mehr tun würde, und sich doch nie daran
gehalten hat.

Ich hasse mich selbst dafür, dass ich sie jetzt verstehe.

Vorhin saß ich über vier Stunden lang bei Atlas auf der Couch und
habe verzweifelt versucht, meinen Gefühlen auf den Grund zu gehen.
Aber ich bekomme sie einfach nicht zu fassen. Ich verstehe mich selbst
nicht und habe keine Ahnung, wie ich anfangen soll, das alles zu verarbeiten. Wenn ich mein Gefühl gerade mit irgendetwas vergleichen
müsste, würde ich sagen, es fühlt sich an, als wäre jemand gestorben.
Aber nicht irgendjemand. Sondern der Mensch, der einem von allen
auf der Welt am nächsten steht. Der Mensch, der einem so viel bedeutet, dass einem allein schon bei dem Gedanken, er könnte eines Tages
sterben, Tränen in die Augen schießen.

So fühlt sich das an. Es fühlt sich an, als wäre Ryle gestorben.

Ich kann die Traurigkeit in mir mit Worten gar nicht beschreiben,
so unermesslich groß ist sie. Es ist, als wäre ich eine einzige offene
Wunde. Ich habe meinen engsten Freund verloren, meinen Geliebten,
den Mann, mit dem ich mein Leben verbringen wollte, meinen An-

ker. *Aber es gibt einen Unterschied. Da ist noch ein anderes Gefühl in mir, das normalerweise nicht zur Trauer gehört.*

Hass.

Ich hasse Ryle so sehr, dass ich keine Worte dafür finde. Aber zugleich tauchen inmitten meines Hasses immer wieder Gedanken auf, die versuchen, sein Verhalten zu relativieren.

»Ich hätte den Magneten aber auch nicht behalten dürfen.«

»Ich hätte ihm von Anfang an sagen müssen, was für eine Bedeutung das Tattoo hat.«

»Ich hätte die Tagebücher wegwerfen sollen.«

Diese Gedanken sind das Schlimmste. Sie nagen an mir und saugen die Stärke aus mir heraus, die mir der Hass verleiht. Indem ich rechtfertige, was Ryle getan hat, öffne ich eine Tür zu einer weiteren gemeinsamen Zukunft und zu Überlegungen, wie ich seine Wutausbrüche verhindern könnte: Ich darf ihn nie mehr belügen oder etwas vor ihm verschweigen, darf ihm nie mehr einen Grund geben, an mir zu zweifeln. Wir müssen uns beide einfach nur noch mehr Mühe geben. Niemand hat gesagt, dass eine Ehe einfach ist.

Es heißt doch nicht umsonst, in guten wie in schlechten Zeiten, oder?

Ich weiß, dass genau das die Gedanken sind, die auch meiner Mutter während ihrer Ehe oft durch den Kopf gegangen sein müssen. Andererseits war ihre Situation auch schwieriger als meine. Im Gegensatz zu mir war sie finanziell von ihrem Mann abhängig. Wenn sie ihn verlassen hätte, hätte ich in ganz anderen Verhältnissen aufwachsen müssen. Außerdem wollte sie mir auch nicht den Vater nehmen. Vielleicht hätte sie nicht so viel nachdenken, sondern lieber aus dem Bauch heraus entscheiden sollen.

Aber da ist noch etwas, Ellen. Ich werde ein Kind von diesem Mann bekommen. Bis jetzt habe ich es nicht geschafft, das auch nur annähernd zu verarbeiten. In mir wächst ein Mensch, den wir gemeinsam erschaffen haben. Und ganz egal, wie ich mich letztendlich entscheide – ob ich gehe oder bleibe –, beides ist das Gegenteil von dem, was ich mir für mein Kind wünsche. Es soll nicht mit getrennten Eltern aufwachsen müssen, aber es soll auch keinen Vater erleben müssen, der seine Aggressionen nicht im Griff hat. Ich habe das Gefühl, ich habe als Mutter jetzt schon versagt, und dabei weiß ich erst seit gestern, dass ich schwanger bin.

Ich wünschte, du könntest mir antworten, Ellen. Ich wünschte, du könntest mir irgendwas Lustiges schreiben und mich zum Lachen bringen, damit mir ein bisschen leichter ums Herz wird. Ich habe mich noch nie so einsam gefühlt. So verletzt. So hasserfüllt. So kaputt.

Irgendwo habe ich mal gelesen, 85 Prozent aller betroffenen Frauen würden sich nach einem Vorfall von häuslicher Gewalt zunächst gegen eine Trennung entscheiden. Als ich diese Statistik las, war mir noch nicht klar, wie schnell es gehen kann, dass man sich selbst in genau so einer ungesunden Beziehung wiederfindet. Ich habe diese Frauen für grenzenlos dumm und schwach gehalten. Dasselbe habe ich mehr als einmal auch über meine Mutter gedacht.

Aber manchmal ist der Grund schlicht und einfach der, dass man den anderen zu sehr liebt. Ich liebe meinen Mann, Ellen. Er hat so viele gute Seiten. Ich habe immer geglaubt, es wäre einfach, die Gefühle für jemanden abzustellen, der einen verletzt. Ich wünschte, es wäre so. Aber es ist so unendlich viel schwerer, das Herz davor zu bewahren, einem geliebten Menschen zu verzeihen, als dem Bedürfnis nachzugeben, es einfach zu tun.

Ich bin jetzt ein Teil dieser Statistik, Ellen. Was ich über diese Frauen dachte, ist das, was andere über mich denken werden.

»Wie kann sie ihn weiterhin lieben, nachdem er ihr das angetan hat? Wie kann sie so bescheuert sein, auch nur im Entferntesten in Erwägung zu ziehen, zu ihm zurückzukehren?«

Es ist echt traurig, dass wir so etwas als Erstes denken, wenn wir erfahren, dass jemand in einer Beziehung misshandelt wird und trotzdem nicht geht. Müssten wir nicht viel mehr Verachtung für denjenigen empfinden, der weiterhin misshandelt, als für denjenigen, der weiterhin liebt?

Ich denke an die Menschen, die vor mir in dieser Situation waren. An die, die nach mir in diese Situation kommen werden. Wiederholen wir alle, nachdem wir durch die Hand des geliebten Menschen Gewalt erfahren mussten, die immer gleichen Worte in unserem Kopf? »In guten wie in schlechten Zeiten, in Reichtum wie in Armut, in Gesundheit wie in Krankheit, bis dass der Tod uns scheidet«?

Vielleicht ist es an der Zeit, sich klarzumachen, dass man dieses Gelübde nicht wörtlich nehmen muss.

In guten wie in schlechten Zeiten?

Scheiß drauf, verdammt.

Deine Lily

26.

Ich liege in Atlas' Gästezimmer auf dem Bett und starre an die Zimmerdecke. Es ist ein ganz normales, wirklich bequemes Bett, und trotzdem fühlt es sich an, als würde ich auf einem schwankenden Floß liegen, das auf dem Meer treibt und von riesigen Wellen hoch- und niedergeworfen wird. Wellen der Traurigkeit. Wellen der Wut. Wellen der Tränen. Hin und wieder gnädige Wellen des Schlafs.

Und manchmal lege ich die Hände auf meinen Bauch und spüre, wie eine kleine Welle der Liebe in mir aufsteigt. Mir ist unbegreiflich, wie ich etwas, das noch gar nicht richtig da ist, jetzt schon so lieben kann, aber ich tue es. Ich frage mich, ob es ein Junge oder ein Mädchen wird, und denke über Namen nach. Ich frage mich, ob es aussehen wird wie ich oder wie Ryle. Und dann rollt eine neue Hasswelle heran und kracht donnernd auf die kleine Welle der Liebe herab.

Ich fühle mich um das Glück betrogen, das man empfinden sollte, wenn man ein Kind erwartet. Ryle hat es mir gestern Nacht genommen, und das ist noch ein Grund, ihn zu hassen.

Hass macht so müde.

Ich zwinge mich, aus dem Bett zu steigen und unter die Dusche zu gehen. Atlas ist vor ein paar Stunden nach Hause gekommen. Ich habe gehört, wie er die Tür zu meinem Zimmer einen Spalt geöffnet hat, um nach mir zu sehen, habe mich aber schlafend gestellt.

Ich dürfte gar nicht hier sein. Atlas ist der Grund dafür, dass Ryle so ausgerastet ist, und ausgerechnet zu ihm habe ich mich geflüchtet. Warum bin ich nicht in ein Hotel gegangen? Ich fühle mich mies deswegen und habe Schuldgefühle. Vielleicht schäme ich mich auch. Bestätigt das nicht, dass Ryles Wut und sein Misstrauen berechtigt gewesen sind? Andererseits brauche ich ein paar Tage, um alles in Ruhe durchdenken zu können, und ich will nicht allein sein.

Bei meiner Mutter würde er mich sofort finden. Auch bei Allysa könnte ich mich nicht verstecken. Genauso wenig bei Lucy. Ryle könnte in meinem Computer nachsehen, wo sie wohnt. Dasselbe gilt für Devin.

Aber ich kann mir nicht vorstellen, dass er hier bei Atlas auftaucht. Jedenfalls nicht so bald.

Vielleicht bin ich ja deswegen hier. Ich wüsste keinen Ort, an dem ich mich sicherer fühlen könnte. Atlas hat ja sogar eine Alarmanlage.

Ich nehme das Handy vom Nachttisch und scrolle durch die verpassten Anrufe und Nachrichten. Die von Ryle ignoriere ich, aber Allysa hat auch geschrieben.

Allysa: **Hey, Tante Lily! Heute Abend dürfen wir nach Hause. Kommst du uns morgen nach der Arbeit besuchen?**

Sie hat ein Foto von sich und Rylee geschickt. Ich betrachte es lächelnd. Dann weine ich. Verdammt.

Ich warte, bis ich mich wieder beruhigt habe, bevor ich zu Atlas hinausgehe. Er sitzt am Tisch und arbeitet an seinem Laptop. Als er meine Schritte hört, blickt er auf und klappt ihn zu.

»Hey.«

»Hey.« Ich ringe mir ein Lächeln ab und werfe einen Blick in die Küche.

»Hast du Hunger?« Atlas steht auf. »Setz dich. Du bekommst gleich was.«

Während er sich um das Essen kümmert, mache ich es mir auf der Couch bequem. Der Fernseher läuft, ist aber stumm geschaltet. Ich greife nach der Fernbedienung und scrolle durch seinen Festplattenrekorder. Mein Herz macht einen Sprung, als ich mehrere aktuelle Folgen der Ellen DeGeneres Show entdecke.

Wenig später kommt Atlas und bringt mir einen Teller köstlich duftender Pasta und ein Glas Wasser mit Eis. Er wirft einen Blick auf den Bildschirm, auf dem Ellen zu sehen ist, und setzt sich neben mich.

Die nächsten drei Stunden schauen wir sämtliche Ellen-Shows der gesamten letzten Woche. Ich lache ganze sechs Mal und schaffe es, meine Situation ein bisschen zu vergessen, aber als ich zwischendurch auf die Toilette gehe und ins Wohnzimmer zurückkomme, bricht wieder eine dunkle Welle der Traurigkeit über mir zusammen.

Atlas hat sich zurückgelehnt und die Füße auf den Couchtisch gelegt. Ich setze mich neben ihn und kuschle mich an ihn wie früher, wenn wir ferngesehen haben. Er zieht mich schweigend an sich. Als er mit dem Daumen meine Schulter streichelt, weiß ich, dass das seine Art ist, mir zu verstehen zu geben, dass er für mich da ist. Dass er mit mir fühlt. Und zum ersten Mal, seit er mich gestern aus dem Apartment geholt hat, habe ich das Bedürfnis, über das zu sprechen, was passiert ist.

»Atlas?« Meine Stimme ist kaum mehr als ein Flüstern. »Es tut mir leid, dass ich an dem Abend bei dir im Restaurant so reagiert habe. Du hattest mit deinem Bauchgefühl recht. Tief in mir habe ich es auch geahnt, aber ich wollte es nicht wahrhaben.« Ich hebe den Kopf, sehe ihn an und lächle kläglich. »Du darfst jetzt triumphieren.«

Er runzelt die Stirn, als hätte ich ihn beleidigt. »Glaub nicht, dass ich mich freue. Ich habe jeden Tag gehofft, dass ich mich irre.«

Ich schäme mich. Natürlich verspürt Atlas keinen Triumph, das hätte ich wissen müssen.

Er beugt sich vor und drückt mir einen Kuss in die Haare. Ich schließe die Augen und nehme seine Vertrautheit tief in mich auf. Seinen Geruch. Seine Berührung. Den Trost, den er mir spendet. Ich habe schon damals nicht verstanden, wie jemand einerseits so zäh und gleichzeitig so weich sein kann. Als hätte er ein wahnsinnig dickes Fell und wäre zugleich dünnhäutig genug, um erspüren zu können, was andere belastet.

Vielleicht habe ich mich deswegen innerlich nie ganz von ihm lösen können, aber genau das werfe ich mir vor. Ich denke an den Streit wegen der Telefonnummer. Wegen des Kühlschrankmagneten. Wegen der Dinge, die Ryle in meinem Tagebuch über ihn gelesen hat, als ihm die Bedeutung meines Tattoos klar wurde. Es wäre nie zu einem Konflikt gekommen, wenn ich in der Lage gewesen wäre, mich vollkommen von Atlas zu befreien. Ryle hätte keinen Grund zur Eifersucht gehabt.

Ich erstarre, als mir klar wird, was diese Gedanken bedeuten. Nämlich dass ich mir eine Teilschuld an Ryles aggressiver Reaktion gebe.

Aber es gibt keine Rechtfertigung dafür. Gar keine.

Das ist nur eine weitere Welle, die mich mit sich reißt, während ich orientierungslos im Meer treibe.

Atlas spürt, dass etwas los ist. »Alles okay?«

Nein.

Nichts ist okay. Bis zu diesem Moment war mir nicht bewusst, wie tief es mich bis zum heutigen Tag verletzt, dass Atlas nie den Versuch unternommen hat, mich zu finden. Wenn er nach mir gesucht hätte, so wie er es damals versprochen hat, wäre ich Ryle nie begegnet. Und dann wäre ich jetzt nicht in dieser Situation.

Mein Gott, was ist nur mit mir los? Jetzt gebe ich auch noch Atlas die Schuld.

»Ich glaube, ich gehe wieder ins Bett«, sage ich leise. Atlas steht mit mir auf. »Ich muss morgen sehr früh raus. Im Restaurant gibt es eine Menge zu tun und ich bin wahrscheinlich den ganzen Tag weg«, sagt er. »Bist du noch hier, wenn ich zurückkomme?«

Es ist mir unangenehm, dass er mich das überhaupt fragen muss. Ich sollte seine Gastfreundschaft nicht überstrapazieren. Schließlich hat er auch noch ein Privatleben und möchte ungestört Zeit mit seiner Freundin verbringen. »Entschuldige bitte. Es war total lieb von dir, dass du mich aufgenommen hast. Ich suche mir morgen ein Hotel, gar kein Problem.«

Atlas legt eine Hand auf meine Schulter, als ich gehen will. »Nicht doch, Lily.« Er dreht mich sanft zu sich. »Ich habe das nicht gesagt, damit du woanders hingehst, im Gegenteil – ich wollte dir damit sagen, dass du bleiben kannst, so lange du willst …«

Sein Blick ist absolut aufrichtig, und wenn es nicht irgendwie unpassend wäre, würde ich ihm einen Kuss geben, weil ich tatsächlich noch nicht so weit bin, woanders hinzugehen. Ich brauche noch mehr Zeit, um mich zu sortieren, bevor ich entscheiden kann, wie es weitergehen soll.

»Danke«, sage ich erleichtert. »Ich muss morgen auch für ein paar Stunden in den Laden, um einige Sachen zu regeln. Ehrlich gesagt würde ich gern noch ein paar Tage bleiben … aber nur, wenn es dir wirklich nichts ausmacht.«

»Es macht mir nichts aus, Lily. Es ist mir lieber so.«

Ich lächle, froh darüber, dass ich noch ein bisschen ausruhen kann, bevor ich mich der Realität stellen muss.

So sehr es mich verwirrt, dass Atlas plötzlich wieder in meinem Leben aufgetaucht ist, so wahnsinnig dankbar bin ich gleichzeitig dafür.

27.

Meine Hand zittert, als ich den Schlüssel im Schloss drehe und die Tür öffne. Es ist absurd, dass ich Angst habe, meinen eigenen Laden zu betreten, aber ich stand auch noch nie so kurz vor einem Nervenzusammenbruch.

Ich mache Licht und halte den Atem an, als ich durch den Verkaufsraum auf mein Büro zugehe und vorsichtig die Tür aufstoße.

Er ist nicht da. Aber das heißt nicht, dass er nicht zugleich doch überall ist.

Ich setze mich an den Schreibtisch und ziehe das Handy aus der Tasche. Bevor ich gestern ins Bett gegangen bin, habe ich es ausgeschaltet, um in Ruhe schlafen zu können.

Das Display zeigt neunundzwanzig verpasste Nachrichten von Ryle an. Zufälligerweise dieselbe Anzahl wie die Türen, an denen er vor einem Jahr vergeblich geklingelt hat, bevor er überraschend bei mir auftauchte.

Ich weiß nicht, ob ich darüber lachen oder weinen soll.

In den folgenden Stunden schaue ich immer wieder nervös zur Tür und zucke jedes Mal zusammen, wenn Lucy sie öffnet, um mich irgendetwas zu fragen. Bin ich jetzt für den Rest meines Leben traumatisiert? Werde ich immer Angst vor ihm haben?

Den ganzen Vormittag macht er keinen weiteren Versuch, mich zu erreichen. Gegen zwölf ruft Allysa an, die offensichtlich immer noch keine Ahnung hat, was vorgefallen ist. Zum Glück ist sie so erfüllt von Rylee, dass sie mir nur von ihr erzählt und keine Fragen stellt. Bevor es dazu kommen kann, tue ich so, als müsste ich einen Kunden bedienen, und lege schnell auf.

Sobald Lucy in einer halben Stunde aus der Mittagspause zurückkommt, werde ich gehen.

Drei Minuten später ist Ryle da.

Und ich bin allein im Laden.

Als das Glöckchen bimmelt, sehe ich auf, und mir wird eiskalt. Meine Hand schwebt über dem Tacker, der neben der Kasse liegt. Auch wenn ich mir ziemlich sicher bin, dass er nicht wirklich als Waffe taugt, bin ich bereit, alles einzusetzen, um mich zu verteidigen.

Ich wage es nicht zu atmen, als Ryle langsam auf mich zugeht. Das ist das erste Mal, dass ich ihn wiedersehe, seit er im Bett auf mir gekniet hat, und es ist, als würde ich in der Zeit genau zu diesem Moment zurückgeschleudert. All die Gefühle, die ich in dem Augenblick durchlebt habe, steigen in mir auf. Schock, panische Angst und unbändige Wut.

Ryle zieht die Hand aus der Tasche und legt seinen Schlüsselbund vor mich auf die Theke.

»Ich fliege heute Abend nach England«, sagt er. »Das heißt, dass ich die nächsten drei Monate weg bin. Die Daueraufträge für das Apartment laufen alle weiter, du musst dir also um das Finanzielle keine Sorgen machen.« Seine Stimme klingt gefasst, aber ich sehe an seiner pulsierenden Halsschlagader, dass es ihn seine ganze Kraft kostet, äußerlich so ruhig zu wirken. »Du brauchst Zeit.« Er schluckt schwer. »Und ich will dir diese Zeit geben.« Er schließt kurz die Augen und holt tief Luft, dann schiebt er mir die Schlüssel zu unserer Wohnung zu. »Geh nach Hause zurück, Lily. Ich werde nicht da sein. Du bist dort vollkommen ungestört, das verspreche ich dir.«

Er dreht sich um und geht zur Tür. Obwohl er keinen Versuch gemacht hat, sich zu entschuldigen, nehme ich ihm das nicht übel. Natürlich weiß er sehr gut, dass keine Entschuldigung der Welt jemals rückgängig machen könnte, was er getan hat. Er weiß, dass eine Auszeit jetzt das Beste für uns ist.

Er weiß, welche Schuld er auf sich geladen hat, und ich sehe ihm an, dass er leidet … trotzdem habe ich das Bedürfnis, das Messer tiefer in seine Wunde zu bohren.

»Ryle?«

Er sieht über die Schulter zu mir zurück, und ich habe das Gefühl, er aktiviert eine Art mentalen Schutzschirm. Mir nur halb zugewandt, wartet er reglos auf das, was ich sagen werde. Er weiß genau, dass meine Worte ihn verletzen werden.

»Soll ich dir sagen, was das Schlimmste ist?«, frage ich.

Er antwortet nicht, sieht mich nur an.

»Als du meine Tagebücher gefunden hast, hättest du mich nur nach der nackten Wahrheit fragen müssen. Ich wäre ehrlich gewesen. Aber das hast du nicht getan. Du hast dich trotz unserer Abmachung dagegen entschieden, mich um Hilfe zu bitten. Mit mir gemeinsam alles zu tun, damit solche Situationen nicht eskalieren. Und darunter müssen wir jetzt beide für den Rest unseres Lebens leiden.«

Er verzieht das Gesicht, als hätte ich ihn geschlagen. »Lily …«, bricht es aus ihm heraus, und er wendet sich mir ganz zu.

Ich hebe die Hand. »Sag nichts. Du kannst jetzt gehen. Viel Spaß in England.«

Ich sehe, welchen Kampf er in seinem Inneren austrägt. Er weiß, dass er bei mir im Moment keinen Schritt weiterkommt, selbst wenn er sich vor mir in den Staub werfen und um Gnade flehen würde. Er weiß, dass ihm nur eine Option bleibt: sich umzudrehen und zu dieser Tür hinauszugehen – selbst wenn es das Letzte ist, was er möchte.

Als er sich schließlich dazu gezwungen hat, den Laden zu verlassen, renne ich zur Tür und schließe hinter ihm ab. Ich lasse mich an der Scheibe zu Boden gleiten, umklammere meine Knie und presse mein Gesicht dagegen. Ich zittere so sehr, dass meine Zähne hart aufeinanderschlagen.

Ich kann nicht glauben, dass ein Teil dieses Mannes in mir heranwächst. Und ich wage es nicht, daran zu denken, dass ich ihm das eines Tages sagen muss.

28.

Seit Ryle mir die Schlüssel dagelassen hat, habe ich mit mir gerungen, ob ich in die Wohnung zurückkehren soll. Ich habe mich sogar mit dem Taxi hinfahren lassen, konnte mich dann aber noch nicht einmal dazu überwinden, auszusteigen und in die Tiefgarage zu gehen, um meinen Wagen zu holen. Ich kann jetzt noch nicht zurück. Nicht zuletzt auch wegen der genähten Platzwunde auf meiner Stirn. Ich bin noch nicht so weit, dass ich mit Allysa darüber sprechen kann.

Ich bin auch noch nicht so weit, dass ich die Küche betreten kann, in der Ryle mich gezwungen hat, ihm den Artikel laut vorzulesen. Noch viel weniger bin ich so weit, das Schlafzimmer zu betreten, in dem er mir und unserer Beziehung den endgültigen Todesstoß versetzt hat.

Stattdessen bin ich zu Atlas zurückgekehrt. Zurück an den einzigen Ort, an dem ich mich momentan geborgen fühle, weil ich mich mit nichts auseinandersetzen muss, solange ich dort bin.

Er hat heute schon zwei Nachrichten geschickt und gefragt, ob bei mir alles in Ordnung ist. Als mein Handy um sieben Uhr abends vibriert, bin ich mir sicher, dass er es wieder ist. Aber er ist es nicht.

Allysa: **Bist du schon zu Hause? Komm hoch.**
Rylee und ich langweilen uns!

Mir wird schlecht, als ich ihre Nachricht lese. Sie hat eindeutig keine Ahnung, was passiert ist. Hat Ryle ihr überhaupt gesagt, dass er heute schon nach England geflogen ist? Mein Daumen tippt eine Antwort, löscht sie wieder, tippt etwas anderes, während ich fieberhaft überlege, was ich ihr als Erklärung schreiben könnte, warum ich nicht zu Hause bin.

Ich: **Würde ich total gern! Aber ich sitze in der Notaufnahme, weil ich mir an dem Hänge-regal im Lager den Kopf gestoßen habe. Muss genäht werden!**

Es widert mich an, dass ich sie anlüge, aber auf diese Weise gewinne ich ein bisschen Zeit und habe gleichzeitig eine Erklärung für die Platzwunde.

Allysa: **Oh nein! Ist jemand bei dir? Typisch, dass so was genau an dem Tag passiert, an dem Ryle weg ist. Soll ich Marshall schicken? Er kann mit dir warten und dich dann nach Hause fahren.**

Also hat Ryle ihr gesagt, dass er fliegt. Das ist gut. Von unserem Streit weiß sie aber nichts. Das ist auch gut, weil es bedeutet, dass ich noch drei Monate Zeit habe, bis ich ihr die Wahrheit sagen muss.

Jetzt kehre ich also auch schon alles Unangenehme unter den Teppich, genau wie meine Mutter.

Ich: **Nein, ist gar nicht schlimm. Bis Marshall hier wäre, bin ich schon längst fertig. Ich komme morgen nach der Arbeit bei euch vorbei. Gib Rylee einen Kuss von mir!**

Ich schalte das Handy aus, lege es neben mich aufs Bett und schließe die Augen. Draußen ist es mittlerweile dunkel. Als ich höre, wie sich ein Wagen dem Haus nähert, richte ich mich auf. Am Scheinwerferlicht sehe ich, dass er in die Einfahrt biegt. Atlas wäre sofort in die Garage gefahren, da bin ich mir sicher. Mein Herz setzt einen Moment lang aus und hämmert im nächsten panisch gegen meine Rippen. Ist das womöglich Ryle, der gar nicht geflogen ist? Hat er herausgefunden, wo Atlas wohnt?

Ein paar Minuten später klopft es an der Tür. Sehr laut. Es klingt eher, als würde jemand dagegenschlagen. Kurz darauf schrillt die Klingel.

Auf Zehenspitzen schleiche ich zum Fenster und schiebe den Vorhang ein Stück zur Seite, um hinauszuspähen. In der Einfahrt steht ein Pick-up, der ganz bestimmt nicht Ryle gehört.

Könnte das Atlas' Freundin sein? Cassie?

Ich greife nach meinem Handy und gehe in den Flur hinaus. Das gleichzeitige Klopfen und Klingeln hört nicht auf. Wer auch immer da draußen vor der Tür steht, kann es anscheinend gar nicht erwarten, reingelassen zu werden. Vielleicht ist es ja wirklich Cassie, die mitbekommen hat, dass ich hier wohne, und mir gleich eine Eifersuchtsszene hinlegt …

»Atlas?«, höre ich eine Männerstimme rufen. »Lass uns rein, Alter!«

Ein zweiter Typ brüllt: »Mir frieren gleich die Eier ab! Die sind jetzt schon Rosinen. Mach auf!«

Ich überlege kurz und beschließe, Atlas eine Nachricht zu schreiben, bevor ich die Tür öffne. Vielleicht ist er ja sowieso schon auf dem Weg nach Hause.

Ich: **Wo steckst du? Hier stehen zwei Männer vor deiner Haustür, und ich weiß nicht, ob ich sie reinlassen soll.**

Ich warte, während die beiden weiter gleichzeitig klingeln und klopfen. Von Atlas kommt erst mal keine Antwort. Irgendwann gebe ich auf, lege die Kette vor und öffne die Tür einen Spalt breit.

Der eine Typ ist extrem groß, sicher über zwei Meter. Er hat grau melierte Haare, obwohl er ansonsten relativ jung aussieht. Der andere ist kleiner, mit hellbraunen Haaren und einem runden, freundlichen Gesicht. Ich schätze die beiden auf Ende zwanzig, Anfang dreißig. Der Große schaut verwirrt, als er mich sieht.

»Wer bist du denn?«, fragt er und späht durch den Türspalt.

»Lily. Wer seid ihr?«

Der Kleinere schiebt sich vor den anderen. »Ist Atlas da?«

Weil ich zurzeit nicht gerade das größte Vertrauen in den männlichen Teil der Menschheit habe, zögere ich, ihnen zu sagen, dass ich allein bin. Zum Glück vibriert in diesem Moment das Handy in meiner Hand. Es ist Atlas.

»Hey.«

»Alles okay, Lily. Das sind Freunde von mir. Ich habe total vergessen, dass heute Freitag ist. Da treffen wir uns immer zu unserer Pokerrunde. Ich bin schon auf dem Weg, brauche aber noch eine Viertelstunde. Sind sie noch da? Gib sie mir mal, dann sage ich ihnen, dass Pokern heute ausfällt.«

Ich sehe die beiden Typen an, die mit erwartungsvollem Blick vor mir stehen, und habe ein schlechtes Gewissen, dass meinetwegen alles umgeschmissen werden soll. »Ist schon okay. Spielt ruhig Poker. Ich wollte sowieso früh ins Bett«, sage ich und mache die Tür kurz zu, um die Kette abzunehmen. »Kommt rein.«

»Ich bin gleich da. Dann rede ich mit ihnen und schicke sie nach Hause.«

»Okay, bis gleich«, sage ich zu Atlas und winke seine Freunde herein. Die beiden treten unbehaglich von einem Fuß auf den anderen und wissen offenbar genauso wenig wie ich, was sie sagen sollen.

»Tja, also … Wie heißt ihr denn?«

»Ich bin Darin«, sagt der Große.

»Brad«, stellt sich sein Freund vor.

»Lily«, sage ich, obwohl sie das ja schon wissen. »Atlas kommt auch gleich.« Als ich die Tür schließe, scheinen die beiden sich etwas zu entspannen. Darin geht ganz selbstverständlich in die Küche und holt sich ein Bier aus dem Kühlschrank.

Brad zieht seine Jacke aus und legt sie über einen Sessel. »Spielst du Poker, Lily?«

Ich zucke mit den Achseln. »Ist schon ein paar Jahre her, seit ich gespielt habe. Das letzte Mal war mit Freunden im College.«

»Was ist mit deiner Stirn passiert?«, erkundigt sich Darin, während er zum Tisch schlendert. Die Frage klingt so beiläufig, als würde er gar nicht auf die Idee kommen, dass das ein heikles Thema sein könnte.

Ich weiß nicht, warum ich das Bedürfnis habe, ihm die nackte Wahrheit zu sagen. Vielleicht will ich ja einfach nur sehen, wie andere reagieren, wenn sie erfahren, was mir angetan wurde.

»Mein Mann ist mir ›passiert‹. Vor zwei Tagen hatten wir einen Streit und er hat mir einen Kopfstoß verpasst. Atlas hat mich zur Notaufnahme gefahren, wo die Wunde mit sechs Stichen genäht wurde und ich nebenbei auch noch erfahren habe, dass ich schwanger bin. Jetzt verstecke ich mich hier bei ihm, bis ich entschieden habe, was ich tun soll.«

Der arme Darin, der sich gerade setzen wollte, verharrt mitten in der Bewegung ein paar Zentimeter über der Sitzfläche und hat offensichtlich keine Ahnung, was er dazu sagen soll. Seinem Gesichtsausdruck nach zu urteilen, hält er mich für verrückt.

Brad setzt sich an den Tisch. »Da kann ich dir ein ganz tolles Produkt von Rodan+Fields empfehlen. Ein Gel mit Massageroller zur Unterstützung der Narbenrückbildung. Das Zeug wirkt Wunder.«

Diese kurze Werbeeinblendung kommt so unerwartet, dass ich lachen muss.

»Gott, Brad!«, stöhnt Darin und lässt sich jetzt endlich auf den Stuhl sinken. »Ich dachte, bei euch verkauft nur deine Frau dieses Kosmetikzeug. Oder hat sie dich jetzt etwa auch mit eingespannt?«

Brad hebt verteidigend die Hände. »Was denn?«, fragt er mit unschuldigem Blick. »Ich hab nicht versucht, ihr irgendwas aufzuschwatzen. Ich sage nur, wie es ist. Das Gel funktioniert. Du solltest es auch mal probieren, dann hättest du nicht so eine Mondkraterfresse.«

»Leck mich«, brummt Darin.

»Falls du glaubst, dass du damit wie ein ewiger Jugendlicher aussiehst, bist du auf dem Holzweg«, belehrt ihn Brad. »Akne kommt nicht so cool, wenn man über dreißig ist.«

Brad zieht den Stuhl neben sich hervor, während Darin die Karten zu mischen beginnt. »Setz dich, Lily. Einer unserer Jungs hat den Fehler gemacht, letzte Woche zu heiraten, und jetzt lässt ihn seine Frau nicht mehr mitspielen. Du kannst unser Ersatzmann sein, bis er sich wieder scheiden lässt.«

Eigentlich hatte ich fest vor, mich heute Abend in meinem Zimmer zu verkriechen, aber die beiden sind irgendwie witzig, und ich kann eine Aufmunterung gebrauchen. »Lass mich mal«, sage ich zu Darin und setze mich ihm gegenüber an den Tisch. Er mischt die Karten wie ein einarmiger Säugling, ich kann gar nicht hinsehen.

Er zieht wortlos eine Augenbraue hoch und schiebt mir den Stapel über den Tisch zu. Ich bin zwar keine große Kartenspielerin, aber mischen kann ich wie ein Profi.

Ich nehme in jede Hand eine Hälfte des Stapels, biege die Karten mit dem Daumen leicht nach außen und sehe zufrieden zu, wie sie blitzschnell ineinandergleiten. Mit einer fließenden Bewegung teile ich den Stapel erneut, wölbe die Karten diesmal und lasse sie in einem perfekten Bogen ineinandergreifen. Darin und Brad starren mich mit offenem Mund an, als es an der Tür klingelt. Brad steht auf und öffnet einem Typen, der ein teuer aussehendes Tweed-Jackett und einen Schal trägt, den er sich vom Hals wickelt, während er reinkommt. Er nickt in meine Richtung, geht zum Kühlschrank und holt sich ein Bier.

Der Neuankömmling ist älter als die anderen beiden, vielleicht Mitte vierzig. Atlas scheint einen ziemlich bunt gemischten Freundeskreis zu haben. Interessant.

»Das ist Lily«, stellt Brad mich vor. »Sie hat ein Arschloch geheiratet und weiß seit zwei Tagen, dass sie von diesem Arschloch ein Kind bekommt. Lily, das ist Jimmy. Er ist überheblich und arrogant.«

»Überheblich und arrogant ist dasselbe, du Ignorant«, informiert Jimmy ihn milde, als er mit einem Bier in der Hand zum Tisch kommt. Er setzt sich neben Darin und deutet auf mich. »Hat Atlas dich eingeschleust, um uns abzuzocken? Welcher normale Mensch kann denn so mischen?«

Ich grinse und gebe die Karten aus. »Ich schätze, um das herauszufinden, musst du ein Spiel mit mir wagen.«

*****

Wir sind schon bei der dritten Runde, als Atlas endlich die Tür aufschließt. Kurz vorher hat Brad eine seiner trockenen Bemerkungen gemacht, und ich bin immer noch dabei, mich von meinem Lachkrampf zu erholen.

»Hey, Jungs! Sorry, dass ich mich so verspäte. Bin gleich bei euch.« Atlas hebt grüßend die Hand und gibt mir ein Zeichen, zu ihm zu kommen.

»Ich setze mal kurz aus«, verkünde ich, lege meine Karten

auf den Tisch und gehe zu Atlas in den Küchenbereich, wo die anderen uns nicht sehen können.

»Soll ich ihnen sagen, dass sie gehen sollen?«, fragt er mich leise.

Ich schüttle den Kopf. »Nein, tu das nicht. Ich habe Spaß. Das lenkt mich ab.«

Er nickt und stellt ein in Alufolie eingeschlagenes Päckchen auf die Theke, aus dem es köstlich nach Rosmarin duftet. Mir kommt plötzlich der Gedanke, dass ich ihm wahnsinnig gern mal in seiner Restaurantküche beim Kochen zusehen würde.

»Hast du Hunger?«, fragt er.

»Nein.« Ich schüttle den Kopf. »Ich habe vorhin den Rest von der Pasta gegessen.«

Ich stehe mit dem Rücken zur Theke und stütze mich an der Arbeitsplatte ab. Atlas legt kurz seine Hand auf meine und streicht mit dem Daumen darüber. Natürlich weiß ich, dass das nichts weiter als eine tröstende Geste ist, aber für mich fühlt es sich nach viel, viel mehr an. Es ist, als würde mich eine warme Welle durchfluten. Atlas hält einen Moment inne, als würde er dasselbe spüren, dann nimmt er seine Hand weg und tritt einen Schritt zurück.

»Sorry«, murmelt er, dreht sich zum Kühlschrank und tut so, als würde er irgendetwas darin suchen.

Ich gehe schnell zum Tisch zurück, wo Darin gerade die Runde gewonnen hat. Wenig später kommt auch Atlas mit einem Bier und setzt sich auf den freien Platz neben mir. Jimmy mischt die Karten und teilt aus.

»Dann erzähl doch mal, Atlas. Wo habt ihr euch kennengelernt? Du und Lily, meine ich.«

Atlas ordnet bedächtig seine Karten. »Als ich achtzehn war, hat Lily mir mal das Leben gerettet«, sagt er ganz sachlich und zwinkert mir kurz zu. Dieses Zwinkern löst in mir die nächste

Hitzewelle aus, und ich schäme mich dafür, dass meine Gefühle so verrücktspielen. *Warum tut mein Herz mir das an?*

»Herzzerreißend«, sagt Brad. »Lily hat dir das Leben gerettet und jetzt rettest du ihres.«

Atlas senkt seine Karten und sieht Brad an. »Wie meinst du das?«, fragt er scharf.

»Hey, hey, reg dich nicht auf«, verteidigt sich Brad. »Ich und Lily – wir sind so!« Er hebt die Hand und kreuzt Mittel- und Zeigefinger. »Sie weiß, dass das bloß ein Witz ist.« Er sieht mich an und wird ernst. »Dein Leben erscheint dir jetzt gerade total beschissen, Lily, aber es wird besser, glaub mir. Ich war auch mal in deiner Situation, ich weiß, wovon ich rede.«

»Ach?« Darin lacht. »Du bist verprügelt worden, warst schwanger und hast dich bei einem anderen Mann verkrochen?«

Atlas wirft die Karten auf den Tisch und schiebt ruckartig seinen Stuhl zurück. »Findet ihr das etwa witzig? Woher wisst ihr das überhaupt?«, fragt er aufgebracht.

Ich lege ihm eine Hand auf den Arm. »Es ist alles okay, Atlas«, sage ich. »Ich habe ihnen ein bisschen von mir erzählt, während wir auf dich gewartet haben. Und ich finde es cool, dass sie so unverkrampft damit umgehen. Das ist genau das, was ich gerade brauche.«

Atlas fährt sich durch die Haare und schüttelt den Kopf. »Wie kann das sein?«, fragt er. »Ihr kennt euch doch erst seit einer Viertelstunde.«

Ich lache. »In einer Viertelstunde kann man eine Menge voneinander erfahren«, sage ich und beschließe dann, das Thema zu wechseln. »Wo habt ihr euch eigentlich alle kennengelernt?«

Darin beugt sich vor. »Ich bin stellvertretender Küchenchef im Bib's.« Er deutet auf Brad. »Der da ist Tellerwäscher.«

»Noch«, sagt Brad. »Ich arbeite mich langsam hoch.«

»Und was machst du?«, frage ich Jimmy.

»Ich arbeite auch im Bib's.« Er grinst. »Was glaubst du, was ich mache?«

»Hm …« Er ist geschmackvoll angezogen und wird von den anderen als arrogant bezeichnet. »Bist du der Restaurantleiter?«, rate ich.

Atlas lacht. »Jimmy ist unser Parkplatzwächter.«

Ich sehe ihn überrascht an. »Im Ernst? Darauf wäre ich wirklich niemals gekommen.«

Jimmy wirft drei Pokerchips auf den Tisch. »Wenn man nett ist, kriegt man ganz gutes Trinkgeld.«

»Lass dich nicht auf den Arm nehmen«, mischt Atlas sich ein. »Jimmy macht das nur aus Langeweile, weil er so stinkreich ist, dass er gar nicht arbeiten müsste.«

Ich lächle. »Verrückt. Ich habe eine Freundin, bei der das ganz genauso ist. Sie arbeitet auch nur bei mir im Laden, weil sie sich sonst langweilen würde. Sie ist meine beste Mitarbeiterin.«

»Da kannst du mal sehen«, sagt Jimmy.

Ich werfe einen Blick auf meine Karten, lege drei Pokerchips in die Mitte, überlege kurz und erhöhe noch um einen, als Atlas' Handy klingelt. Er zieht es aus der Jeans, wirft einen Blick darauf, steht auf und entschuldigt sich.

»Ich bin raus.« Brad klatscht seine Karten auf den Tisch.

Ich bin etwas unkonzentriert, weil Atlas so schnell weggegangen ist. Mit wem telefoniert er? Ist das Cassie oder gibt es vielleicht mittlerweile eine andere Frau in seinem Leben? Mir wird klar, dass ich eigentlich nichts über ihn weiß.

Darin legt seine Karten ebenfalls auf den Tisch. Vier gleiche. Ich grinse, zeige meinen Straight Flush und raffe die Chips an mich. Darin stöhnt.

»Kommt Cassie nie zu euren Pokerabenden?«, nutze ich die Gelegenheit, mich beiläufig über Atlas' Beziehungsstatus zu erkundigen.

»Cassie?« Brad sieht mich stirnrunzelnd an.

Ich staple meine Chips vor mir auf. »Ja. Seine Freundin. Heißt sie nicht Cassie?«

Darin lacht. »Atlas hat keine Freundin. Ich kenne ihn jetzt seit zwei Jahren, und er hat noch nie jemanden erwähnt, der Cassie heißt.« Er mischt die Karten und teilt neu aus, während ich noch versuche, diese Information zu verarbeiten. Ich habe gerade die ersten beiden Karten aufgenommen, als Atlas wiederkommt.

Jimmy stößt ihn in die Seite. »Hey, Atlas. Wer ist Cassie und warum hast du uns nie was von ihr erzählt?«

Scheiße.

Am liebsten würde ich im Boden versinken. Ich umklammere die Karten in meiner Hand und tue so, als ginge mich das alles nichts an, aber dann wird es so still im Raum, dass ich den Blick nicht länger auf die Karten heften kann.

Atlas sieht Jimmy an. Jimmy sieht ihn an. Brad und Darin sehen mich an.

Atlas presst die Lippen zusammen. »Es gibt keine Cassie.« Sein Blick trifft meinen nur ganz kurz, aber ich sehe die ganze Wahrheit darin. Es gab *nie* eine Cassie.

Er hat mich angelogen.

Jetzt räuspert er sich. »Hört zu, Jungs. Die Woche war verdammt anstrengend. Ich hätte euch heute absagen sollen, aber …«

»Du musst das nicht erklären.« Jimmy steht auf und schlägt ihm auf die Schulter. »Gar kein Problem. Die nächste Runde steigt dann bei mir.«

Atlas nickt dankbar. Die anderen beginnen aufzuräumen. Brad zieht mir mit verlegenem Lächeln die Karten aus der Hand, weil ich wie erstarrt dasitze und sie immer noch festhalte.

»Hat mich sehr gefreut, deine Bekanntschaft zu machen, Lily«, sagt er.

Irgendwie schaffe ich es, aufzustehen und mich mit einer Umarmung von ihm und den anderen zu verabschieden. Nachdem die Tür hinter ihnen zugefallen ist, stehen nur noch Atlas und ich im Raum.

Keine Cassie.

Cassie war nie in diesem Haus, weil Cassie nicht existiert.

Was hat er sich nur dabei gedacht?

Atlas rührt sich nicht von der Stelle. Ich auch nicht. Die Arme vor der Brust verschränkt und den Kopf leicht geneigt, steht er mir gegenüber und sieht mich an.

Warum hätte er mich belügen sollen?

An dem Abend, an dem wir uns überraschend in seinem Restaurant wiederbegegnet sind, waren Ryle und ich noch nicht einmal richtig zusammen. Verdammt, wenn Atlas damals auch nur den Hauch einer Andeutung gemacht hätte, dass er Single ist, wäre ich ganz bestimmt niemals mit Ryle zusammengekommen. Ich kannte ihn zu dem Zeitpunkt ja kaum.

Aber Atlas hat damals behauptet, schon seit einem Jahr in einer festen Beziehung zu sein. Wieso? Warum wollte er mich glauben lassen, er wäre bereits vergeben?

Habe ich mir womöglich die ganzen Jahre über etwas vorgemacht? Vielleicht war ich von Anfang an nicht mehr als ein Abenteuer für ihn, und er hat sich diese Cassie ausgedacht, um sich mich vom Leib zu halten.

Gott, wenn ich das geahnt hätte! Stattdessen habe ich mich zu ihm geflüchtet, schlafe in seinem Haus, lerne seine Freunde kennen, lasse mich von ihm bekochen, benutze seine Dusche …

Ich spüre, wie mir die Tränen in die Augen steigen, dabei ist das das Letzte, was ich will – hier vor ihm stehen und heulen. Als ich an ihm vorbei in den Flur laufen will, hält er mich am Handgelenk zurück. »Warte.«

Mit abgewandtem Gesicht bleibe ich stehen.

»Sprich mit mir, Lily.«

Jetzt steht er direkt hinter mir, die Finger immer noch um mein Handgelenk gelegt. Ich mache mich los, gehe ein paar Schritte und drehe mich dann zu ihm um, wobei ich zu ignorieren versuche, dass mir die erste Träne übers Gesicht läuft.

»Warum hast du nie nach mir gesucht?«

Atlas sieht aus, als hätte er mit allem gerechnet, nur nicht mit dieser Frage. Er fährt sich durch die Haare, geht zur Couch und lässt sich darauffallen. Nachdem er tief Luft geholt hat, hebt er den Kopf und sieht mich an.

»Das habe ich, Lily. Ich habe nach dir gesucht.«

Mir verschlägt es den Atem.

Er hat nach mir gesucht?

Atlas verschränkt die Finger ineinander. »Nachdem ich meine Zeit bei den Marines abgeleistet hatte, bin ich sofort nach Plethora gefahren und habe rumgefragt, bis ich herausgefunden hatte, an welchem College du studierst. Ich hatte natürlich keine Ahnung, wie du auf mich reagieren würdest. Wir hatten uns vier Jahre lang nicht gesehen, in der Zeit kann viel passieren.«

Meine Knie zittern, deshalb gehe ich zum Sessel und lasse mich hineinsinken. *Er hat nach mir gesucht?*

»Ich bin zu deinem College gefahren und den ganzen Tag auf dem Campus rumgeirrt, weil ich gehofft habe, dir irgendwo über den Weg zu laufen. Irgendwann habe ich dich dann endlich entdeckt. Du saßt mit ein paar Leuten auf der Wiese vor dem Hauptgebäude. Ich habe dich eine Weile von Weitem beobachtet, weil ich zu nervös war, um zu dir rüberzugehen. Du hast gelacht. Du sahst so glücklich aus. Du hast so viel Lebendigkeit ausgestrahlt und eine Fröhlichkeit, die ich so gar nicht an dir kannte. Ich habe mich noch nie so sehr für einen anderen Menschen gefreut wie für dich an dem Tag. Zu wissen, dass es dir gut ging …«

Er hält einen Moment inne. Ich presse die Hände auf meinen

Bauch, der plötzlich wehtut. Es tut weh zu erfahren, dass er mir so nah war und ich es nicht einmal wusste.

»Ich war gerade auf dem Weg zu dir, als dieser andere Kerl ankam. Er hat sich neben dich auf die Knie fallen lassen, und als du ihn gesehen hast, hast du gestrahlt und ihn umarmt. Und dann hast du ihn geküsst.«

Ich schließe die Augen. *Das war bloß irgendein Typ, mit dem ich ein paar Monate lang zusammen war. Jemand, für den ich nicht einen Bruchteil von dem gefühlt habe, was ich für Atlas empfunden habe.*

Er atmet scharf aus. »Danach bin ich wieder gefahren. Dich so glücklich zu sehen, war einer der härtesten, aber auch gleichzeitig schönsten Momente, die ich je erlebt habe. Zu dem Zeitpunkt hatte ich nicht das Gefühl, dass mein Leben gut genug für dich wäre. Ich hatte dir nichts anzubieten außer meiner Liebe und fand, dass du so viel mehr verdient hattest. Am nächsten Tag habe ich mich dann noch mal für vier Jahre verpflichtet. Na ja. Ich arbeite mich so langsam hoch …« Er macht eine Geste, als hätte er auch jetzt noch längst nicht das erreicht, was er erreichen wollte.

Ich schlage die Hände vors Gesicht, atme tief durch und trauere einen Moment lang um das, was hätte sein können. Um das, was ist. Um das, was niemals war. Meine Finger streichen unwillkürlich über das Tattoo auf meiner Schulter, und ich frage mich, ob sich das Loch in meinem Herzen jemals schließen wird.

Ob Atlas sich jemals so gefühlt hat, wie ich mich an dem Abend gefühlt habe, an dem ich es mir stechen ließ? So als wäre alles Leben aus seinem Herzen entwichen?

Ich verstehe trotzdem immer noch nicht, warum er an dem Abend vor dem Restaurant gelogen hat. Wenn er jemals dasselbe für mich empfunden hätte wie ich für ihn, hätte es keinen Grund für irgendwelche Lügen gegeben.

»Warum hast du behauptet, du hättest eine Freundin?«

Er sieht auf seine Hände. »Weil ... Du sahst an dem Abend wahnsinnig glücklich und erfüllt aus. Als ich beobachtet habe, wie du dich von ihm verabschiedet hast, hat das unbeschreiblich wehgetan, aber gleichzeitig war ich froh, dass es dir so gut ging. Ich wollte dein Leben nicht durcheinanderbringen. Und ich weiß nicht ... vielleicht war ich ein bisschen eifersüchtig. Ich kann es dir nicht erklären, Lily. Ich habe es bereut, sobald ich es gesagt hatte.«

Meine Gedanken beginnen zu rasen. Ich stelle mir vor, was hätte sein können, wenn er mir gegenüber ehrlich gewesen wäre. *Wo würden wir jetzt stehen, wenn er mir einfach ehrlich gesagt hätte, was er fühlt?*

Ich möchte ihn fragen, warum er nicht um mich gekämpft hat. Aber das muss ich nicht, weil ich die Antwort schon kenne. Er glaubte, mir nicht das geben zu können, was ich seiner Meinung nach vom Leben verdient hatte, weil er sich immer nur das vollkommene Glück für mich gewünscht hat. Und aus irgendeinem verdrehten Grund hat er nie geglaubt, dass ich dieses Glück bei ihm finden könnte.

Der fürsorgliche Atlas.

Je länger ich darüber nachdenke, desto mehr schnürt es mir die Luft ab. Ich denke an Atlas. An Ryle. An den heutigen Abend. An das, was vor zwei Tagen passiert ist. Es ist alles zu viel.

Nachdem ich eine Weile stumm dagesessen habe, stehe ich auf, gehe ins Gästezimmer und packe meine Sachen. Als ich wieder ins Wohnzimmer komme, sitzt Atlas immer noch genauso da wie vor ein paar Minuten.

»Ryle ist heute nach England geflogen und bleibt für die nächsten Monate dort«, sage ich. »Ich denke, es ist besser, wenn ich jetzt wieder nach Hause gehe. Kannst du mich fahren?«

Ich sehe die Traurigkeit in seinem Blick und weiß, dass die

Entscheidung zu gehen richtig ist. Wir haben uns beide emotional nie voneinander gelöst, und ich habe keine Ahnung, ob uns das je gelingen wird. Womöglich kann man sich nie ganz von einem Menschen lösen, den man einmal wirklich geliebt hat. Aber ich spüre ganz deutlich, dass es mir nicht guttut, weiter hierzubleiben, während ich zu verarbeiten versuche, was mit Ryle passiert ist. Ich muss alles, was mich zusätzlich durcheinanderbringt, radikal aus meinem Leben verbannen, und meine Gefühle für Atlas stehen dabei ganz oben auf der Liste.

Er presst einen Moment lang die Lippen aufeinander, dann nickt er, steht auf und greift nach seinen Wagenschlüsseln.

*****

Auf der Fahrt sprechen wir beide kein Wort. Atlas parkt vor dem Haus und steigt mit mir aus. »Mir wäre wohler, wenn ich dich noch nach oben bringen dürfte«, sagt er.

Ich nicke und wir fahren schweigend in den siebten Stock hinauf. Atlas geht mit mir bis zur Tür. Ich suche in meiner Tasche nach dem Schlüssel und merke gar nicht, dass meine Hände zittern, bis es mir auch beim dritten Mal nicht gelingt, aufzuschließen.

Atlas nimmt mir den Schlüssel aus der Hand und öffnet die Tür. »Soll ich nachschauen, ob auch wirklich niemand da ist?«, fragt er.

Wieder nicke ich. Ich bin mir zwar eigentlich sehr sicher, dass Ryle auf dem Weg nach England ist, aber es macht mich trotzdem nervös, die Wohnung ganz allein zu betreten.

Atlas geht vor und schaltet in sämtlichen Zimmern das Licht an. Als er in den Eingangsbereich zurückkommt, schiebt er die Hände in die Jackentaschen und holt tief Luft. »Ich weiß nicht, wie es jetzt weitergeht, Lily.«

Doch. Er weiß es. Er will es sich nur nicht eingestehen, weil wir beide wissen, wie weh es uns tut, voneinander Abschied zu nehmen.

Der Ausdruck auf seinem Gesicht zerreißt mir das Herz. Ich sehe zu Boden und verschränke die Arme vor der Brust. »Es gibt viel, was ich verarbeiten und worüber ich mir klar werden muss, Atlas. Verdammt viel. Und ich habe Angst, dass ich das nicht schaffe, solange du in meinem Leben bist.« Jetzt sehe ich ihn an. »Das ist nicht negativ gemeint, im Gegenteil, ich hoffe, das weißt du. Es ist eher ein Zeichen dafür, *wie* viel du mir bedeutest.«

Er wirkt nicht überrascht, aber ich sehe ihm an, dass es einiges gibt, was er dazu sagen möchte, auch wenn er schweigt. Mir geht es genauso, doch wir wissen beide, dass hier und jetzt nicht der passende Ort und Zeitpunkt ist, um über uns zu sprechen. Ich bin mit einem anderen Mann verheiratet. Ich erwarte das Kind dieses anderen Mannes. Und wir stehen in dem Apartment, das dieser andere Mann gekauft hat, um mit mir darin zu leben. Das sind keine idealen Bedingungen, um auszusprechen, was wir uns schon vor langer Zeit hätten sagen müssen.

Er schaut zur Tür, als würde er überlegen, ob er gehen oder doch noch etwas sagen soll. Dann sieht er mir fest in die Augen. »Ruf mich jederzeit an, wenn du mich brauchst«, sagt er. »Aber nur, wenn es ein wirklicher Notfall ist. Ich kann mir keine unverbindliche Beziehung mit dir vorstellen, Lily.«

Ich bin einen Moment lang sprachlos, aber obwohl ich dieses Geständnis nicht erwartet habe, spüre ich, dass Atlas absolut recht hat. Unsere Beziehung war vom allerersten Tag an alles andere als unverbindlich. Für uns kann es nur alles oder gar nichts geben. Deswegen hat er die Verbindung damals gekappt, als er zur Army gegangen ist. Er wusste, dass eine lockere Freundschaft bei uns niemals funktioniert hätte. Das wäre zu schmerzhaft gewesen.

Und daran hat sich anscheinend nichts geändert.

»Leb wohl, Atlas.«

Genau wie damals, als ich mich zum ersten Mal von ihm verabschiedet habe, schießen mir die Tränen in die Augen. Er presst die Lippen zusammen, dann dreht er sich um und geht so schnell zur Tür, als könnte er es nicht erwarten, von mir wegzukommen. Sobald sie hinter ihm ins Schloss gefallen ist, lege ich die Kette vor und lehne die Stirn dagegen.

Es ist gerade mal zwei Tage her, dass ich mich gefragt habe, ob mein Leben überhaupt noch schöner werden könnte. Heute frage ich mich, ob es noch schlimmer werden kann.

Ich zucke zusammen, als es klopft. Das kann eigentlich nur Atlas sein, er ist ja eben erst gegangen. Ich öffne die Tür und im nächsten Moment werde ich an etwas Weiches gezogen. Er schlingt die Arme um mich und presst seine Lippen auf meine Schläfe.

Ich schließe die Augen und lasse die Tränen endlich fließen. In den letzten Tagen habe ich wegen Ryle so viel geweint, dass ich darüber staune, dass überhaupt noch Tränen für Atlas übrig sind. Aber sie sind es und sie laufen mir übers Gesicht wie Regen.

»Lily«, flüstert er rau. »Ich weiß, dass das wahrscheinlich das Letzte ist, was du jetzt hören willst, aber ich muss es tun, weil ich zu oft von dir weggegangen bin, ohne gesagt zu haben, was ich wirklich sagen wollte.«

Er löst sich von mir, und als er meine Tränen sieht, legt er die Hand an meine Wange und wischt sie mit dem Daumen weg. »Falls du durch irgendein Wunder irgendwann in der Zukunft wieder in der Lage sein solltest, dich zu verlieben, dann … verlieb dich bitte in mich.« Er drückt mir einen Kuss auf die Stirn. »Du bist immer noch mein Lieblingsmensch, Lily. Und wirst es immer bleiben.«

Er lässt mich los, und dann geht er, weil er keine Antwort braucht.

Ich schließe die Tür und sinke zu Boden. Mein Herz fühlt sich an, als hätte es endgültig keine Kraft mehr, weiterzuschlagen. Und das nehme ich ihm nicht übel. Es ist innerhalb von wenigen Tagen gleich an zwei Stellen gebrochen.

Und ich ahne, dass es noch sehr lange dauern wird, bis diese beiden klaffenden Wunden zu heilen beginnen.

29.

Allysa lässt sich auf die Couch fallen, wo ich mit Rylee im Schoß sitze, und schmiegt sich an mich. »Ich vermisse dich so, Lily«, seufzt sie. »Ich denke ernsthaft darüber nach, ob ich nicht ein oder zwei Tage die Woche zum Arbeiten in den Laden kommen soll.«

Ich lache, beinahe ein bisschen geschockt. »Ich wohne unter dir und komme euch fast jeden Abend besuchen. Wie kannst du mich vermissen?«

Sie zieht ein Bein unter sich und schiebt die Unterlippe vor. »Na gut, dann vermisse ich eben nicht dich, sondern das Arbeiten. Ich möchte einfach mal wieder rauskommen.«

Rylee ist jetzt schon sechs Wochen alt, deswegen wäre es sicher nicht tragisch, wenn Allysa mal ein paar Stunden weg wäre, aber ich hätte nicht gedacht, dass sie es über sich bringen würde, sich von ihr zu trennen. Ich beuge mich vor und drücke Rylee einen zarten Kuss auf die Nase. »Würdest du sie denn mitnehmen?«

Allysa schüttelt den Kopf. »Nein, dazu muss ich bei dir viel zu viel schuften.« Sie grinst mich an. »Marshall kann auf sie aufpassen, während ich im Laden bin.«

»Sag bloß, ihr habt keine *Leute*, die das übernehmen könnten.«

Marshall, der gerade das Wohnzimmer durchquert, bleibt stehen. »Schsch, Lily. Lass meine Tochter bloß nicht wissen, dass ihre Eltern reich sind. Wir wollen ihren Charakter nicht verderben.«

Ich lache. Auch das ist ein Grund, warum ich so oft zu den beiden nach oben komme: weil das die einzigen Stunden sind, in denen ich unbeschwert lachen kann. Bis jetzt weiß niemand, was los ist. Ryle hat offensichtlich nicht darüber gesprochen und ich auch nicht. Alle – einschließlich meiner Mutter – denken, dass er einfach die Fortbildung in Cambridge macht und zwischen uns alles bestens ist.

Auch von meiner Schwangerschaft weiß keiner etwas.

Ich bin zweimal bei der Frauenärztin gewesen. Als im Krankenhaus der Bluttest gemacht wurde, war ich schon in der zwölften Woche, jetzt bin ich in der achtzehnten. Es fällt mir nach wie vor schwer zu begreifen, dass ich tatsächlich ein Kind bekommen werde, obwohl ich doch, seit ich achtzehn bin, die Pille genommen habe. Anscheinend habe ich sie einmal zu oft vergessen.

Mein Bauch beginnt sich bereits leicht zu runden, aber die kalte Jahreszeit hilft mir. Unter den weiten Pullis und Wolljacken, die ich immer trage, ist noch nichts zu erkennen.

Allmählich wäre es an der Zeit, Allysa, meine Mutter und alle anderen einzuweihen, aber ich finde, dass Ryle trotz allem der Erste sein sollte, der es erfährt. Ich will es ihm nur nicht am Telefon sagen. In sechs Wochen ist er wieder hier, dann entscheidet sich, wie es mit uns weitergeht, und bis dahin möchte ich die Schwangerschaft geheim halten.

Ich schaue auf Rylee hinunter und schneide Grimassen, um sie zum Lächeln zu bringen. Ich war schon so oft kurz davor, Allysa zu erzählen, dass ich auch Mutter werde, aber ich habe mir jedes Mal auf die Zunge gebissen, weil sie dann gezwungen wäre, ihren Bruder zu belügen, und das möchte ich ihr nicht zumuten. Also schweige ich, auch wenn es mir schwerfällt.

»Wie hältst du es eigentlich ohne Ryle aus?«, fragt Allysa.

»Du kannst es wahrscheinlich gar nicht erwarten, dass die drei Monate endlich vorbei sind.«

Ich nicke, sage aber nichts weiter dazu. Wenn sie auf ihn zu sprechen kommt, versuche ich immer, sie schnell abzulenken. »Weißt du, dass du die Allersüßeste bist?«, sage ich zu Rylee und kitzle sie unter dem Kinn.

Allysa lehnt sich zurück. »Gefällt es ihm noch immer so gut in Cambridge?«

»Ja.« Ich strecke Rylee die Zunge raus, worauf sie mich zahnlos angrinst. Ob mein Kind ihr ähnlich sehen wird? Hoffentlich. Sie ist wirklich ein unglaublich hübsches Baby, auch wenn ich da vielleicht etwas voreingenommen bin.

»Hat er das U-Bahn-System mittlerweile begriffen?« Allysa schüttelt den Kopf. »Jedes Mal, wenn ich mit ihm spreche, erzählt er mir irgendwelche wilden Storys, wie er sich wieder verfahren hat. Er weiß nie, ob er die A- oder die B-Line nehmen muss.«

»Ach so, das … ja.« Ich lache. »Alles okay. Inzwischen findet er sich ganz gut zurecht.«

Allysa setzt sich plötzlich auf. »Marshall!«, ruft sie.

Als er ins Wohnzimmer kommt, nimmt sie mir Rylee aus den Armen und hält sie ihm hin. »Kannst du ihr bitte die Windeln wechseln?«

Ich sehe sie überrascht an, weil ich Rylee erst vor einer halben Stunde frisch gewickelt habe.

Marshall nimmt Rylee entgegen und rümpft die Nase. »Bist du mein kleines Stinkemädchen?«

Er und seine Tochter tragen den gleichen rosa Strampelanzug.

Allysa greift nach meiner Hand und zieht mich so schnell von der Couch, dass ich einen kleinen Schrei ausstoße.

»Hey. Wo willst du mit mir hin?«

Statt zu antworten, schiebt sie mich quer durchs Apartment

343

ins Schlafzimmer und drückt die Tür zu. Sie geht ein paarmal schweigend auf und ab, dann bleibt sie vor mir stehen und sieht mich an.

»Du könntest mir allmählich echt mal sagen, was los ist, Lily.«

Ich weiche erschrocken zurück. *Wovon redet sie?*

Instinktiv lege ich beide Hände auf meinen Bauch, weil ich denke, dass sie etwas von der Schwangerschaft bemerkt hat, aber sie achtet gar nicht darauf, kommt einen Schritt auf mich zu und sticht mir ihren Zeigefinger in die Brust.

»In Cambridge gibt es überhaupt keine U-Bahn!«

»Was?« Ich verstehe gar nichts mehr.

»Das habe ich bloß erfunden!«, sagt sie. »Ich merke schon eine ganze Weile, dass irgendetwas nicht stimmt. Du bist meine beste Freundin, Lily. Und ich kenne meinen Bruder. Wir skypen fast jede Woche miteinander und er ist völlig verändert. Irgendwas ist passiert, und ich will jetzt sofort wissen, was.«

Verdammt. Sieht ganz so aus, als würde sie es doch früher erfahren, als ich geplant hatte.

Ich sehe sie stumm an. Wie soll ich es ihr sagen? *Wie viel* soll ich ihr sagen? Bis zu diesem Augenblick hatte ich keine Ahnung, wie sehr ich darunter gelitten habe, nicht mit ihr darüber reden zu können. Ich bin beinahe erleichtert, dass sie mich durchschaut hat.

Ich gehe zu ihrem Bett und setze mich. »Allysa«, flüstere ich und mache eine müde Handbewegung. »Komm her.«

Ich bin mir sicher, dass es sie fast genauso hart treffen wird wie mich. Sie setzt sich neben mich und greift nach meinen Händen.

»Ich weiß nicht mal, wo ich anfangen soll.«

Allysa drückt stumm meine Hände. Und dann fange ich an zu reden – und erzähle ihr alles. Ich erzähle ihr, dass Ryle an dem Abend in der Küche auf mich gewartet und was er getan hat. Ich erzähle ihr, dass Atlas mich aus der Wohnung geholt und ins Krankenhaus gefahren hat und dass ich schwanger bin.

Ich erzähle ihr, dass ich mich in den letzten sechs Wochen jeden Abend in den Schlaf geweint habe, weil ich mich noch nie in meinem Leben so allein gefühlt habe und so viel Angst hatte.

Als ich schließlich alles gesagt habe, weinen wir beide. Allysa hat mich kein einziges Mal unterbrochen und auch keine Fragen gestellt. Das Einzige, was sie von sich gegeben hat, war immer wieder ein leises: »Ach, Lily.«

Sie muss aber auch gar nichts sagen. Ryle ist ihr Bruder. Sie denkt bestimmt daran, wie sehr das Unglück mit Emerson ihn traumatisiert hat, und wünscht sich, ich könnte ihm verzeihen, so wie die Male davor. Ich weiß, wie sehr sie hofft, dass wir diese Krise irgendwie überstehen, weil sie möchte, dass wir eine einzige große, glückliche Familie sind. Ich weiß genau, was sie denkt.

Allysa schließt die Augen und sagt eine sehr lange Weile gar nichts. Irgendwann sieht sie mich an und drückt wieder meine Hände. »Mein Bruder liebt dich, Lily. Er liebt dich so sehr. Du hast sein Leben von Grund auf verändert und einen Menschen aus ihm gemacht, von dem ich niemals geglaubt hätte, dass er es werden könnte. Als seine Schwester wünsche ich ihm aus ganzem Herzen, dass du einen Weg findest, ihm zu verzeihen.« Sie holt tief Luft. »Aber als deine beste Freundin muss ich dir sagen, dass ich nie mehr ein Wort mit dir rede, falls du ihn nach dem, was passiert ist, noch mal zurücknimmst.«

Es dauert eine Sekunde, bis ich verstanden habe, was sie gesagt hat. Als ich begreife, bricht ein Schluchzen aus mir hervor.

Auch Allysa hat Tränen in den Augen.

Und dann umarmen wir uns und weinen, weil wir Ryle beide über alles lieben und ihn gleichzeitig für das hassen, was er getan hat. Irgendwann steht Allysa auf, geht zur Kommode und kommt mit einer Schachtel Taschentücher zurück.

Wir wischen uns über die verheulten Gesichter, putzen uns die Nase und schniefen. »Du bist die beste Freundin, die ich je gehabt habe«, schluchze ich.

Allysa nickt. »Ich weiß. Und bald werde ich die beste Tante sein.« Sie tupft sich die Augen ab und schnieft wieder, aber diesmal lächelt sie auch. »Ist das zu fassen, Lily? Du bekommst ein Baby!« Sie strahlt mich an, und ich merke, dass ich mich zum ersten Mal über meine Schwangerschaft freuen kann. »Mir ist schon aufgefallen, dass du ein bisschen zugenommen hast. Aber ich dachte, das wäre Kummerspeck, weil Ryle weg ist und du ihn so vermisst.«

Auf einmal springt sie auf, läuft zum Schrank und beginnt in den Fächern zu wühlen. »Ich habe noch ganz viele Schwangerschaftsklamotten, die ich dir geben kann. – Hier, das würde dir total gut stehen!« Sie hält mir ein Kleidungsstück nach dem anderen an den Körper, zieht eine Reisetasche vom obersten Schrankbrett und stopft die Sachen, die mir gefallen, hinein, bis sie fast überquillt.

»Das kann ich nicht annehmen«, protestiere ich, als sie mir ein Top hinwirft, an dem noch das Preisschild hängt. »Das sind richtig teure Designerteile. Die versaue ich dir im Laden doch total.«

Allysa nimmt mir das Top lachend weg und packt es zu den anderen. »Du brauchst mir die Sachen nicht zurückzugeben, Lily. Falls ich noch mal schwanger werde, sage ich meinen Leuten einfach, sie sollen mir neue kaufen.« Sie reicht mir eine Bluse. »Hier, probier die mal an.«

Ich ziehe meinen Pulli aus, schlüpfe in die Bluse und knöpfe sie zu. Als ich mich im Spiegel betrachte, muss ich einsehen, dass ich es nicht mehr verbergen kann. Ich sehe … schwanger aus.

Allysa legt mir eine Hand auf den Bauch und lächelt mein Spiegelbild an. »Weißt du schon, ob es ein Mädchen oder ein Junge wird?«

Ich schüttle den Kopf. »Eigentlich will ich es auch gar nicht wissen.«

»Ich hoffe, es wird ein Mädchen«, sagt sie. »Dann kann sie Rylees beste Freundin werden.«

»Lily ...?«

Wir wirbeln herum. Marshall steht in der Tür und starrt meinen Bauch oder besser gesagt Allysas *Hand* an, die auf meinem Bauch liegt. Er runzelt die Stirn und deutet auf mich.

»Wow ... Lily. Wusstest du, dass du schwanger bist?«

Allysa geht zur Tür und legt die Hand auf den Knauf. »Es gibt Dinge, die du bitte nie, nie, niemals gegenüber irgendjemandem erwähnst, wenn du nicht willst, dass ich mich von dir scheiden lasse. Das ist eines dieser Dinge, verstanden?«

Marshall hebt abwehrend die Hände. »Alles klar. Okay. Verstanden. Lily ist nicht schwanger.« Er küsst Allysa auf die Stirn, dann sieht er mich an. »Ich gratuliere dir nicht, Lily. Es gibt ja auch gar keinen Grund.«

Allysa schiebt ihn aus dem Raum, schließt die Tür und dreht sich zu mir. »Wir müssen deine Babyparty planen«, sagt sie aufgeregt.

»Nein. Erst muss ich es Ryle sagen.«

Sie winkt ab. »Das heißt nicht, dass wir nicht schon mal planen können.«

Sie holt ihren Laptop, der auf der Kommode liegt, lässt sich aufs Bett fallen und klappt ihn auf.

Eine warme Glückswelle durchströmt mich. Ich bekomme ein Kind!

30.

Es ist wirklich sehr praktisch, dass ich nur mit dem Aufzug fahren muss, um von Allysa nach Hause zu kommen, aber in letzter Zeit kommt mir trotzdem immer öfter der Gedanke, dass ich mir eine eigene Wohnung suchen sollte. Ryle und ich sind erst eine Woche vor dem großen Knall hier eingezogen, und danach ist er gleich nach England geflogen, weshalb es sich für mich nie wirklich nach unserem gemeinsamen Zuhause angefühlt hat. Aber die Erinnerung an das, was vor zwei Monaten hier passiert ist, lässt sich nicht abschütteln. Ich schlafe in meinem alten Bett im Gästezimmer, weil ich es nicht über mich bringe, das Schlafzimmer zu betreten.

Allysa und Marshall sind nach wie vor die Einzigen, die von meiner Schwangerschaft wissen. Obwohl es mich bedrückt, dass ich meiner Mutter noch nichts erzählt habe, bin ich immer noch der Meinung, dass Ryle es erfahren muss, bevor ich es offiziell mache. Sicher wäre es das Einfachste, ihn anzurufen, aber das habe ich noch nicht geschafft. Jetzt dauert es ja auch nicht mehr lange, bis er zurückkommt. Mittlerweile bin ich schon in der zwanzigsten Woche. Ich hoffe nur, dass ich meinen Bauch noch so lange vor meiner Mutter verstecken kann. Zuletzt haben wir uns vor vierzehn Tagen gesehen, was für uns wirklich lang ist. Normalerweise treffen wir uns ein- bis zweimal pro Woche. Ich mache mir ein bisschen Sorgen, sie könnte früher oder später einfach vor meiner Tür stehen.

Der Umfang meines Bauches hat sich in den letzten Wochen bestimmt verdoppelt, und jeder, der mich gut kennt, würde mir sofort ansehen, was los ist. Im Laden hat mich bisher noch niemand darauf angesprochen, wahrscheinlich bin ich noch in der »Sie könnte schwanger sein, aber vielleicht hat sie auch bloß zugenommen«-Phase, und sie trauen sich nicht.

Als ich den Schlüssel ins Schloss stecke und aufschließen will, wird gleichzeitig die Tür von innen geöffnet.

Vor mir steht Ryle.

Ich bin so perplex, dass ich nicht daran denke, meine Jacke zuzuziehen, unter der ich eine von Allysas Blusen trage. Ryle starrt entgeistert auf meinen Bauch.

Er ist wieder zurück.

Ryle ist hier.

Ich stehe mit offenem Mund da und lege unwillkürlich beide Hände auf mein Herz, das wie verrückt gegen meine Rippen schlägt.

Es schlägt, weil ich Angst vor seiner Reaktion habe.

Es schlägt, weil ich ihn hasse.

Es schlägt, weil ich ihn vermisst habe.

Sein Blick wandert ungläubig von meinem Bauch zu meinem Gesicht und wieder zu meinem Bauch. Dann macht er einen Schritt zurück und schüttelt den Kopf. »Lily?«, presst er schließlich hervor.

Ich stehe wie erstarrt vor ihm, die eine Hand immer noch an der Stelle, wo mein Herz schlägt, die andere schützend auf den Bauch gelegt. Ich habe zu viel Angst, um mich rühren oder irgendetwas sagen zu können. Bevor ich reagiere, muss ich wissen, wie *er* es aufnimmt.

Er sieht wohl die Panik in meinem Blick, denn er hebt besänftigend die Hände. »Ich bin nur hier, um mit dir zu reden, Lily. Du brauchst dir keine Sorgen zu machen.« Als er die Tür noch weiter aufzieht, sehe ich, dass jemand hinter ihm steht.

Ich traue meinen Augen nicht.

»Marshall?«

»Ich schwöre, bis ich vorhin Ryles Nachricht bekommen habe, hatte ich keine Ahnung, dass er früher nach Hause kommt, Lily«, sagt Marshall hastig. »Er wollte nicht, dass ich dir oder Issa etwas sage, weil er befürchtet hat, du würdest sonst nicht mit ihm reden. Bitte sei nicht sauer. Bitte lass nicht zu, dass Issa sich deswegen von mir scheiden lässt. Ich bin wirklich nur als unbeteiligter Beobachter hier.«

Ich schüttle den Kopf und versuche zu begreifen, was er mir sagen will.

»Ich habe ihn gebeten, hier mit mir auf dich zu warten und zu bleiben, damit du keine Angst hast, mit mir zu reden«, erklärt Ryle. »Er ist zu deiner Unterstützung hier, nicht zu meiner.«

Marshall lächelt verlegen. Ich überlege kurz, dann gebe ich mir einen Ruck und trete ins Apartment. »Okay.«

Ryle scheint immer noch unter Schock zu stehen. Sein Blick wandert wieder zu meinem Bauch, er schüttelt den Kopf und fährt sich durch die Haare. »Tja, also ...« Er sieht Marshall an. »Vielleicht setze ich mich zum Reden mit Lily am besten ins Schlafzimmer. Falls du hörst, dass ich irgendwie laut werde ...«

Marshall nickt. »Ich bleibe die ganze Zeit über hier, Lily.«

Während ich Ryle durch den Flur folge, frage ich mich, wie das ist, wenn man nicht weiß, was einen in Rage bringen oder worauf man mit Aggression reagieren wird. Wenn man seine Emotionen überhaupt nicht im Griff hat. Einen Moment lang spüre ich so etwas wie Mitleid, aber als ich ins Schlafzimmer trete und mein Blick auf das Bett fällt, ist es sofort wieder verschwunden.

Ryle lehnt die Tür nur an. Er sieht aus, als wäre er in den zwei Monaten, die wir uns nicht gesehen haben, um Jahre gealtert. Unter seinen Augen liegen dunkle Schatten, tiefe Falten ziehen seine Mundwinkel nach unten und seine Haltung ist gebeugt.

Wenn Reue eine menschliche Gestalt hätte, sähe sie aus wie Ryle jetzt.

Er schaut wieder auf meinen Bauch, streckt zögernd die Hand aus und bittet mich stumm um Erlaubnis. Als ich nicke, kommt er näher und legt sie darauf.

Ich spüre ihre Wärme durch den Stoff und schließe die Augen. Ja, ich empfinde tiefen Groll ihm gegenüber, aber das bedeutet nicht, dass in mir nicht auch noch Raum für andere Gefühle wäre. Wieder einmal merke ich, dass man nicht automatisch aufhören kann zu lieben, wenn man von jemandem verletzt wurde. Vielleicht tut nicht das, was der andere einem angetan hat, am meisten weh, sondern die Liebe zu ihm. Ohne diese Liebe wäre der Schmerz sicher leichter zu ertragen.

Ryle streicht zaghaft über meinen Bauch, und als ich die Augen öffne, schüttelt er wieder den Kopf, als würde er es immer noch nicht begreifen. Er sinkt langsam vor mir auf die Knie, schlingt die Arme um meine Taille und drückt erst die Lippen auf meinen Bauch und dann die Stirn.

Es fällt mir schwer, in Worte zu fassen, was ich in diesem Moment empfinde. Ich glaube, es erfüllt jede werdende Mutter mit Glück, zu sehen, wie sehr der Vater sein ungeborenes Kind jetzt schon liebt. Es war schwer für mich, dieses Wunder nicht mit dem Mann teilen zu können, der es gemeinsam mit mir erschaffen hat. Wie von selbst finden meine Finger ihren Weg in seine Haare. Einerseits ist da eine unbeschreibliche Wut in mir, die mich drängt, ihn anzubrüllen oder die Polizei zu rufen, wie ich es in der Nacht damals hätte tun sollen. Gleichzeitig habe ich Mitleid mit dem kleinen Jungen, der seinen Bruder in den Armen hielt und ihm hilflos beim Sterben zusehen musste. Ein Teil von mir wünscht sich, ich wäre Ryle niemals begegnet. Ein anderer wünscht sich, ich könnte ihm verzeihen.

Irgendwann löst er sich von mir und setzt sich aufs Bett, die Ellbogen auf die Knie gestützt.

Ich setze mich neben ihn, weil ich weiß, dass wir dieses Gespräch führen müssen, auch wenn sich alles in mir dagegen sträubt. »Die nackte Wahrheit?«

Er nickt.

Weil ich erst hören möchte, was er zu sagen hat, bleibe ich stumm und sehe ihn abwartend an.

»Ich weiß nicht, wo ich anfangen soll, Lily.« Er reibt sich mit beiden Händen übers Gesicht.

»Wie wäre es mit: *Es tut mir leid, was ich dir angetan habe?*«

Sein Blick trifft meinen, die Augen sind geweitet. »Lily, du kannst dir nicht vorstellen, wie unendlich leid mir das tut, was passiert ist. Du hast keine Ahnung, was ich die letzten zwei Monate deswegen durchgemacht habe.«

Ich beiße die Zähne aufeinander und verkralle die Finger in der Decke.

Ich habe keine Ahnung, was *er* durchgemacht hat?

Fassungslos schüttle ich den Kopf. »*Du* hast keine Ahnung, Ryle.«

Ich springe auf und mit einem Mal bricht die ganze aufgestaute Wut aus mir hervor. Mit zitterndem Zeigefinger deute ich auf ihn. »*Du* hast keine Ahnung! *Du* hast keine Ahnung, wie es ist, das erleben zu müssen. Erleben zu müssen, wie sich der Mann, den man liebt, auf einen stürzt. Wie es ist, seinetwegen *Todesangst* auszustehen. Sich übergeben zu müssen, wenn man nur daran denkt, was er getan hat. *Du* hast keine Ahnung, Ryle! Du weißt nicht, was du getan hast! Nichts weißt du! Ich hasse dich! Ich hasse dich verdammtes Arschloch dafür, dass du mir das angetan hast.«

Erschrocken über mich selbst, ringe ich nach Luft. Die Wut ist wie eine Welle über mich gekommen und wieder verebbt. Ich wische mir die Tränen aus dem Gesicht und kehre ihm den Rücken zu, weil ich es nicht ertrage, ihn anzusehen.

»Lily«, sagt er leise. »Ich habe nicht …«

»Nein!«, brülle ich und wirble wieder zu ihm herum. »Ich bin noch nicht fertig! Du wirst mir deine verdammte Wahrheit nicht sagen, bevor du dir nicht meine angehörst hast!«

Er stützt den Kopf in die Hände und sieht zu Boden. Ich gehe zu ihm, hocke mich vor ihn hin, schiebe seine Hände weg und zwinge ihn, mir in die Augen zu sehen.

»Ja, ich habe den Magneten nie weggeworfen, den Atlas mir geschenkt hat, als ich sechzehn war. Ja, ich habe meine Tagebücher aufgehoben. Nein, ich habe dir nie gesagt, was meine Tätowierung bedeutet. Ja, wahrscheinlich hätte ich das tun sollen. Und ja, ich liebe ihn immer noch. Ich werde ihn bis zu meinem Tod lieben, weil er ein ganz wichtiger Teil meines Lebens war. Und ja, ich kann verstehen, dass dich das verletzt hat. Aber nichts von alldem hat dir das Recht gegeben, zu tun, was du getan hast. Selbst wenn du ins Schlafzimmer gekommen wärst und uns zusammen im Bett erwischt hättest, hättest du nicht das Recht gehabt, mir das anzutun, du verdammtes Arschloch!« Ich stemme mich hoch. »So. Und jetzt bist du dran.«

Nach Atem ringend, gehe ich im Zimmer auf und ab. Mein Herz hämmert gegen die Rippen, als wollte es mir aus der Brust springen, und ich wünschte, ich könnte ihm dabei helfen. Ich würde dieses verdammte Scheißherz sofort freigeben, wenn ich könnte.

Mehrere Minuten verstreichen, in denen ich weiter auf und ab gehe, bis Ryles Schweigen und meine Wut schließlich zu Schmerz verschmelzen.

Die vielen Tränen, die ich geweint habe, haben mich leer gemacht. Ich bin es so unendlich leid, zu fühlen. Erschöpft lasse ich mich auf die andere Seite des Betts fallen, schluchze ins Kissen und drücke mein Gesicht so fest hinein, dass ich kaum Luft bekomme.

Die Matratze bebt leicht, als Ryle sich neben mich legt. Er streicht mir über die Haare und versucht, mich über den Schmerz hinwegzutrösten, den er mir angetan hat. Ich presse das Gesicht noch tiefer ins Kissen, als ich seinen Kopf an meinem spüre.

»Meine Wahrheit ist, dass ich absolut nichts zu sagen habe«, gesteht er mir leise. »Es wäre zwecklos. Nichts, was ich sagen könnte, würde jemals ungeschehen machen, was ich dir angetan habe. Und du würdest mir nicht glauben, wenn ich dir sage, dass es nie wieder vorkommen wird.« Er drückt mir einen Kuss auf die Schläfe. »Du bist meine Welt, Lily. *Meine Welt.* Als ich vor zwei Monaten hier in diesem Bett aufgewacht bin und du weg warst, da wusste ich, dass ich dich für immer verloren habe. Ich bin hier, um dir zu sagen, wie unvorstellbar leid mir das alles tut, Lily. Ich bin gekommen, um dir zu sagen, dass ich die Fortbildung abgebrochen habe, weil ich die Stelle in Minnesota gleich antreten kann. Ich bin gekommen, um mich von dir zu verabschieden, aber …« Er presst die Lippen in meine Haare und holt scharf Luft. »Jetzt kann ich nicht mehr gehen, Lily. Du trägst einen Teil von mir in dir. Und ich liebe unser Baby schon jetzt mehr, als ich jemals in meinem ganzen Leben irgendetwas geliebt habe.« Er atmet tief ein. »Bitte nimm mir das nicht weg, Lily. *Bitte.*«

Der Schmerz in seiner Stimme geht mir durch und durch, und als ich ihm mein tränennasses Gesicht zuwende und ihn ansehe, drückt er für einen kurzen verzweifelten Moment die Lippen auf meine, zieht sich aber sofort wieder zurück. »Bitte, Lily. Ich liebe dich. *Hilf* mir.«

Wieder legt er kurz die Lippen auf meine. Als ich ihn nicht wegstoße, kehren seine Lippen ein drittes Mal zurück.

Und ein viertes Mal.

Beim fünften Mal bleiben sie liegen.

Er zieht mich an sich und hält mich. Mein Körper ist müde und schwach, aber er erinnert sich an ihn. Er erinnert sich daran, wie tröstlich sein Körper ist, wie er mich alles vergessen lassen kann. Mein Körper weiß, dass seiner ihm all die Zärtlich-

keit geben kann, nach der er sich seit zwei Monaten so sehr
sehnt.

»Ich liebe dich«, flüstert Ryle an meinem Mund. Seine Zunge
gleitet sanft über meine, und das fühlt sich so verkehrt an und
so gut und es tut so weh … Bevor ich begreife, was geschieht,
liege ich auf dem Rücken, und er ist auf mir. Seine Berührung
ist alles, was ich brauche. Und alles, was mich vernichtet.

Ryle greift mir in die Haare und katapultiert mich damit
wieder in jene Nacht zurück.

*Ich sitze in der Küche, und er zerrt so fest an meinen Haaren, dass
es wehtut.*

Ryle streicht mir eine Strähne aus dem Gesicht und katapultiert mich damit wieder in jene Nacht zurück.

*Ich stehe in der Tür, seine Hand gleitet meinen Arm hinauf, er
streicht meine Haare nach hinten, und dann beißt er mich mit aller
Kraft in die Schulter.*

Ryle legt seine Stirn auf meine und katapultiert mich damit
wieder in jene Nacht zurück.

*Ich liege auf diesem Bett, und er ist über mir und rammt mit sol-
cher Gewalt seinen Schädel gegen meinen, dass ich ohnmächtig werde
und später mit mehreren Stichen genäht werden muss.*

Mein Körper wird taub und unempfänglich für seine Berührungen und wieder türmt sich die Wutwelle in mir auf. Seine
Lippen verharren auf meinen, als er spürt, wie ich unter ihm
erstarre.

Ryle richtet sich auf und sieht mich an. Ich weiß nicht, was
ich sagen soll. Aber ich muss gar nichts sagen, weil unsere Augen eine nacktere Wahrheit sprechen, als unsere Münder es je
getan haben. Mein Blick sagt seinem, dass ich es nicht ertrage,
von ihm angefasst zu werden. Sein Blick sagt meinem, dass er
das weiß.

Ryle beginnt, langsam zu nicken.

Er lässt sich von mir gleiten, steht, immer noch nickend, auf und geht zur Tür. Er weiß, dass ich ihm heute nicht verzeihen werde.

»Warte«, sage ich.

Ryle dreht sich in der Tür halb um.

Ich recke das Kinn und sehe ihn fest an. »Ich wünschte, dieses Kind wäre nicht von dir, Ryle. Mit jeder einzelnen Faser wünschte ich, dieses Kind wäre nicht ein Teil von dir.«

Wenn ich geglaubt hatte, seine Welt könnte nicht noch mehr in sich zusammenstürzen, habe ich mich geirrt.

Er geht aus dem Zimmer und ich presse wieder das Gesicht ins Kissen. Ich dachte, wenn ich ihn so verletzen könnte, wie er mich verletzt hat, würde ich Genugtuung spüren.

Doch das tue ich nicht.

Ich fühle mich gemein und schlecht.

Ich fühle mich, als wäre ich mein Vater.

31.

Mom: **Ich vermisse meine Tochter. Wann sehen wir uns?**

Ich starre auf mein Handy. Es ist zwei Tage her, seit Ryle erfahren hat, dass ich schwanger bin. Höchste Zeit, es endlich meiner Mutter zu erzählen, aber ich merke, dass mich der Gedanke nervös macht. Nicht, weil ich ihr sagen muss, dass sie Großmutter wird, sondern weil ich mit ihr über Ryle und mich sprechen muss.

Ich: **Ich vermisse dich auch. Soll ich morgen Abend bei dir vorbeikommen? Machst du mir Lasagne?**

Im selben Moment, in dem ich die Nachricht abschicke, kommt eine andere bei mir an.

Allysa: **Du bist heute bei uns zum Abendessen eingeladen. Es gibt selbst gemachte Pizza.**

Ich war schon seit ein paar Tagen nicht mehr oben. Das letzte Mal an dem Abend, an dem Ryle zurückgekommen ist. Er hat mir nicht gesagt, wo er wohnt, aber ich nehme stark an, dass er wieder das Gästezimmer bezogen hat. Ich will ihn auf keinen Fall sehen.

Ich: **Wer ist denn alles da?**

Allysa: **Das würde ich dir niemals antun, Lily. Er hat Nachtdienst. Wir sind zu dritt.**

Sie kennt mich viel zu gut. Ich schreibe ihr zurück, dass ich gleich nach der Arbeit hochkomme.

*****

»Was essen Babys in ihrem Alter eigentlich schon alles?«

Wir sitzen am Tisch und ich habe Rylee im Arm. Als ich kam, hat sie geschlafen, aber ich konnte nicht widerstehen, sie zu knuddeln, und da ist sie aufgewacht. Allysa fand das zum Glück nicht schlimm. Sie hat gesagt, ich soll mich ruhig ein bisschen mit ihr beschäftigen, damit sie nachher wieder müde ist, wenn sie ins Bett kommt.

»Muttermilch«, antwortet Marshall mit vollem Mund. »Aber manchmal stecke ich auch einen Finger in ein Glas Cola und lasse sie daran nuckeln.«

»Marshall!«, ruft Allysa lachend. »Ich hoffe, das war nur ein schlechter Witz.«

»Absolut. Nur ein ganz schlechter Witz«, sagt er, aber ich bin mir da nicht so sicher.

»Und wann kann man anfangen, ihnen andere Sachen zu geben? Brei, püriertes Gemüse und so was?«, frage ich. Es kann nichts schaden, mich jetzt schon mal zu informieren, damit ich vorbereitet bin.

»Etwa ab dem vierten Monat«, sagt Allysa gähnend. Sie schiebt ihren Teller von sich, lehnt sich im Stuhl zurück und reibt sich die Augen.

Mir kommt ein Gedanke. »Hey, wie wäre es, wenn ich sie heute mit zu mir runternehme, damit ihr mal wieder durchschlafen könnt?«

»Nein, nein«, wehrt Allysa ab. »Das musst du nicht …«

»Echt? Würdest du das machen?«, unterbricht Marshall sie begeistert. »Das fände ich super.«

Ich lache. »Klar. Ist doch praktisch, dass ich nur eine Aufzugfahrt von euch weg wohne. Außerdem habe ich mir morgen freigenommen, sodass es auch nicht schlimm wäre, wenn ich keinen Schlaf bekäme.«

Allysa sieht mich nachdenklich an. »Versprichst du mir, dass du dich auf jeden Fall meldest, wenn irgendwas ist? Mein Handy wird die ganze Zeit neben mir liegen.«

»Hast du gehört?«, sage ich zu Rylee. »Du darfst heute bei Tante Lily übernachten!«

*****

Allysa packt die Wickeltasche so voll, als würde ich mit Rylee eine Weltreise unternehmen.

»Wenn sie Hunger hat, meldet sie sich. Die Fläschchen mit der abgepumpten Milch stecken im Seitenfach, aber mach sie nicht in die Mikrowelle warm, stell sie einfach ins …«

»Das weiß ich doch alles«, sage ich lachend. »Ich habe ihr seit sie auf der Welt ist, schon ungefähr fünfzig Fläschchen gemacht.«

Allysa nickt, geht zum Bett, auf dem ich sitze, und stellt die Tasche neben mich. Marshall ist im Kinderzimmer und wickelt Rylee. Da wir sowieso warten müssen, bis die beiden fertig sind, legt Allysa sich neben mich.

Sie stützt den Kopf in die Hand. »Das ist echt nett von dir, sie zu nehmen. Weißt du, was das für mich und Marshall bedeutet?«, fragt sie mich.

»Nein. Was denn?«

»Sex. Der erste seit vier Monaten.«

Ich verziehe das Gesicht. »So genau wollte ich es eigentlich gar nicht wissen.«

Sie lässt sich kichernd in die Kissen fallen, dann setzt sie sich mit einem Ruck auf. »Ach du Scheiße!«, sagt sie erschrocken. »Vielleicht sollte ich mir meine Beine rasieren. Ich glaube, das letzte Mal ist auch schon vier Monate her.«

Ich lache, als ich plötzlich etwas spüre, das ich noch nie gespürt habe. »Oh mein Gott!«, rufe ich. »Ich glaube, es hat sich bewegt!«

»Wirklich?« Allysa legt mir ihre Hand auf den Bauch, und wir sind fünf Minuten lang ganz still, während wir darauf warten, dass es noch mal passiert. Da! Diesmal so sachte, dass es kaum zu merken ist. Ich muss wieder lachen.

»Ich habe nichts mitgekriegt«, beschwert sich Allysa. »Aber das kenne ich. Es dauert wahrscheinlich noch ein paar Wochen, bis man die Bewegungen auch von außen spürt. War es das erste Mal?«

»Ja. Ich hatte schon Angst, dass ich das volle Couch-Potato-Baby bekomme, das nur faul in seinem Fruchtwasser dümpelt.« In der Hoffnung, es noch mal zu spüren, lasse ich die Hände auf meinem Bauch liegen. Während wir schweigend nebeneinandersitzen, werde ich wehmütig und denke, wie anders das alles sein könnte. Eigentlich müsste Ryle jetzt neben mir sitzen und andächtig seine Hand auf meinen Bauch legen.

Der Gedanke verdrängt fast die Freude, die ich eben empfunden habe. Allysa scheint zu spüren, was in mir vorgeht, denn sie legt ihre Hand auf meine. Als ich sie ansehe, lächelt sie nicht mehr.

»Ich wollte dir schon lange mal was sagen, Lily.«

Oh nein, was kommt jetzt? Ihr Tonfall gefällt mir gar nicht. Er ist so ernst.

»Was denn?«

Sie seufzt, dann lächelt sie traurig. »Ich weiß, wie unglücklich du darüber bist, dass ihr das nicht gemeinsam erleben könnt. Aber ich wünsche mir so sehr, dass du diese einmalige und großartige Erfahrung trotzdem genießen kannst. Du wirst eine tolle Mom werden, Lily. Das Baby kann *wirklich* froh sein.«

Gut, dass wir allein sind. Meine Hormone spielen nämlich so verrückt, dass ich gleichzeitig lachen und weinen und schluchzen muss und wahrscheinlich völlig bescheuert aussehe. Unfähig, etwas zu sagen, lege ich den Arm um Allysa und drücke sie an mich.

Sie lächelt. »So. Und jetzt schaff mein Balg hier raus, damit ich endlich mal wieder Sex mit meinem steinreichen Mann haben kann.«

Ich hieve mich vom Bett hoch. »Wow. Du schaffst es, selbst die größte Rührung mit einem einzigen Satz zunichtezumachen. Das ist eine echte Begabung.«

Sie lächelt. »Da bin ich auch stolz drauf. Jetzt hau schon ab.«

32.

Es ist mir wahnsinnig schwergefallen, ausgerechnet meiner Mutter so lange verschweigen zu müssen, was in meinem Leben passiert ist. Natürlich wird sie vor Freude außer sich sein, wenn sie erfährt, dass sie ein Enkelkind bekommt. Aber wie wird sie reagieren, wenn sie hört, dass Ryle und ich getrennt sind? Sie liebt Ryle. Wenn ich an ihre eigene Ehe denke, könnte ich mir vorstellen, dass sie versuchen wird, sein Verhalten zu rechtfertigen und mich zu überreden, ihm doch noch mal eine letzte Chance zu geben. Ich habe ein bisschen Angst davor, dass ihr das gelingen könnte. Gut möglich, dass auch das ein Grund dafür ist, warum ich das Gespräch mit ihr so lange hinausgezögert habe.

An den meisten Tagen fühle ich mich stark. Meine Wut und meine Enttäuschung sind so groß, dass mir der Gedanke, Ryle jemals zu verzeihen, vollkommen abwegig erscheint.

Aber es gibt auch andere Tage. Tage, an denen ich mich so sehr nach ihm sehne, dass ich kaum Luft bekomme. Ich vermisse den Spaß, den wir zusammen hatten. Ich vermisse es, mit ihm zu schlafen. Ich vermisse sogar das Gefühl, ihn zu vermissen. Weil er immer so lange gearbeitet hat, bin ich ihm manchmal entgegengerannt und in die Arme gesprungen, wenn er spätabends endlich zur Tür reinkam. Ich vermisse das glückliche Lächeln, das dann immer auf seinem Gesicht lag.

An diesen Tagen, an denen ich mich nicht stark gefühlt habe,

habe ich mir immer gewünscht, meine Mutter wüsste, was los ist, und ich könnte mit ihr über alles reden. Wie oft war ich kurz davor, einfach zu ihr zu fahren, mich neben sie auf die Couch zu setzen und mich an sie zu schmiegen. Sie hätte mir die Haare hinter die Ohren gestrichen und mir gesagt, dass sicher alles gut wird. Auch erwachsene Frauen brauchen manchmal den Trost ihrer Mutter, um sich ein bisschen davon erholen zu können, immer stark sein zu müssen.

Nachdem ich vor dem Haus geparkt habe, bleibe ich noch gute fünf Minuten im Wagen sitzen, bis ich es schaffe, hineinzugehen. Ich hasse es, ihr sagen zu müssen, was passiert ist, weil ich weiß, dass es auch ihr das Herz brechen wird. Ich wünschte, ich müsste ihr nicht gestehen, dass ich einen Mann geheiratet habe, der in seinen schlechtesten Momenten Ähnlichkeit mit meinem Vater hat. Ich wünschte, ich müsste sie nicht traurig machen.

Als ich ins Haus komme, steht sie in der Küche und schichtet die Lasagne in die Auflaufform. Um den Augenblick der Wahrheit noch ein wenig aufzuschieben, behalte ich meine Strickjacke erst einmal an.

»Hallo, Liebes«, ruft sie mir über die Schulter zu.

Ich gebe ihr einen Kuss auf die Wange und warte, während sie Käse auf die oberste Schicht streut. Als die Lasagne im Ofen ist, gehen wir zum Tisch und setzen uns. Mom lehnt sich zurück und trinkt einen Schluck Tee.

Sie lächelt, was mir einen schmerzhaften Stich versetzt, weil ich weiß, dass ich dieses Lächeln gleich zum Verschwinden bringen werde.

»Lily?« Sie sieht mich an. »Ich muss dir was sagen.«

Das bringt mich etwas aus dem Konzept. Schließlich bin ich gekommen, um *ihr* etwas zu sagen. Ich war nicht auf Geständnisse von ihr vorbereitet.

»O...kay. Was denn?«, frage ich zögernd.

Sie umklammert das Teeglas mit beiden Händen. »Ich habe jemanden kennengelernt.«

Ich sehe sie mit offenem Mund an.

»Wirklich?«, sage ich dann und schüttle den Kopf. »Das ist ...« Ich will *gut* sagen, mache mir aber sofort Sorgen, dieser Jemand könnte womöglich wieder ein Mann vom Typ meines Vaters sein. Sie ahnt wohl, was ich denke, stellt das Glas hin und greift nach meinen Händen.

»Er ist ein guter Mann, Lily. Da bin ich mir ganz sicher.«

Als ich das Glück in ihrem Blick sehe, hoffe ich umso mehr, dass sie recht hat. »Wow«, sage ich. »Toll. Und wann lerne ich ihn kennen?«

»Wenn du möchtest, gleich heute Abend«, sagt sie. »Ich kann ihn fragen, ob er zum Essen kommt.«

»Nein«, flüstere ich. »Heute ist kein guter Tag.«

Der Griff ihrer Hände verfestigt sich, als sie begreift, dass ich hier bin, um ihr etwas Wichtiges mitzuteilen. Ich beschließe, mit der guten Neuigkeit anzufangen, und stehe auf, um mir die Jacke auszuziehen. Als sie mich fragend ansieht, nehme ich ihre Hand und lege sie auf meinen Bauch. »Du wirst Großmutter.«

Ihre Augen weiten sich, und sie ist kurz sprachlos, dann springt sie auf, um mich zu umarmen. »Lily!«, sagt sie unter Tränen. »Meine Güte!« Sie hält mich ein Stück von sich weg und strahlt. »Das ging aber schnell. Hattet ihr das geplant? Ihr seid doch noch gar nicht so lange verheiratet.«

Ich schüttle den Kopf. »Nein. Eigentlich habe ich ja auch die Pille genommen. Als ich erfahren habe, dass ich schwanger bin, war das erst mal ein ganz schöner Schock, das kannst du mir glauben.«

Sie drückt mich noch einmal an sich, dann setzen wir uns wieder. Ich versuche zu lächeln, aber es ist nicht das Lächeln einer glücklichen werdenden Mutter, und das erkennt sie sofort.

»Liebes?«, sagt sie eindringlich. »Was ist los?«

Bis zu diesem Moment habe ich gekämpft, um stark zu bleiben, wenn andere Menschen um mich herum waren. Aber jetzt sitze ich vor meiner Mutter und sehne mich danach, endlich schwach sein zu dürfen. Ich will einfach nur einen kurzen Moment lang die Verantwortung abgeben. Will, dass sie das Ruder übernimmt und mir sagt, dass alles gut wird. Und als ich in der nächsten Sekunde schluchzend in ihren Armen liege, tue ich genau das. Ich lasse mich fallen, weil sie da ist, um mich zu halten.

Und dann fange ich an zu erzählen. Die Details erspare ich ihr und beschränke mich auf das Wichtigste. Dass es mehrere Situationen gab, in denen Ryle mir gegenüber gewalttätig wurde, und dass ich nicht weiß, wie es jetzt weitergehen soll. Dass ich Angst habe, das Kind ohne Vater aufzuziehen. Dass ich Angst habe, die falsche Entscheidung zu treffen. Dass ich Angst habe, einen Fehler gemacht zu haben, indem ich ihn nicht angezeigt habe. Dass ich Angst habe, zu empfindlich zu sein und womöglich überzureagieren, obwohl in Wirklichkeit vielleicht alles gar nicht so schlimm war. Ich sage ihr all das, was ich mir aus Feigheit bisher selbst so nie eingestanden habe.

Als ich mich schließlich erschöpft zurücklehne, steht sie auf, um ein paar Servietten aus der Küche zu holen. Nachdem wir unsere Tränen getrocknet haben, knüllt sie ihre Serviette zusammen und rollt sie zwischen den Handflächen zu einer Kugel. Sie denkt nach.

»Willst du ihn wieder zurücknehmen?«, fragt sie schließlich.

Ich sage nicht *Ja*. Aber *Nein* sage ich auch nicht.

Zum ersten Mal, seit es passiert ist, bin ich vollkommen ehrlich – sowohl ihr als auch mir selbst gegenüber. Vielleicht hat das etwas damit zu tun, dass meine Mutter die Einzige ist, die ich kenne, die etwas Vergleichbares durchgemacht hat und nachvollziehen kann, was in mir vorgeht. Die Einzige, die verstehen kann, wie unendlich durcheinander ich bin.

Ich schüttle den Kopf und zucke gleichzeitig mit den Schultern. »Einerseits spüre ich, dass ich nie mehr in der Lage sein werde, ihm zu vertrauen. Andererseits trauere ich um das, was wir hatten. Ryle und ich waren so gut zusammen, Mom. Ich habe einige der schönsten Zeiten meines Lebens mit ihm verbracht. Und manchmal denke ich, dass … dass ich das alles nicht einfach so wegwerfen möchte.«

Ich drücke mir die Serviette auf die Augen. »Manchmal … in Momenten, in denen ich ihn wirklich sehr vermisse … sage ich mir, dass es vielleicht gar nicht so schlimm war, wie es mir an dem Abend vorkam. Ryle hat so viele gute Seiten, Mom. Vielleicht muss ich ja einfach nur lernen, auch mit seiner schlimmen Seite zu leben, statt ihn gleich ganz aufzugeben.«

Sie legt ihre Hand auf meine und streichelt mit dem Daumen darüber. »Ich weiß genau, was du meinst, Lily. Aber bei jedem Menschen gibt es eine Grenze, und ich finde es ganz wichtig, dass du deine Grenze nicht aus den Augen verlierst. Lass bitte nicht zu, dass sie sich verschiebt.«

Als sie meine verwirrte Miene sieht, drückt sie meine Hand noch einmal und lässt sie dann los.

»Wir alle sind bereit, bestimmte Verhaltensweisen an unserem Partner bis zu einem gewissen Punkt zu akzeptieren. Das ist die Grenze, von der ich spreche. Sobald sie überschritten wird, ist das ein Trennungsgrund. Als ich deinen Vater geheiratet habe, wusste ich sehr gut, wo meine Grenze lag. Aber mit jedem Vorfall hat sie sich fast unmerklich verschoben. Stück für Stück und dann immer noch ein bisschen mehr. Als dein Vater das erste Mal zugeschlagen hat, hat er sich hinterher sofort entschuldigt und mir geschworen, dass es nie mehr vorkommen wird. Beim zweiten Mal war er noch verzweifelter und hat mich immer wieder um Verzeihung angefleht. Beim dritten Mal hat er mich nicht nur geschlagen – er hat mich verprügelt. Und ich habe ihn trotzdem wieder zurückgenommen. Beim vierten Mal war es bloß eine Ohrfeige. Ich kann mich noch gut erinnern, dass ich erleichtert war und dachte: ›Das war viel weniger schlimm als bei den Malen davor.‹«

Ich muss wieder weinen und auch ihr laufen die Tränen übers Gesicht.

»Jedes Mal, wenn du ihm verzeihst, reißt du ein Stück deiner Grenze ein, Lily.« Meine Mutter wischt sich mit der Serviette über die Augen. »Jedes Mal, wenn du dich dafür entscheidest, bei ihm zu bleiben, machst du es schwerer, beim nächsten Mal zu gehen. Irgendwann verlierst du deine Grenze ganz aus den Augen, weil du dir sagst: ›Jetzt habe ich es schon fünf Jahre ausgehalten, da werde ich es auch noch fünf weitere schaffen.‹«

Sie greift wieder nach meinen Händen. »Mach nicht denselben Fehler wie ich, Lily. Ich weiß, dass du davon überzeugt bist, dass er dich liebt, und das tut er bestimmt auch. Aber er liebt dich nicht auf die richtige Art – nicht so, wie du es verdienst. Würde Ryle dich richtig lieben, würde er nicht zulassen, dass du zu ihm zurückkehrst, weil er nur so dafür sorgen kann, dass er dir wirklich nie wieder wehtut. *Das* wäre wahre Liebe, Lily.«

Es bricht mir das Herz, weil ich weiß, dass sie mir diesen Rat nur aus ihrer eigenen, bitteren Erfahrung heraus geben kann. »Ach Mom.« Ich ziehe sie in die Arme und drücke sie an mich.

Wie falsch ich doch mit meiner Befürchtung lag, ich würde mich rechtfertigen müssen, wenn ich ihr erzähle, was los ist. Der Gedanke, dass ich vielleicht von ihr lernen könnte, ist mir gar nicht gekommen. Jetzt muss ich mir eingestehen, dass ich sie all die Jahre über verkannt habe. Ich habe sie immer für schwach gehalten, dabei ist sie eine der stärksten Frauen, die ich kenne.

»Weißt du was, Mom?«, sage ich. »Ich will du sein, wenn ich mal groß bin.«

Sie streicht mir lachend eine Strähne aus der Stirn, und ihr Blick sagt mir, dass sie alles tun würde, um mich wieder glücklich zu sehen. Miterleben zu müssen, was ich durchmache, ist für sie vielleicht sogar schmerzhafter als das, was sie selbst erleben musste.

»Ich möchte dir etwas sagen, Lily.« Sie legt ihre Hand auf meine. »Erinnerst du dich noch, wie ich dich gebeten habe, die Trauerrede für deinen Vater zu halten? Ich weiß, dass du damals keinen Aussetzer hattest, Lily. Du standest vorne und hast dich geweigert zu lügen, weil dir nicht eine einzige Eigenschaft eingefallen ist, für die du deinen Vater bewundert hast. Ich war nie stolzer auf dich als in diesem Moment. Du warst der einzige Mensch, der jemals für mich eingetreten ist. Du hast Stärke gezeigt, als ich schwach war und Angst hatte.« Eine Träne rinnt ihr über die Wange, als sie sagt: »Sei *dieses* Mädchen, Lily. Sei mutig und unerschrocken.«

33.

»Aber was soll ich mit drei Kindersitzen fürs Auto?«

Allysa und ich haben es uns auf der Couch bequem gemacht und staunen über den Berg von Geschenken, die ich bekommen habe. Heute war die Babyparty, die sie für mich organisiert hat. Meine Mädels vom Blumenladen und ein paar Kolleginnen aus meiner alten Agentur sind gekommen. Sogar Devin hat es sich nicht nehmen lassen, mir persönlich zu gratulieren. Meine Mutter war da und Ryles Mutter ist sogar extra aus London eingeflogen. Sie hat sich ins Gästezimmer zurückgezogen und schläft ihren Jetlag aus. Es war ein richtig schöner Tag, obwohl es mir offen gestanden davor gegraut hat.

»Selbst schuld.« Allysa hat kein Mitleid. »Ich habe dich wochenlang bekniet, dass du eine Wunschliste ins Netz stellen sollst, um Doppelgeschenke zu vermeiden.«

»Ich schätze, ich muss Mom sagen, dass sie ihren zurückbringen soll«, seufze ich. »Sie hat mir sowieso schon viel zu viel gekauft.«

Ächzend hieve ich mich vom Sofa und reiße einen Müllsack von der Rolle, die auf dem Tisch liegt. »Na, dann lass uns die Beute mal verstauen.« Mittlerweile bin ich in der dreißigsten Woche, weshalb ich Allysa gerne die anstrengende Aufgabe überlasse, sich nach den Geschenken zu bücken, und mich damit begnüge, die Müllsäcke aufzuhalten, in denen wir sie unterbringen. Marshall hat versprochen, mir nachher beim Runtertragen zu helfen.

Eine halbe Stunde später ist er gerade schwer bepackt auf dem Weg nach unten, und ich mache mich auf, den nächsten Sack wenigstens zum Aufzug zu schleifen, damit er ihn nicht holen muss.

Als ich die Tür öffne, steht plötzlich Ryle vor mir.

Er sieht genauso geschockt aus, wie ich es bin. Aber das ist kein Wunder. Seit unserer Begegnung vor drei Monaten haben wir uns weder gesehen noch gesprochen.

Es war natürlich vorherzusehen, dass wir uns früher oder später im Treppenhaus oder bei Allysa über den Weg laufen würden – so oft, wie ich hier oben bin. Außerdem wusste er bestimmt von der Babyparty, schließlich ist seine Mutter nur deswegen gekommen. Vielleicht ist es also gar kein Zufall, dass er ausgerechnet jetzt vor der Tür steht.

»Soll der nach unten zu dir?« Er deutet auf den Sack, aus dem einer der Kindersitze ragt. »Lass mich das machen.«

Ich lasse ihn. Als er weg ist, gehe ich noch einmal rein, um mich von Allysa zu verabschieden. In dem Moment, in dem ich aus der Tür trete, kommen Ryle und Marshall gerade zurück.

Ryle greift wie selbstverständlich nach der letzten Tüte und folgt mir zur Tür. Ich sehe Marshalls fragenden Blick und nicke, um ihm zu signalisieren, dass das okay ist. Ich kann ihn nicht für immer aus dem Weg gehen. Irgendwann müssen wir sowieso darüber reden, wie es weitergehen soll.

Es sind nur ein paar Stockwerke, aber die Fahrt im Aufzug dauert eine gefühlte Ewigkeit. Wir sprechen beide kein Wort, doch ich sehe aus dem Augenwinkel, dass Ryle mehrmals unauffällig auf meinen Bauch schaut. Es muss schwer für ihn sein, dass er meine Schwangerschaft überhaupt nicht miterlebt.

Im Apartment bringt er die Tüte ins Kinderzimmer. Ich stehe in der Küche, spüle unnötigerweise irgendwelche Teller ab, die ich auch in die Maschine stellen könnte, und frage mich, wie ich es finde, dass er hier ist. Angst habe ich nicht vor ihm, aber ich bin doch ziemlich nervös. Obwohl die ganze Zeit klar war, dass wir dringend reden müssen, habe ich mich nicht wirklich darauf vorbereitet, und das bereue ich jetzt. Trotzdem ist es höchste Zeit. Ob ich will oder nicht, ich kann das Gespräch nicht länger vor mir herschieben.

Ich höre Schritte im Flur und drehe mich zur Tür. Ryle kommt in die Küche. Sein Blick fällt unwillkürlich wieder auf meinen Bauch, aber er schaut schnell wieder weg. »Soll ich das Babybett aufbauen, wenn ich schon mal hier bin?«

Wahrscheinlich sollte ich sein Angebot ausschlagen, aber er ist nun mal der Vater des Kindes, das in mir heranwächst, und es wäre dumm, mir nicht von ihm helfen zu lassen. »Ja, gerne.«

Er deutet auf die Wäschekammer. »Ist mein Werkzeugkasten noch da?«

Ich nicke, öffne den Kühlschrank und starre hinein, um Ryle nicht ansehen zu müssen, wenn er wieder durch die Küche geht. Sobald er im Kinderzimmer ist, schließe ich die Tür und presse die Stirn dagegen. Ich atme tief durch, während ich versuche, das Gefühlswirrwarr in mir zu verarbeiten.

Er sieht gut aus. Wir haben uns so lange nicht gesehen, dass ich vergessen hatte, *wie* gut er aussieht. Ich muss gegen mein Bedürfnis ankämpfen, ins Kinderzimmer zu laufen und mich in seine Arme zu werfen. Ich will seinen Mund auf meinem spüren. Ich will ihn sagen hören, wie sehr er mich liebt. Ich will, dass er neben mir liegt und seine Hand auf meinen Bauch legt, wie ich es mir so oft vorgestellt habe.

Es wäre so einfach. Mein Leben wäre so viel leichter, wenn ich ihm einfach verzeihen und ihn wieder zurücknehmen würde.

Mit geschlossenen Augen wiederhole ich stumm, was meine Mutter zu mir gesagt hat. »Würde Ryle dich richtig lieben, würde er nicht zulassen, dass du zu ihm zurückkehrst.«

Das ist das Einzige, was mich davon abhält, zu ihm zu laufen.

*****

Während er das Bett zusammenbaut, tue ich so, als wäre ich in der Küche beschäftigt. Irgendwann aber muss ich an ihm vorbei, weil mein Handy leer ist und das Ladekabel auf dem Nachttisch liegt. In der Tür zum Kinderzimmer bleibe ich stehen.

Das Bettchen ist fertig. Ryle hat sogar schon die Matratze und das Bettzeug hineingelegt. Die Hände aufs Gitter gestützt, starrt er hinein. Er scheint so tief in Gedanken versunken zu sein, dass er mich nicht bemerkt.

Denkt er an das Baby? An unser Kind, mit dem er nicht zusammenwohnen wird, wenn es in diesem Bettchen schläft?

Bis zu diesem Moment war ich mir nicht sicher, ob er am Leben seines Kindes überhaupt teilhaben möchte, aber der Ausdruck auf seinem Gesicht lässt keinen Zweifel daran. Ich habe selten so viel Traurigkeit in einem Blick gesehen und weiß, sie hat nichts mit mir, sondern nur mit unserem Kind zu tun.

Plötzlich sieht er auf, entdeckt mich und lockert die Schultern, als müsste er sich aus einer Trance lösen. »Fertig.« Er deutet auf das Bettchen. »Kann ich noch irgendwas für dich erledigen?«, fragt er, während er beginnt, sein Werkzeug wieder in die Kiste zu räumen.

»Nein, das war erst mal alles.« Ich bewundere das fertige Bett. »Vielen Dank.« Weil ich mich dagegen entschieden habe, das Geschlecht unseres Kindes vor der Geburt zu erfahren, habe ich mir ein neutrales Einrichtungskonzept für das Zimmer überlegt. Die Bettwäsche ist mit bunten Blumen, Büschen und Bäumen bedruckt und aus dem gleichen Stoff wie die Vorhänge, die schon am Fenster hängen. In den nächsten Tagen will ich noch einen Garten mit viel Grün an die Wand malen und zusätzlich auch noch echte Pflanzen ins Zimmer stellen. Ich sehe mich lächelnd um und freue mich, dass meine Vision allmählich Gestalt annimmt. Ryle hat sogar schon das Mobile zusammengesteckt und aufgehängt, das ich heute geschenkt bekommen habe. Ich ziehe die Spieluhr auf und lausche Brahms Wiegenlied. »Guten Abend, gute Nacht …« Als die Melodie verklungen ist, sehe ich Ryle an, der ein paar Meter neben mir steht und mich stumm beobachtet.

Ich denke darüber nach, wie schnell Menschen ein Urteil über andere fällen, ohne etwas über ihre Situation zu wissen. Ich selbst habe jahrelang über meine Mutter geurteilt.

Von außen sagt es sich so leicht, dass man seinen Partner sofort verlassen würde, wenn er einen schlecht behandelt. Es sagt sich so leicht, dass man jemanden unter diesen Umständen niemals weiterlieben könnte, wenn man die Liebe des anderen nicht spürt.

Aber jetzt, wo ich mich selbst in genau dieser Situation wiederfinde, stelle ich fest, wie schwierig es ist, jemanden zu hassen, der einem Schlimmes angetan hat, wenn er einen ansonsten auf Händen trägt.

In Ryles Augen leuchtet ein Funke Hoffnung auf, und ich verfluche mich dafür, dass er mir anscheinend sofort angesehen hat, dass mein Schutzwall durchlässig wurde. Er kommt langsam auf mich zu, und ich weiß, dass er mich gleich an sich ziehen und umarmen wird, deswegen trete ich schnell einen Schritt zurück.

Der Schutzwall ist wieder undurchdringlich.

Ryle verbirgt seine Enttäuschung hinter einer unbewegten Miene, bückt sich nach seinem Werkzeugkoffer und greift nach der Verpackung des Bettchens. »Die werfe ich gleich weg«, sagt er und geht aus dem Raum. »Falls du noch mal bei irgendetwas meine Hilfe brauchst, lass es mich wissen, ja?«

Nachdem die Apartmenttür hinter ihm zugefallen ist, drehe ich mich zu dem Bett und meine Augen füllen sich wieder mit Tränen. Aber diesmal weine ich nicht meinetwegen und auch nicht wegen des Babys.

Ich weine für Ryle. Auch wenn er sich selbst in diese Lage gebracht hat, spüre ich, wie sehr er darunter leidet. Und wenn man jemanden liebt, macht es einen traurig, ihn traurig zu sehen.

Wir haben nicht darüber gesprochen, wie wir die Trennung organisieren sollen oder ob es womöglich doch noch eine Chance zur Versöhnung gibt. Wir haben ja noch nicht einmal darüber gesprochen, was sein wird, wenn das Baby in zehn Wochen zur Welt kommt.

Aber ich bin jetzt einfach noch nicht bereit für dieses Gespräch und deswegen wird Ryle noch ein bisschen länger Geduld mit mir haben müssen.

Die Geduld, die er mir schuldet, weil er sie in anderen Situationen nicht hatte.

34.

Ich habe gerade im Bad die Pinsel ausgewaschen und gehe ins
Kinderzimmer zurück, um mein Werk zu bewundern, an dem
ich fast zwei ganze Tage lang gearbeitet habe.

Es ist zwei Wochen her, seit Ryle das Bettchen zusammen-
gebaut hat, aber erst jetzt, wo das Wandbild fertig ist und ich
Pflanzen besorgt habe, sieht der Raum so aus, wie ich ihn mir
die ganze Zeit erträumt hatte. Ich bin nur ein bisschen traurig,
dass niemand da ist, dem ich ihn zeigen kann und der meine
Freude teilt. Aber das lässt sich ändern.

Ich: **Die Wand ist fertig! Komm schnell runter und
schau sie dir an.**

Allysa: **Hey, gratuliere! Bin leider gerade unterwegs.
Aber ich komme morgen.**

Na gut, dann eben nicht. Vielleicht hat meine Mutter Zeit. Ich
bin mir sicher, dass sie es sich gern anschen würde.

Ich: **Möchtest du heute noch mal in die Stadt
kommen? Das Kinderzimmer ist endlich fertig!**

Mom: **Ach, wie schade. Ich kann nicht. Wir haben
heute Abend eine Aufführung in der Schule.
Aber morgen komme ich. Ich bin schon SEHR
gespannt!**

Ich setze mich auf das kleine Sofa, denke einen Moment nach und tue dann etwas, von dem ich genau weiß, dass ich es lieber lassen sollte.

Ich: **Das Kinderzimmer ist fertig. Willst du es dir anschauen?**

Jeder Nerv in meinem Körper vibriert, als ich die Nachricht losschicke. Ich starre auf das Display, bis nach ein paar Sekunden seine Antwort kommt.

Ryle: **Unbedingt. Bin schon auf dem Weg nach unten.**

Hektisch stemme ich mich hoch und laufe im Zimmer herum, um noch letzte Handgriffe zu tun, die bunten Kissen auf dem Sofa aufzuschütteln und eines der Bilder an der Wand gerade zu rücken. Als ich eben auf dem Weg durch den Flur bin, höre ich Ryle schon klopfen. Ich öffne die Tür und, *verdammt ... er hat OP-Kleidung an.*

»Hey.« Ich trete zur Seite, um ihn reinzulassen.

»Allysa hat mir erzählt, dass du ein Wandgemälde malst.«

»Ich habe zwei Tage daran gearbeitet, gerade eben ist es fertig geworden«, erzähle ich stolz, während wir zum Kinderzimmer gehen. »Jetzt fühle ich mich, als wäre ich einen Marathon gelaufen, dabei bin ich nur ein paarmal eine Leiter rauf- und runtergeklettert.«

Er sieht mich besorgt an, dabei hat er wirklich keinen Grund, sich Gedanken zu machen. Mein Bauch wird zwar immer größer, aber ansonsten fühle ich mich topfit.

»Wahnsinn!« Ryle bleibt in der Tür stehen und betrachtet den Garten, den ich auf die gegenüberliegende Wand gezaubert habe. An den Bäumen und Sträuchern und in den Beeten wachsen sämtliche Früchte, Gemüsesorten und Blumen, die mir eingefallen sind. Man kann eigentlich nicht behaupten, dass ich besonders viel künstlerisches Talent hätte, aber es ist erstaunlich, was man mit einem Projektor und Acrylfarben alles zustande bringen kann.

»Wahnsinn«, sagt Ryle noch einmal.

Ich strahle, weil ich seiner Stimme anhöre, dass er wirklich beeindruckt ist. Kopfschüttelnd geht er ins Zimmer und sieht sich alles ganz genau an. »Lily. Das ist … unglaublich.«

Wenn er Allysa wäre, würde ich jetzt in die Hände klatschen und auf und ab springen, aber er ist Ryle, und nach allem, was zwischen uns passiert ist, fände ich das ziemlich unpassend.

Er geht zum Fenster, vor das ich eine Babyschaukel gestellt habe, und gibt ihr einen kleinen Schubs.

»Sie schaukelt nicht nur vor und zurück, sondern auch seitwärts«, erkläre ich. Ich weiß nicht, ob er überhaupt weiß, was eine Babyschaukel ist, aber ich finde das ziemlich cool.

»Toll.« Am Wickeltisch zieht er eine Windel aus dem Spender, faltet sie auf und hält sie vor sich. »Die ist so winzig«, sagt er. »Ich kann mich gar nicht erinnern, dass Rylee mal so klein war.«

Ich spüre einen Stich. Wir haben uns am Tag von Rylees Geburt getrennt, weswegen ich die beiden nie miteinander erlebt habe.

Ryle faltet die Windel wieder zusammen und steckt sie zurück. Als er sich zu mir umdreht, lächelt er und macht eine Geste, die den ganzen Raum umfasst. »Das ist echt toll, Lily«, sagt er. »Alles. Du machst das wirklich …« Er lässt den Arm sinken und sein Lächeln erlischt. »Du machst das wirklich gut.«

Plötzlich fühlt es sich an, als wäre alle Luft aus dem Kinderzimmer entwichen. Mir fällt es schwer, Atem zu holen, und aus irgendeinem Grund steigen mir die Tränen in die Augen. Vielleicht weil das jetzt gerade ein wirklich schöner Moment ist und es mich traurig macht, dass wir nicht die gesamten neun Monate hindurch solche Momente miteinander erleben konnten. Es ist ein gutes Gefühl, die Vorfreude mit ihm teilen zu können, aber ich habe auch Angst, ihm womöglich falsche Hoffnungen zu machen.

Wie soll es jetzt weitergehen, nachdem er das Kinderzimmer gesehen hat? Natürlich gäbe es eine Menge zu besprechen, aber ich habe keine Ahnung, wo ich anfangen soll … oder wie.

Entschlossen gehe ich zum Schaukelstuhl und setze mich hinein. »Nackte Wahrheit?«, frage ich und sehe zu ihm auf.

Ryle atmet schwer aus und nickt, dann setzt er sich mir gegenüber auf das kleine Sofa. »Ja, bitte. Bitte sag mir, dass du endlich so weit bist, darüber zu reden.«

Seine Reaktion erleichtert mich etwas. Ihm ist also klar, dass es dringenden Redebedarf gibt. Die Arme um meinen Bauch gelegt, beuge ich mich vor. »Du zuerst.«

Er schiebt die Hände zwischen die Knie und sieht mich mit so viel Ernst und Aufrichtigkeit an, dass ich wegschauen muss.

»Ich weiß nicht, was du von mir erwartest, Lily. Ich weiß nicht, welche Rolle du dir für mich vorstellst. Ich versuche, dir den Raum zu lassen, den du brauchst, aber gleichzeitig ist mein Bedürfnis, mitzuhelfen und meinen Teil beizutragen, viel größer, als du wahrscheinlich ahnst. Ich will im Leben unseres Kinds präsent sein. Und … ich wäre auch gern dein Ehemann … Ich würde alles tun, um dir ein guter Mann zu sein. Aber ich habe überhaupt keine Ahnung, wie du darüber denkst.«

Schuldgefühle steigen in mir auf. Trotz allem, was vorgefallen ist, ist Ryle der Vater des Kindes und wird es immer bleiben. Er hat Rechte, ganz egal, wie ich darüber denke. Und tatsächlich möchte ich ja auch, dass er unserem Kind ein Vater ist. Ein guter Vater. Gleichzeitig habe ich Angst und weiß, dass ich sie ansprechen muss.

»Ich würde dich niemals von deinem Kind fernhalten, Ryle.

Im Gegenteil. Es macht mich total glücklich, dass du an seinem Leben teilhaben willst, aber …«

Er beugt sich vor und vergräbt das Gesicht in den Händen.

»Was wäre ich denn für eine Mutter, wenn ich mir nach allem, was passiert ist, nicht auch Sorgen darüber machen würde, ob du es schaffst, dich immer im Griff zu haben? Wie kann ich darauf vertrauen, dass du nicht irgendwann aus irgendeinem Grund ausrastest, wenn du mit dem Kind allein bist?«

Ich sehe ihm an, dass ich ihn gerade mitten ins Herz getroffen habe. Er schüttelt heftig den Kopf. »Lily, nein. Um Gottes willen, glaub mir, ich würde niemals …«

»Ich weiß, Ryle«, unterbreche ich ihn. »Du würdest deinem Kind niemals absichtlich etwas antun wollen. Ich glaube auch nicht, dass du dir vorher überlegt hast, was du tust, als du deinen Kopf gegen meinen geknallt hast, aber du hast es trotzdem getan. Ich will dir ja glauben, dass du unserem Kind niemals etwas antun würdest. Mein Vater ist bis auf eine Ausnahme auch nur meiner Mutter gegenüber handgreiflich geworden. Es gibt viele Menschen, die ihren Partner misshandeln, aber anderen gegenüber nie die Nerven verlieren. Wie gesagt … Ich glaube dir. Aber du musst auch verstehen, dass mein Vertrauen in dich gerade nicht besonders groß ist. Du brauchst keine Angst zu haben, dass ich dir den Kontakt zu deinem Kind verbieten würde, falls du das befürchtest. Aber du musst Geduld mit mir haben und das Vertrauen wieder aufbauen, das du zerstört hast.«

Ryle hebt den Kopf. »Ich werde alles tun, worum du mich bittest«, sagt er ernst. »Absolut alles. *Du* stellst die Bedingungen, das ist klar.« Er legt die Handflächen aneinander und presst die Lippen zusammen. Ich sehe ihm an, dass er noch etwas sagen will, aber nicht weiß, ob er es tun soll.

»Wenn du noch etwas besprechen möchtest, dann tu es jetzt. Wer weiß, wann die nächste Gelegenheit dafür ist.«

Er legt den Kopf in den Nacken und sieht zur Decke. Entweder denkt er darüber nach, wie er seine Frage formulieren soll, oder er hat Angst vor meiner Antwort.

»Was … wird aus uns?«, flüstert er.

Ich seufze. Obwohl ich die Frage erwartet habe, fällt es mir schwer, sie zu beantworten. Weil ich keine Antwort darauf habe. Uns bleiben im Grunde nur zwei Optionen: Scheidung oder Versöhnung. Im Augenblick kann ich mir aber weder das eine noch das andere vorstellen.

Ich sehe ihn an. »Wenn ich heute eine Entscheidung treffen müsste, würde ich wahrscheinlich sagen, dass ich die Scheidung will«, sage ich leise. »Aber wenn ich ehrlich bin, habe ich das Gefühl, dass ich gerade so vor Schwangerschaftshormonen überquelle, dass ich gar nicht wirklich beurteilen kann, was ich will. Deswegen denke ich, dass ich bis zur Geburt des Babys warten muss, bevor ich mich endgültig entscheide. Alles andere wäre nicht fair.«

Ryle atmet die Luft aus, die er angehalten hat, und steht auf. »Ich danke dir«, sagt er. »Danke, dass du mir das Zimmer gezeigt hast und dass wir dieses Gespräch geführt haben. Ich wollte schon die ganze Zeit noch einmal vorbeikommen und mit dir über alles reden, habe mich aber nicht getraut. Ich wusste nicht, wie du reagieren würdest.«

»Es war gut, dass du mir Zeit gelassen hast«, sage ich und versuche, mich aus dem Schaukelstuhl hochzustemmen. Es ist wirklich absurd, wie schwer und unbeweglich ich mittlerweile geworden bin. Ryle kommt zu mir und hält mir die Hand hin.

Ich greife danach. Wie soll ich es bis zum Geburtstermin schaffen, wenn es mir jetzt schon schwerfällt, allein aus einem Stuhl hochzukommen?

Als ich es endlich geschafft habe, lässt Ryle meine Hand nicht sofort los. Ich halte die Luft an und wage es nicht, zu ihm aufzusehen, weil ich genau weiß, dass ich dann Dinge fühlen werde, die ich nicht fühlen möchte.

Er tastet nach meiner anderen Hand und verschränkt seine Finger mit meinen und ich spüre die Berührung bis tief in mein Herz. Alles in mir wird weich, ich lege den Kopf an seine Brust und schließe die Augen. Ich spüre, wie er seine Wange an meinen Kopf schmiegt, und so stehen wir einen Moment lang still da. Ich habe Angst, mich zu rühren, weil ich vielleicht zu schwach wäre, ihm zu widerstehen, wenn er versuchen würde, mich zu küssen. Er bewegt sich vielleicht nicht, weil er Angst hat, dass ich mich dann von ihm lösen würde.

Es kommt mir vor, als würden wir mindestens fünf Minuten so regungslos dastehen.

»Ryle«, sage ich schließlich leise. »Würdest du mir etwas versprechen?«

Er nickt.

»Bitte versuch nicht, mich dazu zu überreden, dir zu verzeihen, bevor das Baby da ist. Und bitte versuch nicht, mich zu küssen …« Ich hebe den Kopf, um ihn anzusehen. »Ich möchte einen Schritt nach dem anderen gehen, und im Moment ist es das Wichtigste, dieses Baby zur Welt zu bringen. Mehr kann ich gerade nicht bewältigen, und deswegen möchte ich nicht zusätzlich unter Druck gesetzt werden, indem du irgendwelche Entscheidungen von mir verlangst.«

Ryle drückt beruhigend meine Hände. »Ein lebensverändernder Schritt nach dem anderen. Verstanden.«

Ich bin sehr froh, dass wir dieses Gespräch endlich geführt haben. Obwohl nichts entschieden ist, ist mir, als könnte ich jetzt leichter atmen.

Er lässt meine Hände los und deutet zur Tür. »Ich muss zum Nachtdienst. Wenn ich mich nicht beeile, komme ich zu spät.«

Erst nachdem ich ihn nach draußen gebracht und die Tür hinter ihm geschlossen habe, merke ich, dass ich lächle.

Ich bin immer noch wahnsinnig unglücklich und wütend darüber, dass er uns überhaupt in diese Situation gebracht hat, deswegen ist mein Lächeln wahrscheinlich einfach nur darauf zurückzuführen, dass wir einen kleinen Fortschritt gemacht haben. Gute Eltern müssen in der Lage sein, sich offen miteinander auseinanderzusetzen, um gemeinsam eine Lösung zu finden, die das Beste für ihr Kind ist.

Wie beruhigend, dass Ryle und ich genau das lernen, bevor unser Kind auf der Welt ist.

35.

Es duftet nach Toast.

Ich räkle mich im Bett und lächle, weil Ryle weiß, wie gern ich goldbraunen Toast zum Frühstück esse. Trotzdem bleibe ich noch einen Moment liegen, bevor ich aufstehe. Ich fühle mich wie ein gestrandeter Wal, der eigentlich ein paar Helfer bräuchte, um aus dem Bett gewälzt zu werden. Nachdem ich stumm bis drei gezählt habe, hole ich tief Luft, schiebe meine Beine über den Rand der Matratze und stemme mich hoch.

Und dann gehe ich erst mal pinkeln. Das ist jetzt nämlich eine meiner Hauptbeschäftigungen. Der errechnete Geburtstermin ist in zwei Tagen, aber meine Ärztin hat mich schon darauf vorbereitet, dass das nur eine ungefähre Einschätzung ist. Es könnte also durchaus auch länger dauern, bis das Baby kommt. Seit letzter Woche bin ich offiziell im Mutterschaftsurlaub, was bedeutet, dass mein Leben jetzt mehr oder weniger aus Fernsehen und Pinkeln besteht.

Nachdem ich mich frisch gemacht und angezogen habe, watschle ich in die Küche, wo Ryle am Herd steht und Rührei brät. »Guten Morgen.« Er wirft einen Blick über die Schulter. »Noch kein Baby?«

Ich schüttle den Kopf und streiche über meinen prall gespannten Bauch. »Nein, dafür war ich letzte Nacht bestimmt neunmal pinkeln.«

»Hey, das ist ein neuer Rekord, oder?« Er lacht, stellt mir

einen Teller mit Ei, gebratenem Speck und Toast hin und drückt mir einen Kuss auf die Schläfe. »Ich muss los, bin schon spät dran. Aber ich lasse mein Handy an.«

Mir läuft das Wasser im Mund zusammen, als ich mein Frühstück betrachte. *Okay, essen gehört auch zu den Dingen, die ich noch mache. Pinkeln. Essen. Fernsehen.*

Ich bedanke mich, gehe mit meinem Teller ins Wohnzimmer, setze mich auf die Couch und schalte den Fernseher an. Ryle läuft herum und sammelt seine Sachen zusammen.

»Ich komme mittags vorbei, um nach dir zu sehen und dir was zu essen vorbeizubringen. Falls irgendwas dazwischenkommt, schicke ich Allysa runter, okay?«

Ich verdrehe die Augen. »Es geht mir gut, Ryle. Die Ärztin hat nur gesagt, ich soll mich nicht überanstrengen, nicht dass ich unter ständiger Beobachtung stehen muss.«

Ryle bleibt an der Tür stehen, als hätte er etwas vergessen, kommt zu mir zurück, beugt sich vor und drückt einen Kuss auf meinen Bauch. »Ich verdopple deinen Unterhalt, wenn du beschließt, heute schon rauszukommen«, sagt er.

Er spricht viel mit unserem Baby. Nachdem wir uns wieder etwas angenähert haben, habe ich vor zwei Wochen zum ersten Mal seine Hand genommen und ihn die Bewegungen unseres Kindes in meinem Bauch spüren lassen. In letzter Zeit ist er regelmäßig hier, um mir Essen vorbeizubringen oder aufzuräumen. Er spricht fast mehr mit meinem Bauch als mit mir, aber das finde ich genau richtig so. Es macht mich glücklich, dass er sich so darauf freut, Vater zu werden.

Gähnend greife ich nach der Decke, mit der Ryle auf der Couch geschlafen hat, und wickle mich darin ein. Seit einer Woche bleibt er auch über Nacht hier, damit ich nicht allein bin, falls die Wehen einsetzen. Anfangs war ich nicht wirklich überzeugt von seinem Vorschlag, aber ich muss zugeben, dass ich seitdem entspannter schlafe. Eigentlich könnte er auch in unserem ehemaligen Schlafzimmer übernachten, weil ich immer noch im Gästezimmer schlafe, aber aus irgendeinem Grund hat er sich für die Couch entschieden. Anscheinend setzt ihm der Gedanke an das, was in diesem Zimmer vorgefallen ist, genauso zu wie mir.

Die letzten Wochen mit ihm haben mich zuversichtlich gestimmt. Abgesehen davon, dass wir natürlich keine körperliche Beziehung haben, fühlt es sich ein bisschen so an wie früher. Ryle arbeitet viel, aber an seinen freien Abenden kochen wir oft zu viert oben bei Allysa und Marshall oder lassen uns etwas kommen. Allerdings vermeide ich alles, was ihm das Gefühl geben könnte, ich würde uns als Paar betrachten. Wir essen nie nur zu zweit und unternehmen auch nichts zusammen. Mein Entschluss, mich auf einen lebensverändernden Schritt nach dem anderen zu konzentrieren, steht nach wie vor. Bevor das Baby nicht auf der Welt ist und sich mein Hormonhaushalt wieder normalisiert hat, weigere ich mich, darüber nachzudenken, wie es mit Ryle und mir weitergehen könnte. Gut möglich, dass das nur eine Ausrede ist, um eine Entscheidung hinauszuzögern, aber das Recht nehme ich mir jetzt einfach. Schwangere dürfen ruhig ein bisschen egoistisch sein.

Als ich mein Handy klingeln höre, lasse ich den Kopf zurückfallen und stöhne, weil es in der Küche liegt. Und die befindet sich ungefähr zehn Meter weit weg.

Aber gut. Mühsam stemme ich mich von der Couch hoch … oder versuche es zumindest, aber es ist zwecklos. Ich schaffe es nicht.

Mit zusammengebissenen Zähnen starte ich Versuch Nummer zwei. Ohne Erfolg. Beim dritten Anlauf klappt es dann endlich. Ich beuge mich vor, halte mich an der Armlehne des Sessels fest und hieve mich mit einem schnellen Ruck auf die Füße.

Mist, beim Aufstehen ist mein Wasserglas umgekippt, und

jetzt ist meine Jogginghose nass geworden. Ich stöhne genervt, dann schnappe ich nach Luft.

Da stand gar kein Glas Wasser.

Oh. Mein. Gott.

Ungläubig blicke ich an mir herunter und spüre, wie mir irgendeine Flüssigkeit die Beine hinabläuft. Mein Handy klingelt immer noch. Breitbeinig watschle ich in die Küche, greife danach und halte es mir ans Ohr.

»Hallo?«

»Hey, ich bin's, Lucy! Ganz kurze Frage. Die roten Rosen, die wir bestellt hatten, kamen total zerdrückt hier an, aber heute ist die Levenberg-Beerdigung, und die haben ausdrücklich rote Rosen geordert. Haben wir für solche Fälle einen Notfallplan?«

»Ja, ruf den Laden am Broadway an. Die schulden uns noch einen Gefallen.«

»Okay, cool. Danke.«

Ich will gerade auflegen, da sagt Lucy: »Ach so, noch was.«

Ich seufze unhörbar. »Ja?«

»Wegen der Rechnungen. Soll ich das Geld heute überweisen oder warten, bis du …«

»Du kannst warten, das ist okay.«

»Alles klar. Und dann …«

»Lucy«, unterbreche ich sie ruhig. »Können wir das vielleicht morgen besprechen? Ich glaube, meine Fruchtblase ist gerade geplatzt.«

Eine Sekunde herrscht Stille in der Leitung, dann sagt sie: »Oh. OH! Oh mein Gott! Viel Glück!«

Ich drücke sie weg, als die erste Schmerzwelle mit solcher Heftigkeit durch meinen Unterleib schießt, dass ich nach Atem ringe. Mit einer Hand stütze ich mich an der Theke ab, mit der anderen scrolle ich durchs Nummernverzeichnis, um Ryle anzurufen. Er meldet sich sofort.

»Muss ich umdrehen?«

»Ja, bitte.«

»Oh Gott. Wirklich? Ist es so weit?«

»Ja!«

»Lily!«, ruft er aufgeregt, und im nächsten Moment ist die Leitung tot.

Meine Kliniktasche ist schon lange gepackt, aber ich möchte mich dringend noch umziehen. So schnell ich kann, steige ich unter die Dusche. Die zweite Schmerzwelle folgt etwa zehn Minuten nach der ersten. Ich presse beide Hände auf den Bauch, beuge mich vor und lasse heißes Wasser auf meinen Rücken prasseln. Als die Wehe abklingt, höre ich, wie die Badezimmertür aufgerissen wird.

»Du bist unter der Dusche?«, ruft Ryle entgeistert. »Lily, komm da raus! Lass uns fahren.«

»Gib mir ein Handtuch.«

Er hält mir eins hin, und ich wickle mich darin ein, bevor ich aus der Kabine steige. Irgendwie ein merkwürdiges Gefühl, meine Nacktheit vor meinem eigenen Mann zu verbergen.

Das Handtuch ist sowieso viel zu klein. Ich raffe es über meinen Brüsten zusammen, aber darunter klafft es weit auf.

Die nächste Wehe rollt heran. Ryle hält meine Hand und hilft mir, den Schmerz wegzuatmen, danach stützt er mich und führt mich ins Gästezimmer. Ich bin gerade dabei, frische Sachen aus dem Schrank zu holen, als ich bemerke, wie er auf meinen Bauch blickt. Auf seinem Gesicht liegt ein Ausdruck, den ich nicht deuten kann.

Ich verharre mitten in der Bewegung und wir sehen uns an.

Er holt tief Luft, dann wandert sein Blick wieder zu meinem Bauch zurück. »Du bist so schön, Lily«, flüstert er.

Ich spüre einen Schmerz, der nichts mit den Wehen zu tun hat. Mir wird bewusst, dass er gerade zum allerersten Mal meinen nackten Babybauch gesehen hat. Mein Mann hat zum ersten

Mal gesehen, wie mein Körper aussieht, in dem unser Kind heranwächst.

Ich gehe zu ihm, nehme seine Hand und lege sie auf meinen Bauch. Er lächelt mich an und streichelt sanft mit dem Daumen auf und ab. Es ist ein wunderschöner Moment.

»Danke, Lily.«

Ich spüre die Dankbarkeit in seiner Berührung und in seinem tiefen Blick. Nicht für diesen speziellen Moment oder einen irgendwann vorher. Er dankt mir für alle Momente mit seinem Kind, die ich ihm schenke.

»Scheiße!« Ich krümme mich und stöhne. »Oh Gott, tut das weh!«

Der Moment ist vorbei.

Ryle hält mir die Sachen hin und hilft mir, mich anzuziehen. Er greift nach meiner Tasche und führt mich zum Aufzug. Ganz langsam. Die nächste Wehe erfasst mich, bevor wir dort angekommen sind.

»Du solltest Allysa anrufen«, sage ich ihm, als wir aus der Tiefgarage fahren.

»Jetzt konzentriere ich mich erst mal darauf, dich sicher in die Klinik zu bringen. Ich rufe sie an, wenn wir dort sind. Und deiner Mutter gebe ich dann auch gleich Bescheid.«

Ich nicke und halte die Luft an. Das Baby scheint ziemlich ungeduldig zu sein, es fühlt sich an, als würde es am liebsten gleich hier im Auto zur Welt kommen.

Wir schaffen es zum Krankenhaus, aber als wir dort eintreffen, ist der Abstand zwischen meinen Wehen nur noch gerade mal eine Minute. Ich werde sofort ins Geburtszimmer gebracht, wo festgestellt wird, dass sich der Muttermund schon zehn Zentimeter geöffnet hat. Kurz darauf bekomme ich gesagt, ich soll pressen. Ryle hat gar keine Gelegenheit, noch irgendjemanden anzurufen, weil alles so furchtbar schnell geht.

Ich presse und atme und umklammere Ryles Hand, bis mich

kurz der Gedanke durchzuckt, dass ich vielleicht nicht ganz so brutal zudrücken sollte – schließlich ist diese Hand sein wichtigstes Werkzeug als Neurochirurg. Aber sein Blick sagt, dass ich ruhig so fest drücken soll, wie ich muss. Und das ist dann auch genau das, was ich tue.

»Das Köpfchen ist schon fast draußen«, informiert mich die Ärztin. »Gleich haben Sie es geschafft.«

Ich kann unmöglich beschreiben, was in den darauffolgenden Minuten passiert, weil ich mich inmitten eines Strudels aus Schmerz und Atmen und Angst und gleichzeitig totaler Euphorie befinde. Und dann ist da dieser Druck. Dieser Druck, der so enorm ist, dass ich denke, es zerreißt mich. Und plötzlich …

»Es ist ein Mädchen!«, sagt Ryle mit zitternder Stimme. »Lily! Lily, wir haben eine Tochter!«

Ich öffne die Augen und sehe, dass die Ärztin mir mein Baby hinhält, erkenne aber nur verschwommene Umrisse, weil mein Blick tränenverhangen ist. Als ich meine Tochter kurz darauf auf die Brust gelegt bekomme, ist das der absolut schönste und erhabenste Moment meines Lebens. Staunend berühre ich ihre Lippen und Wangen und Fingerchen. Ryle durchtrennt die Nabelschnur, und als sie mir gleich darauf wieder weggenommen wird, weil sie gewogen und untersucht werden muss, fühle ich mich ganz leer. Doch schon ein paar Minuten später liegt sie wieder, in eine winzige Decke gehüllt, an meiner Brust.

Ich kann meine Augen nicht von ihr losreißen.

Ryle sitzt auf der Bettkante und zieht die Decke ein Stück herunter, damit wir ihr Gesicht besser betrachten können. Wir zählen ihre Finger und ihre Zehen. Sie versucht, die Augen zu öffnen, und wir sind uns einig, dass das der bezauberndste Anblick der Welt ist. Als sie gähnt, lächeln wir und verlieben uns gleich noch mehr in sie.

Nachdem auch die letzte Schwester das Zimmer verlassen hat und wir endlich allein sind, fragt Ryle, ob er sie halten darf.

Er fährt das Kopfteil meines Bettes hoch, damit ich mich aufsetzen kann; ich reiche sie ihm, und dann lehne ich den Kopf an seine Schulter und wir sehen sie weiter an. Unsere Tochter.

»Lily?«, flüstert er. »Nackte Wahrheit?«

Ich nicke.

»Sie ist tausendmal hübscher als das Baby von Marshall und Allysa.«

Ich lache und stoße ihn leicht mit dem Ellbogen an.

»Das war nur ein Witz«, behauptet er.

Trotzdem weiß ich genau, was er meint. Rylee ist wunderschön, aber kein anderes Mädchen wird je an unsere eigene Tochter heranreichen können.

»Wie soll sie heißen?«, fragt er, weil wir nie darüber gesprochen haben.

»Ich dachte, dass wir sie nach deiner Schwester nennen könnten oder vielleicht auch … nach deinem Bruder?«

Ich staune selbst darüber, dass ich den Mut habe, ihm diesen Vorschlag zu machen. Die Idee ist mir gekommen, weil ich dachte, dass es vielleicht ein Trost für ihn sein könnte, den toten Bruder in seiner Tochter lebendig zu halten, aber vielleicht sieht er das ja auch ganz anders.

Ryle sieht mich überrascht an. »Emerson?«, sagt er. »Das ist irgendwie süß als Mädchenname. Wir könnten sie Emma rufen. Oder Emmy. Das ist der perfekte Name.« Er lächelt stolz und beugt sich vor, um Emerson einen Kuss auf die Stirn zu drücken.

Nach einer Weile drehe ich mich auf die Seite, um die beiden betrachten zu können. Ryle und seine Tochter. Es ist schön, ihn so mit ihr zu erleben. Man sieht sofort, wie viel Liebe er für sie empfindet, obwohl er sie erst seit einer Viertelstunde kennt. Es ist offensichtlich, dass er alles tun würde, um sie zu beschützen. Alles.

Und das ist der Moment, in dem ich plötzlich weiß, welche Entscheidung ich treffen muss. Weil es so das Beste ist.

Für ihn.

Für uns.

Für unsere Familie.

Ryle hat unglaublich viele tolle Seiten. Er ist mitfühlend. Er ist fürsorglich. Er ist klug. Er ist charismatisch. Er ist ehrgeizig.

Mein Vater hatte auch einige dieser Eigenschaften. Er war zwar anderen gegenüber nicht besonders mitfühlend, aber es gab Situationen, in denen ich spürte, wie sehr er mich liebte. Er war klug. Er war charismatisch. Er war ehrgeizig. Aber die guten Seiten konnte ich nicht sehen, weil ich zu oft Einblick in seine schlimmste Seite bekommen hatte, und das reichte, um mich ihn viel mehr hassen zu lassen, als ich ihn lieben konnte. Fünf Jahre, in denen er mir seine guten Seiten zeigte, konnten fünf Minuten, die ich ihn von seiner allerschlimmsten Seite erleben musste, nie wieder aufwiegen.

Ich sehe Emerson an und ich sehe Ryle an. Ich weiß, dass ich tun muss, was für meine Tochter das Beste ist. Für die Beziehung, die sie hoffentlich zu ihrem Vater aufbauen wird. Ich entscheide nicht für mich und auch nicht für Ryle.

Ich entscheide für unsere Tochter.

»Ryle?«

Er schaut mit einem Lächeln auf, aber als er meinen Blick sieht, versteinert seine Miene.

»Ich will die Scheidung.«

Ryle blinzelt zweimal wie vom Donner gerührt, verzieht schmerzvoll das Gesicht und sieht auf unsere Tochter. »Lily«, sagt er leise und schüttelt den Kopf. »Bitte tu das nicht.«

Seine Stimme ist flehend, und es tut mir wahnsinnig leid, dass er offenbar gehofft hatte, wir würden doch noch mal ein Paar werden. Das ist sicher teilweise auch meine Schuld, aber ich habe – ganz ehrlich – bis zu diesem Moment selbst nicht gewusst, wie ich mich entscheiden würde. Ich wusste es erst, als ich sah, wie er seine Tochter zum ersten Mal in den Armen hielt.

»Gib mir noch eine Chance, Lily.« Seine Stimme bebt. »Nur noch ein einziges Mal. Bitte.«

Mir ist bewusst, dass ich ihm genau in dem Augenblick das Herz breche, der doch eigentlich einer der schönsten seines Lebens sein sollte. Aber ich weiß: wenn ich es jetzt nicht tue, werde ich womöglich nie mehr in der Lage sein, ihm überzeugend darzulegen, warum wir kein Paar mehr werden können.

Ich habe Tränen in den Augen, weil das alles für mich genauso schmerzlich ist wie für ihn. »Was würdest du tun, Ryle«, frage ich ihn sanft, »wenn dein kleines Mädchen eines Tages zu dir kommen und sagen würde: *Daddy, mein Freund hat mich geschlagen. Was würdest du ihr sagen, Ryle?«*

Er zieht Emerson an die Brust und drückt sein Gesicht in die Falten ihrer Decke. »Tu das nicht, Lily«, fleht er.

Ich richte mich im Bett auf, lege meine Hand auf Emersons Rücken und versuche, Ryle dazu zu bringen, mir in die Augen zu schauen. »Wenn sie zu dir käme und sagen würde: *Daddy, mein Mann hat mich die Treppe runtergestoßen. Aber er hat gesagt, dass es keine Absicht war. Was soll ich jetzt tun?«*

Seine Schultern zucken, und zum ersten Mal, seit wir uns kennen, sehe ich Tränen in seinen Augen schimmern. Tränen, die ihm übers Gesicht laufen, während er seine Tochter an sich drückt. Ich weine auch, aber ich darf jetzt nicht aufhören. Ich muss weitermachen. *Ihr* zuliebe.

»Was, wenn …« Meine Stimme versagt und ich muss schlucken. »Was, wenn sie zu dir kommen und sagen würde: *Mein Mann hat versucht, mich zu vergewaltigen, Daddy. Er hat mich brutal aufs Bett runtergedrückt, obwohl ich weinend gefleht habe, er soll aufhören. Aber er schwört, dass er es nie wieder tun wird. Was soll ich machen, Daddy?«*

Er küsst Emerson auf die Stirn, küsst sie immer wieder, während ihm Tränen übers Gesicht strömen.

»Was würdest du ihr raten, Ryle? Sag es mir. Ich muss wissen, was du zu deiner Tochter sagen würdest, wenn der Mann, den sie von ganzem Herzen liebt, ihr jemals wehtun würde.«

Ein Schluchzen bricht aus seiner Kehle, als er näher an mich heranrückt und den Arm um mich schlingt. »Ich würde sie anflehen, ihn zu verlassen«, presst er hervor, und als er einen verzweifelten Kuss auf meine Schläfe drückt, spüre ich seine Tränen auf meinem Gesicht. »Ich würde ihr sagen, dass dieser Mann sie nicht verdient hat, und ich würde sie anflehen, nicht zu ihm zurückzugehen, ganz egal, wie sehr sie ihn liebt.«

Und dann sind da mit einem Mal nur noch Tränen und unser Schluchzen, unsere zerbrochenen Träume und ein unerträglicher Schmerz, der uns das Herz zerreißt. Wir halten einander fest und halten unsere Tochter. Diese Entscheidung ist die schmerzhafteste, die ich mir vorstellen kann, und doch ist sie zugleich die einzig richtige. Wir durchbrechen das Muster, bevor es uns zerbricht.

Ryle legt mir Emerson wieder in die Arme und wischt sich mit dem Handrücken über die Augen. Immer noch weinend steht er auf und atmet ein paarmal tief durch. Innerhalb von fünfzehn Minuten hat er die Liebe seines Lebens verloren und ist Vater eines wunderschönen Mädchens geworden.

Nur fünfzehn Minuten.

Sie reichen, um einen Menschen zu zerstören.

Und um einen Menschen zu retten.

Er zeigt stumm auf die Tür, um mir zu sagen, dass er Zeit braucht, sich zu sammeln. Als er hinausgeht, sieht er trauriger aus, als ich ihn je erlebt habe. Doch ich weiß, dass er mir eines Tages dankbar sein wird. Ich weiß, dass der Moment kommen wird, in dem er verstehen wird, dass ich die richtige Entscheidung für seine Tochter getroffen habe.

Als er die Tür hinter sich zugezogen hat, sehe ich auf Emerson hinunter. Ich werde ihr nicht das Leben bieten können, das ich mir für sie erträumt habe. Ein Zuhause, in dem sie mit einem

Vater und einer Mutter zusammenlebt, die einander lieben und sie gemeinsam großziehen. Aber ich will nicht, dass sie aufwächst, wie ich aufwachsen musste. Sie soll ihren Vater gar nicht erst von seiner schlimmsten Seite kennenlernen müssen. Sie soll nicht erleben müssen, wie er in Wut gerät und die Nerven verliert, so sehr, bis er einen Punkt erreicht, an dem sie ihn nicht mehr als ihren Vater erkennt. Denn egal, wie viele schöne Momente sie mit Ryle erleben würde, es wären nur die schlimmen, die ihr in Erinnerung blieben. Das weiß ich aus schmerzhafter Erfahrung.

Verhaltensmuster existieren deswegen, weil es qualvoll ist, sich aus ihnen zu befreien. Es erfordert enormen Mut und Unerschrockenheit, ein vertrautes Muster zu durchbrechen. Oft erscheint es einfacher, den gewohnten Weg weiterzugehen, auch wenn er dornig ist, als sich der Angst zu stellen, ins Unbekannte zu springen, ohne zu wissen, ob man auf den Füßen landen wird.

Meine Mutter hat diese Erfahrung machen müssen.

Ich habe diese Erfahrung machen müssen.

Und ich will verdammt sein, wenn ich zulasse, dass meine Tochter sie auch machen muss.

Ich drücke ihr einen Kuss auf die Stirn. »Hier hört es auf«, verspreche ich ihr. »Mit dir und mit mir. Mit uns endet es.«

Epilog

Mit dem Buggy navigiere ich mich durch das Menschengewühl auf der Boylston Street bis zur nächsten Straßenkreuzung, wo ich an der roten Ampel stehen bleibe und das Verdeck zurückschiebe. Emmy strampelt und strahlt mich an, wie sie es eigentlich fast immer tut. Sie ist ein sehr gut gelauntes Baby, das eine so unglaubliche Zufriedenheit ausstrahlt, dass man richtiggehend süchtig danach wird.

»Wie alt ist sie?«, erkundigt sich eine Frau, die neben uns wartet und in den Buggy lächelt.

»Elf Monate.«

»Sie ist wunderschön«, sagt sie. »Und sie sieht Ihnen so ähnlich. Sie haben beide den gleichen Mund.«

»Danke.« Ich lächle auch. »Sie sollten ihren Vater sehen. Die Augen hat sie eindeutig von ihm.«

Die Ampel schaltet auf Grün, und ich laufe los, um vor den anderen über die Straße zu kommen, weil ich schon eine halbe Stunde zu spät bin. Ryle hat mir bereits die zweite Nachricht geschickt, in der er fragt, wo wir bleiben. Er weiß eben noch nicht, was es heißt, Emmy gekochte Karottenscheiben zu essen zu geben, aber die Erfahrung wird er auch bald machen können. Ich habe ihm eine ganze Dose in die Wickeltasche gepackt.

Als Emerson drei Monate alt war, bin ich umgezogen. Meine neue Wohnung liegt in Laufnähe zum Laden, was natürlich praktisch ist. Ryle wohnt jetzt allein in dem Apartment, das er für uns gekauft hatte, aber ich bin sehr oft dort, weil ich Allysa, Marshall und Rylee regelmäßig besuche und Emerson zu Ryle bringe oder sie abhole.

»Gleich sind wir da, Emmy«, rufe ich und biege mit so viel Schwung um die Ecke, dass ein mir entgegenkommender Mann erschrocken aus dem Weg springt und sich an die Häuserwand presst, um nicht von mir umgemäht zu werden. »Ups. Entschuldigung«, murmle ich verlegen und haste an ihm vorbei.

»Lily?«

Ich bleibe stehen.

Und dann drehe ich mich ganz langsam um, weil ich die Stimme bis in meine Zehen hinein gespürt habe und es auf der Welt nur zwei Menschen gibt, deren Stimme diese Wirkung auf mich hat. Aber die von Ryle erreicht mich längst nicht mehr so tief.

Er blinzelt mit seinen unglaublich blauen Augen gegen die Sonne, hebt eine Hand, um sie zu beschatten, und strahlt mich an. »Hey.«

»Hey«, sage ich. Mein Gehirn, das eben noch im Hektik-Modus war, versucht sich auf die veränderte Situation einzustellen und zu begreifen, was hier gerade passiert.

Er deutet auf den Buggy. »Ist das ... deine Tochter?«

Als ich nicke, geht er um den Wagen herum, kniet sich davor und lächelt hinein. »Wow. Sie ist unglaublich, Lily«, sagt er. »Wie heißt sie?«

»Emerson. Aber wir nennen sie meistens Emmy.«

Er schiebt seinen Zeigefinger in ihre Hand und Emmy beginnt zu strampeln und schüttelt den Finger hin und her. »Hallo, Emmy.« Er betrachtet sie lächelnd, dann richtet er sich wieder auf und sieht mich an. »Du siehst toll aus.«

Ich bemühe mich, ihn nicht allzu offensichtlich anzustarren, auch wenn es mir schwerfällt. Sehr schwer. Er sieht so großartig aus, wie er immer aussah, aber das ist jetzt seit sehr langer Zeit das erste Mal, dass ich mir das auch eingestehe. Er hat sich so verändert, seit er mich als obdachloser Junge heimlich in meinem Zimmer besucht hat … und doch ist er genau derselbe geblieben.

Das Handy vibriert wieder in meiner Tasche. *Ryle.*

Ich deute die Straße hinunter. »Wir sind wahnsinnig in Eile, weil wir spät dran sind«, sage ich. »Ryle wartet schon seit einer halben Stunde.«

Als Atlas den Namen hört, verdüstert sich sein Blick, obwohl er das vor mir zu verbergen versucht. Er nickt und tritt zur Seite, um mich mit dem Buggy vorbeizulassen.

»Heute nimmt er sie«, erkläre ich und drücke mit diesen vier Wörtern mehr aus, als ich in einer ganzen Unterhaltung sagen könnte.

Atlas' Züge entspannen sich. Er nickt und zeigt mit dem Daumen über seine Schulter. »Ja. Ich muss mich auch beeilen. Vor ein paar Wochen habe ich in der Boylston Street ein zweites Restaurant eröffnet.«

»Wow. Gratuliere. Ich muss bald mal mit Mom vorbeikommen.«

Er lächelt. »Müsst ihr unbedingt. Wenn du dich vorher ankündigst, bekoche ich euch persönlich.«

Einen Moment lang herrscht unbehagliches Schweigen, dann deute ich wieder die Straße hinunter. »Tja, ich muss jetzt leider …«

»Schon klar«, sagt er lächelnd. »Du musst gehen.«

Ich nicke wieder, dann hebe ich die Hand, drehe mich um und schiebe den Kinderwagen weiter. Ich verstehe selbst nicht, warum ich ihm gegenüber auf einmal so verkrampft war. Als wüsste ich nicht, wie man ein normales Gespräch führt. Nach ein paar Schritten werfe ich einen Blick zurück. Atlas hat sich nicht von der Stelle bewegt und sieht mir hinterher.

Als ich um die Ecke biege, sehe ich Ryle neben seinem Wagen

397

vor dem Laden warten. Sein Gesicht leuchtet auf, als er uns entdeckt. »Hast du meine Mail bekommen?« Er kniet sich neben den Buggy und löst die Gurte, um Emerson herauszuheben.

»Wegen der Rückrufaktion von dem Laufstall?«

»Genau.« Er nickt und steht mit Emerson im Arm wieder auf. »Hatten wir ihr nicht genau so einen besorgt?«

Ich klappe den Buggy zusammen und gehe zum Kofferraum. »Ja. Aber der ist vor einem Monat kaputtgegangen. Ich habe ihn gleich weggeworfen.«

Ryle öffnet die Heckklappe und kitzelt Emerson unter dem Kinn. »Hast du das gehört, Emmy? Deine Mommy hat dir das Leben gerettet.« Sie kichert und schlägt patschig nach seiner Hand. Er küsst sie auf die Stirn, dann greift er nach dem zusammengeklappten Buggy und schiebt ihn in den Wagen. Ich beuge mich vor, um unserer Tochter einen Abschiedskuss zu geben.

»Ich hab dich lieb, Emmy. Bis heute Abend.«

Als Ryle die Wagentür öffnet, um sie in ihren Kindersitz zu setzen, verabschiede ich mich hastig und wende mich zum Gehen.

»Lily!«, ruft er erstaunt. »Wo willst du denn hin?«

Er wundert sich, dass ich nicht den Laden aufschließe. Das müsste ich eigentlich auch, aber das Gefühl in meinem Bauch ist zu stark, als dass ich es ignorieren darf. Ich drehe mich zu ihm um und gehe ein paar Schritte rückwärts. »Ich hab was Wichtiges vergessen. Wir sehen uns heute Abend, wenn ich Emmy abhole!«

Ryle nimmt ihre Hand und die beiden winken mir zu. Sobald ich um die Ecke gebogen bin, renne ich los. Ich weiche Passanten aus, remple aus Versehen jemanden an und werde von einer Frau beschimpft, aber das nehme ich alles für den Moment in Kauf, in dem ich ihn erspähe.

»Atlas!«, rufe ich. Er hört mich nicht, also laufe ich im Slalom weiter um die Menschen auf dem Gehweg hinter ihm her. »Atlas!«

Endlich bleibt er stehen, dreht sich aber nicht um, sondern neigt nur leicht den Kopf, als würde er seinen Ohren nicht trauen.

»Atlas!«, rufe ich noch einmal.

Diesmal dreht er sich um. Als er mir in die Augen sieht, halte ich die Luft an. Wir gehen aufeinander zu. Uns trennen noch zwanzig Schritte.

Zehn.

Fünf.

Einer.

Keiner macht den letzten Schritt.

»Ich habe ganz vergessen, dir Emersons zweiten Vornamen zu sagen«, keuche ich völlig außer Atem. Ich stemme die Hände in die Seiten, beuge mich vor, hole tief Luft und richte mich wieder auf. »Sie heißt … Dory.«

Atlas reagiert nicht sofort, aber dann bilden sich um seine Augen kleine Fältchen, und er lächelt. »Was für ein perfekter Name für sie.«

Ich nicke und lächle auch und kann gar nicht mehr damit aufhören.

Aber dann weiß ich nicht weiter. Ich musste ihm das unbedingt sagen, habe aber keine Ahnung, was als Nächstes passieren soll.

Ich nicke noch einmal, dann drehe ich mich um und deute in die Richtung, in der mein Laden liegt. »Tja, also … Ich glaube, ich …«

Atlas geht den letzten Schritt auf mich zu, und ich schließe unwillkürlich die Augen, als er die Arme um mich schlingt, eine Hand an meinen Hinterkopf legt und mich an sich zieht, während um uns herum weiter der Verkehr tost und Menschen sich an uns vorbeischieben. Als er mir einen Kuss in meine Haare drückt, rückt alles in den Hintergrund.

»Lily«, sagt er leise. »Ich habe jetzt endlich das Gefühl, dass mein Leben gut genug für dich ist. Wann immer du also bereit wärst …«

Die Finger in seine Jacke geklammert, drücke ich mein Gesicht noch fester an seine Brust und fühle mich wieder wie eine Fünfzehnjährige. Ich glaube, ich bin sogar rot geworden.

Aber ich bin nicht fünfzehn.

Ich bin eine erwachsene Frau mit Verantwortung und einem Kind. Ich kann mich nicht wie ein junges Mädchen in eine Beziehung stürzen, ohne die Dinge geklärt zu haben, die mir wichtig sind.

Also lehne ich mich zurück und sehe zu ihm auf. »Unterstützt du irgendwelche wohltätigen Organisationen?«

Atlas lacht verwirrt. »Mehrere. Warum?«

»Möchtest du eines Tages Kinder haben?«

Er nickt. »Unbedingt.«

»Denkst du daran, jemals aus Boston wegzuziehen?«

Er schüttelt den Kopf. »Nein. Niemals. In Boston ist alles besser, das weißt du doch.«

Seine Antworten geben mir die Sicherheit, die ich brauche. »Okay.« Ich lächle zu ihm auf. »Ich bin bereit.«

Er zieht mich wieder an sich, fester diesmal, und ich muss lachen. Es ist so viel geschehen, seit er das erste Mal in meinem Leben aufgetaucht ist, aber dass dieser Moment jetzt je eintritt, hätte ich niemals erwartet. Ich habe es gehofft, das ja, aber bis eben wusste ich nicht, ob er jemals wahr werden würde.

Ich schließe die Augen, als ich seine Lippen an der Stelle zwischen meinem Schlüsselbein und meinem Hals spüre. Sein Kuss fühlt sich genauso an wie vor vielen Jahren, als er mich zum allerersten Mal dort geküsst hat. Und dann hebt er seinen Mund an mein Ohr und flüstert: »Du kannst jetzt aufhören zu schwimmen, Lily. Wir sind endlich angekommen.«

Nachwort

**Bitte lest zuerst den Roman und erst dann
mein Nachwort, weil es Spoiler enthält.**

*****

Meine früheste Erinnerung stammt aus der Zeit, in der ich etwa
zweieinhalb Jahre alt gewesen sein muss: Unser Kinderzimmer
war vom Wohnzimmer nur durch ein an den Türrahmen ge-
nageltes Tuch getrennt. Ich hörte meinen Vater schimpfen,
spähte durch den Spalt und sah, wie er unseren schweren Fernseher packte und in Richtung meiner Mutter schleuderte, die zu
Boden ging.

Noch bevor ich drei wurde, ließ sie sich von ihm scheiden.
Abgesehen von der eben beschriebenen Szene habe ich nur gute
Erinnerungen an meinen Vater. In der Beziehung mit meiner
Mutter hatte er sich offensichtlich nicht im Griff, wenn er zor-
nig war, aber meinen Schwestern oder mir gegenüber verlor er
zu keinem Zeitpunkt jemals die Nerven.

Ich wusste zwar immer, dass es in der Ehe meiner Eltern zu
Gewaltattacken gekommen war, aber meine Mutter hat nie mit
uns darüber gesprochen, denn dann hätte sie zwangsläufig
schlecht über meinen Vater reden müssen, und das wollte sie
nicht. Es war ihr immer wichtig, dass unser Verhältnis zu ihm
niemals von den Problemen überschattet wurde, die sie mit ihm

gehabt hatte. Und genau das ist ihr auch gelungen. Deswegen habe ich allergrößten Respekt vor Eltern, die ihre Konflikte nicht vor ihren Kindern austragen.

Obwohl mein Vater verschlossen war, was seine Beziehung zu meiner Mutter anging, habe ich mit ihm über diese gewalttätigen Episoden gesprochen. Er war während ihrer Ehe Alkoholiker gewesen und leugnete nie, dass er sie misshandelt hatte. Er erzählte mir sogar, dass zwei seiner Handknöchel durch künstliche Gelenke ersetzt werden mussten, weil er meiner Mutter einmal so brutal die Faust gegen den Schädelknochen gerammt hatte, dass sie splitterten.

Mein Vater hat zeitlebens unter dem gelitten, was er meiner Mutter angetan hat. Er hat immer gesagt, es sei das größte Unglück seines Lebens, dass er durch sein Verhalten seine große Liebe verloren hat.

Ich finde, im Vergleich zu dem, was sie erdulden musste, war das eine sehr milde Strafe.

Bevor ich mich an den Schreibtisch setzte, um häusliche Gewalt zum Thema eines Romans zu machen, habe ich meine Mutter um Erlaubnis gebeten. Ich habe ihr gesagt, dass ich dieses Buch für Frauen wie sie schreiben will, aber auch für all diejenigen Menschen, die nicht nachvollziehen können, was in Frauen vorgeht, die von ihrem Partner geschlagen werden und dennoch bei ihm bleiben.

Menschen, zu denen auch ich gehört habe.

Ich habe meine Mutter als eine Frau kennengelernt, die alles andere als schwach war. Ich hätte mir niemals vorstellen können, dass sie einem Mann verzeihen würde, der sie mehrmals brutal verprügelt und verletzt hat. Aber als ich mich während der Arbeit an diesem Roman in Lily einzufühlen begann, begriff ich bald, dass die Dinge nicht so schwarz und weiß sind, wie sie von außen betrachtet oft aussehen.

Während der Arbeit an diesem Buch war ich mehrmals versucht, die Handlung zu verändern. Ich wollte nicht, dass Ryle der Mann ist, als den ich ihn ursprünglich angelegt hatte, weil ich mich im Laufe der ersten Kapitel genauso in ihn verliebt hatte wie Lily. So, wie meine Mutter sich in meinen Vater verliebt hat.

Die Szene zwischen Lily und Ryle in der Küche hat sich fast exakt so zwischen meiner Mutter und meinem Vater abgespielt. Sie hatte einen Auflauf gemacht, er hatte getrunken. Als er die Form ohne Topflappen aus dem heißen Ofen holte, fand sie das so absurd, dass sie laut auflachte. Bevor sie wusste, was geschah, hatte er so brutal zugeschlagen, dass sie quer durch die Küche flog.

Meine Mutter entschied sich damals dafür, meinem Vater zu verzeihen, weil er aufrichtig Reue zeigte und sie ihm glaubte, dass er so etwas nie mehr tun würde. Es fiel ihr leichter, dem Mann, den sie liebte, eine zweite Chance zu geben, als ihn mit gebrochenem Herzen zu verlassen.

Es folgten weitere Zwischenfälle, die dem ersten ähnelten. Jedes Mal reagierte mein Vater hinterher zerknirscht und versprach, sich zu bessern. Irgendwann kam der Punkt, an dem meiner Mutter klar wurde, dass das nur leere Versprechungen waren, allerdings hatte sie mittlerweile zwei kleine Töchter und verdiente nicht genug Geld, um sie alleine durchzubringen. Ihre Situation war nicht mit der von Lily vergleichbar. In der Gegend, in der sie wohnte, gab es keine Frauenhäuser und auch kaum staatliche Programme zur Unterstützung von alleinerziehenden Müttern. Meinen Vater zu verlassen bedeutete, dass sie das Risiko eingehen musste, womöglich obdachlos zu werden. Trotzdem kam für sie irgendwann der Moment, in dem sie eher bereit war, diesen Schritt zu tun, als weiterhin bei ihm zu bleiben.

Mein Vater starb, als ich fünfundzwanzig war. Er ist nicht der beste Vater der Welt gewesen und ganz sicher nicht der beste Ehemann. Dank meiner Mutter hatte ich aber trotzdem eine sehr enge Beziehung zu ihm, weil sie rechtzeitig das Nötige getan hat, um das Muster zu durchbrechen, bevor wir daran zerbrachen. Als sie ihn verließ, war ich keine drei Jahre alt und meine ältere Schwester war fünf. Zwei Jahre lang ernährten wir uns von Bohnen in Tomatensoße aus der Dose und Käsemakkaroni. Meine Mutter war allein, hatte nie studiert und auch keine Ausbildung gemacht. Sie wusste, dass sie ihre beiden Töchter praktisch ohne jede Unterstützung durchbringen musste. Aber ihre Liebe zu uns gab ihr die Kraft und den Mut, ihre Angst zu überwinden und diesen Schritt trotzdem zu wagen.

Ich hatte nie die Absicht, mit meinem Roman über Ryle und Lily ein Paradebeispiel für häusliche Gewalt abzuliefern. Ryle soll auch nicht modellhaft für sämtliche gewalttätigen Ehemänner dieser Welt stehen. So wie jeder Mensch anders ist, entwickelt sich auch jede Beziehung anders und endet anders. Ich habe mich dafür entschieden, die Geschichte von Lily und Ryle nach der Geschichte meiner eigenen Eltern zu gestalten. Ryle ähnelt meinem Vater, der ein attraktiver, witziger und intelligenter Mann war. So wie Ryle war auch mein Vater in bestimmten Situationen unberechenbar und hat Dinge getan, die absolut unentschuldbar sind.

Lily steht für mich in vieler Hinsicht für meine Mutter. Beide sind fürsorgliche, kluge und starke Frauen, die das Pech hatten, sich in Männer zu verlieben, die ihrer nicht würdig waren.

Zwei Jahre nach der Scheidung von meinem Vater lernte meine Mutter meinen späteren Stiefvater kennen, der genau so war, wie man sich einen idealen Partner vorstellt. Die Beziehung, die sie uns vorlebten, setzte für mich die Maßstäbe, an denen ich seither eine gute Beziehung messe.

Als ich viele Jahre später meine eigene Hochzeit plante, traf ich die schwere Entscheidung, mich nicht von meinem Vater, sondern von meinem Stiefvater zum Altar führen zu lassen. Ich wollte ihm Respekt zollen für das, was er für uns getan hat. Er ist meiner Mutter ein viel besserer Ehemann gewesen als mein Vater, hat uns finanziell unterstützt und uns immer wie seine eigenen Töchter behandelt, ohne von uns zu verlangen, die Beziehung zu unserem leiblichen Vater dafür aufzugeben.

Etwa einen Monat vor meiner Hochzeit saß ich bei meinem Vater im Wohnzimmer und sagte ihm, dass ich ihn liebte, aber beschlossen hätte, meinen Stiefvater zu bitten, mich zum Altar zu führen. Vorher hatte ich mir ausgemalt, wie er reagieren könnte, und war auf alles vorbereitet – nur nicht auf das, was kam.

Er nickte und sagte: »Er hat dich großgezogen, Colleen. Er hat sich dieses Privileg verdient. Du darfst mir gegenüber deswegen kein schlechtes Gewissen haben. Ich finde, du machst das Richtige.«

Ich wusste, dass ihn meine Entscheidung tief traf, aber er war als Vater selbstlos genug, um sie nicht nur zu respektieren, sondern mich auch noch darin zu bestärken.

Und so saß mein Vater bei meiner Hochzeit zwischen den Gästen und sah zu, wie ein anderer Mann seine Tochter zum Altar führte. Bestimmt fragten sich viele Leute damals, warum ich mich nicht einfach von beiden habe führen lassen, aber wenn ich jetzt mit Abstand daran zurückdenke, wird mir klar, dass ich diese Entscheidung aus Respekt meiner Mutter gegenüber getroffen habe.

Mir selbst war nicht wirklich wichtig, wer in diesem Moment an meiner Seite war – mein Vater oder mein Stiefvater. Mir ging es um sie. Ich wollte mit dieser Geste dem Mann meine Wertschätzung zeigen, der sich meiner Mutter gegenüber immer so verhalten hat, wie sie es verdiente.

Früher habe ich immer behauptet, ich würde Bücher schreiben, um meine Leser zu unterhalten, nicht um irgendeine Botschaft weiterzugeben oder andere von meiner Meinung zu irgendeinem Thema zu überzeugen.

Bei diesem Buch war das anders. Hier ging es mir nicht in erster Linie darum, zu unterhalten. Dafür ist mir das Schreiben auch noch nie zuvor so schwergefallen wie diesmal. Ich war so oft kurz davor, die Löschtaste zu drücken, um das, was Ryle Lily antut, ungeschehen zu machen. Ich hatte so oft das Bedürfnis, die Szenen, in denen sie ihm vergibt, umzuschreiben und eine andere Frau aus ihr zu machen – eine entschlossenere Frau, die immer sofort die richtige Entscheidung trifft. Aber wenn ich das getan hätte, wären die beiden nicht die Menschen, über die ich schreiben wollte. Es wäre nicht die Geschichte geworden, die ich erzählen wollte.

Mir ging es darum, zu versuchen, ein realistisches Bild der Situation zu zeichnen, in der sich meine Mutter während ihrer ersten Ehe befand – einer Situation, in der sich viele Frauen befinden. Ich wollte die Liebe zwischen Lily und Ryle erforschen, um nachzufühlen, was meine Mutter gefühlt hat, als sie die Entscheidung traf, meinen Vater zu verlassen – einen Mann, den sie aus tiefstem Herzen liebte.

Manchmal frage ich mich, wie mein Leben verlaufen wäre, wenn meine Mutter damals anders entschieden hätte. Aber das hat sie nicht. Sie hat den Menschen verlassen, den sie liebte, um zu verhindern, dass ihre Töchter jemals auf die Idee kommen könnten, es wäre in Ordnung, sich von ihrem Partner Gewalt antun zu lassen. Meine Mutter ist nicht von einem anderen Mann gerettet worden. Es gab keinen Märchenprinzen in schimmernder Rüstung. Sie hat die Initiative von sich aus ergriffen und ist gegangen, obwohl sie wusste, dass sie als alleinerziehende Mutter noch einmal mit ganz anderen Schwierigkeiten würde kämpfen müssen. Mir war es wichtig, dass Lily in meinem Roman die gleiche Stärke in sich findet. Die Entscheidung, sich von Ryle zu trennen, trifft sie letztlich ihrer Tochter zuliebe. Möglicherweise hätte sich Ryle ja tatsächlich geändert, aber darauf zu vertrauen, hätte ein Risiko bedeutet. Und so wichtig es ist, unerschrocken zu sein, gibt es doch auch Risiken, die es niemals wert sind, eingegangen zu werden – besonders, wenn man schon vorher mehrmals enttäuscht wurde.

Ich habe meine Mutter immer bewundert. Aber jetzt, nachdem ich dieses Buch beendet habe und zumindest zu einem Bruchteil nachempfinden kann, wie viel Schmerz sie auf sich genommen hat und wie tapfer sie gewesen ist, um dahin zu kommen, wo sie heute steht, möchte ich ihr sagen:

Ich will du sein, wenn ich mal groß bin.

Hilfsangebot

Falls du selbst in deiner Beziehung Gewalt erlebst oder jemanden kennst, der in einer gewalttätigen Beziehung ist und einen Ausweg sucht, findest du hier Unterstützung:

Das Hilfetelefon »Gewalt gegen Frauen« ist ein bundesweites Beratungsangebot für Frauen, die Gewalt erlebt haben oder noch erleben. Unter der Nummer **08000 116 016** und via Online-Beratung werden Betroffene unterstützt – 365 Tage im Jahr, rund um die Uhr. Auch Angehörige, Freundinnen und Freunde sowie Fachkräfte werden anonym und kostenfrei beraten.

Weitere Informationen im Netz unter **Hilfetelefon.de**

Danksagung

Auch wenn auf dem Cover dieses Buches als Autorin nur mein Name steht, gab es unzählige Menschen, ohne die ich es nicht hätte schreiben können:

Meine Schwestern. Wenn ihr nicht meine Schwestern wärt, würde ich euch ganz genauso lieben. Dass wir denselben Vater haben, ist nur ein Zusatzbonus.

Meine Söhne. Ihr seid das Beste, was ich in meinem Leben je hervorgebracht habe. Bitte sorgt dafür, dass ich es nie bereuen muss, das gesagt zu haben.

Die Weblichs, die CoHorts, die TL Discussion Group, Book Swap und viele andere im Netz, bei denen ich mir jederzeit positive Energie holen kann, wenn ich sie brauche. Ihr alle habt einen ganz großen Anteil daran, dass es mir möglich ist, Bücher zu schreiben und davon zu leben. Dafür danke ich euch.

Alle Mitarbeiter der Literaturagentur Dystel & Goderich. Danke für eure unermüdliche Unterstützung.

Das Team meines amerikanischen Verlags Atria Books. Danke, dass ihr die Erscheinungstermine meiner Bücher jedes Mal zu unvergesslichen Tagen macht, die zu den besten meines Lebens gehören.

Meine Verlegerin Johanna Castillo, Cheflektorin bei Atria. Danke, dass du hinter diesem Buch standest. Danke, dass du hinter mir stehst. Und danke, dass du mir meinen Traumjob ermöglichst.

Ellen DeGeneres, die einer von nur vier Menschen ist, von denen ich hoffe, dass ich ihnen niemals begegnen werde, weil ich dann vor Ehrfurcht im Boden versinken müsste. Du bringst Helligkeit ins Dunkel. Lily und Atlas haben deinem Licht so viel zu verdanken.

Meine Beta-Leserinnen und diejenigen, die mir gerade in den Frühphasen meiner Bücher immer wieder Mut machen. Mit eurem Feedback, eurer Unterstützung und eurer unverbrüchlichen Freundschaft schenkt ihr mir mehr, als ich verdient habe. Ich liebe euch alle.

Meine Nichte. Jetzt dauert es nicht mehr lang, bis ich dich kennenlerne, und ich kann es schon jetzt kaum erwarten. Ich will deine Lieblingstante werden.

Lindy. Danke für viele Lebenslektionen und dafür, dass du mir gezeigt hast, was es bedeutet, ein selbstloser Mensch zu sein. Dir verdanke ich außerdem eine Weisheit, die ich mir tief eingeprägt habe und nie vergessen werde: »So was wie schlechte Menschen gibt es nicht. Wir sind alle bloß Menschen, die manchmal schlimme Sachen machen.« Ich bin sehr froh, dass meine kleine Schwester dich zur Mutter hat.

Vance. Danke, dass du der Ehemann bist, den meine Mutter verdient hat, und uns ein Vater, der du nicht hättest sein müssen.

Mein Mann. Heath. Du bist von Grund auf gut. Ich hätte mir keinen besseren Vater für meine Kinder aussuchen können und keinen besseren Menschen, mit dem ich mein Leben verbringen möchte. Wir alle haben solches Glück mit dir.

Meine Mutter. Du bist uns allen alles. Das könnte eine Last sein, aber du besitzt die Gabe, Last als Segen zu begreifen. Deine ganze Familie ist dir so dankbar.

Zu guter Letzt möchte ich auch meinem *damned ol' daddy* danken. Eddie. Du bist nicht mehr hier, um die Veröffentlichung dieses Buchs zu erleben, aber ich weiß, dass du einer der Ersten gewesen wärst, der mich ermuntert hätte, es zu schreiben. Ich habe viel von dir gelernt – das Wichtigste war die Erkenntnis, dass wir nicht zwangsläufig als der Mensch enden müssen, der wir einmal waren. Ich verspreche dir, dass ich mich nicht so an dich erinnern werde, wie du an deinen schlimmsten Tagen warst, sondern so, wie du an deinen besten Tagen warst. Und davon gab es viele. Ich erinnere mich an dich als jemanden, dem es gelungen ist zu überwinden, was viele nicht schaffen. Danke, dass du zu einem meiner engsten Freunde wurdest. Und danke, dass du an meinem Hochzeitstag auf eine Weise für mich da warst, wie es viele andere Väter nicht gewesen wären. Ich liebe dich. Du fehlst mir.

New York – Los Angeles
und dazwischen die große Liebe

ISBN 978-3-423-**74025**-8
Auch als **eBook**

**Ben und Fallon – das neue Traumpaar
Im Universum von Colleen Hoover**

www.dtv.de

Die große Liebesgeschichte
von Will & Layken

Stell dir vor, du triffst die große Liebe –
und dann kommt das Leben dazwischen ...

Colleen Hoover

Weil ich Layken liebe
ISBN 978-3-423-**71562**-1

Weil ich Will liebe
ISBN 978-3-423-**71584**-3

Weil wir uns lieben
ISBN 978-3-423-**71640**-6

Alle Bücher auch als **eBook**

www.dtv.de

Achterbahnfahrt der Gefühle

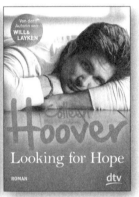

ISBN 978-3-423-**71606**-2 ISBN 978-3-423-**71625**-3
Auch als **eBook**   Auch als **eBook**

Sky ist starken Gefühlen bisher aus dem Weg gegangen. Bis sie auf Dean Holder trifft, der ihre Hormone tanzen lässt ...

Die großen Liebesromane der SPIEGEL-Bestsellerautorin Colleen Hoover

www.dtv.de

dtv

Keine Gefühle ...

ISBN 978-3-423-**74021**-0
Auch als **eBook**

... das verordnen sich Miles und Tate zu Beginn ihrer Beziehung. Doch das ist riskant, wenn unter der Oberfläche so viel Verborgenes brodelt. Sexy, unendlich faszinierend, hoch emotional!

www.dtv.de